パヴァーヌ

キース・ロバーツ
越智道雄 訳

筑摩書房

目次

このすべての夜、すべてのこの夜
このすべての夜を通して
炎と艦隊と蠟燭《ろうそく》の明かりが続く
そしてキリストが汝の魂を受け止めてくれる……

『ライク＝ウェイクの葬送歌』

［十七世紀初頭にヨーク地方で通夜に遺体（ライク）を前にして歌われた。死者の魂の煉獄への旅路を歌い語る］

パヴァーヌ

Pavane
by
Keith Roberts
1968

サファク州
ウォリック
ウォリックシア州
キャムロデューナム
（コウルチェスター）
グウェント州
ウェールズ
エセックス州
ウィルトシア州
ロンディニアム
（ロンドン）
チェプストウ
スウィンドン
カーディフ
エイヴベリ
モールバラ
レディング
ケント州
ディール
アクイ・サリス（バース）
デュブリス（ドーヴァ）
サマセット州
ソルヴィオデュナム
サセックス州
ライ
リンディニス（イルチェスター）
サンラック
シャーバーン
デヴォン州
ヨーヴィル
ダーノヴァリア
イスカ
（エクスター）
ライムズ
（ゴールデン
キャップ局）
ビーミンスター
ブリッドポート
パーベック半島
コーンウォール州
ドーセット州
ブランドファド・フォーラム
サーン・アバス村
（巨人像あり）
ウィムボーン
ドーセット州
ダーノヴァリア
（ドーチェスター）
プール
ボーンマス
ウェアラム
ウール
ストウバラ
ラックフォードの沼
ノーデン
パーベック半島
スタッドランド
ラルワース
コーフ城／コーヴズゲート
キメリッジ
ウェイマス
ラングトン・
マトレイヴァーズ
スウォニッジ
セント・アドヘルム岬

序章

一五八八年七月のある暑い晩、ロンドンのグリニッジにある王宮で一人の女が死の床に就いていた。その腹と胸には、暗殺者の放った銃弾が埋まっていた。しわの刻まれた顔、黒ずんだ歯［女王は甘いもの好きで虫歯だらけだったという。女王のご機嫌とりにわざと歯を黒く染める風習ありとの説も］。死に臨んだ女には威厳の影すらなかった。しかし、その臨終の息は、地球の半分を揺るがす大きなこだまを引き起こしつつあった。「妖精の女王」［エドワード・スペンサーが『妖精の女王』（一五九〇―九六）で女王への賛辞に使ったのでこう呼ばれた］エリザベス一世、あの並ぶ者なきイギリスの統治者はもはやこの世にないのだ……。

イギリス国民の怒りは止まるところを知らなかった。ほんの一言、ほんの小さなささやきで事足りた。一人の頭の足りない若者が、法王の祝福を求めて叫びながら群衆に八つ裂きにされた。これまでさんざん罰金を絞り取られ、いまだに「スコットランドの女王」［メアリー・ステュアート。メアリー二世としてスコットランド女王。エリザベス一世から王位簒奪の容疑で一五八七年処刑］の死を悼《いた》み、北方の血みどろの反乱を忘れかねていたカトリック教徒たちは、また新たな虐殺の恐怖にさらされた。ウォルシンガムの大虐殺が口火となって、赤々と燃え上がる火刑《オート゠ダ゠フェ》の忌まわしい炎は、警戒ののろしを先触れにイギリス全土を駆け巡り、カトリック教徒たちは不本意ながら、我が身を守るために武器を取り、同国人に立ち向かわざるをえなくなった。

やがて各地に知らせがもたらされた。パリに、ローマに、そして要塞《ようさい》のような奇妙な外観を呈したエスコリアル宮に。そこではスペイン国王フェリペ二世が、今なおイギリス遠征計画に思いを巡らしていた。真っ二つに分裂し、内紛に陥った国の噂《うわさ》は、航行中の無敵艦隊にも届いた。艦隊はちょうどリザード岬をかすめ、フランドル地方沿岸に待機する、パルマ公指揮下の侵略軍と合流しようとしていた。総司令官メジナ・シドニヤ公が、頭を抱えて〈サン・マルティン〉号の甲板《かんぱん》を歩き回っていたまる一日の間、世界の半分の運命は天秤《てんびん》の上であぶなっかしく揺れていた。そしてついに公の決断が下された。三層甲板の巨大なガリオン船やキャラック船、ガリー船、ぶかっこうで重たげな輸送船《ウルクス》が次々と北へ方向を転じ、イギリス本土めがけて進み始めた。目指すはヘイスティングズ、特にその名高い古戦場サンラック［「流れる砂」の意味。一〇六六年のヘイスティングズの戦いの古戦場。ノルマン人とイギリス人双方の死傷者の多さから「血の湖（リンラック）」と改名された］。何世紀も前に一度、歴史の流れを変える戦いが行われた場所である。続いて起こった大混乱の結果、フェリペはイギリスの統治者の座に収まった。フランスではギーズ公に従う者たちが、衰えかけたヴァロア王家［カペー家の分家（一三二八—一五八九）。この後がブルボン王家（一五八九—一七九二／一八一四—三〇）］をしきりに励ましていた。「三人のアンリの戦争」［旧教・新教の第八回目、最後の戦争（一五八五—八八）。仏王アンリ三世、カトリックのギーズ公アンリ、ユグノーのナヴァロのアンリ、三者間の戦争］は神聖同盟の勝利に終わり、教会は再び往年の力を取り戻したのである。

　勝利者には戦利品がつきものだ。カトリック教会の権力が確立すると、日の出の勢いで力を増した大ブリテンの国は、法王の意を受けて軍を進め、ネーデルラントの新教徒たちを打ち破り、ドイツの都市国家の勢力を壊滅させて、長引いていたルター戦争に終止符を打った。北アメリカ大陸の新世界の住人は引き続きスペインの支配下にあり、クックはオーストラレーシア［オーストラリア、ニュージーランドと両国周辺部］にペテロの王座を形どったコバルト色の旗［法皇の旗］を打ち立てた。

イギリスそのものはと言えば、その昔と同様、言葉や階級、人種といった障壁によって分断され、中世と近代とが入り交じった国中のあちこちに、封建時代そのままの城が睨《にら》みを利かしていた。何マイルも続く斧《おの》の入らぬ森林には、別の時代の生き物がひそんでいた。こうして流れ去った年月は、一部の者にとっては成就《じょうじゅ》の時代、神の意図に適った繁栄の時代であり、残りの者にとっては、死者やその他諸々《もろもろ》の忘れてしまうに越したことのないものたち、熊、山猫、恐ろしい狼、それに妖精たちがうろつき回る、新たな暗黒時代だった。

法王はその長い腕を国の隅々まで伸ばして、ある時は罰し、ある時は褒美《ほうび》を与えた。「戦闘の教会」は依然として最高の権力を握っていた。だが二十世紀半ばになると、至る所で不平のつぶやきが聞かれ、それが次第に高まって行った。今一度、反乱の噂が広まった……。

第一旋律
レディ・マーガレット

一九六八年。イギリス、ダーノヴァリア［イングランド南部ドーセット州の州都ドーチェスターのラテン語名］。

葬儀の朝が来て、イーライ・ストレンジは埋葬された。黒と紫の掛け布が取り除かれ、柩《ひつぎ》はゆっくりと墓穴の中に下りて行った。神父の「父と子と聖霊の御名《みな》において……」の声と共に、柩を支えていた白い帯ひもが男たちの手から滑り落ちた。土は己れから生まれた者を再び取り戻した。何マイルも向こうでは〈鉄のマーガレット〉が、寒気の中で白い蒸気に包まれてむせび泣き、その船の汽笛を思わせる音が丘を越えて響き渡った。

午後三時になると、機関車庫はもう日が陰って薄暗かった。細長い天窓越しに差し込む青い、ぼんやりした光が、ごつごつした金属のあばら骨のような梁《はり》を寒々と浮き上がらせている。その下に何台もの機関車が、出番を待ってじっとうずくまっていた。無骨な車体は人間の背丈の倍の高さにそびえ、天蓋形の屋根は垂木《たるき》に届かんばかりだった。かまの帯《おび》金《がね》やはずみ車の星形をした鋲《びょう》が、午後の弱い光を反射して、紡錘形《ぼうすいけい》の鈍い光を放ち、どっしりした巨大な車輪は濃い影の中に沈んでいた。

薄闇の中を一人の男が歩いて来た。男は口笛を吹きながら、落ち着いた足取りでやって来る。ブーツの底に打ちつけた鋲が、すり減ったレンガの床の上できしった。男はジーパンの上に機関手の着る厚手のダブルの上着を着込み、寒さを防ぐために襟をしっかり立てていた。頭には、元は赤かったが今ではすっかり埃と油にまみれた毛織り帽子をかぶっていた。帽子の下からのぞく髪は、漆《うるし》のように真っ黒だった。男の手に下げたランプが揺れて、ずらりと並んだ機関車の栗色の車体にちらちらと小さな光を投げ掛けた。

男は列の一番端にある機関車の脇で立ち止まり、伸び上がって、その軸箱守《ホーンプレート》にランプを掛けた。そして一瞬その場にたたずみ、無意識に両手をこすり合わせて、手に染み付いたかすかな煙と油の臭いをかぎながら、居並ぶ機関車の巨人な姿をじっと眺めた。それからはずみをつけて踏み板の上に跳《と》び乗り、火室《かしつ》の戸を開けた。男は屈み込んで、手順よく仕事を進めて行った。火かき棒が火床《かしょう》をこすり、男の吐く息が肩越しに白く立ちのぼった。男は念入りに火を焚《た》く用意をした。新聞紙を丸め、たきぎを互い違いに積み上げ、それからシャベルを規則正しく動かして、炭水車から石炭をすくっては火室に放り込んだ。最初はあまり火力が強すぎてはいけない。かまが冷えている時にはそれは禁物だった。いきなり高温になると、かまは急激に膨張してひび割れ、煙管のつなぎ目の周辺に水漏れを起こす。そうなったらもうお手あげだ。機関車はあれほど強い力がある癖に、まるで子供のように手をかけて、なだめすかしてやらなければその力を出そうとしない。

機関手はシャベルを置き、火室の焚き口に腕を差し入れて缶の灯油を振《ふ》り撒《ま》いた。次に油を染み込ませたぼろ、そしてマッチ……。黄燐《おうりん》マッチはぱっと明るい炎を上げ、ぱちぱち音をたてた。かすかなぼっという音と共に灯油に火が付いた。彼は火室の戸を閉め、通気のために調節弁の把手《とって》を回して開けた。それからようやく体を起こし、ぼろ布で両手を拭うと、踏み板を下りて機関車の金具の部分を機械的に磨き出した。ちょうど彼の頭上の長い板には、気取った飾り文字で社名が書かれている。「ドーセット州［イングランド南部の州］・ストレンジ父子《おやこ》商会《しょうかい》・輸送業」もっと下の、かまの横腹には機関車自体の名があった。〈レディ・マーガレット〉。男の手の丸めたぼろ布が、その真鍮《しんちゅう》の板の所まで来てふと止まった。それから彼はゆっくり、心を込めてそれを磨いた。

〈マーガレット〉は独り言のように低くシューッという音をたて、灰受けのまわりからちらちらと炎の明かりが漏れた。機関車庫の職長が、その日の昼過ぎに、〈マーガレット〉のかまとタンクと炭水車の水槽を一杯にしておいてくれた。〈マーガレット〉の引く貨車はすでに操車場で連結され、倉庫の積み荷置き場の脇で待機している。機関手はさらに石炭を足し、蒸気圧がゆっくりと運転を開始できる高さまで上がって行くのを見守った。そしてオーク材の重い車輪止めを外し、機関車のひとかたまりになった水量計のガラス管の傍らに積み込んだ。機関車の丸い胴体は次第に暖まってかすかな熱を発し、運転台にいてもその温もりが感じられた。

機関手は物思わしげに天窓を見上げた。十二月半ば。この時期になるといつもそうだが、まるで天自らが光を出し惜しんでいるかと思われるほど、日々がどんよりした灰色の目の瞬《まばた》きのように呆気《あっけ》なく明けては暮れた。それに間もなくひどい冷え込みがやって来る。すでに寒さは凍てつくようだった。操車場の水溜まりは凍ってブーツの下でシャリシャリと音をたてて砕け、前夜から張った氷は、昼過ぎになっても一向に溶ける様子がなかった。

運送の仕事に向く天候ではない。かなりの業者がすでに店じまいしていた。狼がうろつき回る季節に入っていた。ただしまだいくらかでも生き残っているとすればだが。そして「兵士くずれの野盗」……。まさに連中の出番とも言うべき時期だった。たっぷり荷を積んだその冬最後の路上列車《ロード・トレイン》は、不意を襲い、ひっさらうのにうってつけの獲物だ。男は分厚い上着の下で肩をすくめた。これを最後に少なくとも一カ月かそこいらの間は、海岸地方行きの便を出すことはないだろう。ただ道の向かいの業突張《ごうつくば》りのサージャントスンの奴が、ご自慢の三段膨張式ファウラー機関車で抜け駆けを試みるようなことがあれば話は別だ。そうなれば〈マーガレット〉も再び路上に出るだろう。なぜなら海岸地方に最後の便を走らせるのはストレンジ父子商会と決まっているからだ。これまでもずっとそうだったし、これからも……。

　蒸気圧は一インチ当たり百五十ポンド。充分だった。機関手は煙室の正面に突き出した腕木に手提《てさ》げランプを引っ掛けて、再び踏み板によじ登った。伝動ギアがニュートラルになっているのを確かめてシリンダーコックを開き、調整器の把手を徐々に向こうへ倒す。〈レディ・マーガレット〉は目覚めた。ピストンがゴトゴト音をたて、滑り子《クロスヘッド》が滑り溝を滑り、出し抜けに排気装置の轟音《ごうおん》が、屋根の低い運転台を震わせ始める。蒸気がもうもうとたちこめ、灰色の混じった濃い煙が喉にからみつく。機関手の口許《くちもと》がかすかに緩んだが、目には笑いの影はなかった。発車の手順は、いやと言うほど繰り返したおかげで頭に焼き付き、体の一部となっている。ギアの確認、シリンダーコック、調整器……。一度だけしくじったことがあった。何年も前の、ほんの子供だった頃だ。四馬力のロビー型牽引車《けんいんしゃ》を、コックを閉めたまま始動させてしまったのだ。ピストンで圧縮された水は、シリンダーの先端を突き破って飛び出した。無残にひび割れた鉄を見ただけで彼は胸が張り裂けそうな思いだったが、イーライは容赦なく飾り鋲つきのベルトを外し、彼を死ぬほど打ちのめした。

機関手はコックを閉め、反転レバーを前進へ一杯に動かして、再び調整器を開いた。機関車庫の薄暗がりの中に操車場の職長ディコンが姿を現した。ディコンが機関車庫の重い扉を力一杯引き開けると、〈マーガレット〉は蒸気を吐き出しながら、ごろごろと音をたてて外へ出た。そして大きくカーブを切り、操車場を横切って、停まっている貨車の方へ向かった。

この寒空にも上着なしのディコンは、列車を〈マーガレット〉の車両連結棒に手早くつなぎ、ブレーキの連結装置をかちりとはめた。貨車三台と炭水車、これくらいの荷なら楽なものだった。職長は立ち止まり、両手を腰に当てた。膨らんだ半ズボンとひだ襟の付いた汚いシャツを着て、白髪交じりの髪が縮れて襟にかかっている。「わしも一緒に行った方がいいんじゃないかね、ジェシーさん……」

ジェシーは口をぎゅっと結び、重々しく首を振った。すでにその話はすんでいたのだ。ジェシーの父は決して大勢の人間を使うことをよしとしなかった。わずかな人数しか雇わず、自分の支払う給料に見合うだけ、しっかりと彼らをこき使った。もっとも、職工組合の態度は硬化する一方だったから、そのやり方がいつまで続けられるかは皆目わからなかった。イーライ自身、死のほんの数日前まで運転台に立っていた。ジェシーが父に代わって〈マーガレット〉を操縦して、ブリッドポート［イングランド南部、ドーセット州西部、イギリス海峡に臨む町］のうしろに広がる丘陵地帯の村々を回り、梳毛《そもう》工場のサージや梳毛糸を積み込んで来たのはほんの一週間ばかり前のことだ。今運んでいるプール向けの荷の一部はそれだった。イーライ・ストレンジは、晩年も事務所の椅子に収まり返っているようなことはなかった。だから彼が死ぬと、会社はひどい手不足に陥ったのである。あと数日で今年も店じまいという今、新たに人手を雇い入れるのは無意味だった。ジェシーはディコンの肩をぎゅっとつかんで言った。

「こっちじゃあんたがいないと困るだろう、ディック。操車場を頼む。おふくろに気をつけてやってくれ。おやじならきっとそう言っただろうよ」それから一瞬苦い顔になった。「俺一人で〈マーガレット〉に乗ったことがまだ一度もないってことなら、今がちょうど潮時だろう」

ジェシーは列車のうしろに向かって歩きながら、積み荷をおおう防水布に掛けたロープをところどころ引っ張ってみた。炭水車と最初の二両はきちんとおおわれ、ロープもしっかり掛かっていた。最後尾の積み荷は点検の必要がなかった。昨日自分の手で、何時間もかけて梱包《こんぽう》したからだ。それでもやはりジェシーはその荷を点検し、尾灯《びとう》とナンバープレートの明かりがついているのを見届け、それからようやくディコンの差し出す積み荷目録を受け取った。ジェシーは再び踏み板によじ登り、手のひらに革を当てた分厚い機関手用の手袋に、むりやり手を押し込んだ。

　職長はそこにつっ立ったままジェシーを見つめた。

「『野盗』に用心しろよ。あのノルマンの父なし子《バスタード》どもに……」

　ジェシーはうなるように言った。「やつらの方こそ用心するがいいんだ。後を頼むよ。ディコン。明日には戻る」

「気をつけてな……」

　ジェシーは調整器をゆっくり前方に倒し、うしろに遠ざかって行くずんぐりした人影に向かって片手を上げた。〈マーガレット〉と列車はガラガラと音をたてて操車場の門をくぐり、轍《わだち》の刻まれたダーノヴァリアの本街道へと出て行った。

　積み荷を引いて町中へ向かう間、ジェシーの頭はいろいろな考え事で一杯で、さしあたりは「野盗」の心配もお預けだった。悲しみの最初の衝撃がようやく薄れ始めた今、ジェシーは自分たちがどれほどイーライを頼りにしていたかをひしひしと感じた。会社は何の予告もなしにジェシーの首のまわりにぶら下げられた重荷だった。それに、この先ますますやりにくい時代になりそうな気配があった。組合は労働時間短縮と賃金引き上げをやかましく要求し、教会が公然とその後押しをしていた。この分では輸送会社はさらに窮乏に耐えなければならない立場に追い込まれそうだ。今でも利幅はいいかげん薄いというのに。その上、路上列車そのものにもさらに規制が加えられるという噂があった。今度は貨車が最大限六両、それに水運搬車が一両までに規制されるらしい。理由として、都市周辺の渋滞がひどくなっていることが挙げられていた。それと道路の状態だ。だがほかにいったい何が期待できるというんだ、とジェシーは苦々しく自問した。国中から取り立てた税金の半分が、教会の金《きん》の燭台《しょくだい》やら何やらを買うのに回されるようなご時世だというのに。だがことによると、これはほんの序の口で、二、三世紀前に大法王ギゼヴィウス［世界に「鎖国」体制を敷いた架空の法王。巨大な権力をふるい、以後、何度も言及される］の差《さ》し金《がね》によって行われたのと同じような商業の抑制が、この先再び待ちかまえているかもしれなかった。あの時の記憶は、少なくとも西ヨーロッパでは、いまだにうずき続けていた。イギリスの経済は今安定していた。ここ数年来で初めてのことだった。安定は富を、黄金の貯えを意味する。そして黄金は、ほかならぬあの半ば伝説化した法王庁の金庫に山と積まれた黄金は危険を意味する……。

何カ月か前にイーライは、連中の鼻をあかすことを誓って、新たに規制をくぐり抜ける工作に取りかかった。イーライは十台ばかりの貨車を改装して、連結棒のすぐうしろに五十ガロンの水が入る亜鉛張りの水槽を取りつけさせたのである。水槽はほとんど場所を取らず、残りの部分には金になる積み荷を乗せられる。それでいて州長官の威信に逆らわないだけの条件はちゃんと満たしていた。ジェシーは、あのしたたかな古狸《ふるだぬき》がしてやったりとばかりに小気味よい笑い声を上げるのが、目に見えるような気がした。ただ父は、生きて自分の企みの成功を見ることこそできなかったが。いつの間にかジェシーの思いは、地中に滑り下りて行った柩と同じように留めようもなく、ずるずると父のことに戻って行った。ジェシーは、最後に目にした父の姿を思い出していた。柩の掛け布から、灰色をした蝋《ろう》のような鼻が突き出ていた。古い家の居間に弔問客たちが列をつくっていた時のことだ。その中にはイーライに雇われていた機関手たちも交じっていた。死はイーライ・ストレンジを和《やわ》らげはしなかった。その顔は醜くやつれていたが、強さは失われていなかった。ちょうど石が切り出された後の丘の中腹と同じように。

運転している最中の方が、考え事をする時間がたくさんあるように思われるのが妙だった。一人きりで乗っていて、やれかまの計器だ、蒸気圧だ、火だと気を配ることがいろいろあっても同じだった。ジェシーの両手に、あのお馴染みのハンドルの小刻みな震動が伝わって来る。ごくかすかな圧迫が感じられるだけだが、長く走っているとそれが積もり積もって、そうやってハンドルを握っているだけで、両肩や背中が焼けつくように痛み出す。だが今回はたいして長い道のりではない。二十マイル、いや二十二マイルか。ウール［ドーチェスター東部の町］に出て、それからグレートヒースの荒野を越えてプール［ドーセット州東部の港市］まで行く。このくらいの距離は〈マーガレット〉なら朝飯前だ。積み荷もたいしたことはなかった。引いているのは全部で三十トン、しかも途中はほとんど平坦な土地ばかりだ。機関車のギアは二段しかなかった。ジェシーは出発の時ギアを高速に入れ、ずっとそのままで行くつもりだった。〈マーガレット〉の名目上の出力は十馬力だったが、それは古い等級によるものだ。一馬力がピストンの断面積で直径十インチに相当するとしての計算だ。バレル型機関車は制動馬力で七十から八十は出せる。貨車なら百三十トンは引けるはずだった。一度イーライは賭けをして、それだけの重さが引けるかどうか実際に試したことがあった。

そして勝ったのだ。

　ジェシーは圧力計を調べた。彼の目が勝手に勤めを果たして行く。最大圧力まであと十ポンド。しばらくはこのままでいい。走っている最中に燃料をくべることはできた。それはずいぶん前にも経験済みだった。だが今のところその必要はなかった。最初の十字路にやって来た。ジェシーは左右にちらりと目をやり、ハンドルを回した。振り返ると、貨車が一つ一つ同じ地点でなめらかに曲がるのが見えた。上等だ。あの方向転換ならイーライも文句なしだろう。貨車が道路の中央路頭を通過することはわかっていたが、ジェシーは特に気を配ったりはしなかった。ランプはちゃんとついているし、〈マーガレット〉の巨体と積み荷が目に入らないような機関手がいたとしたら、衝突してめちゃめちゃになっても自業自得というものだ。都合四十トン余りが轟音《ごうおん》もすさまじく前進して行くのだ。翼　車《バタフライ・カー》など、ちょっと近づきすぎればひとたまりもない。

　機関車乗りのご多分に漏れず、ジェシーは内燃機関に対して根強い軽蔑の念を抱いていた。とは言え、一方ではそれに対する賛否両論に耳を傾けるだけの冷静さも持ち合せていた。いずれはガソリン機関がもっと普及する時が来るかもしれないし、それとはまた別の方式もある。例のディーゼルとかいうやつだ……。だが、どのみち教会がうんと言わない限りは話にならない。一九一〇年の法王教書による石油禁止令で、内燃機関の容量は百五十ccまでに規制された。それ以来、蒸気機関車には、事実上競争相手がなくなったのだ。ガソリン車はけばけばしい帆［「翼車」の「翼」に当たる］を取り付けて、推進力を補わなければならなかった。まして積み荷を運ぶことなど、とてもできない相談だった。

　それにしても、全く何という寒さだ！　ジェシーは首を縮めて上着の中にいっそう深くもぐり込んだ。〈レディ・マーガレット〉には風防ガラスがついていなかった。今日ではこれをつけている機関車が多かった。ストレンジの機関車ですら一、二台はついている。しかしイーライは、マーガレットにはまかりならん、金輪際まかりならん、と言って聞かなかった。……マーガレットは芸術品だ。あれ自体で完成している。メーカーがあれを造ったままに止めておけ。あれを安ピカもので飾り立てるだと？　思っただけでもヘドが出る。イーライには、風防ガラスをつけたマーガレットなどそんじょそこいらの機関車なみに格落ちもはなはだしかったのである。ジェシーは目を細め、ぴりぴりと刺すように冷たい風に逆らって前方をすかし見た。それから回転速度計をちらりと見下ろす。時速十五マイル、回転数百五十。手袋をはめた片手が反転レバーを引き戻す。町中を走る時の制限速度は、時速十マイルと国法で決まっていた。ジェシーは、スピードを出し過ぎてぶち込まれたりする気は毛頭なかった。ストレンジ父子商会はこれまで、治安判事や警察の連中とは常に仲良くやって来た。それがこの商売に成功している理由の一つでもあった。

　長い本通りにさし掛かると、ジェシーは再び回転数を落とした。勢いを削がれた〈マーガレット〉は、不満そうな響きを上げ、その音があたりの灰色の石でできた建物の壁にはね返ってこだました。ジェシーは、ブーツの底を通して連結棒に掛かる力が緩むのを感じ、ブレーキのハンドルを回した。減速に失敗して、列車がジグザグに折り重なるようなまねをするのは、機関手の経歴上でほとんど最悪の汚点と言えた。尾灯の炎のうしろに取り付けた反射鏡が、かちかちと音をたてて跳ね上がり、そのまぶしい光が一瞬二重になって見えた。ブレーキが掛かり、補正器がまずうしろの荷を引き止めて、貨車はまっすぐ一列に並んだ。ジェシーは反転レバーをもう一段、ゆっくりと引き戻した。ピストンの先に送り込まれた蒸気が〈マーガレット〉の速力を鈍らせた。前方では、町の中心部のガス灯が、支柱の上で瞬いていた。その向こうは城壁、そして町の東門だった。

任務に就いていた警官は矛槍《ほこやり》を上げて軽く敬礼し、手で進めと合図した。ジェシーはレバーを押し、ハンドルを回してブレーキを外した。ブレーキの接触部に圧力がかかりすぎると、列車のどこかで火花が出る恐れがある。今回の積み荷は大部分が可燃性のものだったから、そうなるとまずい。

ジェシーは頭の中に積み荷目録を一通り思い浮かべてみた。〈マーガレット〉はサージの梱《こり》を積んでいた。積み荷の中ではそれが一番たくさん場所を取っていた。イギリスの毛織物は大陸でも有名だった。いきおいサージの織元は、南西部の業者集団の中でも最も有力なものの一つに数えられていた。そのあたり一帯の村々には、そういった毛織物の工場や倉庫が何マイルにもわたって点々と散らばっていた。その製品の輸送を一手に握っていたおかげで、イーライはほかの競争相手に水をあけることができたのだ。それから、メルズのアントニー・ハーコートが出荷した染色した絹地もあった。ハーコート製の婦人用肌着は、はるか海の向こうのパリでもひっぱりだこだった。そしてたくさんの木枠に詰まった旋盤細工《せんばんざいく》の製品。ダーノヴァリアのイラズマス・コックスやジェッド・ロバーツ、マーティンズタウンのジェレマイア・ストリンガーといった土地の職人がこつこつこしらえた無骨な品だ。州総督の印章で封印された金貨。これはローマに送り出される今期最後の徴収金だった。さらに機械部品、上等のチーズ、そのほかありとあらゆるがらくたがあった。陶製パイプ、角製《つのせい》のボタン、リボンやテープ、それにビーミンスター［ドーセット州西部の町］にある例の新大陸資本の会社から委託された、サクラ材の聖母像の船荷に至るまで、あれは確か「霊魂の平和社」とかいう会社だった……。毛織物や毛糸は一両目の貨車を占領し、さらに炭水車の上にも乗せられていた。旋盤細工やそのほかの荷は二両目に積まれている。積み荷について頭を悩ます必要はなかった。放っておいても心配ない。

前方に東門と、黒々とそびえる城壁が姿を現した。ジェシーは念のために速度を落とした。その必要はなかった。こんな晩にも寒さを物ともせずにまだ路上に出ているわずかな翼車は、先程の警官の出した信号に従って、すでに危険のない場所に停車していた。〈マーガレット〉は汽笛を鳴らして通り過ぎ、後に残されたおびただしい蒸気が、夕闇の迫る空に白くくっきりと浮かび上がった。機関車は城壁を通り抜け、その外に広がる荒野とうねうねと続く丘へと走り出た。

ジェシーは下に手を伸ばして給水弁の制御ハンドルを回した。すでに煙室を通っているパイプの中で温められた水が、渦を巻いてかまの中に噴き出した。ジェシーは徐々に機関車の速度を上げた。ダーノヴァリアの町は、後方の薄闇の中に呑み込まれて見えなくなった。夜の闇が急速にあたりを包み始めていた。左右に広がる地面は何の変哲もなく、ただ一面に暗かった。そして目の前ではエンジンがすさまじい音をたて、そのぐるぐる回転するクランク軸の一部が見えた。運転台のジェシーはにやりと口許をほころばせた。機関車の操作で体を動かしたおかげで、まだ気持ちが弾んでいた。かまのまわりから漏れる炎の明かりが、がっちり張った顎と、まっすぐな漆黒《しっこく》の眉の下の、深く窪《くぼ》んだ目を照らし出した。サージャントスンのじじいめ、うちを出し抜いて最後の便を出してみるがいい。この〈マーガレット〉は、上り坂だろうと下りだろうと、奴のファウラー機関車を逃がしはしない。そうなったら、親父はできたばかりの墓の中で腹を抱えて転げ回ることだろう。〈レディ・マーガレット〉。思い出そうともしないのに、ジェシーの頭の中に一つの光景がよみがえった。そこではジェシーはまだ声変わりしたばかりの子供だった。ずいぶん昔のことだ。八年前、いや十年になるか。年月というものは知らない間にどんどん積み重なって行き、とてもそんなに時がたったとは思えないものだ。そんな風にして、若者がいつの間にか老人になっていくのだ。ジェシーの頭に浮かんだのは、〈マーガレット〉が初めて操車場に姿を現した朝の光景だった。機関車は、ダーノヴァリアの町中を、シュッシュッと勢いよく蒸気を吐き出しながら疾走して来た。はるか遠くセットフォード［イングランド東部、イースト・アングリアの北端、ノーファク州の市場町］にあるバレル社の工場から出て来たばかりで、塗りたてのペンキはつやつやと光り、汽笛は鋭く鳴り響き、真鍮部分は日の光を受けてまぶしく輝いていた。公称十馬力の二段膨張式機関車。はずみ車の飾りから、静電気放電用の鎖に至るまで、その細部のすべてを指定して作らせた特注品だった。スパッドパン、車台、揚水ポンプ。イーライは確かに望み通りのもの、即ちヨーロッパ中で最高の蒸気機関車を手に入れたのだ。彼はそれを受け取るためにはるばるノーファクまで自ら出向いたのだった。途中いくつもの州を通り抜ける厄介な旅だったが、それというのも、この一座の花形とも言うべき機関車を持ち帰る役をほかの誰にも任せる気になれなかったからだ。それ以来ずっと〈マーガレット〉は彼専用の機関車だった。もしイーライ・ストレンジと名乗る古いみかげ石の塊にこの世で何か愛するものがあったとすれば、それはこの巨大なバレル機関車だった。

ジェシーはその場に居合せて機関車が到着するのを見た。弟のティム、それに兄たちも一緒だった。今は亡いジェイムズとマイカ——二人の霊の安らかならんことを。二人ともあのブリストル［イングランド南西部の都市］のペストでやられたのだった。ジェシーは父が踏み板から軽々と飛び下り、まだ蒸気を吐き出しながら、まるで生きているように身を震わせている機関車を見上げたのを覚えている。機関車にはすでに社名が書かれ、その真新しいペンキの文字が、運転台の丸い屋根の下で輝いていた。だが機関車自身は今のところまだ名前がなかった。「何て名にするつもりなの」母がエンジンの騒音に負けまいと声を張り上げて聞いた。するとイーライは頭をかき、赤い顔をしかめた。「そいつがわかりゃあな」会社にはすでに〈雷神〉という名の機関車があった。それに〈天啓〉〈オベロン〉〈バラードが丘〉そして〈西部の大力〉、いずれもその主にふさわしく、勇ましい名前だった。「そいつがわかりゃあな」イーライはにやりとして言った。そこへいきなりジェシーの声が割り込んだ。その大人になりかけの少年特有の上ずった声はこう叫んだ。「〈レディ・マーガレット〉は、お父さん……〈レディ・マーガレット〉……」

話しかけられもしないのに口を出すなんてとんでもないことだった。イーライはジロリとジェシーを睨みつけ、帽子をぐいと押し上げてもう一度頭をごしごしかくと、急に大声をあげて笑い出した。「そいつはいい……気に入ったぞ」そこで機関車の名は、機関手たちの口々の抗議にもかかわらず〈レディ・マーガレット〉に決まった。あの古株のディコンの意見さえ相手にされなかった。ディコンは、機関車に「どこぞのけしからん女」の名前を付けるなんて「縁起でもない」と言い張ったのだ。ジェシーは両耳が燃えるように熱くなったのを覚えている。それが恥ずかしさのためか、それとも誇らしさのためかは自分でも分からなかった。彼はできるものならその名前を取り消したいと切に願ったが、それはもう動かし難いようだった。イーライはその名前が気に入り、ストレンジ親父に反対する者などいなかった。彼が元気な時には、誰もそんなことはしなかった。

そのイーライも今は亡い。全く何の前触れもなかった。ただちょっと咳込み、両手が椅子の腕木をぎゅっと握りしめたかと思うと、不意にいつもの父とは別人のような顔つきになり、目が宙を見据えた。どす黒い血がみるみる滴り落ち、肺はぶくぶく音をたてて弱々しく息を吐き出した。土気色をした老人は寝床に横たわり、その傍らにはランプがただ一つ灯されて、神父が付き添い、ジェシーの母は魂の抜けたような顔でただそれを見守っていた。トマス神父の態度はよそよそしく、いかにもこの老いた罪人が気に食わないという様子だった。神父の唇が許しの言葉を述べ、お座なりに祝福を与えている間、家のまわりでは凍えるような冷たい風がヒューヒューとうなりを上げていた……。しかし死はこれだけのものではなかった。一人の人間の死は単なる一つの終末というだけではなかった。それはちょうど、美しい模様が織り出された布から一本の糸を引き抜くようなものだった。古い家の軒《のき》の下にあるジェシーの寝室がジェシーの生活の一部となっているように、イーライの存在は彼の生活の一部だった。死は記憶の連続した流れをめちゃめちゃにし、おそらくそっとしておくに越したことはない古い弦をやたらにかき鳴らす。ジェシーにとって、父が今、目の前にいるという気になるのはわけないことだった。ごつごつした顔。風雨にさらされてふしくれだった手。目深《まぶか》に引き下ろされた、留め金付の油染みた運転帽。首に結んで両端をズボン吊りのバンドにはさんだ襟巻き。あつぼったい大きな外套《がいとう》。着古した厚手のコーデュロイの作業着。油の臭いがつんと鼻をつき、高い煙突から吹き戻されてくる煙がジェシーの目をひりひりさせた。ピストンの騒音に満ちた暗闇に包まれてこうしていると、父の不在がこれまでになくひしひしと感じられた。そうなることがジェシーにはわかっていた。ことによると、それこそ彼が望んでいたことだったのかもしれない。

　餌《えさ》の時間だ。ジェシーは前方にちらりと目をやった。道はまっすぐ伸びている。機関車の針路がそれる気づかいはなかった。ウォーム歯車式のハンドルは後戻りすることはない。ジェシーは火室の扉を開け、シャベルをつかんだ。彼は最大火力を衰えさせずに素早く、手際よく石炭をくべた。それから勢いよく扉を閉め、また体を起こした。機関車の絶え間ない轟音はすでにジェシーの一部となり、血液と共に体中を駆け巡っていた。鉄の踏み板の温もりがブーツを通して感じられ、火室から発する熱で暖まった風が頬をなでた。まだ今のところ、骨のうずくような寒さもここまでは届かない。

ジェシーがダーノヴァリアの外れにある古い家で生まれたのは、父がそこに落ち着いて商売を始めて間もない頃で、当時父の手元にあったのは二台の耕運機と脱穀機、それにエイヴリング・アンド・ポーター社のトラクターだけだった。四人兄弟の三番目だったジェシーは、ストレンジ父子商会の身代《しんだい》が自分のものになるなんて本気で考えたことはなかった。だが神意は、うねうねと広がる丘同様に計り難く、ストレンジの息子は二人までも病気にやられてみまかり、今またイーライ自身もその後を追った……。ジェシーは過ぎた昔、家で過した幾たびもの長い夏を思い起こした。夏になると、機関車庫の中は煙と油の臭いがこもり、うだるような暑さになった。ジェシーは毎日そこで出入りする列車を眺めたり、倉庫の一段高くなった入口で荷の積み下ろしを手伝ったり、うずたかくつまれた数知れない木枠や梱の上によじ登ったりして過したものだった。倉庫にもいろんな香りが入り交じった独特の臭いがあった。箱詰めされた干した果物、アンズやイチジク、それに干しぶどうの甘ったるい香り。製材したばかりの松の引き板のすがすがしい香り。杉材特有の芳香。ラム酒に漬けたひねり葉巻煙草の、頭がくらくらするようなきつい香り。金持ち向けのシャンペンやオポルトぶどう酒［オポルトはポルトガル北西部のワイン生産・輸出拠点］、コニャック、フランス製のレース。タンジールオレンジやパイナップル、ゴムに硝石、黄麻《こうま》に大麻《たいま》……。

時折ジェシーはせがんで機関車に乗せてもらい、プールやボーンマス［イングランド南部、イギリス海峡に臨む有名な行楽保養都市］、ブリッドポート、ウェイマス［ドーセット州南岸の保養地］、それからずっと西のイスカ［デヴォン州都エクスターのラテン語名］やリンディニス［サマセット州の町イルチェスターのラテン語名。ダーノヴァリア（ドーチェスター）とここだけが城壁町］にも行った。一度はロンディニアム［ロンドンのラテン語名］と、さらにその北東のキャムロデュナム［イングランド南東部エセックス州北東部の町コウルチェスターのラテン語名］まで行ったことがある。バレルやクレイトン、フォーデンといった機関車は長距離も楽々とこなした。こういう古馴染みの引く列車の積み荷の上に陣取り、汽笛を鳴らし、蒸気を吐きながら進んで行く機関車を眺める気分は何とも言えなかった。機関車ははるか半マイルも先を走っているようにみえた。そして料金所が近づくと、息せききって前方へ駆けつけて係官に通行税を支払い、そのまま列車が通り過ぎるのを待って、赤と白の縞模《しまも》様《よう》の横木を下ろす手伝いをするのだった。ジェシーはたくさんの車輪が地響きをたてて通り過ぎ、轍の刻まれた道路にもうもうと土埃が舞い上がったのを覚えている。道端の草や生垣《いけがき》には土埃が厚く積もり、道路はまるで、地面を横切る白い爪跡のように見えた。たまに出先で一晩過すこともあった。父が上機嫌で一杯やっている間、ジェシーは宿の酒場の片隅にうずくまっていた。イーライは、時には気難しく、ジェシーをぴしゃりとひっぱたいて二階の寝室へ追いやることもあったが、機嫌のいい時には、じっくり腰を据えて昔のことをあれこれ、おもしろおかしく話してくれた。自分の子供の頃のこと、機関車がかまの前にながえをつけて馬をつなぎ、それで針路を変えていた頃のこと。ジェシーは八歳で制動手をつとめ、十歳の時にはもういくつかの短い路線で運転をしていた。家を離れて学校へやられることになった時はひどく辛かった。

　彼はイーライがいったい何を考えているのかと怪しんだ。「ちょっとばかり教育ってやつを受けてみることだ」父はそう言っただけだった。「そいつが物を言うんだからな、坊主……」あの時の気持ちがよみがえってきた。ジェシーは家の裏手の果樹園をさまよい歩いたことを思い出した。古いスモモの木はみんな枝もたわわに真っ赤な実をつけていた。そのごつごつした木は、よじ登るのにちょうど手頃だった。リンゴの木もあった。ブラムリー種とレイン種、それにヘイリー種のオレンジ。提督ナシの実が、九月の日差しを一杯に浴びた塀を背に、表面のざらざらした手榴弾《しゅりゅうだん》そっくりに枝からぶら下がっていた。毎年収穫の時期になると、もいだ実を運び込む手伝いをしたものだったが、今年はそれもできない。これからはもうできないのだ。兄と弟の二人は、村の小さな学校で読み書きと算術を習っただけだった。だがジェシーはシャーバーン［イングランド南部ドーセット州の町］へ行き、その古い大学町に留まって大学まで進んだ。彼は語学と科学を熱心に勉強し、かなりの成績を修めたが、それでいて何か満たされぬ思いがしていた。そうして何年かを過してから、ジェシーはようやく、自分の手が油まみれの鋼鉄の手触りを懐かしみ、鼻が蒸気の臭いをかげないのを物足りなく感じていることに気づいたのだった。ジェシーは荷物をまとめて家に帰り、他の機関車乗りたちに交じって働き出した。イーライは何も言わなかった。褒めるでもなく、叱るでもなかった。今、運転台のジェシーは首を横に振った。心の奥底ではジェシーはいつだってわかっていたのだ。自分が将来何をするのか、それは万に一つの疑いもなく確かなことだった。ジェシーは心底から機関車乗りだった。弟のティムや、ディコンやイーライと同じように、ただそれだけのことだった。それで充分なはずだった。

丘を登りつめた〈マーガレット〉は、今度は勢いよくごろごろと坂を下り始めた。ジェシーは膝の脇にある計器の細長いガラスにちらりと目をやり、その目盛りを読み取るより先に、本能的に給水機の弁を開いてかまに水を補給した。この機関車は車台が長く、従って下りには注意が必要だった。胴体の中の水が少なすぎると、前方に傾斜した時に火室のてっぺんが水面より上に出てしまい、そこにある熱に弱いプラグが溶ける恐れがある。どの機関車にも予備が用意してあったが、その付け替え作業はできるだけ避ける方が賢明だった。それにはまず火を落とさなければならず、そのあげく焼けつくようなかまの中にもぐり込んで、暗がりでえんえんと頭の上のプラグと格闘する羽目になるからだ。駆け出しの頃誰でもやるように、ジェシーも人並みにプラグをいくつも焼き切ったことがあった。そのおかげで火室を水面下に保つことを覚えたのだ。逆に水位が高すぎてもいけなかった。そうなると水は蒸気の出口まで達して、煙突から煮えたぎる湯気となって溢れ出る。ジェシーはそれも何度か経験済みだった。

ジェシーが弁をひねると、給水機のシューッという音が止んだ。〈マーガレット〉は速度を増しながら坂をどんどん下って行く。ジェシーは反転レバーを引き戻し、ブレーキをしぼって列車の速度を緩めた。機関車がまた上り勾配《こうばい》に差し掛かり、そのピストンの音の調子が変化するのを聞きながら再び蒸気を送り込む。明るくても暗くても、ジェシーには道の様子が手に取るようにわかっていた。腕のいい機関手なら当然のことだった。

　前方にちいさな明かりがぽつんと見えて来た。間もなくウールだ。〈マーガレット〉は鋭い汽笛を前触れに、よろい戸をおろした村の家々の間を、地響きをたてて通り抜けた。この先は、一直線にヒースの大荒野《グレート・ヒース》［ボーンマスとスウォニッジの間に広がる。384頁参照］を横切ってプールに向かう。町の門まで一時間、それから埠頭までがだいたい三十分といったところか。ただし渋滞があまりひどくなければの話だが……。ジェシーは両手をこすり合わせ、上着の中で肩をもそもそと動かした。この頃になると運転台にいてもひどく寒かった。寒さはジェシーの体の節々に入り込み、そこに居座った。

　ジェシーは道の両側を見渡した。もうすっかり夜になり、グレート・ヒースは墨《すみ》を流したように真っ黒だった。はるかかなたに、ちらちらするかすかな光が見えた。荒野のどこかの、悪臭を放つ沼地をさまよう鬼火だ。それともただそんなものが見えたような気がしただけだろうか。凍るような冷たい風が、何もない真っ暗闇からうなりを上げて吹き込んで来る。バレル機関車の規則正しい鼓動に耳を傾けているうちに、ジェシーは自分が船に乗っているような気がしてきた。これまでもたびたび、そんな気がしたことがあった。荒野の中をはうように進んで行く、たった一つのちっぽけな暖かい光の点〈マーガレット〉。それはちょうど広大な、敵意に満ちた大洋を渡って行く一隻の船そっくりだ。

　いまは二十世紀であり、理性の時代だ。だが荒野では依然として迷信的な恐怖がまかり通っていた。荒野は狼や魔女や妖精といったものたちの仕処《すみか》だった。それに「野盗」だ。

ジェシーはいまいましげに口許をゆがめた。「ノルマンの父なし子ども《バスタード》」とディコンは言っていた。それは実に当を得た呼び名だった。確かに連中はノルマン人の血を引くと称していた。だが、ノルマン人による征服［一〇六六年、征服王ウィリアムによる］以来千年以上たったこのカトリックのイギリスでは、ノルマン人、サクスン人、それに原住のケルト人の血は到底見極めがつかないほど入り交じってしまっている。今でも残っている区別の大方は、勝手にそういっているだけのことで、大法王ギゼヴィウスの人種論にのっとって二、三世紀前に新たに持ち出されてきたものにすぎなかった。たいていの人間が、うろ覚えにしろ、少なくとも国内で使われている五つの主な言葉をしゃべることができた。支配階級のノルマン・フランス語、聖職界のラテン語、商業取り引きに使われている近代英語、それに下層の農民たちの古めかしい中世英語とケルト語である。もちろんそれ以外の言葉もあった。ゲール語、コーンウォール語［ブリトン系ケルト語］、そしてウェールズ語。いずれも教会によって奨励され、すでに廃《すた》れかけて何世紀にもなるのに細々と生き永《なが》らえていた。しかし、こうして一つの国をこま切れにし、階級と並んで言語による障壁を作り上げておくほうが好都合なのだ。「分裂支配」というのが、おおっぴらではないにしても、ローマの長年にわたるやり口だったのである。

「野盗」にまつわる伝説はいろいろあった。昔から南西部には小規模な追いはぎの群れが出没していたし、おそらくこれからも同様だろう。やみ売買や窃盗《せっとう》、路上列車の略奪といったことをやっている連中だった。連中はたいてい、といっても必ずとは言い切れないが、命を奪うことまではしなかった。ここ数年、輸送業者はとりわけひどい被害をこうむっていた。ジェシーは〈マーガレット〉が半死半生のていで戻って来た時のことを覚えている。真っ暗な晩だった。助手は石弓の四角矢でやられてすでにこと切れ、積み荷の半分は炎に包まれて、イーライは反狂乱で罵《ののし》りながら復讐を誓っていた。はるばるソルヴィオデュナム［ウィルトシア州都ソールズベリのラテン語名］から派遣されてきた軍隊が、幾日もかけて荒野を、それこそ草の根を分けて捜索したが、無駄だった。追いはぎ一味は影も形もなく、もしイーライの説が正しければ、とっくに銘々の家に帰って正直で敬虔《けいけん》な市民に戻っていたのだ。荒野には何の痕跡も見当たらなかった。世間で噂されていた無法者たちの根城などありはしなかった。

ジェシーは厚い上着の中で身震いし、再び燃料をくべた。〈マーガレット〉は武器を積んでいなかった。「野盗」に襲われたとしても、連中と渡り合うなどもってのほかだった。命が惜しければやめておくことだ。少なくとも当たり前のやり方では、とても太刀《たち》打ちできるものではない。イーライはその問題に関して自分なりの対策を考え出していた。ただそれが実際に効を奏するのを見ずに逝《い》ってしまったが。ジェシーはぎゅっと口を結んだ。やつらは来る時は来るだろう。だがその時は、このストレンジ父子商会から奪い取った物をせいぜい味わってもらうだけだ。会社はちょっとやそっとでこれまでになったわけではない。今のイギリスでは、輸送業は決して生易しい商売ではないのだ。

一マイルほど先で、フルーム川［イングランド南西部サマセット州の川］の支流の小川が道を横切っていた。この路線を走る機関車は、たいていそこで停まって水槽を一杯にした。荒野には池が一つもなく、溜池《ためいけ》を作るには途方もない費用がかかった。地面の窪みに溜まった水は汚れて塩分を帯びるため、かまにとって安全とは言えない。そこで溜池はコンクリートで縁取りする必要があるのだが、そんなことをしようものなら半年分の収益が消し飛んでしまう。セメントの製造はローマの手にがっちり握られていて、目玉が飛び出るほどの値段であり、事実上禁止されたも同然だった。もちろんそれは熟慮の上での禁止だった。セメントは、頑丈な防御拠点を手早く作り上げるのにうってつけだからである。イギリスではここ何年もの間、さすがの歴代の法王でさえ気を許せないほど頻繁に反乱が起こっていた。

前方を睨んでいたジェシーの目が水かあるいは氷らしいきらめきを捉えた。手が反転レバーに、そして列車のブレーキにと伸びる。〈マーガレット〉は小さな橋の真上で停車した。橋の欄干《らんかん》には「重量のある乗り物」についてのものものしい注意書きがあったが、ほとんどの機関手は、少なくとも日が暮れてからは、そんなことを気にかけたりはしなかった。ジェシーは飛び下りて、かまの横に取り付けた頑丈な重装備の強化ホースの先端を外し、欄干越しに放り投げた。氷の割れる音がした。揚水ポンプはシューシューとやかましい音をたて、排気孔から蒸気が溢れ出した。二、三分で用は済んだ。〈マーガレット〉はそのままでプールはもちろん、その先まででも難なく行けるのだが、まともな機関手なら誰でも、水槽が縁まで一杯になっていなければ安心できないのだ。ことに日が暮れて、いつ何時襲われるかわからない時はなおさらだった。こうしておけば機関車は必要とあらば長時間、全速力で逃走を続けることもできる。

ジェシーはホースを元に戻して、炭水車から夜間走行用のランプを取り出した。ランプは四つあった。かまの両脇に一つずつ、前輪に二つ。ジェシーはランプをそれぞれの場所に掛けた。カーバイドの上にある弁をひねって、前面のガラスを持ち上げ、アセチレンの臭いをかいでみる。ランプは前方と両脇にくっきりと白い扇形の光を投げ、路上の霜の結晶がキラキラと輝いた。ジェシーは再び出発した。寒さは身を切るようだった。気温はすでに氷点下数度まで下がっているに違いない。だが夜の最悪の時はまだこれからだった。行程のこのあたりになると、次第に寒さが故意に自分をつけ狙っているような気がし出す。寒さは喉元につかみかかり、背中にガラスのかぎ爪を食い込ませてくるのだ。寒さは、体と頭の両方で絶えず闘い続けなければならない相手だった。寒さのあまり意識を失ってしまうことだってあり得るのだ。踏み板の上で凍え切って、かまの火力が衰え、蒸気が足りなくなっても、燃料をくべるだけの分別を失ってしまうのである。これまでにも実際そういうことがあった。そんな風にして路上で命を失った機関手は一人や二人ではなかった。今度だってそうならないとは限らないのだ。

〈レディ・マーガレット〉は絶え間なく轟音を響かせ、荒野を渡って来る風はうなりをあげて吹き付けた。

道の陸側に、どっしりした城壁と堀に囲まれてプールの家々や農家がごちゃごちゃと固まっている。城壁に沿って、いくつものかがり火が赤々と燃えていた。その光は、荒涼とした土地を隔ててはるか数マイル先からも見えるのだった。〈マーガレット〉は一筋の火花を散らしながら、ゆっくりそこへ近づいて行った。西の門が見えてきた所で、ジェシーはブレーキのハンドルを回して悪態をついた。松明《たいまつ》の明かりが、城壁の外に長く伸びた、ひしめき合う列車の列をぼんやりと照らし出していた。バロウ、エイヴリング、クレイトン、ファウラー。ありとあらゆる機関車が、それぞれ長い列車を従えてびっしり並んでいる。警官たちがその間を縫ってせわしなく動き回り、蒸気がもうもうと吐き出され、たくさんのエンジンが、いくぶん弱まった音を響かせている。〈レディ・マーガレット〉は速度を落とし、ため息を漏らすように白い雲を吐きながらその混乱に分け入って、貿易商組合の色に塗られた十馬力のファウラー機関車の傍らに並んだ。

門までは五十ヤードほどあり、その混雑がかたづくまでには一時間か、それ以上もかかりそうな様子だった。あたりは喧騒《けんそう》に満ちていた。エンジンが騒音をたて、助手や機関手は怒鳴り、警官や交通係官は声を枯らす。「法王の天使たち」がいくつかの群れをなしてどっしりした車輪の間に割り込み、聖歌を歌いながら、献金を求めて手に手に茶碗《ちゃわん》を差し上げている。ジェシーは、一人のうんざりした様子の警官に声を掛けた。矛槍を地面に下ろして振り向いた警官は、〈レディ・マーガレット〉の積み荷を見てにやりと笑った。

「今度の荷も例によってブレイズ司教さまのお恵みってやつかね、ええ」

ジェシーはそうだと言うようにうなった。横でファウラー機関車が、耳をつんざくような汽笛をたて続けに鳴らした。

「そいつをやめるんだ」警官は怒鳴った。「何だってそうせっつくんだ。貴様の積み荷は何だ」

　襟巻きと厚手の外套に埋もれ、スズメみたいな様子をした小男の機関手は、くわえた煙草《たばこ》をパッと車の外に吐き出した。「法王猊下《げいか》に差し上げる貝だよ」彼は茶化して言った。「今夜はローマが焼き打ちだとさ……」オーランドー法王の命令で外国人傭兵がフィレンツェを略奪している間、当の法王は牡蠣《かき》に舌鼓《したつづみ》を打っていたという話は、すでに伝説となっていた。

「それ以上言ってみろ」警官は腹を立てて怒鳴った。「貴様の鼻先で門を閉めてやるからな。貴様なんぞ一晩中グレート・ヒースで野宿してやがるがいいんだ。『野盗』どもにとっちゃおあつらえむきの餌食《えじき》だろうさ。ほら、そのばかでかいがらくたを前に出せ。さっさと出すんだ……」

　前方にわずかな隙間ができ、ファウラー機関車はわざとらしく地響きをたてて、そこへ入り込んだ。ジェシーも後に続いた。こうして隙間に割り込んでは汽笛を鳴らし、それをさんざん繰り返したあげく、ようやくジェシーは狭い入口を通り抜けて、プールの長い大通りへと列車を乗り入れた。

　ストレンジ父子商会は、埠頭《ふとう》の古い税関の建物からさして遠くない所に保税倉庫を持っていた。〈マーガレット〉は、積み荷置き場から溢《あふ》れ出した商品の山の間を縫うようにしてその倉庫へ向かった。桟橋《さんばし》は、年も押しつまったこの時期には珍しく、多くの船で賑《にぎ》わっていた。ジェシーはそうした船を次々に通り越した。スコットランドの石炭船、ドイツの大型の貨物船、フランス船。新大陸からの船、もと奴隷貿易に使われていた独特の後方に傾斜した形の船、いまだにかたくなに帆走を続けているスウェーデンの堂々たる快速大型帆船、それにオランダの古い貨物船〈グロニンゲン〉号、この船は今でも古臭い奇妙な水銀汽缶《ボイラー》を使っているのだ。ジェシーがようやく会社の倉庫に列車を乗り入れた時は、予定より一時間近く遅れていた。

帰りの積み荷はすでに用意されていた。ジェシーは、ほっとする思いで引いて来た貨車におさらばして、倉庫の管理人に積み荷目録を引き渡すと、すぐに帰りの輸送の準備に取りかかった。来る時と同じように積み荷がしっかり梱包されているかどうかを確かめ、蒸気圧が充分になるのを待って出発した。ジェシーは骨の髄《ずい》まで冷え切っていた。海岸沿いに立ち並ぶ居酒屋の窓から漏れる明かりが、中では暖かい火と、酒と、あつあつの食事が待っているのだと言わんばかりに瞬《また》いている。だが、〈マーガレット〉が今夜憩う場所はプールではない。〈マーガレット〉が城壁に着いた時は八時近く、あれほどの混雑ももうあとかたもなかった。無愛想な顔つきの警官の手で開かれた門を抜け、ジェシーの引く列車は町の外の街道へと走り出た。月は雲ひとつない空に高く昇り、寒さはますます募っていた。

南西に伸びる道は、ウェアラムへの曲り角で二つに枝分かれしていた。そのまま真っ直ぐダーノヴァリアに向かう道と、左手に折れる道だ。ジェシーは貨車を巧みに操って海岸沿いの道を進んだ。彼は〈マーガレット〉の手綱《たづな》を緩め、時速二十マイルで街道をとばした。そしてウェアラム〔プール港の南西13キロ、フルーム河畔の歴史的な市場町〕の町に入った。鉄道の踏み切りの脇にある厄介な曲がり角を無事切り抜け、恐ろしげな木彫りの看板を掲げた「黒熊亭」を通り過ぎ、フルーム川を越える。川はちょうど境界線のようにパーベック半島〔イングランド南部ドーセット州のイギリス海峡に突き出た半島。半島のほぼ中央に第五、六旋律の中心舞台、コーフ城がある〕の北の付け根を横切り、すぐ先で海へ流れ込んでいた。その後はまたヒースの荒野が続いた。ストウバラ〔フルーム川を挟んで北岸のウェアラムと向かい合う村〕、スリープ、そしてミドルビア〔粘土の産地、それを運ぶ簡易鉄道あり〕、ノーデン〔コーフ城の北、半マイルの駅〕。ただっ広いだけで何もない土地に、ただ風だけが低いうなりを上げ続けていた。それからようやく、前方にちらちら瞬く明かりが見え出した。明かりは右手の、道よりずっと高い所にあった。〈マーガレット〉は轟音を響かせて、パーベック丘陵〔白亜層の丘陵で、切れ目にコーフ城がある〕を抜ける古い山道コーヴズゲート〔後出の「ウェアラム＝スウォニッジ街道」の真ん中にあたる〕に差しかかった。小高い丘の上に、四方を堀割でがっちり囲まれ、道をはるか足下に見下ろして、コーフ・ゲートの壮大な城〔訳者あとがき参照〕がうずくまっている。まるで目のような城の窓が、こうこうと輝きを放っていた。パーベックの城主が在宅中で、城でクリスマスの客をもてなしているのに違いない。

　機関車は丘の肩を回り、その向こう側の村を目指して上って行った。村の広場を通り抜けると、車輪とエンジンの轟音が「グレイハウンド亭」の建物の壁にこだまして虚《うつ》ろな響きをたてた。長い大通りをさらに上ると、その先には再び平板で、荒涼としたヒースの原が待っていた。そこでは風と星だけが道づれだった。

　スウォニッジ街道〔ウェアラム＝スウォニッジ街道。スウォニッジはパーベック半島の海辺リゾート〕。寒さで頭がぼんやりしたジェシーは、

〈マーガレット〉がまるで灼熱ならぬ氷の地獄に追いやられて、そこに閉じ込められた亡霊さながらに暗黒に向かって息を吐き出しながら、この虚空《こくう》の中を走り続けているのだという幻想を必死に追い払おうとしていた。彼はどこかにほんの少しでも生命の兆しが感じられたらと無性に願った。たとえ「野盗」でもかまわなかった。だが何もなかった。あるものはただ絶え間なく吹きまくる風と、道の両側に広がる闇だけだった。ジェシーは手袋をはめた両手を振り動かし、踏み板の上で足踏みし、振り返って、闇の中で揺れている積み荷の高く盛り上がった影を見た。ずっとうしろに尾灯の放つかすかな光が見えた。ジェシーはこんなことをしている自分の愚かさを責める気はとっくになくしていた。今夜はプールに泊まって明朝早く出発すべきだったのだ。それは先刻承知だった。だが今夜に限って、ジェシーは漠然と、自分が機関車を動かしているのではなく、何かが自分を動かしてこうさせているという気がしていた。

ジェシーは給水弁を開いて、予熱器の中で暖まった水をかまに注ぎ込み、燃料をくべ、さらにもう一度弁を開いて水を足した。やがては石油を燃料とする機械が、この頑丈な燃焼装置に取って代わる日が来るだろう。すでに数年前から、そういう装置を入手することもできるようになっていた。だが動力としての石油の利用はまだ海のものとも山のものとも分からず、法王の裁定を待っている段階にすぎないのだ。決定が下されるのは来年かもしれないし、再来年かもしれない。あるいは全然決定など下されないかもしれない。母なる教会のやり方は複雑きわまりなく、大衆がとやかく言える筋合いのものではなかった。

イーライなら、自分の機関車に石油燃焼装置を取り付け、聖職者たちを面と向かって罵ることだってしかねなかったが、会社の機関手や助手連中は、その後に間違いなく待ち受けている教会の破門を恐れて尻込みしたに違いない。そこでしかたなくストレンジ父子商会は膝を屈したのだったが、それが最初というわけではなかったし、また最後でもないだろう。〈マーガレット〉が重い足取りでまた丘陵地帯に向かって上って行くうちに、ジェシーの考えは再び父親のことへと戻っていた。おかしなことだが、今なら父とも話ができるという気がした。今なら自分の夢や不安を話して聞かせることもできる……。だが今となってはもう遅すぎた。イーライはもう死んで、六フィートのドーセットの泥土の下に横たわっているのだ。世の中はみんなこんなものなのだろうか。人はいつもこんな風に、ほんのちょっと遅すぎるという時になって、いくらでも話ができるような気がするものなのだろうか。

　ラングトン・マトレイヴァーズ［ラングトン・マトレイヴァーズ。パーベック半島の村。コーフ城南東八キロ］の町の外れにある大きな石切り場に差しかかった。荒野の耐え難い空虚さもついに終わりを告げ、石を積み上げた山がいくつも、機関車の明かりのなかにぼんやり姿を現した。ジェシーは警笛を鳴らした。バレル機関車のもの悲しい叫びが町の家々の屋根を越えて高々と響き渡った。そこは全く人気がなく、死者の町のようだった。右手に「王の頭亭」のぼんやりと薄暗い明かりが見え、風に煽《あお》られた看板が耳障りな音をたてた。〈マーガレット〉の車体が石ころを踏んでぎくりと揺らいだ。ジェシーはブレーキのハンドルを回し、反転レバーをぐいと引いてピストンからの力を遮断した。このあたりは霜がひどく、道の所々がガラスのようにつるつるになっている。スウォニッジに入る丘のてっぺんで、ジェシーは制御装置をひねって差動歯車を固定させた。機関車は一歩一歩踏みしめるようにゆっくりと、慎重に休憩所を目指して下って行った。風がヒューッと甲高いうなりをあげ、前照灯が舞い上がる雪の結晶を照らし出した。

小さな町の家々の屋根はまるで霜のマントの下で身を寄せ合っているようだった。ジェシーは再び警笛を鳴らし、その音が家々を圧して響き渡った。子供たちの一群がどこからともなく現れて、口々にわめきたてながら列車と並んで走り出した。行く手に十字路とジョージホテルの玄関の黄色い明かりが見えた。ジェシーはホテルの中庭の入口に向かって慎重に機関車を進めた。煙突が通路の天井をかすった。相棒が必要なのはこういう時だった。狭い場所では、吹き戻されて来る蒸気であたりが見えなくなってしまうからだ。子供たちはもう姿を消していた。ジェシーは反転レバーをゆっくり、静かに手元に引いた。シユッシユッという排気の音が壁にこだまして、〈マーガレット〉は通路を抜け出し、ごろごろと中庭へ入って行った。その中庭は何年も前に路上列車のために広げられたものだった。ジェシーはギャレット型機関車と六馬力のクレイトン・アンド・シャトルワスの間に列車を割り込ませ、反転レバーをニュートラルにして調整器を閉じた。ピストンの鼓動がついに止んだ。

ジェシーは顔をこすり、それから手足を伸ばした。上着の肩にはビーズのような氷の粒が付いていた。それを払い落とすと、彼はこわばった体で運転台を下り、機関車の車輪の下に車輪止めを押し込み、ランプを消して回った。ホテルの中庭は人影がなく、風がうなりを上げて周囲の屋根の間を吹き抜けていた。かまはまだ静かに煮えたぎっていた。ジェシーは残った蒸気を吐き出させ、火に灰をかぶせて空気調整弁を閉じ、前輪によじ登って煙突のてっぺんにバケツを逆さまにかぶせた。これで〈マーガレット〉は一晩中何事もなく休むことができる。ジェシーはうしろへさがって、まだ温もりを発している巨大な車体と灰受けのまわりから漏れるかすかな光を眺めた。そして運転台から雑囊《ざつのう》を取り出し、ホテルに入って行った。

　ジェシーは部屋に案内され、そこに一人残された。用を足し、顔と手を洗うと、彼はホテルを出た。通りの少し先に一軒の居酒屋があり、閉じたカーテン越しに漏れる明かりが赤々と輝いていた。看板には「人魚亭」とあった。ジェシーは酒場の脇の狭い横町を重い足取りで進んだ。「人魚亭」の奥の部屋はざわめきに満ち、煙草の煙がもうもうとたちこめていた。「人魚亭」は機関車乗りのたまり場だった。ジェシーは十人ほど知った顔を見かけた。パワーストック［ドーセット州南西部の村］から来たトム・スキナー、ウェイマスのジェフ・ホルロイド、それにサージャントスンの二人の息子もいた。街道では話が伝わるのが速かった。機関手たちは互いに何やら話し合いながら、ジェシーのまわりに集まって来た。ジェシーは人ごみを押し分けてカウンターの方へ進みながら、ぶつぶつと返事をつぶやいた。

ああ、親父は急に血を吐いてね。いやそう長くはもたなかった。次の日の夕方、五時頃だった……。ジェシーはむしるように上着のボタンをはずして財布を取り出し、酒を注文し、一パイントのエールとスコッチのダブルを受け取った。大ジョッキに真っ赤に焼けた火かき棒が突っ込まれ、エールを暖める。クリームのようななめらかな泡が、容器の外側を伝ってこぼれ落ちた。一口飲むと喉が焼けるように熱くなり、目がひりひりした。路上から戻ったばかりのジェシーに他の客たちは場所を空《あ》けてやり、彼は両膝を開いて火の前に屈み込んだ。エールをぐいとあおると、暖かみがどっと股ぐらに押し寄せ、腹の中を駆け巡った。頭の中にはまだバレル機関車の鼓動が響き、指には小刻みなハンドルの震動が感じられた。いろいろな質問に答えるのは後回しだ。まず暖まらなくては。人間はいつまでも凍えてはいられない。

　彼女はどうにか人ごみをかき分けながらジェシーのうしろまでやって来て、彼がそれに気づく前に声をかけた。ジェシーは両手をこすり合わせるのを止めて、ぎごちなく背筋を立てて座り直した。急に、自分がやけに図体が大きくぶざまだという気がした。

「いらっしゃい、ジェシー」

　彼女は知っているのだろうか、顔を合わせるたびにジェシーはそう思った。あのバレル機関車を名付けて以来ずっとだった。あの頃の彼女は、まだ長細い脚と大きな目ばかりが目立つ、気の利かない小娘だったが、ジェシーの頭にあったレディは彼女にほかならなかった。彼女はあの息苦しい思春期の夜な夜な、庭の花々の香りに入り交じったほのかな香りを漂わせながらジェシーにつきまとう幻だった。イーライがあの途方もない賭を受けて立った時、ジェシーは機関車の上で座り込み、馬鹿みたいに大声で叫び続けたのだったが、それというのも、最後の上り坂に雄々しく立ち向かって行くバレル機関車は、ジェシーにとっては父のために金貨五十ギニーを勝ち取ろうとしているのではなく、そのあえぎの一つ一つによって、マーガレットの栄光を称えているように思えたからだった。だがマーガレットも今ではすっかり女らしくなって、どこにもあの小娘の面影はなかった。ランプの光を受けて明るい輝きを放つ茶色の髪、彼に語りかけるようにきらきらする瞳、繊細な動きをする口許……。

ジェシーは聞き取り難い声で挨拶《あいさつ》を返した。「やあ、マーガレット……」

マーガレットはジェシーの食事を運んで来て、片隅のテーブルの上に並べ、少しの間一緒に腰を下ろして、彼が食べるのを見ていた。ジェシーは息苦しくなり、これは別にどういう意味もないのだと、自分に言い聞かせなければならなかった。つまる所、父親を亡くすなんてことは、そうしょっちゅうあるわけではないのだ。マーガレットはきらきら光る青い石の付いた、あつぼったい安物の指輪をはめていて、しゃべりながら、落ち着きなく指でそれをくるくる回す癖があった。指は細くて平たい爪は磨かれてつやつやと光っていた。指の付け根の関節の部分はがっしりと幅広く、男の子の手のようだった。ジェシーはその手が、髪をいじっていたかと思うと、テーブルをトントン叩いたり、煙草の灰をサッとひとなでして受け皿にすくい入れたりするのをじっと見つめていた。ジェシーはその手がほうきやはたきや雑巾《ぞうきん》を使うところも、それとは別の、女が一人でする、人目に触れることのない様々なことをしているところも同じように思い浮かべることができた。

マーガレットは、ジェシーがどの機関車で来たのかと聞いた。彼女はいつも決まってそう聞くのだった。ジェシーは機関手仲間での呼び方に従って、ただ〈レディ〉とだけ答えた。そして再び心の中で、はたして彼女はあのバレル機関車を子細に見たことがあるのだろうか、あれが〈レディ・マーガレット〉だと知っているのだろうか、またもし知ったとして、それが彼女にとって何か意味があるのだろうかという問いを繰り返した。それからマーガレットは彼にもう一杯酒を持って来て、これは店のおごりだと言った。そして、もうカウンターに戻らなければならないからまた後で、と言い残して立ち去った。

ジェシーは立ちこめる煙草の煙をすかして、マーガレットが男たちの冗談に声をたてて笑う姿をじっと目で追った。彼女は一風変わった笑い方をした。いわば感情のこもらない高笑いとでもいうのだろうか。上唇がぎゅっと持ち上がり、歯がむき出しになったが、目はあざけるようにじっと相手を見据えているのだった。マーガレットは居酒屋の女給として申し分なかった。そうなのだ。彼女の父親は元機関車乗りで、この店を始めてもう二十年になる。二、三年前に女房をなくし、ほかの娘たちは皆結婚して土地を離れ、マーガレットだけが家に残った。マーガレットはどんな相手がカモになりやすいかよく心得ている。少なくとも機関手仲間ではそんな風に言われていた。だが、それはばかげた話だった。居酒屋を切り回して行くのは決して生易しいことではない。週に一日の休みもなく、長時間磨いたり、こすったり、縫ったり、繕《つくろ》ったり、それに料理だ……。朝のうちだけ、たいへんな仕事を引き受けてくれる女を一人雇っていたとは言え、楽な生活とは言えまい。ジェシーはそんなことも知っていた。マーガレットに関することならたいてい何でも知っていたのだ。マーガレットの靴のサイズも、誕生日が五月だということも、ウェストは二十四インチで、シャネルの香水を愛用し、ジョーという名の犬を飼っていることも。そして、彼女が絶対に結婚なんかしないと言っていることも知っていた。マーガレットは、「人魚亭」を切り回しているおかげで男がどんなものだかもう充分知り尽くしたから、カウンターに五千ポンド積まれればうんと言わないものでもないが、そうでなければお断りだと宣言したというのだ。彼女はその半分でも出せるような相手にお目に掛かったことがなかった。結婚予告はおよそありそうになかった。だがことによると、マーガレットはそんなことは全然言いもしなかったのかもしれないのだ。村にはいつだってそんな噂話が溢れていたし、機関車乗りというのは、まるで洗濯女みたいに口さがない連中だった。

ジェシーは皿を押しやった。不意にどす黒い自己嫌悪が込み上げて来た。マーガレットは、彼のやることなすこと、ほとんどすべての理由となっていた。彼が、わざわざ運ぶだけの労力には到底引き合わないほんの二、三箱の氷づけの魚のために、こうして路線から外れたスウォニッジまで何マイルも列車を回り道させたのも、マーガレットのためだった。つまりジェシーはマーガレットに会いたいばかりにここへ来て、望み通り会った。マーガレットはジェシーに話しかけ、そばに座った。今夜はもう彼女がジェシーのところへ来ることはないだろう。これ以上ここにいる必要はないのだ。再び掘ったばかりの墓穴のむきだしの土、イーライの柩の上にパラパラと落ちかかった土が、ジェシーの頭に浮かんだ。あれこそ自分を待ち受けているもの、いわゆる神の子らすべてを待ち受けているものなのだ。ただ自分はたった一人で死を迎えるというだけのことだ。ジェシーは酒が飲みたくなった。飲んで、あのほの暖かいこはく色のもやに浸って、そんな考えを洗い流してしまいたかった。だがここはだめだ。ここじゃない所で……。ジェシーは戸口に向かった。ジェシーは知らない客にぶつかり、ぶつぶつと詫びを言って先へ行こうとした。ジェシーは腕をつかまれるのを感じて振り返り、澄んだ茶色の目と、鼻すじの通った、いかにも遊び人風のあかぬけた顔にまともに向かい合った。「まさか」とその新来の客は言った。「とても信じられん。全くたまげたもんだな、ジェシー・ストレンジじゃないか……」

ジェシーは相手の顎を縁取っている髭《ひげ》のせいで一瞬とまどい、それから思わずにやりとした。「コリン」ジェシーはようやく言った。「コル・ド゠ラ゠ヘイか……」

コルはもう一方の手を伸ばしてジェシーの二頭筋をぎゅっとつかんだ。「いや全く」彼は言った。「ジェシー、達者らしいな。こいつは何としても一杯やらなきゃいかんな、相棒。全く、おまえ達者らしいな……」

二人は酒をなみなみとついだジョッキを前にして、カウンターの隅に陣取った。「何てこった、ジェシー、そいつはたいへんだったな。親父さんを亡くしたのか、そうかい、そりゃあついてなかったなあ……」コルはジョッキを持ち上げて言った。「おまえのために乾杯だ、ジェシー。これからはもっといいことがあるように……」

　シャーバーンの大学で、ジェシーとコルは大の仲良しだった。いわば両極端が引かれ合った形の友情だった。口が重く、勉強家で目立たないジェシーと、しょっちゅう盛り場に入り浸っている遊び人のド＝ラ＝ヘイ〔姓から見てノルマン・フレンチ〕と。コルは西部の実業家の息子だったが、女たらしで、要するにやくざ者だった。教官たちはいつも口を揃えて、コルはフィールディング〔ヘンリー・フィールディング（一七〇七—五四）〕の小説の主人公同様、縛り首になるために生まれて来たに違いないと断言したものだった。大学を出てから、彼との音信はとだえていた。ジェシーは風の便りに、コルが家業を継ぐのを断念したと聞いていた。輸入や商品の保管などという商売は彼にはまどろっこしすぎたのだ。コルはしばらくの間、いっこうにでき上がらない歌の本を書きながら、放浪の吟遊詩人《ぎんゆうしじん》みたいな暮らしをしていたらしく、それからロンディニアムで六カ月ほど舞台に立ち、そのあげく、淫売宿の喧嘩《けんか》騒ぎに巻き込まれ、大怪我をして家に送り返されたのだった。「その時の傷を見せてやってもいいが……」とコルはぞっとするような笑いを浮かべて言った。「こんなご婦人方もいるようなところじゃちょっとまずいだろうな、相棒」その後コルは、よりによって機関手として、イスカの輸送会社に雇われた。その仕事は長続きしなかった。最初の週の半ばに、彼は八馬力のクレイトン・アンド・シャトルワース機関車を駆ってさっそうとブリストルに乗り込み、町の真ん中でホースを繰り出して馬用の水飲み場を空にし、警官に捕まってぶち込まれたのだ。そのクレイトンは実際に爆発こそしなかったが、際どいところだった。コルは顔をよく知られていないアクイ・サリス［イングランド南西部の温泉都市バースのラテン語名。「スルの水」の意味。スルはケルト人の泉の女神］でもう一度出直した。そして今度は、計器のガラスがわれて足首の皮膚をおおかたこそぎ取られるまで、六カ月間その仕事を続けた。ド＝ラ＝ヘイはその調子で、彼が言うところの「これほど命がけでない仕事」を捜してあちこち渡り歩いた。ジェシーはくすくす笑い、頭を振った。

「それで今は何をやってるんだ」

尊大な目が笑いながらジェシーを見つめ返した。「商売だよ」コルは快活に言った。「手当たり次第に何でも扱うのさ、まあぼちぼちだな……最近は景気が悪いからな、銘々やれることをやるしかないだろう。あけちまえよ、ジェシー、次のやつは俺のおごりだ……」二人はしみじみと昔の思い出に浸り、マーガレットは次々とジョッキを満たしては金を受け取った。彼女はコルを見てびっくりしたように眉を上げた。ある晩のこと、ド＝ラ＝ヘイは酒に酔った勢いで、自分の教授が大事にしている胡桃《くるみ》の木を丸裸にしてみせると大見得を切った……。「まるで昨日のことみたいによく覚えてるぜ」コルは懐かしそうに言った。「まんまるなでっかい月が出てたっけな、真っ昼間みたいに明るくてさ……」コルが梯子《はしご》をよじ登る間、ジェシーは下で押さえていた。ところがまだ枝に届かないうちに、まるで大風に吹かれたみたいに木が激しく揺れ出した。「胡桃の実があられみたいにバラバラ降ってきやがったな」コルは愉快そうに大声で笑った。「覚えてるだろう、ジェシー、忘れるはずがない……ひょいと上を見たら、なんとあのくそったれお巡りのトウビー・ウォーリロウの野郎が座ってるじゃねえか、ばかでっかい長靴を突き出してさ、気違いみたいに木を揺さぶってやがった……」それから何週間かは、さすがのド＝ラ＝ヘイも法に触れるような悪さは何一つできなかった。そして一月ほどの間、寮の者は皆飽き飽きするほど胡桃のご相伴にあずかった。

シャーバーン修道院から二人の修道女がかどわかされる事件があった。当局はド＝ラ＝ヘイに目星をつけたが決め手がなかった。しかしそれが誰の仕業かは目に見えていた。これまでにも何回か、神に身を捧げる娘たちが連れ去られたことはあったが、一人いっぺんに連れ出すようなまねをするのはコルだけだったろう。それから「詩人と農夫亭」の一件。その居酒屋の亭主はちょっと変わった趣味があって、大きな猿を飼っていた。そいつは厩《うまや》に鎖でつながれていた。ある時コルはひどい大騒ぎをやらかして店を追い出された後、まんまとそいつの首輪に切れ目を入れるのに成功した。それから一月《ひとつき》というもの、その哀れな獣はさんざん騒動を引き起こし、近所の住民を恐怖に陥れた。男たちは武器を携えて出歩き、女子供は家に閉じこもっていた。猿はしまいに一人の民兵によってしとめられた。その男は、そいつが自分の部屋で鉢のスープを飲んでいるところを見つけたのだ。

「ところでおまえはこれからどうするんだい」ド＝ラ＝ヘイは六杯目か七杯目のビールをぐいとあおって聞いた。「今じゃ会社はおまえのものなんだろう、違うか」

「そうだ」ジェシーは両手をきつく組んで顎に押しつけ、じっと考え込んだ。「会社をやっていくんだろう、たぶん……」

コルは片腕をジェシーの肩に回した。「おまえならうまくやれるさ」彼は言った。「おまえならな。相棒、何だってそう沈み込んでるんだ。なあ、聞けよ、おまえはかわいい女を見つけなくちゃいかん、そうすりゃ万事うまく行くさ。それだよ、おまえに必要なのは、ジェシー。俺にはお見通しだぜ」彼は相手の脇腹をこづいて大声で笑った。「毛布の山にくるまってるよりよっぽどあったかいぞ。おまけにそれ以上太らずにすむってわけだ、違うか」

ジェシーは図星をさされたようにかすかにひるんだ。「そんなこと知るもんか……」「ちぇっ、何だい」ド＝ラ＝ヘイは言った。「とにかくそいつにかぎるさ。ほんと、こたえられないぜ。ウー……」彼は腰を振り、目を閉じ、両手を使って悩ましげでかつ淫らな形を描いてみせた。「今なら何も面倒なことなんかないさ、ジェシー」彼は言った。「おまえは金があるんだ、そうだろう。なあ、おい、おまえは女どもにとっちゃ願ってもない相手なんだぜ……。そうと知ったらワッと押し寄せて来るぞ。おまえは女どもをせっせと撃退しなきゃならんだろうよ、おまえのその……推進用の連結器ってやつでさ、違うか」そう言って彼は再びわっと笑い転げた。

あっと言う間に十一時になっていた。ジェシーはやっとのことで上着を着込み、コルの後について居酒屋の脇の横町へ出た。外の冷たい空気にさらされて初めて、ジェシーは自分がひどく酔っているのに気がついた。彼はよろめいてド＝ラ＝ヘイにぶつかり、それから今度は壁に突き当たった。二人は大声で笑いながら千鳥足《ちどりあし》で通りを進んで行き、ジョージホテルまで来てついに別れた。コルはまた会おうぜと怒鳴りながら、夜の闇に姿を消した。

　ジェシーは〈マーガレット〉のうしろの車輪に寄り掛かり、支柱に後頭部をもたせかけた。ビールのおかげで頭の中にもやがかかったようだった。目を閉じるとあたりがゆっくり揺れ出した。足の下の地面が前にうしろにゆらゆらと傾いているような気がした。何てざまだ、だがあの一時間は楽しかった。まるで何もかも学生時代に戻ったようだった。ジェシーは力なくくすくす笑いながら、手の甲で額を拭った。確かにド＝ラ＝ヘイは救い難いろくでなしだがいいやつだ。全くいいやつだ……。ジェシーは目を開け、とろんとした眼差しで自分の路上列車を見上げた。それから念入りにエンジンのまわりにまんべんなく手を触れ、手のひらでかまの温度を確かめた。そして重い体を踏み板の上に引っ張り上げ、火室の戸を開けて石炭をならし、空気調節弁と水量計を点検した。何も問題はなかった……。ジェシーはよろけながら中庭を横切った。雪の結晶がちらちらと舞い下りてジェシーの顔を打った。

　ジェシーは鍵を錠に突っ込んでさんざんひねくり回してから、勢いよく戸を開けた。部屋は真っ暗で、氷のように冷え切っていた。ジェシーは部屋にたった一つある角灯《ランタン》を灯し、ガラスの蓋を開けっぱなしにしておいた。蠟燭《ろうそく》の炎が隙間風に揺らいだ。ジェシーはベッドにどさりと身を投げ出し、闇の中にぽつんと光る黄色い点が前にうしろにゆらゆらと揺れるのを見つめていた。少し眠った方がいい。明日は朝早く出発しよう……。雑嚢《ざつのう》は、先程彼が放り出したまま椅子の上にあったが、今はそれを開けるだけの気力がなかった。ジエシーは目を閉じた。

たちまちジェシーの頭の中で様々な映像が渦巻き始めた。頭のどこかでバレル機関車のピストンの音が鳴り続けていた。ジェシーはまだハンドルの震えが感じられる両手を握りしめた。こんな風に機関車は、下りてからもしばらくの間人を捕らえて離さないのだ。何時間もえんえんとその鼓動に取り囲まれていると、しまいにはそれが体の一部となって血管を駆け巡り、脳に入り込んで、それなしではいられなくなる。明け方に起き出し、路上に出てただ走り続け、ついにはそれがやめられなくなるのだ。ロンディニアムへ、アクイ・サリスへ、イスカへ。パーベックの石切り場からの石、キメリッジ［パーベック半島の村。炭田・油田あり。第三、第四旋律の舞台］からの石炭、それに羊毛や穀物や毛織物、小麦粉にワイン、燭台《しょくだい》、聖母像、シャベル、バターすくい、火薬に弾丸、金、鉛、錫《すず》といったありとあらゆる積み荷。軍の請け負い仕事、教会の仕事……。シリンダーコック、空気調節弁、調整器、反転レバー、体を激しく揺さぶる鉄の踏み板の震動……。

ジェシーはぶつぶつぶやきながら落ち着きなく身動きした。頭の中で渦巻く色彩はさらにあざやかさを増した。栗色と金色の機関車の車体、父のおとがいを滴り落ちるサルビアの花のような赤い血潮、掘り返されたばかりの土の上に散らばる、目にしみるような白い花、蒸気とランプの光、炎、うねうねと連なる丘にぴったり留め付けた一枚の板のような空。

ジェシーの頭に、コルと過した時間の記憶が切れ切れに浮かんだ。コルの言葉、コルの笑い声、独特のきしるような音をたてて短く息を吸い、それから機関銃みたいに猛烈な勢いで弾けるように笑い出すのだ。目をほとんど閉じて肩を丸め、拳《こぶし》でカウンターをドンドン叩く。コルはダーノヴァリアにジェシーを訪ねて行くと約束し、忘れずに行くからな、と怒鳴りながらふらつく足取りで別れて行った。だがあいつは忘れてしまうのだろう。何か別のことに気を取られ、おおかたどこかの女に引っ掛かって、そんなことはすっかり忘れてしまうのだ。自分に会ったことも覚えていないだろう。コルは自分とは全然違う人間だからだ。おれみたいに先のことを気にかけたり、コル・ド＝ラ＝ヘイが訪ねて来るのを心待ちにするなんてことはなく、割に合わない仕事をこつこつやることもない。コルはいつでもその瞬間を生き生きと生きている男だ。これからも決して変わらないだろう。

機関車は轟音をたて続け、クランクはぐるぐる回転し、ピストン・ロッドの頭部はせわしなく上下し、真鍮の金具が風に震えてきらめき、チリチリと鳴った。

ジェシーは半ば起き上がって頭を振った。ランプが今は静かに燃えていた。炎は細長く伸び、先端だけがかすかに揺れていた。風がうなりを上げ、それに交じって教会の時計の音が聞こえてきた。ジェシーは耳をすまして鐘を数えた。十二回。ジェシーは顔をしかめた。彼は眠り、夢を見ていたのだ。それでももう明け方も近いだろうと思ったのだ。だが長く、つらい夜はまだやっと始まったばかりだった。ジェシーはうめいてまた横になった。酔ってはいたが頭は妙に冴《さ》えていた。さっきはもうこれ以上飲めないというほどビールを飲み、全身に発作のような震えがきていた。ことによるとまたそれが起こるのかもしれない。

ジェシーはとりとめなく、ド＝ラ＝ヘイの言ったことをあれこれ思い巡らし始めた。女をものにする話。あれは全くばかげていて、いかにもコルらしかった。コルにはおそらく何の造作もないことなのだろう。ジェシーにとっては、「かわいい女」は常に一人だけだった。そして彼女は高嶺《たかね》の花だった。

目まぐるしく回転していたジェシーの頭が、そこではたと止まってしまったようだった。ジェシーは自分自身に向かっていらだたしげに、そんなことは忘れてしまえと言い聞かせた。ただでさえ厄介事を山ほど抱えているのだ、今は考えるな……。だが彼の一部がそれに従うことをかたくなに拒んだ。ジェシーの頭の中で台帳のページがめくられ、勝手に差し引き勘定《かんじょう》が行われ、その総計が執拗《しつよう》に彼の意識に割り込んで来た。ジェシーはド＝ラ＝ヘイを呪った。その考えは、一度植え付けられてしまうともう追い払うことができなかった。この先何週間も、ことによると何年もの間ジェシーにつきまとって悩ませることになるだろう。

ジェシーは自らを甘い夢に浸るに任せた。マーガレットはジェシーの気持ちをよく承知していた。それは確かだった。女はそういうことにかけては抜かりがないものだ。ジェシーは何度となく自分の本心をさらけ出してしまっていた。ほんの些細なこと、眼差《まなざ》し、仕《し》種《ぐさ》、何気なく漏らした一言で充分だった。ジェシーは一度彼女にキスをしたことがあった。何年も前のことだ。たった一度きりだった。だからこそ記憶がこんなにもはっきりと鮮明で、今でもまざまざと思い起こすことができるのかもしれない。それはほとんど偶然と言っていい出来事だった。大晦日《おおみそか》の晩だった。店には二十人かそこいらの村人が新年を迎えようと集まり、陽気で騒がしかった。今しがた時を告げたのと同じ教会の鐘が鳴り渡ると、村の通りに面した家々の戸が一斉にばたんと開き、人々はミンスパイを頬張り、ワインをあおり、闇の中で互いに挨拶を怒鳴り合い、キスし合った。その時マーガレットが手に持っていたお盆を置き、ジェシーをじっと見つめた。「私たちだけ仲間外れになってることはないわ、ジェシー」彼女は言った。「さあ、私たちも……」

ちょうど蒸気を送り込んだとたんに始まる機関車の騒音のように、ジェシーは不意に心臓が激しく高鳴ったのを覚えている。マーガレットは彼を振り仰いだ。彼女の唇が開くのが見えた。それから彼女は激しく唇を押しつけて来た。舌を使い、喉の奥からかすかな音が漏れた。ジェシーは、猫が体を撫でられて喉をゴロゴロ鳴らすのと同じように、彼女はキスをする時はいつもひとりでにこんな音がでてしまうのだろうかと考えた。そして、これもジェシーの知らない間に、マーガレットは彼の片手を自分の胸に持って行った。手の下に彼女の丸い乳房が感じられた。それはドレスの下で熱く、ジェシーの手のひらを焼いた。それからジェシーはマーガレットの背中に回した腕に力を込めて彼女を引き寄せた。マーガレットは爪先立ちになり、しまいにあえぎながら身を振りほどいた。「フュー」彼女は言った。「すごいわ、ジェシー、あいたた……すてきだったわ……」そしてジェシーを見つめながらもう一度笑い声を上げ、髪をなでつけた。そこですべての過去の夢と未来の夢想が、時を越えて重なり合った。

ジェシーはその翌朝のことを思い出した。彼は家までの長い道のりの間中、全く疲れを知らずに石炭をくべ、機関車を走らせ続けた。風がヒューヒューうなり、車輪がガラガラと景気の良い音をたて、あたりの景色は宝石をちりばめたように光り輝いていた。再び頭の中に様々な映像が現れ始めた。数限りない甘美な瞬間のマーガレットの姿が、次々と浮かんでは消えた。軽く愛撫するマーガレット、ぴったり寄り添うマーガレット、服を脱ぐマーガレット、声を上げて笑うマーガレット。そして不意にジェシーは、機関車乗りの婚礼の光景を思い出した。兄のマイカとスターミンスター・ニュートン〔ドーセット州中央の北部、ストゥーア川沿いの町。トマス・ハーディが一時住んだ〕の娘との不幸な結果に終わった結婚である。機関車はどれも屋根のてっぺんまで磨き上げられ、リボンで飾られ、旗でおおわれていた。そのうしろに繋がれた台車は、厚板の一枚一枚が、ごしごしこすられ、白く輝いていた。紙吹雪が色とりどりの雪のように舞い、司祭はワインのグラスを手に笑いながら立っている。あの頑固な髪をまるで奇跡のようにポマードでぺったりとなでつけ、慣れない白いカラーで窮屈そうに首の回りを締め付けたイーライは、上気した顔をほころばせて、〈マーガレット〉の踏み板の上から一クォート入りの大ジョッキを振っている。それからその光景は、現れた時と同じように唐突に消え去った。そして、いっちょうらを着込んで髪をてかてかになでつけ、白鑞《しろめ》ジョッキを手にしたイーライは、風の吹きすさぶ闇の中へと吸い込まれて行った。

「父さん……」

ジェシーはあえぎながら起き上がった。ジェシーの目に薄暗い小さな室内が映った。蠟燭の蠟が垂れて物の影がゆらりと揺れた。外で時計が十二時半を打った。ジェシーは両手で頭を抱えてベッドの縁にじっとうずくまった。自分は結婚式にもお祭り騒ぎにも無縁なのだ。明日になれば、また喪に服している陰鬱な家へ帰らなければならない。そこでは父が未解決のまま残して行った心配事と、家業と、昔から相も変わらぬ同じ事の繰り返しが自分を待っているのだ……。

マーガレットの姿が、闇の中にたった一つの火花のように躍った。

ジェシーは自分の体がしていることに気づいてぎょっとした。足は勝手に木の階段を探し当て、よろよろとそこを下り始めていた。中庭の空気が顔を刺すように冷たかった。ジェシーは馬鹿なことは止せと自分に言い聞かせようとしたが、足はもう言うことを聞かなくなってしまったようだった。その時ふとある考えがひらめき、ほっと気が楽になった。誰だって歯の痛いのをそういつまでも我慢していることはできない。そこでしぶしぶ床屋［昔は理髪師が外科医と歯科医を兼業した。「バーバー・サージョン」とも］へ行き、じわじわ責め立てる痛みと引き換えに、一瞬の激しい痛みに耐えて、その後のほっとする安らぎを享受するのだ。彼はもう充分この苦しみに耐え続けたのだから、ここで思い切って終わりにすべきだ。彼は自分が十年間ただ望み、夢み、けもののように黙って求め続けてきたことを思い起こした。このことにはそれなりの意味があるはずだ。自分はいったいマーガレットに何を望んでいたのかと彼は自問した。マーガレットは彼に駆け寄って嘆願し、その足下に身を投げ出したりはしないだろう。女はそういうものではない。女にもまた女の自尊心があるのだ。ジェシーは、自分とマーガレットとの間に越え難い隔たりができたのはいつのことだったろうと思い巡らした。そんなものはありゃしないんだと彼は思った。それをはっきり示すようなしるしも、言葉もなかった……。彼女に一度だって機会を与えたことがなかった。もし彼女もずっとそれを待っていたのだとしたら、ただひたすら聞かれるのを待ち続けていたとしたら……。確かにそうかもしれなかった。確かにそうだと彼には分かっていた。ジェシーはにわかに生気がみなぎるのを覚えた。通りをふらふらと歩きながら、ジェシーは歌を歌い出した。

ある家の戸口の陰から、矛槍の穂先近くを握った夜警が、いっそう濃い影のような姿を現した。

「おい、どうした」

その声ははるかかなたから聞こえてきたようにジェシーの意識に届くのに手間取り、それからようよう彼は立ち止まった。彼は息を詰まらせ、うなずき、にやりと笑った。「ああ、大丈夫、大丈夫……」彼は親指を自分が来た方向に突き出した。「積み荷を……運んで来たんだ。ストレンジだ、ダーノヴァリアの……」

夜警はわずかに身を引いた。その態度には「どうせどこかのごろつきだろう……」という気持ちがあらわに見えていた。彼はぶっきらぼうに言った。「そんならさっさと帰ることだ。おまえをぶち込むようなことはしたくないからな。もうとっくに十二時を過ぎてるんだぞ……」

「今帰るとこだよ、お巡《まわ》りさん」ジェシーは言った。「今帰るとこ……」通りを十歩ばかり行ったところでジェシーは振り返った。「お巡りさん……あんた、おかみさんはいるのかい」

有無を言わせぬ調子の声が答えた。「さあ、さっさと行くんだ……」そして声の主は暗闇に姿を消した。

小さな町はしんと寝静まっていた。屋根には霜がきらきら光り、道路の轍に溜まった水は鉄のようにがちがちに凍って、家々は固くよろい戸を閉ざしていた。どこかでフクロウが鳴いた。それともどこか遠くの路上を行く機関車の汽笛だったのかもしれない……。「人魚亭」は静まり返り、明かりは消えていた。ジェシーは扉をドンドン叩いた。返事はなかった。彼はさらに激しく叩いた。通りの向こう側の家で明かりがちらちらした。ジェシーは息をきらしてあえいだ。そもそも始めからやり方が間違っていた。マーガレットは開けてくれないだろう。それどころか夜警を呼ぶかもしれない……。だが彼女にはわかるはずだ。戸を叩いているのが誰かわかるはずだ。女はいつだってわかるのだ。ジェシーはおびえ切って、やみくもに木の扉を叩き続けた。「マーガレット……」

黄色い小さな光が動いたかと思うと、不意に戸が開き、ジェシーはのめって腹ばいになった。彼は立ち上がり、まだ激しく息を弾ませながら懸命に眼の焦点を合わそうとした。肩掛けを喉元で押さえ、もつれた髪をしたマーガレットが立っていた。彼女はランプを高く持ち上げ、そして言った。「あなたなの……」彼女は戸をばたんと閉めて手早くかんぬきを掛け、それから向き直った。彼女は低い、腹立たしげな声で言った。「自分がいったい何をやっているかわかってるの」

ジェシーは後ずさりした。「俺は……」彼は言った。「俺は……」マーガレットの顔つきが変わった。「ジェシー」と彼女は言った。「どうしたの。どこか怪我でもしたの。いったい何なの」

「俺は……すまない」彼は言った。「どうしても会わなきゃならなかったんだ、マーガレット。これ以上このままじゃいられなかったんだ……」

「しいっ」と言って彼女はジェシーを制止した。「父が目を覚ますじゃないの、もう覚ましてるかもしれないけど。あなたいったい何の話してるの」

ジェシーはめまいを静めようとして壁に寄り掛かった。「五千だ」ジェシーはしわがれた声で言った。「そんなものは……わけないんだ、マーガレット。もう何でもない。マーガレット、俺は……金があるんだ、嘘じゃない。もう金なんか問題じゃないんだ……」

「何ですって」

「聞いたんだ」ジェシーはやけくそになって言った。「その……機関手仲間の話だ。君が五千ポンド欲しがってるって聞いたんだ。マーガレット、俺は一万だって……」

マーガレットの顔に徐々に理解の色が広がった。そして驚いたことに彼女は笑い出した。「ジェシー・ストレンジ」彼女は頭を振りながら言った。「いったい何が言いたいの」

ついに来るべき時が来た。「君が好きだ、マーガレット」ジェシーは単刀直入に言った。

「ずっと前から好きだったんだと思う。それで……俺といっしょになってもらいたいんだ」

マーガレットは笑うのを止め、じっと立ったまま、不意にひどく疲れを感じでもしたように目を閉じた。それから彼女は黙って手を差し延べ、ジェシーの手を取った。「いらっしゃい」彼女は言った。「ほんのちょっとだけね。ここへ来て座って」

奥のバーでは暖炉の火が消えかかっていた。マーガレットは炉端に猫みたいに体を丸めて座り、ジェシーを見つめた。ほの暗い明かりの中で目がいっそう大きく見えた。ジェシーは話し始めた。ジェシーは自分がそんなことを言おうとは夢にも思わなかったことまで洗いざらい彼女に話した。自分が彼女に恋い焦がれ、しかもそれが無駄だと承知していたこと。彼女のことで頭が一杯になる前のことなどほとんど思い出せないくらい長くずっと待ち続けてきたこと。マーガレットはジェシーの手を握り、親指でその手の甲をなでながらじっと考え込んでいた。ジェシーは、マーガレットが一家の女主人になり、庭園や、スモモの果樹園や、バラの咲くテラス、使用人たち、いつでも金を引き出せる銀行口座が彼女のものになるのだと言った。マーガレットはもうあくせく働く必要もなく、ただ彼の妻、マーガレット・ストレンジでいればいいのだ。

ジェシーが話し終えた後は沈黙が続き、バーの大きな時計の時を刻む音だけがやけに耳についた。マーガレットは温もりが残る灰の中で足を動かし、爪先をもぞもぞさせた。ジェシーは手を伸ばし、手のひらで彼女の足の甲をそっとおおった。「君が好きだ、マーガレット」彼は言った。「ほんとに好きなんだ……」

マーガレットはまだ黙ったまま、何も見ていないような虚ろな眼差しでじっと宙を見つめていた。彼女の肩から肩掛けが滑り落ちた。彼女の乳房が見えた。乳首が寝間着の柔らかい布を押し上げていた。マーガレットは眉をひそめ、口をすぼめてジェシーを見返した。「ジェシー」彼女は言った。「あたしの話が終わったら、あたしが言う通りのことしてくれる？　約束してくれる？」

ジェシーはほとんど一瞬のうちに酔いが醒めるのを感じた。めまいもほてりも消え、ただ震えだけが残った。彼は、確かにまたどこかで機関車が汽笛を鳴らすのが聞こえたと思った。「いいよ、マーガレット」彼は言った。「君がそうして欲しいと言うんなら」

マーガレットは彼のそばに来て座った。「もう少しつめてちょうだい」彼女はささやいた。「あなた一人で場所をみんな取っちゃってるじゃないの」マーガレットはジェシーが震えているのに気づいた。彼女はジェシーの上着の中へ手を差し込み、彼の体を撫でた。「頼むから」彼女は言った。「そんなに震えないで、ジェシー。お願い……」

震えは止まった。マーガレットは手を引っ込めて肩掛けを直し、寝間着を膝のまわりにたぐり寄せた。「あたしがどうするか答えるから、帰るって約束してくれる？　静かにして……騒いだりしないって。お願いよ、ジェシー。あたしはあなたを中に入れてあげたでしょう……」

「わかったよ」彼は言った。「心配しないで、マーガレット。約束する」そう答える自分の声が、まるで知らない他人の声のように聞こえた。ジェシーはマーガレットが言おうとしていることを聞きたくなかった。しかしそれを聞いている間だけ、ほんの少しだが余計彼女のそばにいられるのだ。ジェシーは不意に、縛り首になる前に一本の煙草を与えられるのがどんな感じのものだかわかったような気がした。一服一服がそのまま残りの命の一秒一秒なのだ。

マーガレットは両手の指をよじり合わせ、足下の敷物を見つめた。「あたし……このことはきちんと誤解のないようにしておきたいの」と彼女は言った。「あたし……うまく説明できるといいんだけど、ジェシー、あなたにいやな思いをさせたくないの。あなたは……とってもいい人なんですもの。

あたし……あなたの気持ちはもちろん知ってたわ、ずっと前から。だからあなたを中に入れてあげたのよ。あなたは……とってもいい人だから、いやな思いをさせたくなかったの。これでわかったでしょ、あたしがあなたを……信頼してるってこと。だからがっかりさせないでね。あたし、あなたとは結婚できないわ、ジェシー、あなたを愛していないし、これからも愛することはないと思うから。わかってもらえるかしら。あなたが……その、どんなふうに思うかわかっていながらこんなこと言うのはとってもつらいことだけど、でも言わなくちゃならないの、つまり、どうにもならないのよ。あたし……いつかはこうなるんじゃないかと思ってたの。よく夜中にずっと目を覚ましてそういうことを考えたわ。あなたのことをいろいろ考えたの、ほんとよ、でもだめだったわ。どうしても……どうにもならないの、そういうことなの。だから……だめなの。ほんとにすまないと思うけど……だめなのよ」

(夢を土台にしてその上に人生を築くようなことがどうしてできるだろう。そんな馬鹿なことが。夢が払いのけられたら、どうやって生きていくのだ……)

マーガレットはジェシーの顔つきが変わったのを見て、再び彼の手を取った。「ジェシー、お願い……あたし……長いことずっと待っててくれてほんとにありがたいと思ってるわ、それにあたし……お金のことも知ってるわ。あなたがどうしてお金のことを言ったのかよくわかってるの。あなたはただあたしに……いい暮らしをさせたいと思ってそう言ってくれたのはわかってるのよ。あたしのことをそんなふうに思ってくれるなんて、ほんとにありがたいと思うし……あなたがきっとその通りにやってくれるのはわかってるの。でもどうにもならないのよ……ああ、なんてことかしら……」

(おまえはこれが夢だと知っていて、目を覚まそうと懸命になっているが、目を覚ますことができない。それはおまえがもう目を覚ましているからだ。これは、人生という夢なのだ。おまえはその夢のなかで動きまわり、そしてしゃべる。おまえの中の何かがもだえ苦しみ、死にかけているときでさえも)ジェシーはマーガレットの膝を撫でた。彼女の膝は固くてなめらかだった。「マーガレット」とジェシーは言った。「あわてずにゆっくり考えて欲しいんだ。ねえ、二、三カ月したらまた来るから……」

マーガレットは唇を嚙《か》んだ。「あたしあなたが……きっとそう言うってこともわかってたわ。でも……だめよ、ジェシー。いくら考えても何にもならないわ。やってみたけどうにもならなかったのよ。あたし……こんなことをもう一度繰り返して、またあなたにつらい思いをさせるのはいやなの。お願いだから、もう二度と言わないで。絶対に」

ジェシーはぼんやりと、自分は彼女を金で買うことはできないのだと考えた。彼女の愛は得られず、金で買うこともできないのだ。それは自分が彼女に値しない男だからだ。要するにそれだけのことだった。彼女のお眼鏡にかなわない男なのだ。心の奥底では始めからわかっていたことだった。だが自分はずっとそれから目を背けてきた。思いきって真実を明らかにすることができずに、夜な夜な枕にくちづけし、マーガレットへの愛をささやき続けてきたのだ。そしてこの先一生、忘れようと努めながら生きていくのだ……このことを。

マーガレットはまだじっとジェシーを見守っていた。彼女は言った。「どうかわかってちょうだい……」

するとジェシーは少し気持ちが楽になった。ありがたいことに、重くのしかかっていたものが不意にいくらか取り除かれたように思われ、また口が利けるようになった。「マーガレット」彼は言った。「こんなことを言うのはすごくばかげてるみたいで、どう言っていいかわからないんだけど……」

「言ってちょうだい……」

ジェシーは言った。「俺は……君を押さえつけておくようなことはしたくない。そいつは……身勝手なやり方だ。ちょうど……小鳥を籠《かご》に閉じ込めて、自分の思い通りにしようとするみたいな……。ただ俺は今までそんなふうには思ってなかったんだ。たぶん……君をほんとに愛してるからだろう、俺は君をそんな目に遭わせたくはない。俺は君にいやな思いをさせるようなことは絶対にしない。心配しなくていいよ、マーガレット、もういいんだ。もういいんだよ。俺はただ……その、君の邪魔にならないように……」

マーガレットは片手で頭を押さえた。「ほんとになんてことかしら。こうなるってわかってたわ……。ジェシー、お願いだから、ただ……その、いきなり姿を消したりしないでね。分かるでしょう、このまま行っちゃって……もう二度と来ないなんていやだわ。だってあたし……あなたがとても好きなんですもの、お友達としてね、だからそんなことになったらたまらないわ。ねえ、無理かしら……今までと同じようにはできないかしら、つまりあなたはただ普通に……うちに来てくれるわけにはいかないかしら、いつもと同じように。そんなに急に行ってしまわないで、ね……」

(こんな頼みさえも)とジェシーは思った。(なんと、こんな頼みさえも俺は聞きいれるだろう)

マーガレットは立ち上がった。「じゃあこれでもう帰ってね、お願い……」

ジェシーはおとなしくうなずいた。「いいんだ……」

「ジェシー」彼女は言った。「あたし……これ以上深入りしたくはないけど、でも」そう言うとすばやくジェシーにキスした。今度は何の感情も起こらなかった。ジェシーはじっと立って彼女が離れるのを待ち、それから足早に戸口に向かった。

ジェシーは通りに響く自分の靴音をぼんやり意識した。どこか遠くの方で、ささやくようなざわざわという音がしていた。ことによると耳の中で血液が脈打つ音だったのかもしれない。それとも海のざわめきかもしれなかった。家々の戸口とぽっかり開いた暗い穴のような窓が、ひとりでにジェシーの方へゆらゆらと近づいてはうしろへ遠ざかって行った。ジェシーはまるで自分が死んだばかりの亡霊で、自分の意識にとってはあまりに大き過ぎる死という概念を何とか受け入れようと四苦八苦しているような気がした。今はもうマーガレットは存在しない。マーガレットはもういないのだ。そしてジェシーは今、人々が結婚し、愛し合い、つがい、互いに相手にとってかけがえのない存在となる大人の世界に別れを告げ、自分が子供時代を過ごして来た、油と鋼鉄に囲まれた世界へと戻って行かなければならない。そうして日々が来ては去り、ある日ついに死ぬまでそれが続くのだ。

ジェシーはジョージホテルのまえの道を横切った。それから中庭の入口を抜け、階段を上り、もう一度自分の部屋の戸を開けた。そして明かりを灯し、トムソンおばさんの洗いたてで糊《のり》のきいたシーツの臭いをかいだ。

ベッドは墓石のように冷えきっていた。

通りで魚を呼び売りする女たちの声で目が覚めた。どこかで牛乳缶がぶつかり合う音が聞こえた。中庭で動き回る人々の声が、冷たい空気の中にピリピリと響いた。ジェシーはうつぶせになったまま、しばしの空白の時間を味わっていた。まもなくまた新たな冷え冷えとした悲しみが襲って来るはずだった。ジェシーは自分がもう死んでしまったことを思い出した。彼は起き上がり、凍るような冷気を感じることもなく服を着た。そして顔を洗い、髭を剃る。鏡には、伸びかけた髭が顎に青い影を作っている見知らぬ男の顔が映っていた。それから彼はバレル機関車の待つ中庭へ出て行った。機関車の車体は弱い日射しの中で輝き、てっぺんにはきらきら光る白い雪がうっすらと積もっていた。ジェシーは火室の戸を開け、おき火をかき立て、石炭をくべた。物を食べたいという気は起こらなかった。ジェシーは朝食を取らずに波止場《はとば》に下りて行った。買う予定だった魚を注文し、上の空で値段を交渉し、ジョージホテルまで配達させた。彼は魚の箱が積み込まれるのを見届けて、教会の遅い礼拝に出席し、居残って告解《こっかい》した。ジェシーは「人魚亭」には近づかなかった。今はただここを出て、路上に戻りたいだけだった。ジェシーはもう一度〈レディ・マーガレット〉を点検し、ネームプレートや、車軸のまわりや、はずみ車の鋲を磨いた。それから店の飾り窓で目について、買おうと思っていた物があったのを思い出した。聖母マリア、ヨセフ、ひざまずく羊飼いたち、それは飼いば桶《おけ》で眠る幼児《おさなご》キリストを描いた小さな絵だった。彼は店の主人をたたき起こしてそれを買い、きれいに包ませた。ジェシーの母はこういう物がたいそう好きだった。クリスマスの期間中、食器棚に飾って置けば、きっと見栄えがすることだろう。

　もう昼食時になっていた。ジェシーは無理やり食卓に向かい、砂を嚙むように何の味もしない食べ物を飲み込んだ。彼は気づかずにもう少しで勘定を払いそうになった。今はもう付けでよかったのだ。ドーセットのストレンジ父子商会の付けだ。食事の後、ジェシーはジョージホテルのバーに行って、口の中のいやな味を洗い落とそうと酒を飲んだ。彼は、心のどこかで自分が待っていることに気づいた。足音を、聞き覚えのある声を、気が変わったから行かないでくれというマーガレットからの言伝《ことづて》を。そんな気分に陥るのはまずいとわかっていたが、自分でもどうしようもなかった。言伝は来なかった。

ジェシーが機関車のところへ行き、出発の準備にかかった時はもう三時近かった。ジェシーは〈マーガレット〉を切り離して向きを変えさせ、積み荷を推進用の突起につないでうしろ向きに道まで押し出した。難しい作業だったが、彼は考えもせずにやり終えた。それから機関車を離してもう一度向きを変え、連結し、反転レバーを前方に倒して調整器を徐々に開いた。ついにまた車輪がごろごろと動き出した。ジェシーは、一度パーベック半島を出てしまえば二度と来ることはないとわかっていた。来ると約束はしたが、来られるはずもなかった。弟のティムかほかの誰かを寄越すことになるだろう。ジェシーの内部にあるものはやがては息をふきかえすだろうが、もしもう一度彼女を目にすることがあれば、完全に息の根を止められてしまうだろう。一度そういう目に遭えばもうたくさんだった。

機関車は店の前を通らなければならなかった。店の煙突からは煙が出ていたが、人のいる気配はなかった。列車は轟音を響かせながら、忠実にジェシーの後からついて来る。店の五十ヤードほど先でジェシーは汽笛を鳴らした。〈マーガレット〉の鉄の喉からとてつもなく大きな叫びが繰り返し発せられ、蒸気が通り一杯にたちこめた。大人気ないまねだったが、そうせずにはいられなかった。それから機関車は町を出た。スウォニッジはうしろへ遠ざかり、ジェシーは荒野に向かう道を上り始めた。ジェシーは速度を上げた。予定より出発が遅れていた。出て来たのは遠い昔のように思われるもう一つの世界では、ディコンが気をもんでいることだろう。

ずっと左手の方に信号塔が一つ、空を背にぬっと立っている。ジェシーはその塔に向けて合図の汽笛を鳴らした。短く二度、それから長く伸ばして一度。すべての機関手が使っている合図だった。少しの間、塔には何の変化も見られなかった。それから了解のしるしに腕木がひょいと動くのが見えた。今頃塔ではツァイスの双眼鏡が機関車に向けられていることだろう。塔のギルドの連中は了解と答えて来た。まもなくこの地方の塔を次々と伝わって、北へと伝言が送られるだろう。「機関車〈レディ・マーガレット〉、ダーノヴァリアノストレンジ父子商会。スウォニッジヲ出テコーヴズゲートニ向カウ、一五時三〇。異常ナシ……」

瞬く間に夜が迫って来た。夜、そして残酷な凍てつき。ジェシーはウェアラムよりかなり手前で西へ方向を転じ、荒野を一直線に突っ切って行った。バレル機関車は絶え間ない轟音を響かせ、直径七フィートの動輪を道路に食い込ませながら、亡霊のようなぼんやりとした白い蒸気を後に残して突き進んだ。ジェシーは一度だけ止まって水槽を一杯にし、ランプを灯すと、再び荒野のただ中を進み続けた。あたりには一面に薄いもやか、あるいは霜をもたらす冷たい霧が漂い始めていた。起伏の多い地面の窪みに澱《よど》んだ霧が、側灯の光の中に奇妙に白く浮かび上がった。風が不気味なうなりを上げて吹きつけた。パーベック半島の北部では、海岸沿いのほんの狭い地域を除いて、冬は時折急激な寒気に見舞われることがあった。朝になると、道が二フィートかそこいらの雪におおい隠されて、荒野を通り抜けることができなくなってしまうのだ。

スウォニッジを出て一時間、疲れを知らぬ〈マーガレット〉の力強い歌はまだ続いている。ジェシーは漠然と、少なくともこいつだけは俺を裏切ったりしないと思った。この暗さではもう信号塔も〈マーガレット〉の姿を見つけることはできないだろう。後は家に帰り着くまで、伝言を送ることもできない。操作場の入口の赤々と燃えるかがり火の下に立ち、気をもみながら、首を伸ばして何マイルも先のシュッシュユッという排気音に聞き耳を立てているディコンの姿が目に浮かんだ。機関車はウールを通過した。もうまもなくわが家だ。わが家、わずかなりとも気の休まる唯一の場所……。

飛び入りの乗客にジェシーはあやうく不意を衝《つ》かれるところだった。その男は、ちょうど上り坂の頂き近くで列車が速度を落とした時に現れて、機関車と並んで走り、踏み板に飛び乗って来た。ジェシーは道路をこする靴音を聞いた。第六感のようなもので、ジェシーは闇の中で何かが動く気配を察した。シャベルが振り上げられ、闖入者《ちんにゅうしゃ》の頭めがけてまさに打ち下ろされようとした瞬間に、必死の叫び声がジェシーの手を止めさせた。「おい、おまえ自分の友達がわからんのか」

ジェシーはよろけて、小声でぶつぶつ言いながらハンドルにつかまった。「コル……。

こんなとこでいったい何してる」

ド＝ラ＝ヘイはまだ息を弾ませながら、側灯の反射光の中でにやりとジェシーに笑いかけた。「ちょいとそこまでご一緒にってわけさ、相棒。おまえが通りかかってくれてよかったよ、ほんとに。ちょっと面倒なことになっちまってさ、このぞっとしない荒野の真ん中で一晩明かさなくちゃならんかと思ったよ……」

「何があったんだ」

「ああ、馬で知り合いの家に行くとこだったんだ」ド＝ラ＝ヘイは言った。「カリフォードのそばの小さな農場でね。クリスマスに呼ばれたってわけさ。かわいい娘たちがいるんだ。なあ、ジェシー、わかるだろ」彼はジェシーの腕をこづいて笑い出した。ジェシーは口をぎゅっと結んだ。「馬はどうしたんだ」

「馬のやつ、つまずきやがってさ、脚を折っちまったんだ」

「どこで」

「今通って来た道の方さ」ド＝ラ＝ヘイは無造作に言った。「俺はそいつの喉をかっ切って溝の中へ転がして来たんだ。そいつが『野盗』の畜生どもに見つかって、後を追って来られたりしたらかなわんからな……」彼は両手に息を吐きかけて火室の前にかざし、羊皮の上着の中でわざとらしく身を震わせた。「ばかに寒いな、ジェシー、全くひでえ寒さだ……どこまで行くんだ」

「うちだよ。ダーノヴァリアだ」

ドﾞラﾞヘイはじっとジェシーの様子をうかがった。「おい、元気がないようだな。具合でも悪いのか、ジェシー」

「いや」

コルは片腕を大げさに振り回して言った。「いったいどうしたってんだ、相棒。俺に何かできることはないのかい」

ジェシーは相手を無視して前方の道路にじっと目を凝らした。ドﾞラﾞヘイは不意に大声で笑い出した。「昨夜のビールのせいか。そうだろ、違うか。ジェシー、おまえの胃袋もえらく小さくなっちまったもんだな」彼は握りこぶしを振り上げた。「まるで赤ん坊の胃袋ってとこだ、違うか。もはや昔のジェシーならずか。あーあ、人生なんてうんざりだな……」

ジェシーはちらりと計器を見下ろし、かまの水タンクの栓を回した。道路に水が飛び散る音がした。給水機の調節弁を開くと蒸気がどっと吹き出し、ポンプがかまに水を補給し始めた。ピストンの鼓動は変わらなかった。ジェシーはさりげない調子で言った。「たぶんビールのせいなんだろう。俺はもう酒をやめた方がよさそうだ。年だな」

ドﾞラﾞヘイはまたじっとジェシーの様子をうかがった。「ジェシー」彼は言った。「何か悩みがおありだな、わが子よ。何かいやなことがあったんだな。何があったんだ。さあ、しゃべっちまえよ……」

すると、人の心を読み取るやつのあのいまいましい直感はいまだに衰えていないのだ。

ド＝ラ＝ヘイは大学にいる間中それを大いに発揮し続けた。どういうわけか彼には相手の考えていることが手に取るように、それも相手の頭に浮かぶか浮かばないかのうちにわかってしまうらしかった。これはコルの大きな武器だった。彼はこの手を使って女たちを意のままにした。ジェシーは苦々しい笑い声を上げた。そして不意に言葉がジェシーの口を突いて出た。あのことは誰にも話したくなかった。だが彼はしゃべり続け、とうとう最後までしゃべってしまった。一度話し始めると止まらなかった。

　コルは黙って聞いていた。それから彼の体が震え出した。笑いが彼の体を揺さぶっていたのだ。彼は身をのけぞらせて運転台の壁にもたれかかり、支柱にしがみついた。「ジェシー、ジェシー、おまえはほんとにガキだな。まったく、ちっとも変わってやしない……。ああ、このどうしようもないサクソン人め［ド＝ラ＝ヘイはノルマン・フレンチでドンファン。ジェシーは野暮なサクソン人］……」彼はまたひとしきり高笑いにむせて目を拭った。

「で……で彼女はおまえにかわいいちっちゃなお尻を向けたってわけか、ええ。ジェシー、おまえってやつはほんとにガキだ。いつになったらわかるんだ。ええ、彼女に申し込みに行くなんて、おまえの……おまえのその……」彼は拳で「マーガレット」のホーンプレートを叩いた。「おまけにまじめくさったおっかない顔してさ、ああ、ジェシー、おまえの顔が目に浮かぶぜ。おい、彼女はおまえのでっかい鉄の馬《デストライアー》なんか欲しくないとさ。いやまったく、たまらん……。けど俺が……俺がどうすりゃいいか教えてやるよ……」

　ジェシーは口をへの字に結んだ。「もういいかげんに黙ったらどうだ……」

ド＝ラ＝ヘイは片腕を振り回した。「まあ、聞けよ。怒らんで聞いてくれ。おまえは彼女に言い寄るんだ、ジェシー。そんなら彼女の気に入るぜ、そいつならな。いいか。いっちょうらでばりっと決めてな、翼車の一つも買って、そいつにきんきらきんの翼を付けてみろ。きっと彼女の気に入るぜ……ただし手をこまねいてたってだめだぞ、ジェシー。それと、彼女にいちいちお伺いをたてたりするのも禁物《きんもつ》だ。彼女にずばりおまえの望みのものを言うんだ。そいつをものにしてみせるってな……。ビールの代金をギニー金貨で払って、おつりは二階で貰おうじゃないかってわけさ、違うか。それだけのことはあるぜ、ジェシー、そうやってものにするだけのことはあるよ、あの女なら。ああ、それにしても実にいい女だな……」

「くたばりやがれ……」

「おまえ彼女をものにしたくないのか」ド＝ラ＝ヘイは気を悪くした様子だった。「俺はただおまえの役に立とうと思って言ってるんだぜ、相棒……。じゃ、おまえはもう関心がないってのか」

「ああ」ジェシーは答えた。「もう関心ないね」

「やれやれ」コルはため息をついた。「ああ、しかしもったいない話だなあ。若き日の恋はしぼみぬか……。待てよ、いいことがある」彼はまた活気づいて言った。「おまえのおかげでいいことを思いついたよ、ジェシー。おまえがいやなら、俺が自分で彼女をものにしてやろう。どうだい」

（大きな泣き声が聞こえ、父親が死んだとわかっても、おまえは手を休めずにピストンロッドの頭部のすべり溝を磨き続ける。たとえ世界が真っ赤な炎を上げて燃えさかり、頭の中で太鼓が轟いたとしても、おまえの目はじっと道路を見つめ、手はハンドルを握ったままでいるのだ）ジェシーは自分の声が平然とこう言うのを聞いた。「おまえはとんでもない嘘つき野郎さ、コル、昔っからな。彼女がおまえにほれるわけがない……」

コルは指をパチンと鳴らし、踏み板の上を踊り回った。「おい、向こうはもう半分その気になってるぜ。ああ、それにしてもいい女だ……。あのかわいらしい目、そいつが昨夜はちょいとばかりキラリとしたようだったぞ、違うか。ちょろいもんさ、まあ、見てくれよ……。言っとくけどな、彼女はきっとあの方はサド好みだぜ。とにかくいかすよ、うーたまらんな……」彼はさもうっとりしたような思わせぶりの仕種をして見せた。「俺は彼女を一晩に五通りのやり方で攻めてやるぜ」彼は言った。「そうして、おまえにその証拠を送ってやるよ。どうだい」

（ことによると彼は本気で言っているわけではないかもしれない。ただ出任せを言っているだけかもしれない。だがおそらく出任せではあるまい。俺はコルを知っている。コルは嘘をつくような男ではない。こういうことに関しては。こいつはやると言ったことはやるだろう……）ジェシーは無理やり歯を見せて笑った。「よし、やれよ、コル。彼女をものにしろよ。そしたら今度は俺が横取りしてやろう、どうだい」

ド＝ラ＝ヘイは笑い声を上げ、ジェシーの肩をぎゅっとつかんだ。「ジェシー、おまえってやつはまったくガキだな。そうじゃないか……ええ……」

　右手前方に明かりが一つパッと光ってすぐに消えた。道からそれたヒースの野原の真ん中だった。コルは向き直って明かりが見えたあたりにじっと目を凝らし、それからジェシーを振り返った。「あれ見たかい」

　こちらはむっつりと答える。「見た」

　ド＝ラ＝ヘイは心配そうに運転台の中を見回した。「銃はあるのか」

「なぜだ」

「あのいまいましい明かりさ。『野盗』どもじゃないか……」

「銃で『野盗』どもの相手なんかできんさ」

　コルは首を振った。「おい、おまえ自分のやってることがわかってるんだろうね……」

　ジェシーは手荒く火室の戸を開けた。炎が赤々とあたりを照らし、ムッと熱気が吹き付けた。「石炭だ」

「何だって」

「石炭をくべろ」

「わかった」ド＝ラ＝ヘイは言った。「わかったよ、まかしとけ……」彼はシャベルを振るい、火は勢いを増した。それから彼は火室の戸を蹴飛ばして閉め、体を起こした。「じゃあ、おれはもうすぐおいとまするぜ」彼は言った。「例の明かりの所を通り越したらな。もし無事に通り越したら……」

合図は、もし合図だったとすれば、二度と繰り返されなかった。周りは一面に真っ暗な荒野がどこまでも広がっているだけだった。行く手には一連の丘がうねうねと続いていた。〈レディ・マーガレット〉は地響きをたてて最初の丘にさしかかった。コルは落ち着かない様子でもう一度あたりをうかがい、運転台から身を乗り出してうしろの列車を振り返って見た。積み荷をおおった防水布の高く盛り上がった影が、闇の中にぼんやりと見えていた。「何を積んでるんだい、ジェシー」彼は聞いた。「金目《かねめ》の物があるのか」

ジェシーは肩をすくめた。「かさばってるだけさ。固形飼料、砂糖、干した果物。やつらが襲ったたって無駄骨だ」

ド＝ラ＝ヘイは不安そうにうなずいた。「一番うしろの台車の荷は何だい」

「ブランデーに絹製品。煙草が少し。獣医が使ういろんな物。家畜の去勢器」ジェシーは横目でちらりと相手の顔を見た。「結紮《けっさつ》式だ。血は出ない」

コルはまた一瞬びくりとして、それから笑いだした。「ジェシー、おまえはガキだな。まったくどうしようもないガキだ……。しかしそいつはなかなか値打ちもんじゃないか。ちょいと頂くのに持ってこいだ……」

ジェシーはむなしさを覚えながらうなずいた。「一万ポンドはするな。違ってもせいぜい二、三百ポンドってとこだろう」

ド＝ラ＝ヘイはヒューと口笛を吹いた。「そうか、そいつは確かに値打ちもんだな……」

列車は先程明かりが見えた地点に達し、そこを通り過ぎた。出発してからもう二時間近くたっていた。後はそう長い道のりではない。〈マーガレット〉は坂を下りきって、二つ目の上りにかかるところだった。ちょうど雲から滑り出た月が、行く手に長く伸びる帯のような道を照らし出した。もう間もなく荒野も終わろうとしていた。地平線のすぐ向こうがダーノヴァリアだ。月がまた雲に隠れ、道が闇に包まれる前に、ジェシーは左手に伸びている一本の細い道を見た。

ド＝ラ＝ヘイはジェシーの肩をつかんだ。「元気になったようだな」彼は言った。「うまくやつらから逃げられたらしいな……。おまえももう大丈夫だろう。俺はここで下りるよ、相棒。乗っけてくれて助かったよ。それから忘れるなよ、あのかわいい娘のこと。堂々とあの店に乗り込むんだ。俺が言った通りにしろよ。いいか、ジェシー」

ジェシーは振り向いてじっと相手を見つめた。「自分こそ気をつけろよ、コル」彼は言った。

ド＝ラ＝ヘイはステップに飛び移った。「俺は大丈夫さ。俺様は怖いものなしだ」そう言って彼は手を離し、夜の闇の中に姿を消した。

彼はバレル機関車の速度を見誤っていた。彼は前につんのめって生い茂った草の上にもんどり打って転がり、起き上がるとにやりと笑った。機関車の積み荷のうしろに付いた明かりは、すでに道のはるかかなたに遠ざかっていた。彼の周りで物音がした。六人の馬に乗った男たちの姿が空を背に黒々と浮かび上がった。男たちは七頭目の馬を引いていた。その鞍《くら》は空だった。コルの目にキラリと光る銃身のようなもの、どっしりとした石弓が映った。「野盗」だ……。コルはまだ笑いながら立ち上がり、予備の馬にひらりと跳び乗った。前方では列車が低く垂れこめた霧の中に姿を消そうとしていた。ド＝ラ＝ヘイは片手を挙げた。「一番うしろの貨車だ……」彼は馬の脇腹に踵《かかと》を当て、なめらかな襲歩《ギャロップ》で走り出した。

ジェシーは計器に目をやった。かまの蒸気圧は最高の百五十ポンドに達していた。彼の口は依然として固く結ばれたままだった。これでもまだ充分ではない。この丘を下り、その向こうの長い坂を上っている途中でやつらは追いついて来るだろう。彼は調整器を最高の位置まで倒した。〈レディ・マーガレット〉はさらに速度を上げ、車輪が轍を捉えるたびに大きく揺れながら突進した。機関車は時速二十五マイルで坂を下りきり、それから列車全体の重みに引っ張られて速度を緩めた。

左側のホーンプレートにかちんと音を立てて何かがぶつかった。一本の矢がうなりを上げて頭上をかすめ、一瞬空を赤々と照らし出した。ジェシーは笑いを浮かべた。もうどうなろうと構わなかった。〈マーガレット〉は死に物狂いで地響きをたてて疾走した。道の両側に馬を駆る男たちの姿が見えて来た。ちらりとほの白く見えたのは羊皮の上着の端だったかもしれない。また衝撃があった。ジェシーは石弓から発射される鉄の太矢の一撃を背中に予期して身を固くした。一撃は来なかった。いかにもド＝ラ＝ヘイらしいやり方だった。彼はひとの女に手を出しはしても、自尊心まで奪いはしない。積み荷に手を出しても、命を奪うことはない。また数本の矢が飛んで来たが、機関車を狙ったものではなかった。ジェシーは首を伸ばして、貨車の積み荷越しにうしろをのぞき見た。最後尾の積み荷をおおう防水布の横腹に、一筋の炎が走っていた。

　上り坂の途中の〈レディ・マーガレット〉は激しく、あえぎながらのろのろと進んでい
た。炎の舌はみるみる前方へと伸び、積み荷をなめつくそうとしていた。じきに次の貨車
に燃え移るだろう。ジェシーは手を下に伸ばした。彼の手が、いかにも気の進まない様子
でゆっくりと緊急解除装置の把手を握った。彼は把手を徐々に上へ引いた。掛け金が外れ
るのが感じられ、エンジンの鼓動が緩やかになり、積み荷は切り離された。燃えている貨
車はためらうように止まり、列車を離れて後戻りし始めた。男たちは速度を増しながら坂
を下って行く貨車を追って馬を走らせ、そのまわりに群がって口々に叫び、上着を振り上
げて火を叩き消そうとした。コルはその側を馬で駆け抜け、すれちがいざまに鞍から身を
躍らせて積み荷に跳び移った。そして荷のてっぺんによじ登り、一声叫ぶと「野盗」たち
からどっと笑い声が上がった。走り続ける積み荷のてっぺんに仁王立ちになり、空いた方
の手を得意気に振り回しながら、「野盗」たちの首領は炎めがけて勇ましく放尿した。
〈レディ・マーガレット〉が坂を上りきった時、頭上を過ぎる雲がパッとまぶしい白光に
照らし出された。巨大な鞭《むち》を鳴らすような爆発音が轟き、煽りを受けて列車が前方に叩き
つけられて、機関車の針路をそらした。遠くの丘から帰ってくる大きなこだまを耳にしな
がら、ジェシーは懸命に機関車の針路を元に戻した。彼は踏み板から身を乗り出して、貨
車の積み荷越しにじっと下の方に目を凝らした。後方には点々と炎が散らばり、ちらちら

と瞬いていた。四十本の小さな樽《たる》に詰められ、まわりをレンガとくず鉄でしっかり囲まれ、細かい粉末の火薬がもたらした地獄の火が、その谷からあらゆる生命を一掃してしまっていた。

かまの水位が下がっていた。ジェシーは給水機を作動させ、計器を点検した。「俺たちは何でもできることをやっていかなきゃならん」彼は我知らず声に出して言った。「俺たちはみんな何でもできることをやって生きていくのさ」ストレンジ父子商会はおいそれとここまで来たわけではない。やつらはそこから盗み取った物をせいぜい味わうがいい。

どこかで信号塔が、松明を灯した腕木をかたかたと震わせて緊急信号を発していた。列車を従えた〈レディ・マーガレット〉は、かすかな銀色の光を放つフルーム川に沿って大きく曲がり込み、ダーノヴァリア目指してひた走った。

第二旋律
信号手

その丸い丘のまわりは一面の雪におおわれ、小さな黒い茂みが点々と散らばる原野が冷たい霧に煙ってどこまでも広がり、牛乳のような空にとけ込んでいた。身を切るような風が絶えずうなりを上げて吹き渡り、時折短い吹雪が交じった。雪は前触れもなく亡霊のようにちらちら舞っては、また不意に消えた。見渡す限り続く荒涼とした景色の中で、動くものといったらそれだけだった。

ところどころに小さくかたまって生えている木々は、どれも風から身を守るようにかがんで細い枝をからみ合わせ、すきの刃のように丸くこんもりした茂みを形づくっていた。丸い丘の頂きにもそうした茂みがあり、風をさえぎるようにおおいかぶさったその枝の下に、雪に顔をうずめるようにして一人の少年が倒れていた。少年は身動きしなかったが、完全に意識を失ってはいない。その体に時折、衝撃から来る震えが走った。年の頃は十六、七歳、金髪で、身に着けているのは上から下まで濃い緑の革の制服だった。制服はあちこち大きく裂けていた。両肩から背中、腰にかけて、尻から腿《もも》にかけて。その裂け目から小麦色の肌と、きらきら光りながらゆっくりと流れ出る鮮血がのぞいていた。革にはぐっしょりと血液がしみこみ、長い髪はもつれていた。少年の傍らには、信号手ギルドに属する者なら組合員であれ見習いであれ、片時も離さず持ち歩く、ツァイスの双眼鏡の革ケースと、短剣が一本落ちていた。短剣の刃は血のりに汚れ、その丸い柄《つか》がしらは、少年の投げ出された手からほんの数センチの所にあった。その手も無傷ではなかった。中の小指から親指にかけて切り傷が走り、親指のつけ根がざっくり裂けていた。そのまわりの雪の上に、流れ出た血が淡いピンクの輪を作っていた。

ひとしきり激しい風が吹きつけて頭上の枝をからから鳴らし、茂みが抗議するように長いきしみを上げた。少年は身震いし、それとわからぬくらい少しずつ体を動かし始めた。投げ出された手が一度に一インチずつ、はうように前へと動き、体を支えて胸を持ち上げようとする。雪の上に、縁が赤く染まった半円形の指の跡がついた。少年はつぶやきともうめきともつかない声をたてて肘《ひじ》に体重をかけ、そのまましばらく力が戻るのを待った。それから身をよじって横向きになり、けがをしていない左手をついて体を支えた。頭を垂れ、目は閉じたままで、荒い息づかいが茂みの中に響き渡った。そしてもう一度、力をふりしぼって体を持ち上げ、ようやく起き上がると木の幹に寄り掛かった。顔を打つ冷たい雪の感触が、少年をさらにいくらか正気づかせた。

少年は目を開けた。おびえたけもののような目は、苦痛のためにどんよりしていた。少年は梢《こずえ》を見上げ、喉をごくりとさせ、唇をなめ、それから首を巡らしてあたりの何もない雪の上をじっと見回した。左手が腹をぎゅっとつかみ、その上から、傷ついた手のひらに触れないように右手の手首を押しつける。少年はちょっとの間また目を閉じた。それからそろそろと手を下ろし、固く握りしめ、腿をおおう血にぬれた革を持ち上げた。一目見ると彼はぐったりうしろへ倒れ、激しくすすり泣いた。手が力なく落ちて樹皮をこすった。樹皮のこぶが親指のつけ根の開いた傷口にくい込み、ぞっとする苦痛のうねりが再び彼の意識を取り戻させた。

　少年の座っている場所からは短剣に手が届かなかった。彼はのろのろと身をかがめた。動きたくなかった。ただじっとして、そのまますぐに死んでしまいたかった。指が短剣の刃に触れた。彼はまた骨折って木の下に戻り、体を起こして座った。そしてあえぎながら休んだ。それから左手をそっと膝《ひざ》の下にさし入れ、半ば感覚を失った脚を膝が直角になるまで引き上げた。彼は気力をふりしぼり、両手で短剣を支えてきっ先をぴっちりしたズボンに当て、ゆっくりと足首まで革を切り裂いた。それから腿のまわりにぐるりと切れ目を入れて革を切り離した。

　ここまでやり終えると少年はもう弱りきっていた。力が刻々と体からぬけ出て行くように感じられ、目の前で黒い翼が羽ばたくように度々、意識が遠のいた。彼は革をひきよせてその端を歯の間にくわえ、短剣を握り直すと、革を細く切り始めた。それは時間のかかる、あぶなっかしい作業だった。二度きっ先がすべって手を傷つけたが、もう新たな痛みは感じなかった。ようやくそれが終わると今度はできた細い革ひもで、できるだけきつく脚をしばり、腿の傷口を何とかふさごうとした。絶え間ない風のうなりと、少年の激しい息づかいのほかは何の音もしなかった。彼の顔には玉のような汗が浮かび、空の色と同じくらい白かった。

少年はついに自分にできる限りの手当てをやり終えた。背中にも焼けるような痛みがあり、彼が寄りかかっている木の幹には血が赤く筋をつけていたが、そこの傷には手が届かなかった。彼は言うことをきかない指でどうにか最後の結び目を結び、血がまだ革ひもを通してにじみ出てくるのを見て身震いした。彼は短剣を落として立ち上がろうとした。

しばらくの間、うめき声をたてながら何とか立ち上がろうとしてみたが、脚はどうしても彼の体を支えようとしなかった。彼は痛みをこらえて上に手を伸ばし、指でザラザラした木の幹を探った。頭の二フィートばかり上で、指が低い枝の折れた跡に触れた。手は血でぬるぬるしていたので、つかんだとたんにすべってはずれ、また手探りしてつかみ直した。彼はぐっと力を入れて引いた。手のひらの傷口が閉じてまた開き、ずきずき痛んだ。彼の両腕は信号機の操作のおかげでびっしり筋肉がつき、強かった。彼は力をこめて一瞬体を浮かした。頭をうしろの木の幹に押しつけ、体は弓なりにそってぶるぶる震えた。それから片方のかかとが雪の上に足がかりを見出し、踏んばってまっすぐに立ち上がることができた。

彼はふらふらしながら立って、吹きつける風も意識せず、自分のまわりに闇が押し寄せ、また引いて行くのを待った。頭が血液の鼓動に合わせてどきんどきんと脈打っていた。腹と腿にまた新たに生温かいしたたりが感じられ、絶え難い吐き気がこみあげてきた。彼は頭を垂れて吐き気を紛らせ、潜水夫そっくりの緩慢な動作で歩き出した。五、六歩行った所で彼は立ち止まり、まだふらつきながら、あぶなっかしく少しずつ向きを変えた。雪の上に、彼が落とした時のままに双眼鏡のケースがあった。彼はぎくしゃくと後戻りし始めた。今では一歩踏み出すごとに脳が必死で命令を下し、意志の力を振りしぼって体をそれに従わせなければならなかった。彼はおぼろげに、自分がかがんでそれを拾い上げるわけにはいかないことを承知していた。そんなことをしようものなら、頭から倒れ込んでそのまま二度と動けなくなってしまうだろう。彼は骨折って片足をケースの肩ひもの輪の中に入れた。これが精一杯だった。彼が進むにつれて革ひもはぴんと張り、足の甲にずり上がった。ケースは、茂みを後に丘を下って行く彼のうしろからがたがた揺れながらついて来た。

少年にはもう目を上げてあたりを見回す力はなかった。彼が見ているのは直径六フィートばかりの雪の円で、その周辺はせばまった視野の限界で黒く縁取られていた。彼の歩みにつれて、雪がぐいと迫ってはうしろへ遠ざかった。その雪のまん中に一筋のかすかな跡が残っていた。彼が先刻自分でつけた足跡だった。彼はただやみくもにそれをたどって行った。彼の脳の奥深くにある火花のようなものが彼を動かし続けていた。今では、それ以外の意識はほとんど失われ、ショックのために無感覚になっていた。彼ははうようにのろのろと進み、その後から革ケースがぎくしゃくと引きずられていく。左手を下に伸ばして腿のつけ根を押さえ、右手はふらつく体の釣り合いをとるためにゆっくりと振られている。彼はうしろに点々と淡い血の跡を残していた。血のしずくは雪をベニハコベのようなあざやかな赤に染めたかと思うと、すぐににじんでピンク色のしみに広がり、凍りついた。血痕と足跡はでこぼこの線を描いて茂みまで続いていた。彼のまえでは風が金切り声をあげて吹きすさんでいた。雪が彼の顔を打ち、胴着にうっすらと積もった。

　絶え間ない苦痛にさいなまれながら、雪の上を動く小さな点はゆっくりと茂みから遠ざかって行った。背後にぼんやり浮かび出た茂みは、薄れかけた光線のいたずらで、遠ざかるにつれて高くなって行くように見えた。冷たい風にさらされて苦痛がわずかに弱まり、少年は頭を上げた。目の前に、小さな小屋の上にそびえ立つ信号塔が見えた。信号所は小さな丘のてっぺんに立っていた。上り坂にさしかかると、体の重みがこたえ、息づかいが荒くなった。彼はさらに歩調をゆるめた。彼の口から再びかすかなすすり泣きがもれた。けものがたてるような、意味のない本能的な音だった。あざやかな赤い色が彼の顎《あご》を伝い落ちた。小屋にたどり着いた彼のうしろに、まだ空を背に灰色に浮かび上がる茂みが見えていた。彼はあえぎながら木の扉にもたれかかり、その木目《もくめ》をおぼろげに意識した。手が掛け金の把手《とって》をさぐり当て、引いた。戸が開き、彼は前にのめって、膝をついた。

　外の雪景色の後では、小屋の中はひどく暗く感じられた。少年は木の床の上を四つんばいになって進んだ。食器棚があった。彼はその中をやみくもに手探りし、コップや茶碗《ちやわん》をなぎ払い、そのくだける音をぼんやりと耳にした。彼は必要なものを探し当て、歯を使ってコルクの栓をぬき、どさりと壁にもたれかかって飲もうとした。酒は彼の顎を流れ落ち、胸と腹にこぼれた。いくらかの酒が彼の喉に流れ込み、つかの間彼を元気づけた。彼は咳込み、吐き出しかけた。彼はどうにか立ち上がると、落として来た短剣の代わりにするナイフを探し出した。壁ぎわに毛布やシーツ類の入った木のひつがあった。彼はシーツを一枚引っぱり出して、細く切り裂き、腿に巻く包帯にするために、前より長く、幅の広い切れをいくつもこしらえた。彼は革の止血帯に手を触れる気にはなれなかった。白い布にはたちまち一面の血のしみが現れ、広がり、つながり合い、ぬれて光った。彼は残りの布をまるめて腿のつけ根に押しあてた。

再び吐き気が襲って来た。彼は身もだえし、平衡を失って腹ばいに倒れた。彼の目より高い所に、安全な港のような寝棚がそびえていた。あそこにたどり着けさえしたら、吐き気がおさまるまでじっと横になっていられたら……。彼はどうにか小屋を横切って、寝棚の縁にもたれかかり、床の中へ転げ込んだ。暗黒のうねりが深い海のように彼を押しつつんだ。

少年は長い間じっと横たわっていた。それからわずかに残る意志が再び頭をもたげ、彼はいやいやくっついてしまったような目蓋《まぶた》を無理に開けた。もう日はほとんど暮れて小屋の向こうの端にある窓が、暗がりの中にぼんやり四角く、灰色に浮かび上がっていた。その手前に、なめらかに磨き上げられた信号機の木の把手が、薄明かりを受けてかすかに光り、ゆらめいて見えた。彼は自分の愚かしさを噛《か》みしめながら、じっと目をこらした。そして寝棚から転げ出ようとした。背中にはりついた毛布が邪魔をした。彼は寒さに震えながらもう一度起き上がろうとした。ストーブは消えていた。小屋の戸は半開きになり、白い雪の結晶が床板の上に吹き込んでいた。外では風が執拗《しつよう》なうなりを上げていた。少年は必死にもがいた。再び苦痛と吐き気が襲いかかり、すさまじい鼓動とうなりが彼を包んだ。信号機の把手が二重になり、六重になり、のたうち、きらめく銀色の束になった。彼はあえいだ。涙が口の中に流れ込み、それからすべるように日蓋が閉じた。彼は色とりどりの火花やきらめきや光の奔流《ほんりゅう》が交錯する騒がしい虚無の中に落ち込んだ。彼はその光を見つめ、歯を剝《む》き出して横たわっていた。背中が脈打ち、傷口から新たな血液が噴き出して寝床に流れた。やがてうなりは止んだ。

子供は生い茂った草の中に寝そべっていた。胴着を通して、肩に焼けるような日差しが感じられた。目の前の円錐形《えんすいけい》をした丘の頂きでは、魔法の仕掛けが、その鳥のような堂々としたものうげな翼をゆっくりと羽ばたかせている。そいつはものすごく高い所に、丘のてっぺんに立つ竿《さお》の先についていた。かすかな木のカタカタという音が、青く澄んだ空の彼方から降ってきた。腕木の動きは、子供に催眠術にも似た作用を及ぼしていた。彼は両手に顎をのせて腹ばいになり、時折うとうとしたり、目をぱちぱちさせたりしながらじっと見入っていた。上がって下がって、上がって下がって、ピシャリ……それからまた下がり、ぐるりと回転し、上がって戻り、間《ま》を置き、再び動作を始める。決して完全にじっとしていることはなかった。信号機はまるで生きているようだった。生き物がそこにとまって誰も知らない不思議な言葉を喋《しゃべ》っているのだ。だがそれは言葉には違いなかった。彼の『現代英語初級読本』に書かれている言葉と同じように、たくさんの意味と神話に満ちた言葉なのだ。子供の頭はめまぐるしく回転した。言葉は物語を作り上げる。塔はあんな丘の上にぽつんと立って、一体どんな物語を語っているのだろう。王様や難破船の話、戦いや追跡の話、妖精、埋められた黄金……。塔は話している。それは彼にもはっきりわかっていた。声をひそめ、カタカタと並び合った仲間の塔と通信を交わしているのだ。その膨大な通信網はイギリス中に広がり、思いつくかぎりのあらゆる場所、目の届くかぎりのあらゆる方向に伸びていた。

彼は操作《そうさ》桿《かん》がきらきら輝く筋肉のように、油をひいたすべり溝の中をなめらかに動くのを見守った。彼の住むエイヴベリ［イングランド南部、ウィルトシア州ブリストル東方の村。ヨーロッパ最大の環状列石あり］からはほかにもたくさんの塔が見えた。塔の列は大草原を突っ切って南へ伸び、モールバラ［ウィルトシア州の町］丘陵の西側を登って行った。だがそれはいずれもここより規模の大きな、巨大な塔で、大勢の人員が配置され、その信号は晴れた日なら十マイルも先からでも見えるほどだった。そんな塔が、継ぎ目のある腕木をがらがらと鳴らしながらゆっくりと羽ばたく様は荘厳《そうごん》だった。それに比べて、ここのような小さな地方局の塔は何となく親しみやすく、日がな一日ぺちゃくちゃさえずり続けていた。

長い夏の一日を、子供は何時間も一人でいろいろな遊びをして過ごした。といってもそれはたいていこっそり盗み取った時間だった。いつでも何かしらやらなければならないことがあったからである。学校の授業、宿題、家や、村の反対側にある兄の小さな畑での雑用。一人で夢想に耽《ふけ》りたかったら、夕方か夜明けにこっそり抜け出すほかはなかった。時には石が誘いかけることもあった。とびはねるように並んだ巨大なひし形の石が、小さな町を取り囲んでいた。彼は大昔の寺院だった場所の堀を駆け抜け、段になった内壁をよじ登り、朝日を浴びて躍る石のところまで上がって行ったり、あるいは太陽と雨に捧げるいけにえの儀式のためにやって来た僧侶《そうりょ》か神になったつもりで、野原を横切って東へ伸びている長い参道を歩いたりした。誰が最初にその石を並べたのかは分からない。妖精たちが力をふるっていた時代にやったのだという説もあれば、その名をささやくことさえ罪とされる古《いにしえ》の神々だという説もあった。悪魔の仕業だと考える者もいた。

　母なる教会は異端の遺跡の破壊には見て見ぬふりをし、村人たちもそれを充分承知していた。ドノヴァン神父は異議を唱えたが、耳を傾ける者はごくわずかだった。人々は進んでそこへ出掛けて行った。鋤が里程標の土台をむしばみ、水と火を使って砕かれた巨石のかけらは、味気ない石壁の隙間を埋めるために利用された。人々はもう何世紀もの間そうしてきた。今では環状に並んだ石もだいぶ減り、隙間が目だっていた。それでも石はまだたくさんあった。石の輪と、丘の頂きに築かれた塚山《ハウ》は今も残り、そこには古の死者たちのばらばらになった骨がじっと辛抱強く横たわっているのだ。子供はよくそうした塚山に登っては、毛皮や宝石に身を飾った王たちに思いを馳せた。だがそれにも飽きると、彼はいつも信号塔とその神秘的な動きに引かれてここに戻ってくるのだった。彼は両手に顎を埋め、眠そうな目をしてのんびり横たわり、頭上では、丘の頂きのシルベリ［エイヴベリ近く。ヨーロッパ最大の円環状巨石群］の九七三号塔がきしみ、カタカタ音を立てていた。

一つの手がどんと肩に置かれ、子供ははっと我に返った。彼はとっさに身を翻《ひるがえ》して逃げようとした。だがどこにも逃げ場がなかった。捕まえられた子供は、息を殺して相手を見上げた。子供はぽちゃぽちゃと肥えて、長い髪が額にたれている。

男は背が高く、子供の目にはまるで巨人のように映った。顔は太陽と風にさらされ褐色に焼け、目尻には網の目のように細かいしわがよっていた。深く窪んだ目は、褐色の肌の中で、はっとするほどまじり気のない青だった。子供には、空の一番高い所の色とそっくりに思われた。彼の父親の目は、もうずっと前からぶ厚いレンズの奥に隠されてしまっていたが、男の目はそれとは違っていた。男の目には、絶えず遠くを見つめたり、普通の人間が見逃してしまうような物をはっきり見分けたりしつけているような鋭さがあった。男は緑ずくめの服装で、信号軍曹を示す色あせた金モールの肩章をつけていた。腰には信号手の象徴ともいうべきツァイスの双眼鏡がさがっていた。ケースの蓋は半開きになり、その下から大きな接眼レンズと、使いこまれたぴかぴかの真鍮《しんちゅう》の筒が覗いていた。

信号手は微笑みを浮かべ、口を開いた。その声はゆったりと落ち着きはらっていた。それは時というもの、時は永遠であり、せかせか走り回っても、仕方がないということを知っている人間の声だった。古い石について、子供の父親が知りもしないようなことを知っているかもしれない声だった。

「さて」男は言った。「どうやら、ちっちゃなスパイを捕まえたようだが。お前は誰だね、坊主」

子供は観念した様子で唇をなめ、甲高い声で答えた。「レ、レイフ・ビッグランドです……」

「で、何をしていたんだ」

レイフはまた唇を湿し、塔に目をやり、困ったように口を尖らせて傍らの草を見つめ、再び信号手を見上げたがすぐに目をそらした。「ぼく……ぼく……」

レイフは口をつぐんだ。説明できなかった。丘のてっぺんで塔がきしみ、ぱたぱた羽ばたいた。軍曹はしゃがみ込み、気長に待っていた。相変わらずかすかな微笑みを浮かべ、レイフを見つめる目はきらきら光っている。彼は持っていた手提《てさ》げ鞄《かばん》を草の上に置いた。レイフは軍曹が村から昼食を運んで来たのだと分かった。エイヴベリのある老女が、勤務中の信号手たちの食物の調達を引き受けていたのだ。シルベリ信号局の内部事情について、レイフが知らないことはほとんどなかった。

数秒の沈黙が一分になり、どうしても答えなければならないことが分かった。レイフは必死の思いでわずかに体を立て直した。自分のしゃべるのがまるで他人の声のように聞こえ、頭の片隅では、自分が考えもしないのに勝手に口から出てきたように思われる言葉に戸惑いを感じた。「あの、実は」彼はうわずった声で言った。「と、塔を見てたんです……」

「なぜだね」

「ぼく……」

また言葉に詰まった。どう説明したらいいのだろう。ギルドの秘密はそんじょそこいらの部外者が関知すべきものではなかった。信号手の使う暗号やそのほかの秘密事項は、緑の制服を身につけることのできるごく限られた家系だけに用心深く代々伝えられていた。軍曹の言ったスパイ云々《うんぬん》もまんざら当を得ていなくもなかったのだ。レイフはいやな予感がした。

黙り込んだレイフに信号手が助け船を出した。「おまえは信号がわかるのかい、レイフ」

レイフは激しく首を横に振った。平民は塔の信号を読み取ることはできなかった。この先も決して読み取ることはあるまい。レイフはみぞおちのあたりに震えが走るのを覚えた。だが彼の声は再び勝手に喋っていた。「いいえ」彼の甲高い声がはっきり言った。「でも、ぼく覚えたいんです……」

軍曹の眉が上がった。彼はかかとに重心をかけて手を軽く膝に置き、声を上げて笑いだした。笑いが収まると、軍曹は首を振りながら言った。「そうか、覚えたいか……。全く、信号がわかりさえすればもっと枕を高くして眠れると思っている王様や、お偉方たちが大勢いることだろうよ」それから不意に渋い顔になった。「おい」彼は言った。「おまえ、わしらをからかう気か……」

レイフはまた黙って首を横にふることしかできなかった。軍曹はまだかかとに重心をかけてしゃがんだまま、彼の頭越しにじっと宙を見つめた。レイフは説明したかった。自分はどんなに心の奥底ででも、信号手になれるなどとは夢にも思ったことがなく、自分の舌が勝手に動いて、できるはずのない馬鹿げたことを口走ってしまったのだと言いたかった。だが彼はもうしゃべれなかった。緑の制服を前にしては物が言えなかった。間の悪い沈黙が続き、彼はただわけもなく、草の茎をたどたどしくはって行く昆虫を見つめていた。すると軍曹が口を開いた。「おまえの父親の名前は、坊主」

レイフは息をのんだ。きっとひどく殴られるだろう、こうなったら間違いない。そしてもう二度と塔に近付いたり、眺めたりしてはいけないと言われるのだ。目の奥がひりひりして、今にも涙が溢れ、ぽたぽた流れ落ちそうなのがわかった。「エイヴベリのトマス・ビッグランドです」彼は言った。「ウィリアム・マ、マーシャル様の書記をしてます」

軍曹はうなずいた。「それでおまえは信号を覚えたいというわけだな。信号手になりたいのか」

「さようでございます……」使われている言葉は無論、職人や商人階級の現代英語で、小作農たちのしゃべる喉にかかる無骨な言葉ではなかった。レイフは苦もなく、信号手が時折仲間うちで使う、現代英語の古めかしい言い回しに切り替えた［あとがき4 25頁参照］。

出し抜けに軍曹は聞いた。「本は読めるか、レイフ」

「はい、読めます……」それからためらうように付け加えた。「あまり長い言葉でなければ……」

信号手は再び声を立てて笑い、レイフの背中をぴしゃりと叩いた。「よろしい、レイフ・ビッグランド君、君は信号手になりたくて言葉さえ短ければ本が読めるのだな。正直なところ、私の本の知識だってそうたいしたものではない。何とか手を貸してやれるだろう、おまえの言ったことが嘘でなければな。来るがいい」そう言うと彼は立ち上がり、塔に向かって歩き出した。レイフはためらい、目をぱちくりさせ、それから気を取り直して後から小走りについて行った。あまりの素晴らしさに彼の頭はくらくらしていた。

二人は、丘を斜めにぐるりと巡っている小道を登って行った。歩きながら軍曹はいろいろなことを話してくれた。シルベリ九七三号は、ロンディニアムの近くから、ポンティーズの大規模な中継局を通って、街道沿いにアクイ・サリスまで達するC級系列に属している。塔の人員は……だがレイフはここの局員たちのことはとっくに知っていた。軍曹を含めて五人。その住居の小屋は村の中心から離れた小高い丘の上にあり、世間から隔絶した生活をしている。信号手の住居は決まってそうした場所に建てられ、ギルドの神秘性を保つのに一役買っていた。ギルド組合員はその土地の行政官に十分の一税を納めることもなく、独自の階級制にのみ従う。理論の上では、一般の法の対象となるが、実際には法の埒《らち》外《がい》にあった。組合員はギルド独自の厳しい規則に従って統制され、この国内でも、最も裕福なギルドとことを構えようとするのは、よほど勇気のある人間か、さもなければ阿呆のどちらかだ。軍曹の言うことはまさしく本当だった。王侯たちが、平民たちと同様にギルドのもたらす通信を待ち望んでいる限り、ギルドはほとんど怖いものなしだった。歴代の法王の中にギルドが独立した力を持つことを警戒してあれこれあらさがしする者がいたとしても、ローマそのものが大陸全域にわたる信号塔の通信網に大幅に頼っている以上、せいぜい神の名のもとに命じたり、ぶつぶつ文句を言ったりする程度のことしかできなかったのである。「戦う教会」の支配下にある北半球においてそんな言い方ができるとすれば、ギルド組合員は自由だと言えた。

レイフはこれまで何度となく信号塔の内部を夢に見てきたが、実際に足を踏み入れたことはなかった。彼は木の踏み段の上でためらった。畏怖《いふ》の念が込み上げて、見えない障壁のように彼を阻んだ。彼は息を殺した。こんなに信号塔の近くまで来たことはなかった。腕木がバサリ、バサリと空を切って羽ばたき、たくさんの小さな継ぎ目がカタカタと鳴る音が、まるで音楽のようにレイフの耳に響いた。そこからは、小屋の屋根の上にそびえ立つ信号塔の先端だけが見えた。つやつやしたマストのような円材がオレンジ色に輝き、空を背景に、黒い腕木が上がったり下がったりしている。腕木の先端にボルトと環が見えた。荒天下や夜間に緊急の信号を送る必要が生じた時、そこにかがり火が取り付けられるのだ。レイフは一度だけ夜、平原の何マイルも彼方にこのかがり火が輝くのを見たことがある。先王崩御《ほうぎょ》の折のことだ。

軍曹は戸を開け、レイフに入れと促した。敷居をまたいだレイフは、根が生えたようにその場に立ちつくした。ワックスと機械油とタバコの入り交じった、清潔で、いかにも男所帯らしい臭いが鼻をついた。中の様子は外側と同様、何となく船を思わせるところがあった。屋根が低く、風通しの良い室内は、丘の麓《ふもと》から見た感じよりも広々としていた。ストーブもあったが今は火の気がなく、塗料でつやつやと黒光りして、真鍮の金具はぴかぴかに磨かれていた。たき口の戸が少し開いて、中に赤いクレープペーパーがきっちり敷き込まれているのが見えた。板張りの壁は明るい灰色に塗られ、煙突のまわりの突起部には勤務当番表が鋲できちんと留めてあった。部屋の片隅の壁に極彩色の免許状の額が何枚か掛けられ、その下に一枚の古い銀板写真が張ってあった。非常に大きな塔の前に立つ数人の男たちを写したもので、ひどく色あせていた。別の片隅は寝棚になっていて、足許《あしもと》の方に毛布がきっちり四角く畳まれていた。その上の壁には、にっこり微笑んでいる娘の、着色したピンナップ写真があった。娘は、ギルドの緑色をした帽子のほかにはたいして身に着けていなかった。レイフの目は、子供らしいかすかな当惑の入り交じった素っ気なさでそこを通り過ぎた。

部屋の中央に、信号機の支柱の、白く塗られた四角い基部が陣取っていた。そのまわりには、滑らかに磨きこまれた小さな木の台が巡らされ、そこに二人の信号手が立っていた。二人の手には、頭上の腕木を操作する長い把手が握られていた。そこから上に伸びた操作桿は、白い麻の索環を通って屋根の上へと続いている。天窓は両側とも開かれて、七月の暖まった風が流れ込んでいた。任務についている三人目の信号手は、小屋の東側の窓辺に立って双眼鏡を目に当て、穏やかな声で休みなくしゃべり続けている。「五……十一……十三……九……」台の上の二人が、大きな把手を操作してその一連の数字をなぞって行く。把手に体重をかけて、上がろうとする頭上の腕木を引き下げ、それから腕木の落ちる勢いを利用して、次の数字を操作する態勢に戻る。その動きは引き締まって無駄がなく、かといって決して極度に張りつめた雰囲気ではなかった。熟練した動きによってすべてが楽々と運ばれているように思われた。信号手の前には屋根から下がった支柱にとりつけられた自動表示機があって、腕木の位置を順次示しているが、二人はほとんど目もくれなかった。長年にわたる訓練によって身についた流れるような動作が、あたかもバレエでも見ているような印象を与えた。信号手の体が揺れ、ピタリと休止し、片足を上げた優雅なアラベスクのポーズを経て元に戻る。そして絶え間ない木のきしみと、腕木のたてる微かなごろごろという音が、眠気を誘う蜂のうなりのように辺りを包んでいる。

レイフにも軍曹にも注意を払う者はいなかった。ギルドマン、すなわち軍曹は小声で今やっていることを説明しだした。もう一時間近くも続いているその長い通信は、ロンディニアムから送られて来た穀物と家畜の相場を示す表だった。ギルドの通信網は、複雑な国内経済の調整に計り知れないほど重要な役割を果たしていた。農場主や商人たちは、ロンディニアムの相場を基準に、適切な値で自分たちの取り引きを行うことができた。レイフの興味は尽きることがなかった。耳から入る言葉は逐一頭に刻みつけられ、しまいこまれた。その間にも目はギルド信号手たちの次々と変化する動きに釘づけになっていた。その整然と様式化された動きは、まるで彼らが自分たちの操るキーキー、カタカタいう機械の一部ででもあるかのようだった。

実質的な通信内容、軍曹の言葉によれば「有料通信」は送られる信号のほんの一部分に過ぎず、通信が間違いなく送られるために必要な様々の暗号が通信文の大半を占めている場合も少なくないのだ。例えば今送られている数字は、日没までにはアクイ・サリスをはじめ、特定の中央局に届いていなければならない。それがどんな経路でおくられるかに気を配ることが、その信号を中継する支局の信号手の重要な仕事だ。既に通信の込み合っている路線を避けて信号を送るには、長年の経験と、それに加えてある程度の直感が必要だ。そしてもちろん、一つの路線が一方向に使われている時、つまり今のように、込み入った通信が東から西へと送られている最中に、その路線で逆方向に送信することは非常に難しい。実際には、二つの通信を同時に逆方向に送ることは可能で、A級の塔ではしばしば行われている。そういう場合は、北向けの信号二つごとに南向けの信号を一つはさむ形で、局には二方向の通信が入り乱れ、火がついたようにめまぐるしく送信が行われる。だが二方向の同時送信はギルド信号手でもいやがるものだ。そのためにはまず路線から他の通信を一掃し、適当な暗号を取り決める必要がある。そして二人の監視員が置かれ、交互に信号手に指示を出すのだ。最も統制のとれた局でさえも、ほんの些細なしくじりから、完全な混乱が生じることが有り得る。そうなったらすべてを白紙に戻してもう一度始めからやり直さなければならない。

軍曹は両手で、混乱を来した塔が出す取り消しの信号をやって見せた。支柱の両横に腕木を水平に上げ、それを三回繰り返すのだ。もしこれを出すような事態になれば、と軍曹は苦笑いして言った。その責任者はよそへ飛ばされるのだ。というのも、A級の塔の責任者に任命されるのは少なくとも少佐以上、二十年かそれ以上の経験を持つベテランだからである。そういう地位にある者は決して間違いを犯さず、またその部下も同様であるように監督すべきものと考えられている。レイフの頭はまたくらくらしだした。彼は軍曹の着古された緑の革の制服を、新たな尊敬の眼差しで眺めた。信号手になるとはどういうことなのか、レイフは今ぼんやりと理解しはじめていた。

腕木がピシャリと大きな音を立て、ついに通信が終わった。監視員はまだ持ち場に残っていたが、二人の信号手は台を降り、初めてレイフに関心を示した。信号機の把手を離れてみると、二人共ごく当たり前に見え、少しも怖くはなかった。レイフはどちらもよく知っていた。ロビン・ホィーラーは塔の行き帰りによくレイフに話しかけてくれた。もう一人のボブ・ケイマスは、若い頃、村の祭りに行われる棍棒試合で大勢の男たちの頭を割ったことのある剛の者だった。信号手たちはレイフに暗号書を見せてくれた。番号をふった黒います目に、赤く無数の暗号が印刷されていた。レイフは、昼過ぎまで居座り、昼食を御馳走になった。母親は心配し、父親は苛立っていることだろう。だがレイフは家のことなどほとんど念頭になかった。夕方近く、もう一度西から通信が送られて来た。信号手たちはそれが警察関係のものだと教えてくれた。通信はパタパタというはばたきと共に送られて行った。あたりが暗くなりかけた頃、レイフはようやく夢見心地で塔を後にした。ポケットには信じられないような二枚のペニー銅貨がチャラチャラと音を立てていた。それからずいぶんたって、もう床について眠ろうという時、レイフはやっと、自分が長い間心に秘めていた夢が確かに実現したのだと信じることができた。ようやく眠りに落ちたレイフは、夢の中で再び塔を見た。夜だった。濃紺の空を背景に、腕木につけたかがり火が轟きをあげて揺れ動いていた。レイフは貰った銅貨を決して遣わなかった。

信号手になるという大それた夢の実現もありえないことではないと知って、レイフの望みはますます強くなる一方だった。レイフはありったけの時間を、あの有史以前に築かれた気味の悪い塚のてっぺんにそびえるシルベリ信号局に入り浸って過ごした。レイフが家をあけると父親は酷く不機嫌になった。領主の書記としてのビッグランドの収入では七人の息子を養うのがやっとだった。そこで一家は畑を耕して、自分たちの食べる物の大半を賄《まかな》わざるをえなかったから、小さな子供といえども貴重な労働力だったのである。だがレイフが度々姿を消す理由が何なのか、誰にも見当がつかなかったし、レイフの方も一言も説明しなかった。

そうしてこっそり抜け出した時間で、レイフは三十余りの腕木の基礎的なポジションと、ごく一般的な一連の組合わせをいくつか覚えた。それだけ覚えると、彼は暇さえあればシルベリの丘の近くに寝そべって腕木の示す数字のほとんどを、一人で心ゆくまで読み上げることができるようになった。その数字に生命を吹き込むべき解読法を知らないレイフは、まだ塔の言葉をしゃべることはできなかった。一度グレイ軍曹が、レイフに監視員の役をやらせてくれたことがあった。その輝かしい三十分間、レイフは身を固くして立ち、大きなツァイス双眼鏡の筒を汗ばむほど強く握りしめて、モールバラ丘陵の彼方から送られて来る数字を一つ一つ、うしろの信号手たちに届くように力の限り高く、はっきりと読み上げ続けた。軍曹は遠慮がちに、反対側の窓からレイフの読み上げる数字を確認していたが、レイフは一つも間違えなかった。

十歳になると、レイフは彼の階級の子弟が受けられる一通りの教育を終えてしまった。彼の行く手に、職業の選択という大きな問題が立ちはだかった。一家は、父親と母親、それに上の三人の兄という顔ぶれで秘密会議を開いた。レイフは動じなかった。彼はもう何週間も前から、一家が自分のためにどんな道を選んだか知っていた。彼は村の仕立屋に徒弟奉公に出されるはずになっていた。村には四人の仕立屋がいたが、いずれもう腰の曲がった小さな老人で、隠者よろしくうずたかく積まれた布の梱《こり》のかげにあぐらをかき、安《やす》蠟燭《ろうそく》の明かりの下でひたすら縫うだけの人生を送ってきた連中だった。レイフは、この件に関して自分の意向を聞かれるなどあてにしてはいなかったが、一人前にその席に呼ばれ、何になりたいかと尋ねられた。そしてついに爆弾がどかんと破裂した。「ぼくがなりたいものははっきりしてるよ」レイフはきっぱりと言った。「信号手だ」

一瞬呆気《あっけ》に取られたような沈黙があった。それからどっと笑い声が起こった。どんな職業もギルド組合の手にがっちりと握られている。仕立屋の職でさえ、レイフを弟子入りさせるために父親はかなりの額を支払わなければならないのだ。まして信号手だなんて……これまでビッグランド家の者が信号手になったためしはないし、これからもあるはずがない。なぜといえば……身分が違うからだ！　緑の制服を着る息子を持つということは、村中の人間から敬われる立場になることだ。途方もない話だ等々……。

レイフは口を固く結び、頬を紅潮させて、大人たちが言いたいことをすっかり言い終わるまで黙って座っていた。こうなることは分かっていた。彼はどういう態度を取ればいいかよく心得ていた。大人たちは彼の落ち着き払った様子に困惑し、次第に静かになった。そしてもっともらしい顔つきで、そんな大それた望みをどうやって遂げるつもりかと尋ねた。そこで第二弾が放たれた。「一般採用試験を受けてギルドに入る」彼はあらかじめ暗記していた通りに勿体ぶって言った。「シルベリ信号局のグレイ軍曹がぼくを推薦してくれるはずだよ」

新たな沈黙の中で、父親が当惑したように咳払いした。眼鏡の奥で目をぱちぱちさせ、疎《まば》らな髭《ひげ》をかみながら座っているビッグランドはまるで老いた羊そっくりだった。「さて」彼は言った。「どうかな、わしには何ともわからん……はてさて……」だがレイフは既に、父親の目が途方もない名声の期待にきらめくのを見て取った。わしの息子が緑の制服を着る……。

みんなの気が変わらないうちに、レイフはシルベリ信号局宛てに改まった手紙を書き、自ら届けた。それはグレイ軍曹に、ロンディニアムの信号専門学校に息子を入学させる件について話し合うために、ビッグランド家を訪ねては頂けまいかと礼儀正しく依頼する手紙だった。

軍曹は約束を守ってくれた。彼は男やもめで子供がなかった。ことによるとレイフは、軍曹がついぞ持つことのなかった息子に代わる役を幾分か果たしていたのかもしれない。

それとも軍曹はレイフの中に、自分の若い頃と同じ少年らしい熱意を見て取ったのかもしれなかった。翌日の晩、軍曹はさりげない様子で村の通りをやって来て、ビッグランドの家の戸をたたいた。戸口の上の兄たちと共用している寝室から通りを見張っていたレイフは、近所の住人たちがポカンと口を開け、首を伸ばしてこちらをうかがうのを見てにやりとした。家中の者が浮き足立っていた。一家はなけなしの金をかきあつめてワインと蠟燭を買い込み、居間には銀器とおろしたての白い布で、テーブルがしつらえられた。誰もができるだけ良い印象を与えようと躍起になった。もちろん父親のビッグランドに異存のあろうはずはなかった。一時間後、ビッグランド家を辞した軍曹のベルトには、自らの署名の入った認可証がはさまれていた。レイフはロンディニアムに向けて、専門学校の年一回の入学試験に必要な書類を請求する信号が発信されるのを、自分の目で確かめた。

ギルドは毎年十二名しか採用せず、競争は激しかった。試験までの残された数週間、レイフは容赦ない詰め込み勉強に明け暮れた。軍曹はレイフに、当然知っておくべきありとあらゆる信号の知識を教え込み、一方、我にもなくレイフの意気に感じた村の教師は、レイフの学問に磨きをかけ、あまつさえその痛む頭にノルマンフランス語［現実に今日の英語の元となった言語のひとつ。あとがき426頁参照］の初歩までどうにかつぎこもうとした。レイフは入学許可証を勝ち取った。彼は失敗する可能性については考えなかった。そんなことは考えるだけでも耐え難いというのがその主な理由だった。彼は家から最も近いソルヴィオデュナム［ウィルトシア州ソールズベリ市のラテン語名］の地方支部で試験を受けた。一週間後に採用の知らせが来た。必要な衣類や本を並べ上げ、一カ月以内に信号専門学校に出頭する用意をしておくようにと指示してあった。ロンディニアムに発《た》つ日、新しい外套《がいとう》にしっかりと身を包んでギルド差し回しの馬に乗り、赤褐色のお仕着せを着た二人のギルドの下僕に付き添われたレイフを、村中が羨望《せんぼう》の眼差《まなざ》しで見送った。シルベリ信号塔の腕木はじっと静止していたが、レイフが通りかかるとその腕木がひょいと動いて信号開始の合図を送り、すぐに発信局と宛先の「近接地域」を示す信号が続いた。レイフは鞍《くら》の上で振り返った。目が涙でひりひりした。腕木が通常語ですばやく文字を綴った。「幸運を祈る……」

エイヴベリに比べると、ロンディニアムはすすけて、騒々しく、いかにも古びていた。学校は市を囲む城壁のすぐ内側にある、古くていまにも倒れそうな建物だった。といってもロンディニアムの町自体はとっくに昔の境界からあふれ出し、南は川向こうまで、北はその昔の処刑場タイバーンツリー近くまで広がっていた。ギルドの子供たちは、他のいろいろな職業の徒弟たちと少しも変わらない、ごく普通の、騒がしくて薄汚いがき共にすぎなかった。代々緑の制服を着る家柄に生まれついた連中はいわれのない優越感から一般人学者を見下していた。レイフも御多分に漏れず酷い目に遭った。彼は寄宿舎で、多かれ少なかれ血なまぐさい喧嘩《けんか》を何度か繰り返した挙句、少なくともビッグランドの奴に構わない方が身のためだということを仲間たちに分からせたのだった。彼は仲間の一人としての地位を確保したのである。

ギルドでは、特にここ数年、ますます理論的知識を重視する傾向が強まり、二年間の課程はびっしり詰まっていた。徒弟たちはノルマンフランス語に堪能になる必要があった。実習のためにいずれは金持ちの家に派遣されることになるからだ。国内で使われているそれ以外の言語、コーンウォール語、ゲーリック語、中世英語についても、一応役に立つ程度の知識が要求された。いかなるギルド組合員も、自分が最終的にどこに配置されるかはわからないのだ。そのほかにギルドの歴史や、機械構造と暗号の基礎も教えられたが、その方面の実習の大部分は現場で行われることになっていた。イングランドの南から西海岸にかけてとウェールズの境界周辺には、そうした訓練局が点々と散らばっていた。生徒たちはその上、魔術まがいのことまでちょっぴりかじらされた。ただレイフにしても、よく磨いたこはくの棒が紙切れを引き付けることが、信号とどんな関係があるのかは皆目わからなかった。

それでもレイフはよく勉強し、指導官たちさえ満足するほどの優秀な成績で卒業した。彼は直ちに自分の訓練局となった、ドーセット州のセント・アドヘルム岬《みさき》［パーベック半島の最南端。今日は訛ってセント・オールバンズ岬］の頂きに立つA級複合局に配属された。実に嬉しいことに、学校で本当の親友になった少年がレイフと一緒だった。ジョシュ・コウプという黒い髪をした無骨な少年で、ダラムの炭坑夫一家に生まれ、レイフ同様一般入学者だった。

二人は昔ながらのやり方で、あえぎながら進む複式ファウラー機関車に引かれた路上列車に親指を上げて乗せてもらい、ヤント・アドヘルムに辿《たど》り着いた。レイフはその信号局を最初に見た時のことが忘れられなかった。それはレイフの想像をはるかに越えた大きさで、壮大な、ずんぐりした岬の頂き一帯に広がっていた。信号局は便宜上、そこに属する最も重要な塔の等級に従って呼ばれていたが、セント・アドヘルムは同時にB級、C級、D級系列の中央局も兼ねており、一対の巨大なA級の塔のまわりを、もっと小さな塔がぐるりと取り囲み、それが日の光を受けて一斉にクルクル、カタカタと動いていた。塔の傍らには円形や長方形をした色あざやかな確認標識が掲げられ、それぞれの塔が用いている暗号を示していた。レイフが見ている前でその一つがくるりと回転し、黄色の地に右上から左下に黒い斜線が入ったベンドシニスターの紋章を西へ向けると同時に、その上の塔の信号が、通信の半ばで通常語から込み入った暗号二十三へと切り替わった。レイフが横目でちらりとジョシュを見ると、相手は陽気に親指を上げて応えた。二人は手提げ鞄を肩に投げ上げ、自分たちの到着を報告しようと中央門に向かった。

最初の二、三週間、二人の少年は互いの存在に大いに慰められた。現場の主要局の雰囲気は、学校とは随分違っていた。あれほど騒々しくかしましかった学校も、現場に比べればまるで修道院だった。信号手ギルドの訓練はちょうど切りもなく続く梯子《はしご》と蛇のゲームに似ていた。レイフとジョシュは再び山の麓へと滑り落ちた。二人の生活は、炊事場の雑用と真鍮磨き、床磨きのほとんど果てしない繰り返しだった。いくつもの小屋を掃除し、小道の草を抜き、何マイルも続くかと思われる真鍮の手摺《てすり》をピカピカに磨き上げなければならなかった。セント・アドヘルムはモデル局で、絶えず視察を受けていた。一度は、ほかならぬ信号ギルドの総司令官と副官閣下の訪問を受け、その何週間も前から徹底的な掃除が行われた。それに塔そのものの手入れもあった。巨大な操作桿を通す麻の索環を取り替えて白く塗り、腕木のペンキを塗り直し、ベアリングは掃除して潤滑油を満たし、円材は下ろして装備し直さなければならない。そうした作業はきまって、一日の通信が終了した後、暗い中で、しかもたいていはひどい荒天の時を選んで行われるのだった。半ば軍隊の性質をおびたこのギルドでは、短剣や大弓、石弓の練習も欠かせなかった。こういう武器は既に時代遅れになりかけてはいたが、ヨーロッパの戦争ではまだ時折使われることもあった。

　信号局自体が、レイフのどんな大胆な空想も及ばないものだった。要員は、常に十人やそこいらはいる訓練中の徒弟を含めて、優に百名を越えた。その内の六十名から八十名余りが、常時勤務に当たるか、すぐに出勤できるように待機中だった。ばかでかいA級信号機は、それぞれ十二名一組の男たちによって操作された。一つの大きな把手を六人がかりで動かし、一人の信号長が、その統制を取りながら、監視員の告げる数字を伝えるのだった。局がフル操業に近い時の有様は壮観だった。操作装置の前にずらりと並んだ男たちが、群舞さながらにそろって動き、信号長が怒鳴り、たくさんの足が白い木の床を一斉に踏み鳴らす。操作桿がきしみ、ベアリングがごろごろと音をたて、屋根の上では、百フィートもの高さにそびえる信号機がすさまじい轟きをあげる。だがそれは、局長が腹立たし気に言うところによれば、信号というより「ぞっとする、非科学的なよいとまけ」だった。ストーン少佐はペナイン山脈［スコットランドとの境界近くからイングランドのスタッフォードシア州に連なる高地］の小さなC級信号局でその経歴の大半を送った後、思いがけない昇進によって現在の重要な地位についたのである。

Ａ級通信はセント・アドヘルムから直通でスワイア岬［パーベック丘陵の最高部］へ、そこからウォーバロウ湾［パーベック半島の遠浅海岸］を見下ろす高台に立つギャドクリフ局へと送られる。そこから海岸伝いに、ライムズ［デヴォン州とドーセット州の間にある湾］の漁村の上にそそり立つ、正味六百フィートの崖《がけ》の上にあるゴールデンキャップ局に達し、さらにとてつもない大またで、西のサマセット［イングランド南西部の州。ドーセットと南東で隣接］、デヴォンからはるばるコーンウォールへ、あるいは再び大平原の丘を越えて北上し、ウェールズへと向かうのだった。その北へ向かう路線はエイヴベリの古い環状の巨石群が見える所を通っているのをレイフは知っていた。彼は度々両親やグレイ軍曹を懐かしく思い起こしたが、ホームシックにひたる時期はとっくに通り越していた。毎日が忙しすぎて、それどころではなかった。

セント・アドヘルムに来てから十二カ月後に、徒弟たちは初めて信号機の把手を握ることを許された。ギルドに入ってから三年の月日がたっていた。実を言えば、ジョシュはそれまで待ちきれず、その数カ月前の真夜中、誰も見ていないだろうと高を括《くく》って、小さな塔の一つからふざけた通信文を発信し、欲求を満足させたのだった。そのけしからぬ行為のために、彼は緑の革ベルトの端についた金具と仲良くするはめになり、痛い思いをした。ベルトを振るったのは、ほかならぬストーン少佐その人だった。炭坑から来た若者は、二人のがっしりした信号伍長《ごちょう》に押さえつけられて、のたうち回り、わめきたてた。終いにはさすがのジョシュでさえも、規律に関するいくつかの点ではギルドが断固たる態度を取ることを思い知った。

　信号機の操作を学ぶのは、また一から始めるのと同じことだった。信号機の把手は、決してこちらの思い通りにおとなしく引っ張られたりはしないことを、レイフはすぐに悟った。三十フィートの小さな信号機でさえ、腕木の大きな黒い翼板が風に煽られて逆に把手を動かし、信号手を台から振り落としてしまう恐れは充分あった。一方、大勢で操作するA級信号塔では、少しでも統制に欠ければ重大事を引き起こしかねないし、過去に実際そういう例があった。信号機の操作にはこつがあり、それは何十時間も打ち身だらけになって練習して初めて習得されるものなのだ。背中と腕の筋肉だけで引っ張らずに、把手に体の重みを預けるようにし、信号機の動きや勢いをうまく利用して無理なく次の数字を形づくって行く。反動を利用せず、ただ力ずくで動かそうとすれば、どんなにたくましい男でも数分で汗びっしょりになってへたばってしまうだろう。だが熟練した信号手なら、半日ぶっ続けに働いていても、ほとんど疲れを感じないのだ。レイフは精を出して練習に取り組んだ。六カ月間猛練習を続け、その間に鎖骨を一本折った挙句、レイフはこの技を完全に習得したと自信が持てるようになった。彼が初めて、例の恐ろしく込み入った一方向同時送信を体験したのは、ちょうどこの頃だった……。

　現場で二年間の実習を終えると、徒弟たちはいよいよ一人前の信号手として踏み出す準備が整ったとみなされる。そこで最も過酷な試験が彼らを待ち受けているのである。その試練に使われる場所は、セント・アドヘルムから半マイルばかり離れた、地面が剥き出しの小高い丘だった。その頂きに、互いに四十ヤードほど離れて向かい合った二つのD級の塔と小屋が建てられていた。試験では、ジョシュがレイフと組むことになっていた。二人は朝早くその場所に連れて行かれ、問題を教えられた。それは通常語を使って、ネヘミア書の全文を一節ずつ交互に、それぞれ初めと終わりに所定の「信号開始」、「了解」及び「以上」の暗号を入れて送信し合うというものだった。途中十分間の休憩を数回取ることが許されていたが、二人共、休憩は取らない方がいいとひそかに警告されていた。一度台を降りてしまうと、疲れ切った体に鞭打って再び把手の前に戻るのは至難の業だったからだ。

その小さな丘のまわりには監視員が配置され、一分ごとに、送信に誤りや不手際がないかを点検することになっていた。通信をすべて、監視員を満足させるような出来栄えで終えられれば、徒弟たちは訓練局を出て、晴れて信号手を名乗ることができた。だがそれまでは何としてもだめだった。作業を途中で投げ出したければ、そうしても構わなかった。誰もとがめたりしないし、罰を与えられることもなかった。だがその連中はその日の内にギルドを去り、二度と戻ることがないのだ。そうして去った者も、わずかだがいた。へたばってしまう者もいた。その連中にはもう一度機会が与えられるはずだった。

レイフはへたばりも、立ち去りもしなかったが、そうできたらと何度も思った。日が昇るか昇らないかに送信を始め、終わった時には西の地平線に日が沈もうとしていた。二時間たち、三時間たってもどうということはなかった。それから苦痛が始まった。肩が、背中が、尻が、ふくらはぎが痛んだ。世界が狭まり、太陽も、遠くに見える海も目に入らなくなった。ただ信号機、その把手、目の前の本、それに窓だけが存在していた。二つの小屋を隔てる空間の向こうに、こちらをじっとにらみながら、同じく果てしない、無意味な仕事に取り組んでいるジョシュの姿が見えた。次第にレイフの心に憎しみが沸き上がった。彼は塔を、ギルドを、自分自身を、自分のやってきたすべてのことを、シルベリ局と懐かしいグレイ軍曹を憎んだ。そして何よりもジョシュを、その白く浮かび上がる間の抜けた顔を憎んだ。その頭上でカタカタ動いている信号機が、まるで彼の手足のグロテスクな延長のように思われた。疲労が深まるにつれて一種の催眠状態が始まり、理性は停止し、なぜ自分がこんなことをやっているのかわからなくなった。人生には、今やっていることのほかには何もすることがなく、これまでもあった例しがなかった。ただ台の上にたって把手を動かし、信号機の手応えを感じ、全身で食い止め、また手応えを感じ……こうして永遠に続けて行くだけだった。物が二重に見え、三重に見え、ついには目の前にある本の文字が揺らめいて読み取れないほどになった。それでもまだ試験は続いた。

午後には、レイフは手が届きさえすればいつでも親友を殺してやりたい気になっていた。だが相手の所へ行くことはできなかった。レイフの両足は根が生えたように台に釘づけになり、両手は信号機の把手にはりついていた。二つの信号機はきしみ、ごろごろと音をたて続けた。機関車のような自分の荒い息づかいが耳に響いた。目の前が暗くなり、本と、向いの信号機が闇の中で泳いだ。レイフは自分が肉体から遊離してしまったような気がした。手も足も一緒くたに、ただ漠然と燃えるような痛みとして感じられるだけだった。そしていつの間にか、苦悶《くもん》のうちに伝達は終わろうとしていた。レイフは本の最後の一節をカタカタと発信し、「以上」の合図を出し、把手にもたれかかった。頭の片隅のまだ考える力が残っている部分で、おぼろ気に、もう止めてもいいのだと思った。それから彼は、どす黒い怒りに駆られて、局が始まって以来、たった一人の徒弟を除いては誰もしなかったことをやってのけた。把手を引いて、再び「送信開始」の合図を出すと、彼は一字、一字ばかていねいに「女王陛下万歳」と綴った。「以上」の合図を出したが、了解の応答はなかった。そこで把手をぐいと押し上げて「連絡中断」の位置に固定した。ある信号系列でこの合図が出されると、警報が発信局まで送り返され、それ以降の通信は同じ経路で送られる。そして中断の原因を調べるための少人数の一隊が派遣されるのだった。

レイフはただぼんやりと把手を見つめていた。彼は把手についた見慣れないあざやかな縞模様《しまもよう》が、自分の血だということに気付いた。レイフは赤むけになった両手をむりやり把手から剝がすと、肘で戸を押し開けて外に出た。そのまま、彼を迎えに来た男たちを押し退けるようにして歩き続け、二十ヤード先で草の上にくずおれた。レイフは荷車でセント・アドヘルムまで運ばれ、床に入れられた。彼は丸一昼夜眠り続けた。目が覚めると同時に、彼はジョシュと自分が、徒弟の着る頭巾《ずきん》のついた赤褐色の胴着を脱ぎ捨てて、信号ギルドの緑ずくめの制服を身に着ける資格を得たことを思い出した。その晩二人は、包帯をぐるぐる巻きにした両手でぎごちなくビールのジョッキを握り、祝杯をあげた。そしてもう一度、これを最後に信号局の荷車が出動して、二人をつれ帰らなければならなかった。

訓練の次の段階は、まるで極楽みたいなものだった。レイフはジョシュと別れて家に帰り、二カ月間の休暇を楽しんだ。休暇が終わると、彼は南西部の旧家の一つ、フィッツギボン家の屋敷に配属された。そこで丸一年、お抱え信号手として働くことになっていた。仕事は型通りのものがほとんどだった。だがもちろん国家の危機に際しては一役買うこともありうるのだ。上流の家では大抵、その余裕がありさえすれば、ギルドから権利を買い取って、敷地内に小さな専用の信号塔を建てていた。こうしたE級の塔は、レイフが試験を受けた時のD級の塔より更に小さかった。

目の届く範囲に通信網が通っていないような場所では、周辺地域に一つ、もしくはそれ以上の信号塔を建て、暗号の知識を持たない准《じゅん》信号手を置いて中継させることもできた。だがフィッツギボン家の大きなHの字形の屋敷はスワイア岬局のほぼ真下の海に面した狭い谷あいにあった。朝そこへ到着したレイフは、屋敷の屋根を見下ろして思わずにやりとした。彼の信号機が、たくさんの煙突の間にちょこんと立っているのが見えた。そのすぐ上に、ほんの一マイルばかり離れてA級の中継局があり、通信はそこから丘一つ越えた所にある懐かしいセント・アドヘルムへと送られているのだ。つまり、これはセント・アドヘルムの補助信号塔である。レイフは馬の脇腹を軽く一蹴りして、緩《ゆる》い駆け足に入らせた。

彼は直接A級信号局に送信することになるのだ。そのほかの経路はなかった。バターだの卵六ダースだの靴直しだのの注文をセント・アドヘルムやゴールデンキャップに送るようにという依頼を受けて、スワイア岬の局長がどんな顔をするかと思うと、レイフはにやりとせずにはいられなかった。彼はまず局に顔を出してきちんと挨拶し、それから新たな任務に就くべく谷へと下って行った。

　仕事は思ったより楽だった。当主のフィッツギボンは、もっぱら貴族仲間と共に宮廷に出入りし、家にいることはめったになかった。屋敷を切り回す役は、夫人とまだ十代の二人の娘に任されていた。予想通り、レイフが送るように命じられた通信の大部分は家事に関する細々とした用事だった。そして彼は、こうしたお抱えの若い信号手には付き物の特典をたっぷり味わった。夜はいつでも台所でぬくぬくと暖まることができたし、あぶり肉のいい所がまっ先に彼のために切り分けられ、可愛い女中たちが先を争って彼の繕《つくろ》い物や髪の手入れをしてくれた。目と鼻の先で海水浴ができたし、祭日にはダーノヴァリアやボーンマスまで遊びに出掛けることもあった。一度は領地内に、どうやら年中行事になっているらしい小さな市が立った。レイフは喜び勇んで、市に傭われた蒸気機関車のための油と、ダンスをする熊の餌《えさ》にする肉の注文を、半時間ほどかけてＡ級信号塔に送った。一年はあっという間に過ぎた。秋の終わりに、彼は信号伍長となって次の任地に送られ、別の少年が彼に取って代わった。レイフは馬で西に向かい、ドーセットの南端に連なる丘陵地帯にある新しい任地へと赴いた。そこで、彼の本当の意味での責任ある仕事が始まるはずだった。

　その信号局は高地をうねって西へ伸び、サマセットまで達しているＤ級系列に属していた。冬の間は日が短く、視界も悪いため、通信は行われない。それはレイフもよく承知していた。塔は完全に孤立することになる。丘陵地帯の冬は厳しく、雪のために通行はほとんど不可能になり、凍てつく寒さが何週間も続くこともあった。冬の間、西部に出没すると言われる「野盗」も、ここではほとんど心配する必要がなかった。信号局はどの街道からもずっと離れた所にあり、小屋にはおそらく信号手の持ち歩くツァイスの双眼鏡を除けば、どんな死に物狂いの男でも、わざわざ襲う気を起こすはどの物は何一つなかった。むしろ狼や妖精の危険の方が大きいと言えただろうが、前者は、南の地方では事実上絶滅していたし、若いレイフは後者の存在を笑い飛ばした。レイフは、ようやく任期を終えてうんざりしきった顔の伍長の後を引き継ぎ、自分の到着を知らせる信号を送り返すと、腰を落ち着けて状況の検討に取り掛かった。

この単身局での最初の冬は、例の耐久テストより更に過酷な試練だというもっぱらの噂だった。確かにそれは試練と呼ぶに相応《ふさわ》しかった。この先何カ月か続く陰鬱な日々の間、普段は使われていない路線を伝っていつ何時、西から、あるいは東から信号が送られて来るかわからないのだ。レイフはそこにいて、それを受け、次の局へ送らなければならない。了解の合図が一分遅れれば、ロンディニアムから正式な譴責《けんせき》の通告が発せられ、そのために数年か、ことによると永久に昇進は据え置きということにもなりかねなかった。ギルドの要求は厳しく、決して緩むことがなかった。A級局を管理する少佐でさえ、わけなくその地位を失うのだから、名も知れぬ新米の伍長などは言うに及ばずだ！　毎日の勤務時間はたった六時間と短く、最も日の短い十二月から一月にかけては更に五時間に短縮された。しかしその時間中は、一度短い休憩時間があるだけでずっと油断なく待機していなければならなかった。

そこに一人取り残されたレイフが最初にやったのは、信号機操作用の小さな足場に登ってみることだった。その信号局の構造は、少し普通と違っていた。小屋の位置が低いのを補うために、屋根の下に細長い足場が渡され、その中央に操作台が設けられていた。足場の両端にそれぞれ複層ガラスの窓があり、西と東が見渡せた。その二つの窓の間には、信号機の把手を中心に、板が半インチほどすり減った一筋の跡ができていた。これから数カ月の間、レイフは両隣の塔の腕木を監視するために二つの窓を行ったり来たりして、さらにそれをすり減らすことになるのだ。隣の信号機のマッチ棒のような腕木がかろうじて見分けられた。どちらもたっぷり二マイルは離れているとレイフは見当をつけた。曇りの日だと、優秀なツァイスの双眼鏡の力を借りても、精一杯目をこらさなければ判読できないだろう。それでも決められた時間中は絶えず見張っていなければならなかった。いつかはその一つが動くかもしれないからだ。レイフはにやりとして、自分に任された機械の把手に触れた。その時は、隣の塔の「送信開始」の信号が終わらないうちに、彼の信号機が「了解」の合図を送るはずだ。

レイフは両隣の塔を双眼鏡でじっくり観察した。春が来てまた出歩けるようになれば、そこの担当者と顔を合わせる機会があるかもしれない。だがそれまではお預けだ。日中は、連中もレイフと同じように足場にしばりつけられているはずだし、日が暮れてから徒歩で訪ねて行くのは危険だった。いずれにせよ、そんなことをすべきではなかった。それは暗黙の掟だった。必要なら、それもどうしてもやむを得ない場合に限って、信号で助けを呼ぶことが出来たが、それ以外の理由で勝手に通信を送ることは許されなかった。これこそ本当の信号手の生活だった。ロンディニアムの喧騒《けんそう》や、フィッツギボン家での暖かい、快適な暮らしはほんの挿話的な出来事にすぎなかった。そうしたものの後に待ち受けているのがこの全くの静寂と孤独、この太古から存在する果てしない丘だけが相手の生活だった。彼は一巡りして原点に戻ったのだ。

　彼の生活は眠り、目覚め、見張りをするという規則正しい繰り返しだった。日が短くなるにつれて天候はますます悪化した。凍るような冷たいもやが小屋のまわりに渦巻き、ついに雪が降り出した。もやが西と東の塔を何時間も隠してしまうことがあった。こんな時、通信が送られて来たら、腕木に松明《たいまつ》を灯さなければならないだろう。レイフは不安を抱きながら松明の用意をした。粗朶《そだ》の束を専用の鉄製の籠《かご》に針金で括りつけ、よく燃えるようにそれを浸す灯油と一緒に戸口の脇に置いた。レイフは実際に通信が送られて来たのに、暗くてそれを見落としてしまったのではないかという考えに取りつかれた。しかしその不安もやがて静まった。ギルドは厳しいには違いないが公正だった。信号手だからといって、とりわけ冬の間は、人力の及ばないことまで要求されるわけではない。もし不意に大尉が馬で現れて、なぜこれこれの通信に応答しなかったのかと問いただしたとしても、松明と灯油が使うばかりに用意してあるのを見れば、少なくともレイフが最善を尽くしたことはわかってもらえるだろう。誰もやって来なかった。天候が回復しても、塔は相変わらずじっとしたままだった。

毎晩暗くなってから、レイフは信号機をテストし、吹きつける風で腕木にこびりついた氷を振るい落とした。頭上の闇の中で羽ばたく薄い翼の手応えが快かった。レイフが闇の中に送り出した通信は実に突拍子もないものだった。ある時は両親とグレイ軍曹に語りかけ、またある時は、彼がひそかに心を寄せていたフィッツギボン家のかわいい女中に思いのたけを打ち明けたりした。週二回、彼は昼の食事時間を使って塔によじ登り、潤滑油に浸された心棒の継ぎ目を点検した。ある時彼は、この点検で操作桿に髪の毛一筋ほどのひび割れができているのを見つけ、ぎょっとした。金属の疲労が始まったしるしだった。その晩彼はその部分全体を交換した。小屋にある予備の部品を取り出して塔の上まで引っ張り上げ、間に合わせの手提げランプの明かりでそれをとりつけたのだ。厄介で危険な作業だった。指は寒さでかじかみ、風は容赦なく背中に襲いかかり、今にもそのあぶなっかしい足場から下の屋根へ転げ落ちそうだった。昼間のうちに「修理中」の信号を出して、局を一時的に路線から外しておき、明るい所で作業をすることもできたのだが、それは彼の誇りが許さなかった。レイフは日の出の二時間前に作業を終え、テストを行い、業務日誌を記入してから、夜明けの光と共に目覚める自分の信号手の本能をあてにして眠りに就いた。本能は彼を裏切らなかった。

レイフは長い夜を持て余し始めた。繕い物や洗濯では、空いた時間のごく一部しかつぶせなかった。レイフは手持ちの本を一通り読み上げ、もう一度読み直した。それから本を脇へ押しやって、自分であれこれ仕事を工夫し始め、食糧と燃料の在庫を何度も点検した。闇に包まれ、屋根の上でほえたける風の音を聞いていると、荒野に棲むという妖精や魔物の話もそれほどばかげているとは思えなかった。今では夏を思い浮かべることさえ難しかった。日が燦々《さんさん》と降り注ぐ真っ青な空を背に、ゆっくりカタカタとはばたく塔……。小屋には二挺《ちょう》のピストルがあった。レイフはいつでも使えるようにそれを手入れしてきちんと弾丸と火薬を込めておいた。それから二度、レイフは屋根の上の大きな物音で目を覚ました。何か怪し気なものが中に入り込もうとしているような音だった。だが二回とも、天窓が風にあおられただけだった。レイフは天窓の隙間に帆布《はんぷ》の切れ端を詰めた。それから再び厳しい冷え込みがやって来て天窓は凍り付き、眠りを邪魔されることは二度となくなった。

レイフは足場に小型のストーブを運び上げ、おかげで窓を見張る片手間に驚くほどいろいろな作業ができることを発見した。コーヒーや紅茶を沸かすくらいは朝飯前で、やがては簡単な食事まで作れるようになった。そこで昼の休憩は、料理以外のことに使えるようになった。彼は何よりも運動不足で太るのが心配だった。今の所その徴候は見えなかったが、用心に越したことはなかった。雪の状態が許す限り、彼は小屋の周辺に短い散歩にでた。そんな散歩の折に、てっぺんになだらかな形の林を頂いた小さな丘が彼の目に止まった。彼は軽やかな足取りで、白い息を吐きながらその丘に向かって歩いて行った。彼の腰では、いつものように双眼鏡が弾んで揺れていた。その林の中で、彼の運命が待ちかまえていた。

ヤマネコは一本の樅《もみ》の木の幹にしがみつき、近づいて来る少年をじっと見守っていた。そのまがまがしい仮面にあけられた細い切れ目のような目は、敵意に満ちていた。そいつが何を考えているのか読み取ることは不可能だった。ことによると、自分が逆に獲物に襲いかかられるところを思い浮かべてでもいるのだろうか。冬の寒さがこうした獣を狂気に駆り立てるという話は本当かもしれなかった。ヤマネコは、西部ではほとんど見られなくなり、わずかにウェールズの山地や、北部の険しい岩山に棲息しているにすぎなかった。今時このあたりにいること自体がおかしい、過去の生き物だった。

そいつのうずくまる木は、レイフが進んで来る道の上におおいかぶさるように生えていた。レイフは足許にばかり気を取られ、うつむいて、一心に歩いていた。彼が近付くにつれて、ヤマネコの唇がまくれ上がり、鋭く尖った牙《きば》が現れた。平たいV字形をしたピンクの口が声のないうなりを形づくった。目はらんらんと輝き、耳はぴたりとうしろにねかされ、頭がまるで毛皮のまりのようになった。レイフは全くヤマネコに気づかなかった。そいつのしま模様は、木の枝と雪の目を欺く色どりに完全に溶け込んでいた。レイフが木の真下まで来た時、ヤマネコは身を躍らせて、怒り狂う肩掛けさながらに彼の両肩にのしかかった。痛みがレイフの頭脳に達するより早く、彼の首と背中はずたずたに引き裂かれていた。

　衝撃と重みでレイフは思わずよろめいた。彼は悲鳴を上げながらよろよろ歩き回り、そのはずみで振り落とされたヤマネコはすかさずぐるりと仰向けになって、下から彼の腹を引き裂いた。熱い血潮がほとばしるのが感じられ、恐怖の赤いもやがあたりを包んだ。獣のすさまじい叫び声が響き渡った。レイフは短剣を抜いたが、その手にがぶりと噛み付かれて、思わずそれを取り落とした。彼は腹ばいになってやみくもに手探りし、再び武器を捜し当てると力一杯切りつけた。ぐさりと刃の刺さる手応えがあった。ヤマネコは鋭い悲鳴を上げ、雪の上をのたうち回った。彼は気力を奮い起こして血の流れる膝でそいつの背中を押さえつけ、続けざまに何度も短剣を振り下ろした。刃が、荒れ狂う獣の命を容赦なく切り刻んだ。ついにヤマネコは最後の力を振り絞って身をもぎ離し、点々と血の跡を残しながらよろよろと逃げ去った。おそらくどこかの林の奥で、力尽きて死んでしまうだろう。それからあのぞっとする苦闘が始まった。はうようにして信号所まで辿り着き、そして今、彼もまた横たわり、死にかけていた。信号機にも手が届かず、結局自分は失敗したのだという思いをかみしめながら。彼は力なくあえぎ、押し寄せる闇にさらに深く沈み込んだ。

　闇の中に物音が聞こえた。聞き慣れた音だった。ガラガラ、ガチャンと規則正しく繰り返している、火かき棒が火床《かしよう》をこする、お馴染みの朝の物音だ。レイフはぶつぶつつぶやいて寝返りを打ち、次第に広がる温もりの中でゆったりと体を伸ばした。オレンジ色のちらちらする明かりが室内を照らしていた。彼はその輝きを目蓋の裏に感じながら、目を閉じたまま横たわっていた。じきに母親が声をかけるだろう。そろそろ起きて、学校か畑に行かなければならない時間だろう。

チリンチリンという澄んだ音色でレイフは振り返った。まだ体中が、どこもかしこも痛んだが、なぜか耐え難いほどひどい痛みではなくなっていた。レイフは目をぱちぱちさせた。彼は目を開ければエイヴベリの家の古い寝室が見えるものとばかり思っていた。風にそよぐカーテンや、朝日の差し込む開いた窓といったものが目に入るはずだった。そこが信号所だと気付くまでに、しばらく時間がかかった。それからどっと記憶が蘇《よみがえ》ってきた。レイフは目を凝らした。信号機の把手とその下に渡された足場が見えた。操作桿が屋根を突き抜けて上へと伸びている。その白い索環は、ついこの間彼が自分で塗ったばかりだった。窓には四角い防水シートが掛けられ、夜を締め出していた。戸口にはかんぬきが掛かり、ランプが二つとも灯されている。ストーブが燃え、開いたたき口から温もりが発散していた。ストーブの上では深鍋や平鍋がぐつぐつ煮え立ち、そこに一人の娘がかがみ込んでいた。

レイフが顔を向けると娘は振り返った。彼は娘の黒いまつ毛に縁取られた底知れぬ目を見た。その目は何やら用心深い野生の獣を思わせるところがあった。長い髪を、顔にかからないようにひもかリボンのようなもので押さえ、小さな尖った耳のうしろで結んでいた。

サラサラと音をたてる、不思議な空色のドレスを身に着け、茶色い肌をしていた。ちょうど木の実のような茶色だった。だが誰が何と言おうと、ここ何週間というもの、そんなに日焼けするほど日が照っていないのは確かだった。娘と目が合うとレイフはひるんだ。彼の心の奥深くにあるものがすくみ上がり、叫び出そうとした。彼にはこんな荒野のまん中に、こはく色の肌をして、風変わりな夏のドレスを着た娘がいるはずがないと分かっていた。彼女は「古い人々」、あの半ば作り話と考えられている荒野の住人、そして母なる教会の言うことが本当なら、人の魂に取りつくというあの連中の一人に違いなかった。彼の唇は「妖精」という言葉を発しようとしたが、できなかった。唇は血でねばつき、ほとんど動かせなかった。

再び目の前が霞んできた。娘は、宙に浮いているような軽い足取りで彼の方に歩いて来た。意識のぼんやりしたレイフには、まるで炎のようにちらちら揺れているように思われた。ほんの一吹きすれば消えてしまう魔法の炎か何かのようだった。だが娘の手は、そんな空気みたいな感じは全然しなかった。彼女の手は固くてしっかりしていた。彼女はレイフの口許を拭い、その熱い顔を撫でた。彼女が離れて行った後もひんやりした感じが残り、レイフは額に濡れた布がのせられたのだとわかった。彼はもう一度声を出して彼女を呼ぼうとした。娘は振り向いて、レイフに微笑みかけた。それとも彼がそう思っただけかもしれない。そしてレイフは娘が歌っていることに気付いた。その歌には言葉はなかった。音が、金色に輝きながらひとりでに娘の喉からわき出て来るようだった。それは眠そうな子供の耳にささやきかける紡《つむ》ぎ車の響きに似ていた。言葉はいつも、その金色の表面に今にも浮かび上がって来そうでいながら、決して現れなかった。レイフは無性に話したくなった。ヤマネコのこと、彼が抱いた恐怖、そいつのガラスのように鋭い爪のことを娘に話して聞かせたかった。だが娘はもう、彼の頭の中にあることを知っているように思われた。娘がまた戻って来た時は、湯気の立つ鍋を持っていた。娘はそれを、寝棚の脇にある椅子の上に置いた。娘はハミングというか、歌のようなものをやめて、彼に話しかけた。だがそれは全く意味のわからない言葉だった。その言葉は、岩を流れ落ちる水のように、叩きつけ、飛び散るような響きを持っていた。レイフはまた恐ろしくなった。それは「古い人々」の言葉だった。だがおかしいのは彼の耳だったに違いない。その奇妙な響きはひとりでに、ギルドで使われる現代英語に変わっていったからだ。その言葉の響きは流れるように快く、ただの意味でない意味に満ち、レイフの疲れきった頭では捕らえることのできない更に深い奥にあるものを暗示していた。語られているのは、森で彼を待ち受け、不意に木の上から彼に襲いかかって来た「運命」のことだった。「ノルンノ女神［北欧神話で運命を司る女神］ガ人間ヤ、山猫ノ運命ヲ紡グ」娘の声は歌った。「世界ヲ支エル巨大ナトネリコ、イグドラシル［アスガルズ（神々の世界）、ミズガルズ（人間界）、ニヴルヘイム（地獄）を結ぶ「世界樹」］ノ根元ニ座ッテ、姉妹ノ一人ハ糸ヲ紡ギ、二人目ハ測リ、三人目ハソレヲ切リ取ル……」そしてその間中、娘の両手は休みなく、なだめるように体のあちこちに触れていた。

レイフには、娘の頭がおかしいか、何かに取り付かれているとしか思えなかった。娘が話しているのは太古のものたち、母なる教会によって追放され、永久に冷たい闇の彼方へ追いやられたものたちのことだった。レイフは力を振り絞って片手を持ち上げ、娘の方に突き出して十字を切ろうとした。だが娘はくすくす笑いながらその手首をつかんで下ろすと、注意深く傷だらけの手のひらの手当てを始め、指のつけ根のまわりにこびりついた血をぬぐい取った。それから娘はレイフのベルトを外し、ゆっくりとズボンを脱がせにかかった。ズボンの革を切り開き、湯に浸しながら、少しずつ腿と腿のつけ根の深い傷口からはがして行く。「ああ……」彼は声を上げた。「ああ……」それを聞くと、娘は眉をひそめて手を止めた。そしてストーブの上から何か取って来て、そっとレイフの頭を持ち上げ、それを飲ませた。液体は喉を流れ下って体内へ、そして手足へと麻酔のようにじわじわと広がり、苦痛が遠のいた。レイフは再び、微かな刺すような痛みに彩られた暖かい闇へと引き戻された。娘が彼の脚に包帯をしながら、小声で歌を口ずさんでいるのが聞こえ、彼は次第に深い眠りに沈んで行った。

ゆっくりと夜が明け、それからさらにゆっくりと日が暮れて行き、再び昼になり、また夜になった。レイフはまるで時の流れから取り残されてしまったようだった。彼は横たわってうとうとしては目覚め、体を包み込む包帯とさっぱりしたシーツの快さに浸っていた。信号機の輝く把手がまるで百マイルも彼方にあるように見え、そこへ行きたいと願ったが、動くことができなかった。時々、彼は娘が側に来ると、彼女を引き寄せて、その母親のような温もりのある腿に顔を押し付け、娘が彼の髪を撫でながら語り、歌うのを聞いたように思った。眠っている時も、目覚めている時も、絶えず歌声は続いているようだった。時にははっきり耳で捉えることができ、時には、熱にうかされた夢の中にその言葉が鳴り響いていた。歌は一つの膨大なサーガを形づくっていた。それはいかなる人間の一生のうちでも、語り尽くされたことも、想像されたこともないような物語だった。

それは世界の物語だった。世界と一つの島、その住民たちがアングル゠ランドと呼ぶ島のことが語られていた。もっともその昔、アングル゠ランドは存在していなかった。というのもまだ惑星も、太陽もなかったからだ。「時」のほかには何一つ存在しなかった。ただ「時」と虚無だけがあった。といっても「時」は虚無であり、虚無は「時」そのものだった。その虚無の中で無数の色、無数のきらめきが交錯し、閃光《せんこう》が走った。無数のブンブンというなり、無数の叫び、オルガンの調べにも似た音がレイフの体の中で鳴り響き、体を揺さぶり、ついには体全体がその中に溶け込んで音と一体になった。夢の中で、彼は時々大声で叫び出したくなったが、それでもまだ口をきくことができなかった。そして美しい冒瀆《ぼうとく》の絵巻は留まることなく展開された。彼は褐色のもやが揺れ動き、微かなざわめきと共に吹き払われて、その向こうに輝く水が現れるのを見た。荒々しく、冷たく果てしない海、新しい世界の大海だった。だが夢はそれ自体、どんどん移り変わった。様々な映像が輝いては変化し、次の映像へと澱《よど》みなく混じり合い、厳《おごそ》かに退いて闇へと消えて行った。山々が現れた。うねり、ためらうようにのたうち、水をしたたらせながら、ぶるぶる震える脇腹を持ち上げたかと思うと、再び水中に没し、海底の泥に返った。その海底の泥は百万年もの間に、降りしきる微生物の死骸によって豊かに肥やされた。落下する巻貝のたてるか細い、笛のような音色は、美しく調和して無数の音と混じり合い、歌の一部をなしていた。

そして神々もすでに存在していた。力強く、巨大な太古の神々は海を見下ろし、じっと見守り、指で泥をかき回し、渦巻く褐色のもやを海面から払いのけた。すべてはほの白く、冷たい黎明の光の中で行われた。山々は身震いし、引っ込み、それから再び、金色に輝く獣のように、脇腹から水を振るい落としながら丸い背中を持ち上げた。太陽が上からそれを暖め、立ちのぼる蒸気はさらに霧となって渦巻き、海面には無数の輝きがキラキラと踊った。神々は声を上げて笑った。そして山々は何度となくためらい、どっちつかずに泥の中から立ち上がってはまた沈み、のたうちながら、形の定まらぬ陸地を形づくって行った。声は続き、歌は車輪のように巡った。後も先もなく、ただどこまでも続く力強い流れ、果てしない「時間」の存在が感じられるだけだった。山々がくずれては立ち上がり、木々の葉は太陽をかすめ、その影が水に映って揺れた。木々もまた沈み、うねり、のたうち、海中に没しては、またしずくをしたたらせながら現れ、再び生い茂った。岩が形づくられ、くずれ、再び形づくられ、固まってはまた溶けるうちに、いつしかその形の定まらぬものから一つの島ができ上がった。アングル＝ランドの誕生である。だがその時はまだ名がなかった［歴史上は、アングル族は五世紀から六世紀、サクスン族、ジュート族とともにイングランドに入ってきた。いずれもゲルマン族］。そこには広々とした牧草地と原野と、緑に覆われた静かな山々があった。レイフは、数え切れない獣の群れが、巡る太陽の下でその地を駆け巡るのを見た。そして最初の「人間」が影のような姿を現した。激しい熱望が人々を捉え、彼らは石斧を振るって、風の吹きすさぶだだっ広い平原に石の環《ストーン・サークル》を打ち立て、あるいは白亜の丘の斜面に神々の姿を再現した。ついにすべてが終わると、神々は倦《う》み疲れた。そして北方からすさまじい咆哮《ほうこう》をあげながら氷が押し寄せ、太陽は息も絶え絶えに自ら流した血潮の中に沈み、寒さと闇、無と冬が地を覆った。

その虚無の中に「彼」がやって来た。といっても「彼」は母なる教会の奉ずる神、救世主キリストではなかった。「彼」はバルデル［北欧神話の主神オディンの息子］、麗しのバルデル、若きバルデルだった。バルデルはゆるゆるとその地を歩んだ。その面は太陽の如く輝き、「古い人々」は平伏して彼を崇《あが》めた。風が吹き荒れ、凍てつく霜が石の環《ストーン・サークル》を蝕《むしば》んだ。闇の中で、人々は春を求めて泣き叫んだ。そこでバルデルはイグドラシルの木へ歩み寄った。レイフ自身、心の中で絶望の叫び声をあげた。「何の木だって?」すると声は途切れ、笑い、そして腹をたてた様子もなく言った。「イグドラシル、世界ヲ支エル大イナルトネリコ、ソノ枝ハ天ノ七ツノ層ヲツラヌキ、ソノ根ハ地獄ノ果テマデ届ク……」バルデルは木へと赴いた。バルデルは、神々と人間の犯した罪のために、その木の上で死なねばならないのだった。そこで人々はバルデルの両手を釘で打ち付け、木に吊した、バルデルの血潮がまっ赤なしずくとなってしたたり落ち、人々はやって来て彼を伏し拝んだ。彼の足許には妖精のトロールたちや、氷と火と山の巨人が住む地獄が、頭上には七層の天があり、天のヴァルハラ宮ではティーウ、テュノール、それに老いたるウォー＝タンといった神々が、なされたことの偉大さに震えおののいていた。
そして「彼」の血潮から再びぬくもりが生じ、緑の草、日の光、草原の花々、さえずり、つがう小鳥たちが蘇った。そして最後に「教会」がやって来た。東方から、地面を踏み鳴らし、ジャラジャラとけたたましい音を響かせ、祭壇に真鍮製のウェディングケーキのような聖体容器をかかげて。その下で人々は戦い、いがみ合い、大地をその血潮で黒く染めた。そして都市や、信号塔や、ものものしい城が次々と築かれた。「古い人々」は追われ、「妖精」、「荒野の住人」、「石の人々」として、血を流す彼らの美しい神と共に、人間の前から姿を消した。僧たちはむなしく「彼」を呼び求め、「彼」を救世主キリストと呼び、彼はゴルゴダ、すなわち「されこうべ」と呼ばれる地で、一本の木にはりつけにされて死んだのだと言った。ローマの艦隊が世界を制覇した。イングランドは目覚め、どんな小さな村にも蒸気が立ちのぼり、喧騒が響いた。その間もバルデルの血潮はしたたり続け、毎年新たな春をもたらした。こうして何日も、何週間も語り続けられた膨大な神話はついに途切れ、もうそれ以上続かず、終わった。

ストーブは消え、小屋の中の空気はひんやりして爽やかだった。レイフはじっと横たわっていた。自分がひどく具合が悪かったのはわかっていた。室内は茶色と澄み切った青に満ちていた。濃い茶色の柱や梁《はり》、赤味がかった茶色の信号機の把手、薄茶色の床板。青は窓や戸口から覗く空の色だった。長いこと使われていない信号機が、それを映して、青白い紡錘形の光を放っている。そしてあの娘も茶色と青に彩られていた。茶色い肌と、霜におおわれたような、輝く青のリボンとドレス。娘は微笑みを浮かべて、レイフの上にかがみ込んだ。一切の不安は消えてなくなった。「ヨクナッタ」あの声が歌った。「アナタハモウヨクナッタ。スッカリ治ッタ」

レイフは起き上がった。彼はひどく弱っていた。娘が毛布を取り除けると、空気が冷たい水のように肌をひりひりと刺した。レイフは寝棚の縁から両足を床に下ろした。娘が手を貸して立たせてくれた。彼はぐらりと倒れかけ、笑い声をたて、もう一度ふらつきながら立った。小屋の床板の感触が足の裏に快かった。彼は自分の体を見下ろした。腹と腿に、ピンクの傷痕が縦横に走っている。ペニスがもじゃもじゃの巣の中から呑気《のんき》そうに突き出していた。娘はどこからかチュニックを探し出し、笑いながらあちこち引っ張って彼が着るのを手伝った。それから外套を持って来て、それを彼の喉元で留め、今度はひざまずいて足にサンダルを履かせた。彼は微かに息をはずませながら寝棚に寄りかかり、力が湧いて来るのを感じた。彼の目が信号機の上に止まった。娘は首を横に振り、彼をせきたてて戸口へと押しやった。「イラッシャイ」あの声が言った。「ホンノ少シノ間ダケ」

外に出ると、娘はもう一度ひざまずいて雪に触った。西から湿った風が激しく吹き付けていた。周囲に連なる雪どけ間近の丘は、きらきらと輝き、静まり返っていた。「バルデルハ死ンダ」娘は歌った。「バルデルハ死ンダ……」すると、たちまちレイフの耳に雪どけの無数の陽気なささやきが聞こえ、今しもほんのり色づいたつぼみの先を押し上げている花々の姿が、雪の下にうっすらと見えるような気がした。彼は目を上げて、塔の上の信号機を見た。今ではそれも、自分とは関係のないものに思われた。冬と同じように、それはもう過ぎ去ってしまったものだった。あれもやがては溶けて、跡形もなく消えてしまうに違いない。あれは古い生活、古い生き方に属するものだ。彼は生まれて初めて、何の苦痛も覚えることなく信号機に背を向けることができた。娘は彼の先に立って歩き出した。浅い靴の上から覗く足首が、白い雪の中で際立って見えた。レイフは娘の後を追った。最初はためらいがちに、そして次第に自信に満ちた足取りで。一歩踏み出すごとに、力がわき上がって来るのが感じられた。背後には信号塔が取り残されてぽつんと立っていた。

馬に乗った男が二人、馬が道を選ぶに任せてゆっくりと進んで行く。若い方が数歩先に立ち、外套にしっかり身を包んで、帽子のへりの下から覗く目はじっと地平線に向けられている。連れの男の方は、ゆったりくつろいだ前屈みの姿勢で馬の背に座っていた。その髪には白いものが交じり、顔は風にさらされて、褐色に日焼けしている。彼の前の鞍頭には、ツァイスの双眼鏡のケースが掛かっていた。その反対には革ケースに入ったマスケット銃があった。銃身は馬の首の横に伸び、台尻は、男の手綱《たづな》を持った手のすぐ下に突き出していた。

ずっと先の左手に小さな丸い丘があり、その頂きには、こんもりとした茂みが空に突き出していた。前方の谷の深くえぐれたような窪地に、ぽつんと黒い染みのような信号所の小屋があり、その丘に立っている塔が微かに見分けられた。将校は黙って手綱を引き、双眼鏡をケースから取り出してその信号所を子細に眺めた。動くものは何一つなかった。煙突からも煙は出ていなかった。レンズの向こうから、おおいを下ろした窓がじっとこちらを見つめ返した。信号機の腕木が、死んだ鳥の翼のように黒いV字形に垂れ下がっていた。伍長はもどかしげに待っていた。彼の馬が落ち着きなくはみをかみ、鼻あらしを吹いた。だが大尉をせきたてるわけにはいかなかった。大尉はようやく双眼鏡を下ろすと、舌を鳴らして馬を再び歩かせ、ひづめをひょいと持ち上げては用心深く下ろしながら、ゆっくり進んで行った。

雪が一段と深くなった。谷間のせいで吹きだまりになり、昼間とけた雪が、もろい氷の層となって積もった雪の上をおおっていた。二頭の馬は、小屋へ向かう坂をあがきながら登った。小屋の戸口で大尉は馬を下り、手綱をゆるく垂れたままにして、戸口に歩み寄った。その目はじっと横木と戸板にそそがれていた。

印だ。それはあらゆるところにあった。扉一面に、そしてそのまわりの枠にも、壁にも刻まれていた。円の中に引っ掻いたような線で模様が描かれている。この判じ絵というか絵文字は、荒野の住人たちが書き残すことができる唯一のもの、彼らが人間に語りかける唯一の手段であるらしかった。大尉はこれまでに何度も目にしたことがあり、それを見ても驚くことはなかった。だが伍長は違った。大尉の耳に、若い連れが激しく息をのみ、拳銃の撃鉄をカチリと起こすのが聞こえた。そしてその左手が、本能的にすばやく魔除《まよ》けの仕種をするのが見えた。大尉はほとんど無意識に微かな微笑みを浮かべ、扉を押した。彼はこれから、目にするものが何かわかっていた。危険は何もないのだ。

　小屋の中はひんやりとして暗かった。大尉は戸口に足を開いて立ち、両手を腰に当ててゆっくり室内を見回した。外では馬がしきりにはみを鳴らし、冷気の中に鼻あらしを吹いていた。釘にかかった双眼鏡、はき清められた床、磨き上げられたストーブが目に映った。そして木でできた所にはどこもかしこも、あの妖精の印が躍っていた。

　彼は歩み寄って、寝棚の上に横たわっているものを見た。流れ出た血は寒さで黒くこごっていた。腹の傷は木の葉の形に大きく口を開け、目は落ち窪んでうつろだった。一方の手はまだ八フィート上にある信号機の把手に向かって差し伸べられていた。

　彼のうしろで伍長が、恐れを怒りにおおい隠すようにことさら荒々しい口調で言った。

「あの……連中がここに来たんだ。やつらの仕業だ……」

　大尉は首を横に振った。「いや」彼はゆっくりと言った。「ヤマネコにやられたんだ」

　伍長はしわがれ声で言った。「でもやつらはここに来たんだ……」そこで外の雪には何の跡もなかったことに思い当たり、彼の内に再び怒りがこみ上げた。「足跡なんて一つもありませんでしたよ。一体どこから入って来たって言うんだ……」

「風は一体どこから入って来るかね」大尉は半ば自分に問いかけるように言った。そしてもう一度、寝棚の上の亡骸を見下ろした。大尉はこの少年の経歴と、どんな成績を収めたかを多少知っていた。ギルドは惜しい男を失ったものだ。

連中は一体どこから入って来るのだろう。あの荒野の住人たちは……。大尉は、一般の人々が呼びならわしている名を使うことに、不意にためらいを覚えた。連中は一体どんな様子をしているのか、いつやって来るのか、閉め切った小屋で死にかけている男たちに一体何を語るのか、なぜあの印を残して行くのか……。

そうした問いに対する答えが、ひとりでに頭の中に形づくられて行くように思われた。まるでこの小屋の冷たく、微かに甘い空気の中から結晶したように、まるで風のざわめきと共に吹き込まれでもしたように。（こうしたものはすべて）と頭の中で言葉が響いた。（夢のようにあとかたもなくきえるだろう。信号機の把手ですりむけ、血を流す手も、孤独な見張りにこごえる子供もなくなるときがくるだろう。信号は思考のごとくすばやく大陸や海を跳び越えるようになるだろう。こうしたものは、良かれ悪しかれ過ぎ去るのだ……）

大尉は熊のように大きく頭を振った。まるでこの場所に漂う魔力を断ち切ろうとでもするようだった。彼は直感的に、自分がこれ以上何も知ることができないと悟った。荒野の住人、「古い人々」は、その魔力と伝承と共に立ち去ったのだった。彼らは常に、まだ残されている闇の中へと退いて行く。そしていつの日か、彼ら自身も消え去ってしまうのだろう。そこに存在し、しかも存在しない人々……。

大尉はベルトからメモ帳を外して走り書きし、一番上のページをはぎ取った。「伍長」彼は静かな声で言った。「これを頼む……。ゴールデンキャップ経由で送ってくれ」

大尉は戸口に歩み寄り、そこに立って、連なる丘の向こうにある東隣の塔を眺めた。空を背に、マッチ棒のような腕木がかろうじて見分けられた。頭の中に地図が広げられ、知らせが塔の列に沿って飛ぶように伝わって行く様が目に浮かんだ。塔が次々とその知らせを受け取っては先へと送り出して行く。冷たくうねる海の上に高々とそびえる、ひょろ長いゴールデンキャップの信号塔へ、そしてA級路線を北上してアクイ・サリスへ、そこからまた西街道伝いに戻る。一時間足らずで、知らせは宛先のシルベリ・ヒルに届くだろう。そして緑の制服の男が、沈痛な面持ちでエイヴベリの村の通りを歩いて行き、扉を叩くだろう……。

伍長は足場に登り、用紙を所定の台に挟むと、把手を軽く前に倒して腕木が凍りついていないか確かめた。それから両肩を曲げて勢いよく把手を引いた。死んでいた塔は蘇り、腕木が静けさを破ってカタカタと鳴った。ソウシンカイシ、ソウシンカイシ……。次いで発信地の信号、そして東方向を示す暗号、腕木の動きにつれて、細かい氷の結晶が小さな雪のように飛び散り、灰色の空を背にきらめきながら音もなく落ちて行った。

第三旋律

白い船

ベッキーは物心ついて以来ずっと、入江を見下ろす小さな家で暮らしていた。

入江は黒い色をしていた。というのは、ちょうど海に面して石炭によく似た岩の薄い層が露出していて、海水の長年にわたる浸食で、その化石を含んだ頁岩《けつがん》が少しずつ削り取られ、砕かれて黒ずんだ細かい砂となり、浜や、瘤《こぶ》のように盛り上がって海中に突き出している岬《みさき》一帯にばらまかれていたからである。生えている草も、みすぼらしく肩を寄せ合って海をねめつけている小さな家々も、その色に染まっていた。船や桟橋《さんばし》、海辺のイバラやハリエニシダにもその色が染み付いていた。夏の夕方に崖《がけ》の小径《こみち》をぴょんぴょん横切って行く兎《うさぎ》までが、同じ黒ずんだ色合いを帯びているように思われた。この辺りの道は皆傾斜して、のめるような急な角度で海に向かって落ち込み、今にも土地全体が地響きと共に滑り出し、飛沫《しぶき》を上げて海中に没してしまいそうだった。

ベッキーが最初にその「白い船」を見たのは、ある夏の夕方のことだった。彼女は父親の持っているたった一つの小さな船で海に出ていた。父親の言い付けで、海岸沿いにずらりと仕掛けてあるエビ取り籠《かご》からその日の収穫を引き上げていたのだ。ベッキーは波間にひょいひょい躍る浮標に添って櫂《かい》を操り、手際よく仕事を片付けて行った。船底に置いた籠はガサゴソ音をたてる大きな甲殻類《こうかくるい》で一杯だった。その体は崖と同じ黒っぽい灰色で、怒ったようにはさみを振り回したりぱちんと鳴らしたりして、もぞもぞ動き回っていた。ベッキーは考え深げに籠の中の獲物を眺めた。大漁だ。一家がこれで一週間は充分食べて行ける。

ベッキーは最後の籠を引き上げた。籠を押し流す潮のゆるやかなうねりが感じられた。籠は白っぽい灰色をした餌《えさ》の切れ端が入っているだけで空《から》だった。ベッキーはタールを塗った籠を再び船べりから下ろし、屈み込んで、そのぼんやりした影が竜骨《りゅうこつ》の下の濁《にご》った緑色の中に消えて行くのを見守った。それから身を起こし、肩と両腕にかすかな痛みが広がるのを覚えながら、目を細めて夕闇の迫るぼんやりした海上を眺め渡した。そしてその「船」に気付いた。

ただその時は、それが本当に「白い船」と呼ばれているとは知らなかった。

その船は素速く、滑るように入江に入って来た。舳先《へさき》が颯爽《さっそう》と水を切り、くっきりと白く泡立つ波が広がった。主帆はたたまれ、細長い船首三角帆《ジブ》が微風を受けて脹《ふく》らんでいる。乗員の叫び声が水面を渡って、かすかだがはっきりとベッキーの耳まで届いた。ベッキーは本能的に大急ぎでその場を離れ、しゃにむに櫂を使って陸へと逃げ帰った。彼女は村の人々が「棚」と呼んでいる、海中に伸びた天然の石の突堤に船を乗り上げ、着ている服が裂けて長い茶色い脚が剝き出しになるのもかまわず船を飛び下りると、気が急《せ》くあまり腹まで水につかって船を引き上げ、つないだ。

その入江に知らない船がやって来ることは滅多になかった。ずんぐりした舳先で底の丸い、沿岸の漁師の釣船なら別に珍しくはない。だがこの船は違う。ベッキーは恐る恐る振り返ってみた。船は既に錨を下ろして、青白い盾形の入江にゆらゆらと浮かんでいた。ほっそりスマートな、平甲板《ひらかんぱん》の快速船だ。暮れかかった灰色の空を背に、鉛筆のような高いマストと張り出し材がゆるやかに揺れている。ベッキーが見守るうちに一艘《いっそう》のボートが下ろされ、一人の男が乗り移って船外機を取り付け始めた。ベッキーは獲物を入れた重い籠を引きずって崖を更によじ登り、兎のようにハリエニシダの茂みにもぐり込んで、大きな茶色い目でじっと船の様子をうかがった。ヨットの船室に灯《ひ》がともされ、その光がゆらゆら揺れる黄色い槍のように水に映った。夕焼けが空を赤々と染め、それから次第に薄れて行く間、ベッキーはそこにうずくまっていた。

その入江は荒涼として物寂しい場所だった。そそり立つ崖の上に絶えず陰鬱《いんうつ》な雲が垂れこめているように思われた。陰鬱なのは雲ばかりではない。かつて起きたある不可解な、おぞましい出来事がこの場所に重苦しい影を落としていた。一人の気の狂った、偉い坊さんがここへやって来て、自分の狂気の沙汰《さた》に立ち会うよう波と、風と、水とに命じたのだ。ベッキーは小さな頃、母親の膝の上でよくその話を聞かされた。その坊さんは小船で死へと乗り出して行き、村には兵士と僧がどっと押し寄せて、お祓《はら》いをしたり、叱りつけたり、武装蜂起《ぶそうほうき》に関わったかどうか住民に問い質《ただ》したりで大騒ぎになったのだ。だがその連中も結局満足すべき情報は得られなかった。幾たびも嵐が来ては去り、船が引き上げられ、タールを塗られてはまた海に戻されるうちに、この土地も次第に元の静けさを取り戻した。波や風はそんな騒ぎにも全く関係がなかったし、岩は自分が誰のものか、法王のか、それともイギリス国王のものかなど知りもせず気にかけるはずもなかった。

その晩、ベッキーはいつもより帰りが遅くなった。父親はくどくど文句を言い、罵《ののし》り、鞭《むち》で叩くと脅し、ベッキーのばかげた癖を非難した。ベッキーは「棚」でぶらぶらしているのが好きで、父親はそれを誰よりもよく承知していた。「棚」に腰を下ろして岩の中から覗《のぞ》く渦巻きバネのような化石をいじったり、風に吹かれて、足許《あしもと》にぴちゃぴちゃと寄せる波をじっと見つめたりしながら、時のたつのも忘れてぼんやりしているのだ。家では赤ん坊が腹を空《す》かせ、食事の支度も掃除もしなければならず、おまけに彼は咳《せき》をしている病身の妻を抱えているというのにだ。おまえは役立たずで、骨の髄《ずい》まで怠け者だ。自分一人いい気分になってのらくら遊んでいる。ロンディニアムの金持ち連中ならそれでいいかもしれないが、こっちは稼いで食っていかなくちゃならないんだ。

父親はベッキーを叩かなかった。ベッキーも「船」のことは黙っていた。

その夜、ベッキーは床の中でずっと目を覚ましていた。疲れていたがなぜか眠れず、母親の咳を聞きながら、下ろされた鎧戸《よろいど》の隙間から覗くくさび形の、トルコ石の色をした夜空を見つめて横たわっていた。その空が徐々に白み、たった一つ残った明けの明星《みようじよう》が火花のようなきらめきを放ったかと思うと見る間に朝の光に飲み込まれて行った。家からでも、耳の中で響く血液の鼓動と変わらぬくらいごくかすかなざわめきが聞き取れた。それははるか彼方から押し寄せる、ゆったりした息づかいにも似たうねり、あの太古からの鈍い海のざわめきだった。

「白い船」が湾で夜を明かしたとしても、それらしい音は何一つ聞こえなかった。そして朝にはもう姿を消していた。その日も暮れかかる頃、ベッキーは浜に出ていつも変わらぬつんとした潮の臭いをかぎ、寄せては返す波の音を聞きながら、裸足《はだし》で、波打ち際に並ぶごろごろした大きな石の間を歩いた。崖の上からは絶えず気味の悪いしずくが滴《したた》り落ちていた。おそらくこの時初めて、ベッキーの意識の中に寂寞《せきばく》とした思いが芽生えた。果てしなく広がる穏やかな夏の海や、そびえたつ黒い岬、海中へ何本もの指のように突き出した岩礁《がんしょう》を見ていると妙に心が沈んだ。ベッキーはこれまで幾度となく眺めたように、「棚」が、まるで何か壮大な設計図に基づいてでもいるように湾曲して長い石の尾根を形づくりながら黒い浜を這い上がり、崖の傾斜した地層の中をうねうねと伸びて行く様子を眺めた。その石は昔の生物の名残りらしいもので一杯だった。ベッキーは子供の頃よくそのアンモナイトを拾い集めていたが、ある時アントニー神父に見つかってひどく叱りつけられ、戒《いまし》められた。神父はきっぱりと、もし神がこの岩を七日間で造り給うたとすれば、そうした印もその時にできたのだと断言した［聖書ではこの世は六千年前に七日間で造られたとされている］。彼女は危うく異端の行いをするところだったのだ。そんな物のことは忘れてしまうのが一番だった。ベッキーは爪先を水に突っ込み、ざらつく砂が動いて指先をしめつけるのを感じながら、じっと考え込んだ。彼女は十四歳で、ほっそりして髪は黒く、乳房が服の胸をわずかに持ち上げ始めていた。

ベッキーが再びその「船」を見たのは何カ月も後のことだった。その間に荒れ狂う灰色の冬が訪れ、また去って行った。風が崖につかみかかり、歯を抜くように琥珀色《こはくいろ》の石のかけらをこそげ取っては勢いよく浜に叩きつけた。そうした瞬《また》く間に暮れる荒れ模様の日々、ベッキーは入江を歩き回って薪にする流木や板切れ、壊れた船の切れ端、船の落とした石炭といったものを拾い集めた。そして時折その痩《や》せた茶色い顔を上げ、目を輝かして、自分でも分からない何かを捜し求めるように果てしなく広がる海を見つめた。春の訪れと共に「白い船」が戻って来た。

もう五月に近い四月のある夕方だった。黒い大きなエビ取り籠を引き上げては、カチャカチャと音をたてている中の獲物を船底に用意した籠に掬《すく》い出していたベッキーは、なぜということもなく、いつもよりぐずぐず手間取っていた。その時「白い船」が夕闇の中からゆっくり姿を現した。広い海の向こうから、ぽんぽんというエンジンの音がだんだん近付いて来た。

「おーい、そこの船……」

ベッキーは小船の中で立ち上がり、目を見張った。ベッキーの背後では岬の崖が波の動きにつれてゆっくりと上下し、目の前には、今では驚くほど大きく見える「白い船」が近付いていた。白い舳先が水を切り、かすかに泡立つVの字形の波がザーッと音を立てて広がり、夕闇に吸い込まれるように消えた。ベッキーは不意に自分の足許の板や、膝のまわりではためく汚れた服を痛いほど意識した。「白い船」は段々に近付き、その舳先に一人の男がぶら下がっているのが見えた。男は片手で前檣前支索《フォアステイ》にしがみつき、もう一方の手を振りながら叫んだ。

「おーい、そこの船……」

きちんと巻き上げ、帆桁《ブーム》に括《くく》りつけられた主帆《メインスル》や、船室の縁材、いくつもの艙口《ハッチ》、無数の入り組んだ索具などがベッキーの目に飛び込んで来た。「白い船」が間近に迫り、そのペンキが所々はげて、船首三角帆《ジブ》の帆脚索《ほあしづな》がほつれているのを見て、ベッキーはほとんど驚きに近いものを感じた。それまでは「白い船」はただの幻か夢に過ぎず、空気みたいに実体がない物のような気がしていたのだ。

小船が傾き、ヨットの船体をカリカリこすった。ベッキーはよろめき、思わず相手の船の高い甲板に手を伸ばした。両手が甲板にかかり、しっかりつかまった。「白い船」は潮《しお》に流されてゆるやかに漂い、おおきな鋼鉄のマストがのしかかるように揺れていた。

「よし、いいぞ……」それから「何を売っているんだい、お嬢ちゃん」

どこかでさざ波のような笑い声が起こった。ベッキーはごくりと唾を飲み、目を上げた。手すりに群がる男たちの姿が夕闇の中に黒く浮かび上がっていた。

「イセエビです。大きいやつですよ……」

父親はきっと喜ぶだろう。獲物が陸へ上げる前にいい値段で売れたのだ。村まで持って行ってスマイズの親方と売値を交渉するまでもなく、輸送業者に運んでもらうのを待つ必要もない。「船」の連中はたっぷり払ってくれた。本当の金貨を小船に放り込み、ベッキーが這いつくばってそれをかき集めるのを見て笑った。それから笑い声を残して離れて行き、浜に漕ぎ戻るベッキーに呼びかけた。ベッキーはその荒っぽく、強烈な声の記憶をしっかり胸にしまい込んだ。陸がこれまでにない速さで迫り、小船はあっという間に浜に着いたように思われた。ベッキーは金を汗ばむほどぎゅっと握りしめ、残りの獲物を持って家へ駆け戻った。振り返ると、下の入江では「白い船」が夕闇に包まれて旋回し、どぶんという水音と共に錨《いかり》が投げ入れられ、それが底へ沈むにつれて鎖を繰り出すガラガラという音が聞こえた。船にはすでに灯がともされて、小さなくっきりした光がたくさんの目のように瞬き、その上に索具の黒い影が、さざなみ立つ銀白色の海面を背に繊細なすかし細工のように浮き上がっていた。

父親はベッキーが獲物を売ったと聞くとひどく怒ってどなりつけた。ベッキーは目を丸くして父親の顔を見返した。

「あのバーミユダコットのやつらだな……」彼はそう言ってペッと唾を吐くと、のろのろと台所を横切って汚れた皿を流しにどしんと置き、古い背の高いポンプの柄《え》を手荒に押し始めた。「あいつらに近付くんじゃねえ……」

「でも父ちゃ――」

彼は怒りにどす黒くなった顔で振り向いた。「あいつらに近付くな……。余計なことは言うんじゃねえ……」

ベッキーはすでに感情をおおい隠すすべを心得ていた。その顔に置物の猫そっくりの強張った、測り知れない表情が浮かんだ。彼女は目を伏せて自分の皿を見つめた。上の寝室から母親の苦しげな咳が聞こえてきた。朝になるとシーツに点々とピンクの染みがついているのだ。洗うのはベッキーの役目だ。ベッキーは片足をもう一方の脚のうしろに引っ掛け、爪先で汚い向こうずねをこすりながら、様々な考えを用心深く頭から閉め出した。

その要領を得ないやりとりがかえってベッキーは気になり、彼女は何週間もそのことを考え続けてすっかり見知らぬ船の虜《とりこ》になってしまった。彼女は「白い船」を夢に見た。夢の中では彼女は浜や岬を飛び交う大きなカモメのように、サッと風を切って飛んでいるのだった。朝になると崖はカモメの泣き声で一杯になったが、まだ夢見心地のベッキーの耳には、それがロープのきしみや、帆綱を巻き取る爪車の音のように響いた。その頃時折ベッキーは、まるで目まいでもしているように、岬がゆるやかに揺れ、波のようにうねるのを感じた。彼女はうずくまって震えながら両腕をこすり、その発作が過ぎるのを待った。自分は死んでしまうのではないかと不安だった。そしてある日、その奇妙なリズムと不安とが耐えられないほどたかまった時、彼女は思わず後ずさりして、小船の中に上向きに置いてあったナイフの刃を踏みつけた。薄い刃で切られた衝撃と流れる赤い血液が、その瞬間にベッキーを一人の女に変えた。彼女はすすり泣きを漏らしながら傷を洗った。見ている者は誰もいなかった。ベッキーはその秘密をしっかりと胸に、その痩せた体に抱きしめた。こんな風に彼女はあらゆる秘密、あらゆる考えや夢を抱きしめていたのだ。

一度この小さな黒い村の、小さな黒い教会で結婚式があった。その時ベッキーは、村の人々もやはりこの土地の色に染まっていることに漠然《ばくぜん》と気付いたのだった。空気中に漂う目に見えない汚れがすべての村人を変えてしまっているのだ。ベッキーの夢想は新たにもっと気味の悪い様相を帯び始めた。ある時彼女は村人や両親、自分の知っているすべての人々が土地の風景の中に渾然《こんぜん》と溶け、崖がその体や骨、懇願するように差し伸べられる朽ちた手、歯、目、時を経てぼろぼろに崩れた額といったものでできているという光景を夢に見た。時々ベッキーは入江が恐ろしくてたまらなくなったが、それでも磁石《じしゃく》のような力でそこへ引き付けられるのを感じた。ベッキーはよくそこにじっと座り込んでいたが、考えているとは言えなかった。彼女はただ容易に理解の及ばぬ様々な事柄をまざまざと感じ取っていたのだ。

ベッキーは黒い髪を短く切った。得体の知れない衝動に駆られて染みだらけのひび割れた鏡の前に座り、首を巡らせながら、その髪をはさみで男の子のようになるまで短く刈り込んだ。海辺の荒っぽい漁師の若者そっくりに、そして切り終わった髪を撫で、指で梳《す》きながら鏡をのぞき込んだ。澄んだ大きな目が、鏡の中から不安げにこちらを見つめ返した。ベッキーは自分が罠《わな》にはまり込んでいるような気がした。毎日使っているエビ取り籠の目にそっくりの太くてまっ黒な格子を張り巡らした罠だ。彼女の世界は入江の両側に伸びる岬に、神父の声に、父親の足音に取り囲まれ、出口がなかった。「白い船」だけが自由だった。そしてそれは自由にベッキーの頭に滑り込み、ちらちら輝き、捉えどころがなかった。あの思春期の決定的な出来事、血を流した恐怖と次いで芽生えた誇りにも「白い船」が関与しているように思われた。まるで神秘的に輝く水平線の彼方から「白い船」がそれを見守り、多少なりとも理解してくれたという気さえした。

ベッキーは「船」との密会を続けた。彼女はくり返し、入江を見下ろすイバラの茂みに身をひそめ、「船」を見つめた。

今では海そのものがベッキーを引きつけた。夜間、さもなければ鉄灰色の明け方、ベッキーは折り重なった岩の間で頭から服を脱ぎ、氷のように冷たい水にそろそろ身を沈めて、波が体を持ち上げ、揺すり、こづくままに横たわった。そんな時は入江が威圧的に迫って来るように思われ、果てしなく広がる空の下には灰色をした岬がゆらゆら揺れながらそびえ立ち、自分がひどくちっぽけに感じられた。裸でいることで、何となく自分が無防備に入江の力にさらされているように思われた。そして今にもそれが自分のまわりに網のように落ちかかり、包み込み、捉えられてしまいそうな気がした。そこでベッキーはあたふたと水から上がってしゃにむに服を着込み、濡れた体に張り付く布の感触にほっとするのだった。のしかかるように見えた崖も遠ざかって元の位置に収まり、もう何も危険はなかった。

このおかげでベッキーは図らずも泳ぎを覚えた。

そうして泳ぐこと自体が一種の神秘的な事柄だった。ベッキーは本能的に、父や教会はこんなことを許さないだろうという気がした。ベッキーはできるだけアントニー神父を避けた。だが聖像や、祭壇《さいだん》の上の大きなキリスト像の目は礼拝のたびに会衆の中のベッキーを見つけ出し、咎《とが》めるようにじっと見つめるのだった。泳ぐことによって、彼女はある意味で自分の体を凌辱《りょうじょく》に委ねていたのである。そうすることで、同じように海を泳ぐ「白い船」と神秘的な関係が結ばれていたのだ。ベッキーは証しとして何かをせずにはいられなかったのだ。そのおぼろげな、海の証しが必要だったのである。ベッキーは奇妙に混乱した罪の意識を覚えた。その罪は名付け難いほど漠然として、それだけに一層恐ろしく、また同時に心を引きつけた。告解《こっかい》は彼女には用のないものだった。彼女はただ一人用心深く、影と脆《もろ》いガラスでできた世界を歩き続けた。彼女は体へのちょっとした接触や圧迫、歩いたり、動いたり、働いたりすることでほとんど必然的に得られる快い満足感を極力避けるようになった。彼女は覚束なげに、何とかして漠然とした罪の領域を閉め出し、自ら求め、今では逆に彼女を捉えようとしている脅威を遠ざけようとした。

不意に、望んだわけでもないのに、ベッキーの頭にある考えが芽生えた。段々に暮れて行く謎めいた海にゆらゆらと浮かぶ船を見つめているうちに、ベッキーは次第に、「白い船」だけが自分を今の自分から救い出すことができるのかもしれないと感じ始めた。あの「船」だけが、一対のアイロンのような岬を逃れて広い世界へ出て行くことができるのだ。あの「船」はいったいどこからやって来るのだろう。あんな風に謎めいて姿を消し、いったいどこへ行くのか、そしてどこからまた戻って来るのか。

神父はベッキーの母親の墓に立って祈りを唱え、神は空よりみそなわすと言った。だがベッキーは母親が土に取り込まれ、ぎゅうぎゅう押し潰され、新たな黒い頁岩となって行くことを知っていた。

「船」がまたやって来た。

ベッキーはおびえ、確信がなくなっていた。以前は子供っぽくただがむしゃらに決め込んでいた。「船」は行ってしまうが、いつも必ず戻って来る。だが今では、彼女はあらゆるものが変化し、二度と元に戻らないことを知っていた。いつかはあの「船」も行ってしまったきり、戻って来なくなるだろう。

ベッキーは罪悪を知り、次いでそれに対して無関心でいるようになった。それで自分の魂はもう破滅したのだと思った。

たびたび頭に思い描き、夢見たことが現実とごっちゃになって、彼女はまるで夢の世界に生きているようだった。黒い家の中で、子供の弱々しい咳を聞きながら、彼女はそっと起き上がった。服を着る両手が震えた。体が自らの意志に関係なく、電気の力か何かで操られてでもいるように、体の奥底から激しい小刻みな震えが沸き上がって来た。そのわななきと狂ったように高鳴る心臓の鼓動のせいで、まるで手足の感覚が自分のものではないような妙な感じだった。指先に触れる椅子の背、簞笥《たんす》のてっぺん、戸口の掛け金といった日頃知り尽くした品々の形もぼんやりしてあいまいだった。彼女は息をつめてそろそろと掛け金を外し、耳をそばだて、暗闇に目を凝らした。今や彼女は憑《つ》かれたように、ある地点から次の地点へと一様な足取りで進んでいった。ためらったり立ち止まったりすることは不可能に思われた。彼女は、自分から入江に行き、あの「船」が錨を上げてどこかへ去って行くのを見届けるのだということを知っていた。その考えの下には、次々と浮かんできては想像もつかない最期へと辿《たど》り着くはずの別の考えがいくつも控えていた。しかし頭がぼうっとなって、船の出発を見届けるという考えが、他の考えをおおい隠していた。

村は黒々と明かり一つなく、死んだように寝静まっていた。顔や腕に、雨かと思えるほど湿っぽい霧を含んだ空気がひんやりと吹きつけた。頭上には真っ黒な空が蓋をしたようにのしかかり、ただ東の方に見える澄んだ鉄灰色の筋が、雲の上では夜明けが近付いていることを示していた。その東の空を背に黒い教会の塔がぽつんと立っていた。ごつごつした雨水受けが耳のように突き出していた。

浜の中程に浅い谷があり、ずっと奥にあるラックフォードの沼［パーベック領の西限。384頁冒頭参照］から出た細い流れが、そこを通って入江に注いでいた。その小川に片側だけ手すりの付いた粗末な板の橋が渡され、そこへ下りる石段はいつも湿ってぬるぬるしていた。一度ベッキーは、その丸くすり減った石に足を滑らせ、また一度は裸足の足の下でミミズが素速くのたくるのを感じた。水音を聞きながら橋を渡り、濡れた岩の上によじ登ると、目の前にかろうじて見分けられる、どんよりした灰色の入江が開けた。その半透明な鏡の上に、一際濃い灰色をした幻のような船の姿が浮かんでいた。ベッキーは爪先を細かい砂にもぐり込ませ、足でごろごろした岩の間を探りながら浜を横切り、水辺に近づいた。ほとんど気がつかないうちに水は足首を浸し、さらにふくらはぎに達していた。沖からは、巻き上げ機のコンコンという金属的な音がかすかに伝わって来た。

明け方の風に混じってぱらぱらと落ちて来た雨が、ベッキーの髪を濡らした。ベッキーは相変わらず無心な足取りで進み続けた。天然の岩でできた突堤は緩やかに傾斜して海中に没し泡立つ波がその先端を洗っていた。ベッキーは突堤の傍らを、腹まで水につかり、もじゃもじゃとからみ合う海草を踏みつけながらもがくようにして進んだ。間もなく彼女は果てしなく広がり、荒れ狂う冷たい水に身を投じて泳ぎ出した。陸が遠ざかるにつれて、彼女は規則正しい体の動きによって半ば催眠状態に陥り、このまま「白い船」を追って世界の果てまでも泳ぎ続けられそうな気がした。肩や腕に次第に広がる痛みもどうでもいいことに思われ、ほとんど意識すらしなかった。行く手の騒ぎ立つ暗い波間に浮かぶ「船」の姿は、彼女が敢然と立ち向かい出すと同時に奥行きのつまった見慣れぬ形に変わっていた。船体の上にさらに高々と、穏やかに翻《ひるがえ》る船首三角帆《ジブ》のぼんやりした影がそびえ立っていた。

ベッキーには、自分がそこにいるのが何かの間違いのように思われた。海は深く、崖は高く、「船」は遠すぎてとうてい辿《たど》り着けそうにない。彼女は物憂《ものう》げに海に身を委ねた。だがその時肺の突き刺すような痛みと同時に、ほとんどオルガスムにも似た名状し難い衝撃が襲いかかって来た。ベッキーは叫び、むせかえり、やみくもに水を蹴った。たちまち頭まですっぽり冷たい水に包まれ悲鳴を上げ、空気を求めてもがいた。

前方で人声が聞こえ、物音と命令の叫びが入り乱れた。ベッキーがようやく風の吹き渡る水面に顔を出した時には、「船」は再び見慣れた形に戻っていた。

ベッキーの肩や腕にいくつもの手がかかった。何かが彼女の服をぐいと引っ張った。生地が裂け、彼女は水をしたたか飲み込み、再び沈んだ。彼女はどす黒い水、白い泡、ぎらつく赤が渦巻く只中でのたうち、もがきながら引き上げられ、傾いた甲板の上に横たえられた。そして開いた口の下になめらかな木の感触を覚えながらそのままじっとしていた。彼女のまわりに、寄せては返す波の音のように、人声が高まり、薄れた。

「あの子だ……」

「この間の漁師のあまっちょか……」

　言葉がむやみやたらにベッキーの耳に鳴り響いたが、やがてそれも止んだ。彼女はあえぎながら、じっとしたままでいた。ぐしょ濡れの体から甲板に水が流れ出していた。六フィート下に海の灰色のうねりが感じられた。ベッキーは恐ろしいことをしでかしたという思いをかみしめながら、痺《しび》れたように横たわっていた。

　乗員たちは毛布を持って来て彼女をくるんだ。ベッキーは起き直り、ロープのきしみと打ち寄せる波の音を聞きながらさらに水を吐いた。彼女の意識は今もなおその体から遊離し、その灰色をしたものが、水を吐いたり溺《おぼ》れたりしているもう一人のベッキーを冷ややかに見つめているように思われた。ベッキーはぼんやりと、自分が何か質問されているらしいと気付いた。彼女はごつごつした布地を喉元にきつくかき合わせ、首を横に振った。自分自身にも、まわりを取り囲む人々にも、腹立たしさを覚え始めていた。身動きしたとたんに目まいと吐き気が襲って来た。ベッキーは抱き上げられるのを感じ、船が風を受けて傾いた瞬間、はるか彼方に遠ざかる黒い筋のような陸地の姿がちらりと目に映った。船室に下ろされる時、片足がハッチの縁に引っ掛かった。痛みの衝撃が脳髄に伝わり、やがて薄れた。彼女の頭の中を、様々な印象が切れ切れに錯綜した。頭の上の白い板張りの天井、毛布と服を脱がせてくれる手。彼女は顔をしかめ、ぶつぶつつぶやきながら、考えをまとめようとした。だがそうした印象も一つ一つ薄れて、灰色の静けさの中に呑み込まれて行った。

ベッキーは毛布にくるまってじっと横たわっていた。目を開けたくなかった。でもすぐ起き出して階下に下り、ストーブの火をかき立てて、朝食用の粥《かゆ》の鍋をぐつぐつ煮立たせなければならない。おかしなことに家がかすかに揺れ、生き物のように身震いした。軒下《のきした》の壁越しにピチャピチャという水音が聞こえた。夢の映像が一向に消え去る気配もなく、執拗《しつよう》に続いている。ベッキーは頭を動かし、枕に顔を埋めてぶつぶつつぶやき、もぞもぞと片手を毛布から出して、まだ潮でべとついている髪に触った。手を引っ込めた拍子に体に触れ、自分が裸で寝ていることに気付いた。何も着ないで床に入るのは、もうそれだけで立派な罪だった。ベッキーはうめいて一層毛布にもぐり込み、もっと深く眠り込んでこの夢を消し去ろうとした。

現実には船室にいたので、実に様々な水音が聞こえた。水は「白い船」のまわりでさざめき、高らかに笑い、かき鳴らし、その舷側をぴしゃりと打った。ベッキーはぎょっとして目を見開いた。はっきり目が覚めたとたんに記憶が蘇《よみがえ》り、激しい狼狽《ろうばい》に襲われた。彼女は勢いよく起き上がり、二フィート上の天井にごつんと頭をぶつけた。彼女は呆然《ぼうぜん》として頭をさすりながら、海面に反射した光が飛び散り、きらめき、めまぐるしく入り乱れる低い天井を眺めた。船室は絶えず微妙に動き、傾き続けた。壁に下がった明るい黄色の防水服が少し曲がってゆらゆら揺れている。距離感がおかしかった。彼女の体が寝棚から転げ落ちるのを防ぐために渡された幅六インチほどの板にぎゅっと押しつけられた。

一人の若者が支柱を軽く握り、ベッキーを見下ろしていた。髭《ひげ》もじゃの顔からのぞく目はきらきらしていて鋭く、笑っていた。「服を着ろよ」彼は言った。「船長が会いたいそうだ。甲板へ上がって来な。もう大丈夫だろう」

ベッキーは目を丸くして彼を見つめた。

「大丈夫さ」彼は言った。「とにかく服を着ろよ、何も心配はいらない」

そこでベッキーはあの夢、あるいは悪夢は本当だったのだと悟った。

ちょっとしたことが彼女を面食らわせた。寝棚の横木は掛け金で止められていて、彼女は手探りでそれを押したがどうしても外れなかった。そこで仕方なく両脚を外に出してみた。空気がサッと裸の体を押し包み、ベッキーは慌てて毛布を引き寄せた。それからどしんと転げ落ちてまた毛布を落とした。そこにはジーンズと古いセーターが置いてあった。彼女は息をはずませてそれをつかんだ。指が滑ったり震えたりして、なかなか言うことを聞かず、ジーンズに両脚を突っ込むのにさんざん手間取った。

昇降階段がひょいと足許から逃げ、ベッキーは鍋の間に尻もちをついた。彼女は船の大きな傾斜に逆らって踏み板にしがみつき、どうにか体を引っ張り上げて、目のくらむような日差しの下へ出た。

陸は影も形もなかった。ただ信じられないほど遠くにぽつんと小さな染みのようなものが見えるきりで、後は見渡す限り物凄い速さで飛び過ぎる緑色の海面が広がっていた。ベッキーはたじろぎ、思わず目をつぶった。さっき彼女に話しかけた若者がまた手を貸してくれた。

船長は、まるでキンポウゲ色の防水服でできた彫刻のように、身じろぎもせずに座り、その痩せた顔と灰色の目は、ベッキーを通り越して甲板のずっと向こうに向けられていた。その頭上には、乱れのない曲線を描く巨大な帆があった。船長のうしろでは、船員たちが船尾に群がって、何やらしゃべりながら無遠慮な目でベッキーを見つめていた。その髭だらけの口許がにやにや笑っているのを見て、ベッキーは目を伏せ、膝の上で両手をよじり合わせた。

この連中の前に出ると、ベッキーはほとんど物が言えなかった。彼女はからまり合う自分の指を見つめ、水が近々と自分を取り囲み、船が猛烈な速さで進んでいるのを感じ取りながら、黙って座っていた。あまりたいしたやりとりはなかった。船長は羅針盤に目を落とし、片腕をゆったりと舵の柄にからませて、頭のほんの片隅だけでベッキーの話を聞いているように見えた。船員たちの顔は、海の照り返しを受け、くったくのない笑いを浮かべていた。ベッキーは強引に彼らの生活に押し入って来たのだ。腹を立てても当然なのに、彼らは笑っていた。ベッキーは死んでしまいたかった。

ベッキーは泣いていた。

誰かがベッキーの肩に腕を回した。ベッキーは自分が震えていることに気付いた。誰かが防水服を持って来て無理やり彼女に着せてくれた。その固い襟《えり》が彼女の髪をくしゃくしゃにし、耳をこすった。彼女は連中と一緒に行く他はなかった。「船」は引き返すわけに行かないのだ。それだけはベッキーにもわかった。それこそベッキーが一番望んでいたことだったが、そう思っていたのはずっと昔のことのような気がした。今では家の台所や、自分の寝室が恋しかった。「船」に閉じ込められ、捕らわれの身となった彼女は、この秩序だった純然たる男の世界では全くの役立たずだった。放ったらかしにされて、彼女は腹を立て、涙を流した。やさしくされると辛かった。調理室で手伝おうとしたが、連中の作る料理さえ勝手が違っていて、彼女が見たこともないような複雑な手順や、こつや、味わいがあるらしい。「白い船」は彼女を打ちのめした。

ベッキーは乗員たちから離れて這うように船首へ行き、金属のマストの根元に片腕を回してしがみついた。索具が音を立ててマストにぶつかり、舳先は上下して激しく海面をたたいた。ダイヤモンドのように固い飛沫が跳ねかかり、裸足で甲板に立っていた彼女の足はたちまち氷のように冷たくなった。冷たさが防水コートの中までしみ通り、じき彼女は、雲が日差しをさえぎり、乳白色を帯びた緑の海面を陰らせるたびに、がたがたと身を震わせ始めた。夢は風に吹き散らされ、消え失せた。「白い船」はそんな甘いものではなかった。野獣のようにたくましく、巨大で、力強く水を打ち砕いた。ベッキーは沿岸の潮の満ち引きや流れの中で父親の小船を操ることができたが、ここでは不器用で、邪魔になるだけだった。船員たちが、駆け回って入り組んだロープを操作するたびに、ベッキーは無茶苦茶に振り回された。命令の叫びがかすかにベッキーの耳まで届いた。〝上手回し用意、帆脚索を緩めろ〟すると船首三角帆《ジブ》が凄まじい轟《とどろ》きを上げ、甲板に足音が入り乱れ、「白い船」

は大きく揺れながらまた向きを変える。甲板の傾きも、太陽と雲の位置も、肌を刺す飛沫の方向も飛ぶように変わった。水平線が不意に丘のようにせり上がり、きりもなく傾いて行く。ベッキーはついさっきまで空を見ていたのに、今はたぎり立つ水の中をのぞき込んでいた。「船」の連中が食べ物を寄越したが、ベッキーは口を固く結んで拒絶した。彼女はふくれていた。さらに悪いことに、気分が悪くなり出していた。先程とは比べものにはならないほど無性に我が家と入江が恋しかった。彼女は我を忘れるほど激しく固い地面を、揺れたり動いたりしないものを願った。だがそんな物には当分お目にかかれるはずもない。あるのはただ目まぐるしく突進する緑の海原と、マストにぶつかり、風を切るロープの絶え間ない響きと、みぞおちをかき回される不快感だけだった。そして緑の海面は雲が太陽をさえぎってふくれ上がるにつれて、次第に濃い灰色に変わり始めていた。

午後になって、連中は舵を操ってみないかとベッキーを誘った。ベッキーは断った。「白い船」は夢だったが、現実がその夢を断ち切ってしまったのだ。

船室に小さな水洗便器があった。天井が低くてまっすぐ立てないような所だった。ベッキーは蓋を閉めて水を流し、その中身が曲がりくねったガラス管の中を勢いよく流れていくのを見た。海はベッキーの胃袋を空っぽにした。最初は食べ物、続いて粥状の物、最後にきらきら光る透明な、ねばねばした物が吐き出され、ベッキーの顎を伝わって滴り落ちた。彼女は口許を拭い、唾を吐き、水を流し、それからまた吐いて、しまいには胸の両脇が鈍く痛み出し、頭が波の衝撃に合わせて脈打つように思われた。隔壁の戸の向こうから話し声が聞こえたのを、彼女は後になって断片的に思い出した。ちょうど切れ切れに記憶に残っている夢のようなものだった。

「じゃ、やったらいいでしょう、船長、重さ二、三ポンドはかりの鎖を両足に巻きつけて、そうっと舷側から下ろしてやれば……」

その声は聞き覚えがあった。彼女に手を貸してくれた若者の声だった。その怒ったような尻上りの抑揚は彼女が聞いたことのないものだ。それはウェールズ訛《なま》りだった。

よく聞き取れない声がした。

「いったいあの子が何をしゃべるっていうんですか、ええ。何も知っちゃいないのに。ただのむっつりした小娘じゃないですか……」

「測定儀を用意しろ」船長が容赦のない声で言った。

「どうして分かってくれないんですか」

「測定儀を用意しろ……」

ベッキーは両腕に顔を伏せてうめいた。

ベッキーは寝棚まで行き着けなかった。彼女はぶざまに体を折り曲げてもう一度何とかして行こうとした。毛布が快い天国のように思われる。ベッキーはやっとの思いでその中にもぐり込んだ。ぐったりして、吐いた後の臭いが服に染みついているのも気にならなかった。そしてたちまち鮮明な夢に彩られた眠りに沈んで行った。キリストの顔、口をもぐもぐさせて叱りつけ、説教している、年とって干からびた獣そっくりのアントニー神父、朝焼けの空に浮かび上がる教会の塔と耳のような雨水受け。それから家の庭に咲く薄汚れた花、泣き叫んだり、ぶつぶつつぶやいたりしていた死ぬ前の母親、腰のまわりを取り巻く氷のように冷たい水、もやの中に消えて行く「白い船」。あらゆる些細《ささい》な事柄、心配事、悲しみ、慌てて逃げて行くイセエビ、タールのこびりついた小石、海の夜風の感触、もぎ取られ、奪い去られた大教理問答書。しまいにベッキーはさらに深い眠りへと引き込まれたが、その夢の中では船自らが彼女に語りかけるように思われた。その声はどっと押し寄せ、限りなく、それでいてサラサラと優しく、なぜか青と、ざわめく緑色を帯びているようだった。船は背中に乗せた小さな人間たちと、自分の勤め、海を疾走し、風と戦う自分の航海のことを語った。語るそばから風にさらわれ、再び闇に葬り去られ、失われてしまう重大な真実を語った。ベッキーは拳《こぶし》を握りしめ、身悶えした。そして目を覚まし、相変わらず船腹を叩き続ける波の音を聞いて、また眠った。

ベッキーは誰かにそっと肩を揺すられて目を覚ました。今度もまたベッキーは戸惑った。船の動きは止まっていた。船室にはランプが点され、左側の舷窓の外にもいくつか明かりがきらめいていた。その明かりが水に映って、窓からほんの数インチの所でゆらゆら揺れている。外からベッキーのよく知っている物音が聞こえて来た。索具が小刻みにマストにぶつかる音、夜の港の物音だ。ベッキーは物憂げに両脚を寝棚から下ろし、顔をこすった。そこがどこなのかは分からない。あえて聞く気もしなかった。

船室には食事の用意ができていた。米、エビ、マッシュルーム、卵などの入ったインド風の煮込み料理がたっぷり山盛りになっている。驚いたことにベッキーは腹がすいていた。彼女は例の若者と肩を並べて座った。彼は昼間ベッキーを弁護し、今にして思えば彼女の命を救ってくれたのだった。ベッキーは自分の皿に目を落としたまま、素速く機械的に食べた。まわりでは話し声が飛交い、彼女に注意を払う者はいない。ベッキーは忘れられているのを幸いに小さくなっていた。

連中は上陸する時、ベッキーも一緒に連れて行った。ボートの中ではベッキーもいくらか気楽にしていられた。一同は海に面した酒場に入った。そこはフランスだった。つぎつぎとワインの瓶が空にされ、しまいにベッキーの頭はまたぐるぐる回り出し、暖かいざわめきの中で様々な声や物音が一緒くたに混じり合った。彼女はウェールズ人の若者の膝に座って身をすり寄せ、やっと安心して、自分が関心を持たれていると感じていた。ベッキーはそこで、岩に埋まっている化石や自分の父親のこと、教会や水泳、危うく溺《おぼ》れかかったことなどを話して聞かせようとした。連中は笑いながら荒っぽく彼女の髪を撫でたが、理解してはいなかった。ワインがベッキーの喉元を伝ってセーターの中に流れ込んだ。彼女はみんなに笑い返し、ぐるぐる回るランプを見つめた。首はぐたっとうなだれ、目蓋《まぶた》がその黒いまつ毛に囲まれた茶色い目の上に重たく垂れ下がっていた。

「おーい、『白い船』……」

ベッキーは震えながら立っていた。ランプの光が水に映って細長く伸びていた。男たちが岸壁を千鳥足で歩く靴音が聞こえた。どこかで叫び声がした。ベッキーはいまだに、そこここに漂う異国の雰囲気にわくわくするような驚きを感じずにはいられなかった。船の群れの中から「白い船」が答えるかすかな声が聞こえ、艀《はしけ》が小さな水音を立てながら夜の闇の中から現れた。

ベッキーは相変わらず裸足だった。ボートの舳先を捕まえようと慌てて水辺に駆け下りると、刺すように冷たい水が彼女の足首を濡らした。

「気をつけな」デイヴィッドが言った。「一日に二度もベッドまで運んでやるのは御免だぜ……」

ベッキーは枕代わりの丸めた毛布に頭がぶつかるのを感じ、何やらぶつぶつつぶやき、にやりとした。それから物憂げにジーンズのベルトを押しやったが、すぐに諦め、そのまま眠り込んだ。

夢の中で、果てしない海原がサラサラ音を立てて滑るように飛び過ぎて行った。

ベッキーは暗闇の中でパッと目を覚ました。またもや出し抜かれたのだ。船は夜のうちにそっと港を出ていた。このうねりと横揺れ、この水音と弓の弦《つる》みたいに張り詰めたスピード感は外海に出ている証拠だ。

「白い船」も、その乗員たちも、決して眠ることがないのだ。

また人声が聞こえた。明かりがちらつき、ガラガラと帆を下ろす音と、何かが船の上を転がるようなきいきいという音がした。それから慌ただしい足音とドサリという重い響きが聞こえた。ベッキーは寝棚の中で、船室に背を向けて縮こまった。

「いや、眠っている……」

「心配はいりませんよ……」

ベッキーはひそかに笑った。その内緒の積み荷のどしんという響きや、瓶のぶつかる音がベッキーをにんまりさせた。もう何も恐れる必要はない。この連中は密輸業者なのだ。

目が覚めた時はだるくて、苛々した気分だった。しばらくの間、その苛立ちの原因が何なのか分からなかった。ベッキーはしぶしぶ自分の気持ちを分析してみた。それはベッキーにとってはやりつけない作業だった。彼女が「白い船」に対して抱いていた突拍子もない、空想的なイメージは間違っていなかった。にもかかわらず、彼女は裏切られたような気がした。直感的にそう感じていた。それから村の通りが、小さな黒ずんだ家々や教会が目に浮かんだ。神父が声を立てずに口をぱくぱくさせて責めたて、父親がむっつりした顔つきで、バックルのついた太いベルトの留め金をゆっくりと外す。自分はこういうものの許へ帰って行くのだ。それは逃れようがなかった。夢は終わったのだ。

ひっかかっていたのはそこだった。それこそまさしく苛立ちの原因であり、彼女が味わっている気分の本質にほかならなかった。彼女は「白い船」に乗っていながら、そこに属する人間ではなかった。ベッキーは不意に、「船」の連中がこうまであからさまにそれを教えてくれたことに対して、自分が腹を立てているのに気付いた。連中が彼女を打ちすえ、血を流すまで弄《もてあで》び、両足を縛り、深い緑の海にたたき込んでくれればよかったのだ。連中が何もしなかったのは、ベッキーが彼らにとっては何の価値もなかったからにすぎない。殺す必要さえなかったのだ。

ベッキーはまたもや食べ物を拒んだ。彼女は船長が不安げな眼差しで自分の方を見ているような気がした。だがそんなことにはお構いなしに、彼女は前と同じ場所に陣取り、お馴染みの太いマストにしがみついた。その日は素晴らしい好天だった。船は、風を一杯に孕《はら》んだ白い大きな三角帆の下で、風下の甲板排水孔が水につかるほど船体を傾け、大きく弾みながら海面を疾走していた。ベッキーはまた前日のように気分が悪くなればいいとさえ思った。あの無性に死にたいと願っていた時に戻りたかった。「白い船」の行く手にゆっくりとイギリスの海岸が姿を現した。

ベッキーの意識は今や真っ二つに分かれて、一方では航海がいつまでも続くことを願い、もう一方では破局にむかってまっしぐらに突き進み、さっさとすべてを終わらせてしまいたかった。次第に夕暮れが迫り、それから夜になった。闇の中に信号塔のかがり火が見えた。赤々と燃える針の先ほどの小さな点が、ゆらめき動いていた。そして別の塔がそれに答え、さらにその次の塔が答えた。あれはきっと自分のことを伝えているに違いない。荒野を越えて、入江伝いに、到る所に呼び掛けているのだ。ベッキーは唇を歪めた。彼女は生まれて初めて冷笑の味を知った。

海面を渡る風が冷たかった。

マストの前方に、帆の格納庫に通じるハッチがあった。ベッキーは中へ下りて行き、大きなソーセージのような形に巻いた帆布の上にうずくまった。隔壁の戸がわずかに開いてキーキー音を立て、その隙間から、船室のランプのちらちらする黄色い光が漏れている。そこにいると水音が一段と激しく聞こえた。ベッキーはむっつりとそのたぎりたつ水音に耳を傾けながら、いっそのこと船がどこかの暗礁に乗り上げて沈んでしまえばいいとさえ思った。隙間から漏れる光が、傾斜した壁の上を前にうしろに揺れている。ベッキーは半ば無意識に、壁のペンキをむしっては、その小さな脆《もろ》いかけらを手のひらで粉々にくずした。

壁の緩んだ板がベッキーの注意を引きつけた。

ランプの明かりで、木の壁の一部が、支えとなっている柱とわずかに違う揺れ方をしているのが見て取れた。ベッキーはにじり寄って、試しにそれを引っ張ってみた。それは小さな扉で、その向こうに腕を突っ込めるだけの空間があった。ベッキーは恐る恐る手探りし、油布の細長い包みを一つ引っ張り出した。それからまた一つ。同じものがまだたくさん、その二重の壁の中にぎっしり詰まっていた。小さな包みだ。時々ベッキーが村で買う黄燐《おうりん》マッチの箱とたいして変わらなかった。

ベッキーは衝動的に、その包みの一つをズボンのウエストバンドの中に押し込んだ。そして大急ぎで残りをまた見えない所へ戻し、その秘密の隠し場所を閉じると顔をしかめて座った。ベッキーはその小さな包みを撫で、それが自分の肌に触れて次第に暖まるのを感じた。物を盗む気になったのは生まれて初めてだ。たぶん何か「白い船」の一部と言える物が欲しかったのかもしれない。夜寝る時に手に持って思い出に耽《ふけ》ることのできる、大事に取っておけるような物が。

誰かうっかりした人間がいたのだ。

頭の上で声がして、甲板を歩く足音が聞こえた。ベッキーはうしろめたさを覚えながらハッチへとよじ登り、甲板に戻った。だがベッキーに注意を払う者はいない。前方に黒一色の黒ビロードのような海岸線が見えていた。ぼんやり浮かび上がる一対の岬と、長い石の突堤のまわりにかすかにきらめく波がベッキーの目に入った。不意に冷たい戦慄と共に、帰って来たのだという実感が込み上げた。

それから別の物、異端の品を目にしてベッキーは息を呑んだ。船室の中では機械が、今では堂々と剝き出しにされ、ブーンといううなりやカチカチという音をたてていたのだ。ピンク色にまたたく光の縞《しま》が数字の書かれた目盛りの上を動いていた。船がゆっくりと入江に近付くにつれて七尋《ひろ》、五、四、と水深を読み上げる単調な声が聞こえた。悪魔の船はこうして導く者もなく入江に滑り込んだ……。

船室の屋根に固定してあったボートが、水音高く海面に下ろされた。ベッキーは小さな服の包みをしっかり握ってボートに這い下りた。もう一つの包みが下ろされ、揺すぶられてチリンチリンと軽やかな音をたてた。それはベッキーの父親宛で、「船」からの贈り物だと伝えるように言い含められた。口止め料か、それともあいまいな脅しのつもりなのだろう。些細《ささい》な罪を白状することで、はるかに悪質な異端の罪をおおい隠そうというわけだ。船の連中は低い声でベッキーに別れの挨拶をした。ベッキーは機械的に手を振った。向き直ろうとする彼女の目に、はためきながら下りて行く三角帆がちらりと映った。ボートはゆっくりと岸に近付いていく。舵を取っていたのはウェールズ人の若者だ。ベッキーは船底に膝をつき、体をまっすぐ立てていた。ボートが突堤にドシンとぶつかり、ガリガリこすれて揺れた。ベッキーは素早く下りて駆け出した。彼女が崖下の小道にさしかかった時、若者が声を掛けた。闇の中でほっそりした影が立ち止まり、振り返った。

呼び止めはしたものの、若者は何を言えばいいのかよく分からない様子だった。「君、わかってるだろうね」彼はぎごちなく言った。「二度とこんなことしちゃいけないよ。いいかい、ベッキー」

「ええ」彼女は言った。「さよなら」それから向き直ってまた走り出し、坂になった小道を登り、小川にかかる橋を渡って家へと向かった。

洗濯場の屋根の上にいつも開けておく窓があった。ベッキーは持って来た包みを納屋に隠した。納屋の戸を閉める時、蝶番《ちょうつがい》がきしんだが、誰も目を覚ました様子はない。ベッキーは用心深く屋根によじ登り、暗闇の中を足音を忍ばせて自分の寝室へ戻った。ベッドに横たわると、まだ体がかすかに揺れているように感じられ、それが自分と下の入江に浮かぶ大きな船との間の、目に見えない絆のように思われた。眠りに落ちる寸前のもうろうとした意識の中で、ベッキーはズボンのウエストバンドから包みを取り出し、重ねた藁布団《わらぶとん》の間にしっかりと押し込んだ。

夜明けの光の中で、父親はまるで見知らぬ人間のように見えた。父親に聞かせたいような言い訳など一つもなく、何も言う気になれなかった。ベッキーの頭はまだ眠気でぼうっとしていた。彼女はまるで他人事のように、自分のズボンの留め金が外されるのを感じ、父親が両手でゆっくりとベルトをしごくのを聞いた。まだもうろうとした頭で、ベッキーは打たれてもそれほど痛い思いをすることはあるまいと考えていたが、それは間違いだった。苦痛は彼女の体を前にうしろに走り抜け、真っ赤な閃光《せんこう》となって目蓋の奥に突き刺った。彼女はベッドの手すりを握りしめ、死にたいと願いながら、これといった訳もなく、言葉で説明してもどうにもならないと感じていた。彼女の体はこの土地の岩と岩から、果てしなく広がる陰鬱な平原から生じたものであり、鞭は彼女の体にではなく、岬に、岩に、海に打ち下ろされているのだ。この寂寞として惨《みじ》めで、何の望みもなく、苦痛に満ちた土地を祓い清めているのだ。父親はようやく手を止めてくるりと背を向け、のろのろと戸口から出て行った。狭苦しい家の階下では、幼い子供は憎しみと恐怖を感じ取って泣き叫んでいた。ベッキーは、遠くで打ち寄せる波のささやきに耳を傾けるように、枕の上でわずかに頭を動かした。

ベッキーの指がそろそろと下がり、藁布団の中の包みをつかんだ。のろのろと、気のない様子で、彼女は結び目をつつき始めた。結び目を引っ掻いたり、引っ張ったりしていじり回しているうちに包みがほどけた。ベッキーは、自分が盲目で、物を触ったり撫で回したりして判断することしかできないと想像するのが好きだった。指がその小さな品物の上を恐る恐るさ迷い、そっと叩いたり、ひっくり返したりして、様々な材質の手触りや、暖かさと冷たさの具合を感じ取りながら、わびしげにそのちっぽけな異端の品の形を探り回った。この時初めて一粒の涙が片方の目から転がり落ち、一インチほどの所で止まった。茶色い肌の上に涙の跡が光った。

階段に重い足音を響かせながら神父がやって来た。父親が神父を押し退けるようにして入って来て、手荒く毛布で彼女の体をおおった。アントニー神父が話している間、彼女は手を見えないように体の横に隠していた。彼女は顔を伏せてじっと横たわり、まつ毛がその頬を撫でていた。何もせずにじっと耐えているのが一番無難だということはよく心得ていた。神父が座ってしゃべっている間に窓の外は暮れ始め、彼が引き上げた時にはほとんど真っ暗になっていた。

ベッキーは盗んだ品を持ち上げて頰ずりした。その異端の香り、ワックスと合成樹脂と真鍮《しんちゅう》の臭いが彼女の意識をかすかに戸惑わせた。彼女はもう一度、いとおしげにそれを握っていれば、海上をさ迷う「白い船」をいつでも思いのままに呼び寄せては、何度でも航海に連れ出しては再び送り届けてもらえるような気がした。

それからしばらく太陽が顔を出さない日が続き、ベッキーは崖の上に寝そべって、ヨットが滑るようにやって来てはまた去って行くのを見ていた。海という障壁が越えられることがわかった今、もっと大きな障壁が彼女を船から隔てていた。それは誰のせいでもない、自分自身の愚かさのせいだった。

ベッキーは一匹の大きな、青いイセエビを、苦しませながら殺した。その固い鎧《よろい》の薄膜におおわれた割れ目に爪を突き立てると、エビは悶え、のたうち回った。そしてそれをゆっくりと切り刻み、自分と世界を憎みながらそのむごたらしい無意味ないけにえを海にばらまいた。こんなことで彼女は自分のむなしさを紛らし、鉄灰色の午後の時間を遣り過ごしていた。いくつか悪いことも覚えた。夜こっそり抜け出して岩の上をうろつき、ささやかな快感と苦痛の満足を味わう。彼女はなげやりに自分の体を甘やかし、のらくらして過ごした。というのも「白い船」が勝手気ままにやって来て、甘い言葉で誘いかけておきながら、彼女が傷つこうとどうしようと一向に構わず、嘲りと共に元の世界へ投げ返したからだった。今彼女の目の前には、人生が果てしない檻《おり》のようにどこまでも続いていた。かつて約束されたという「変化」はいったいいつ来るのだろう、と彼女は自問した。あのジヨンという坊さんが見たという素晴らしい世界は。もっと別の「白い船」を、別の日々と希望をもたらすはずの「黄金時代」、ほかならぬ空気の荒々しい波が、しゃべったり歌ったりできるという時代は……。

彼女は漆黒の闇の中で、「白い船」の心臓をもてあそんだ。船のワイヤやコイル、弁の小さな管にさわった。

教会は真っ暗な中で冷え冷えとして静まり返り、小さな透し細工の仕切りの向こうから神父の重い息づかいが聞こえて来た。ベッキーは相手がしゃべり、何やらぶつぶつ唱えるのを聞き流して、ただ待っていた。その間中、例の品を持つ手を握りしめてはまたゆるめ、手のひらにはじっとりと汗がにじんでいた。

そしてついに避け難く、重苦しい瞬間がやって来た。バッキーは小さな機械を格子の方へ押しやり、相手が向こう側ではっと息を呑み、狼狽して後ずさるのを暗澹《あんたん》たる思いで待ち受けた。

アントニー神父の顔は言葉では表し難かった。


村は大騒ぎになった。様々な噂《うわさ》が飛び交い、村人は家々の間を右往左往して、通りを行進する兵士たちや大声で怒鳴る騎兵、将校たちを、ぽかんと口を開けて眺めた。工兵たちの必死の作業で崖の縁に沿って起重機の足場が組み立てられ、がっしりした梁に滑車が吊るされた。駐屯軍はここからダーノヴァリアに到るまで、厳重な警戒態勢を敷いた。この地方はかつて反乱を起こしたことがあり、指揮官たちは幸運を当てにするような真似はしなかった。無数の問い合わせや指示が飛び交い、五十カ所からの信号塔では、信号手たちが皮肉な表情を浮かべて腕木を操作し、緊急伝令は血みどろになるまで馬に拍車を入れて駆け回った。村には外出禁止令が出され、人々は家に追い返された。だが何をもってしても、密かなささやきや不安が広がるのを止めることはできなかった。異端が幽霊のように出没し、海の風にのって運ばれた。ついには一人の男が、ほかならぬあの修道士ジョンその人を見かけたという話が伝わった。ぼろぼろの衣装で、不気味な顔とうつろな目をして、崖のてっぺんをゆうゆうと歩いていたと言うのだ。騎兵の分遣隊が丘陵地帯をしらみ潰しに探したが、結局何も見つからなかった。宵の口から明け方まで、村のたった一本の通りに行進する兵士たちの重い足音が絶えず響き続けた。それからあたりはしんと静まり返り、待機が始まった。入江から吹き上げる風がハリエニシダの茂みをザワザワと揺らし、ごちゃごちゃかたまった家々の屋根の上でうなりを上げた。ベッキーはじっと横たわり、今にも最初のささやきが聞こえ、ついで上がる叫びが兵士たちを持ち場に着かせ、出番を待つ大砲を沖に向けさせるのではないかと耳をそばだてた。

ベッキーはうつ伏せになり、枕の上にもつれた髪が広がっていた。彼女は夜風の音を聞きながら、ゆっくりと両手を握りしめてはまたゆるめた。頭の中にはまだ、顔を真っ赤にした神父のどなり声や長ったらしい説教、どんとたたく音が響いているような気がする。むっつりした顔つきで彼女を睨みつけて立つ父親の前で、青い上衣を着た少佐は繰り返し質問し、探りを入れ、しつこく迫り、ついに問い詰められて訳がわからぬうちに聞かれたことをすべて認めると、その答えがまた新たな混乱を引き起こすといった具合だった。寄せては返す波の音が彼女の意識に入り込んで、考える力を鈍らせた。そして大砲が、懸命に引っ張るラバの後からごろごろと近づいて来る。でこぼこの地面を進む砲の架台車とそれを引っ張る前車［野砲牽引の二輪車。砲弾を積載］の凄まじい音響が家々の間に轟き渡り、ベッキーは思わず両手で耳をおおって叫んだ。やめて、何でもいいからとにかくやめて……。

連中は寄ってたかって、ベッキーをカラカラになるまで搾《しぼ》り上げた。彼女は、今まで誰にも話したことのない入江や、浜や、打ち寄せる波の音の秘密、不安や夢まで洗いざらいしゃべった。そのすべてを、彼らは石のように無表情に聞き、書記がせっせと書き取り、やがて丘の上の信号機がカタカタと鳴った。それからようやく連中は立ち去った。ベッキーは自分の家の、自分の部屋に一人残され、戸口には兵士が見張りに立ち、父親は下で悪態をつきながら酒をあおっていた。そして隣人たちは子供をつかまえてくどくど言い聞かせ、ベッキーや彼女の持っていた物のことを口にするたびに十字を切った。ベッキーは長い間そのまま横たわっていた。その間に少しずつ状況が見え始め、握りしめた両の手のひらには爪の跡がつき、熱い涙が絞り出すようにゆっくりと流れ落ちた。風が低いうなりを上げ、軒下でザワザワと音をたてる。その力強く、冷たく、絶え間ない風が、「白い船」を死へと押し進めているのだった。

「白い船」とのつながりが今ほど強く感じられたことはなかった。「船」の姿が、まるで悪夢を見るようにまざまざと目に浮かんだ。傾いた甲板に月の光が溢れ、ぼうっと浮き出た陸の影を背に、闇に染まった帆がほのかに光っている。ベッキーは必死になって海の彼方に心を送り出し、向きを変えて後戻りし、逃げるようにと懇願した。「白い船」はそれを聞いたが、何も答えなかった。「船」はベッキーの願いに耳を貸さず、そのまま猛然と進み続けた。

ベッキーは静かに起き上がった。そっと窓辺に近寄り、外を見渡した。外は明るく月明かりがごたごたした庭を照らし出している。通りでコツコツという足音が聞こえ、次第に遠ざかり、またしんと静まり返った。どこかで獲物を漁る夜の鳥の泣き声がし、ちぎれ雲が、手探りするようにゆっくりと月の光をさえぎった。

ベッキーは震えながら、そろそろと窓枠を動かした。体がひとりでによどみなく、音をたてずに動いて行った。前にも一度、まるで自分のものでないような奇妙な確かさ、冷静さに支配されて、体がひとりでによどみなく、音をたてずに動いて行った覚えがある。ベッキーは片足を用心深く納屋の屋根に乗せ、頭を下げて窓枠をくぐり抜けると、壁の陰の暗い地面にどさりと飛び降りた。そして静けさの中でじっと聞き耳を立てた。

さすがに法王の軍隊は抜かりがなかった。ベッキーは、庭の突き当たりに立つ歩哨《ほしょう》の姿を見るというよりもむしろ本能的に感じ取り、亡霊のように闇の中をすり抜けて、その兵士の外套《がいとう》に触れるほど近くまで忍び寄った。そして目の前が白くなり、何も見えなくなるほどじっと目を据えて、雲からゆっくり現れた月が再びおおい隠されるのを辛抱強く待った。ベッキーの目と鼻の先で若い兵士は欠伸《あくび》をし、マスケット銃を塀に立て掛けた。それから眠そうな声で何か叫び、ぶらぶらと十歩ばかり道路の方へ歩いて行った。

すかさずベッキーは塀を乗り越えた。足がしゃにむに動き、スカートが引っ掛かったが、すぐに外れた。ベッキーは足音を忍ばせて道を走った。今にも叫びが上がり、閃光《せんこう》と共に銃が発射されるのではないかと思われた。だが、そうはならなかった。

入江は銀色に広がっていた。ベッキーは慎重に、ワラビの茂みをかき分けながら這うように崖の縁へ出た。見下ろすと、二十ヤードほど下の浜に兵士たちが群がって、煙草を吸ったり、何やらしゃべったりしていた。パイプに火を付ける時も、兵士たちは用心深く海に背を向け、ほんのわずかな明かりも漏れないように外套でおおい隠す。ちょうど上げ潮で、波が突堤を越えて打ち寄せ、ごろごろした岩を洗っていた。月は今、遠い方の岬の上空に掛かり、乳白色のもやの中に、月光を浴びた岬がくっきり浮かび上がっていた。

　すぐ目の下に大砲が並んでいた。

　ベッキーは目を丸くしてそれを見下ろした。小山のようにどっしりして恐ろしげな六門の大砲が、海の彼方をねめつけていた。ベッキーは、大砲をそこに配置した巧妙さに舌を巻いた。弾は、大砲、散弾の別なく、海面とほとんど平行に発射され、広がり、こだまを引き起こしながら突進して行く。「白い船」が助かる見込みは全くなかった。「船」はまっすぐ大砲に向かって進んで来る。そこへ砲弾が浴びせられる。警告も、降伏もないし、いきなり轟音と共にオレンジ色の炎が閃《ひらめ》き、陸から飛んで来た弾が船を引き裂き、打ち砕く……。

　ベッキーは目をこらした。ぼんやりした空と海との境目に、小さな染みのようなものが見えた。じっと見ていると、その濃い灰色の染みは、一面ののっぺりした灰色の中で、ひょいひょい踊りながら執拗に行ったり来たりしていた。岸に向かって進んで来る帆の先端だった。

　ベッキーはまた走り出した。這ったり、飛び下りたりしながらがむしゃらに崖を下る。水音で動く気配がかき消されるように、流れに入り込み、その中を進んだ。それからうずくまり、崖の麓《ふもと》の様子をうかがった。兵士たちも「船」に気づいていた。黒い人影が慌ただしく動き出し、かすかなざわめきと共にいっせいに岸から離れて行く。水辺に駆け寄った兵士たちはてんでに沖を指差して目をこらし、夜間用望遠鏡を向けた。全員が大砲に背を向けていた。

考えている暇はなかった。ぐっと唾を飲み込んで、何とか胸の轟きを静めようとするのが精一杯だ。それからベッキーは脱兎《だっと》のごとく飛び出した。足で砂を蹴散らし、丸石や、砂に埋まった石につまずきながら、死に物狂いで走った。背後で叫び声があがり、銃声が轟き、士官がののしる声がした。ベッキーは飛び上がって横にそれ、地面に両膝を着いた。駆けて行く兵士たちの姿と抜き身の剣のきらめきが目に映った。一発銃声が轟いたが、どこか遠い、見当違いの方角だった。ベッキーはあえぎ、一番手前の大砲の傍らに仰向けに転がった。発射の煽《あお》りで火傷《やけど》するくらい何でもなかった。指が引き縄をつかみ、いとおしげに握りしめ、そして引いた。凄まじい炎が閃き、大音響がとどろいた。崖がパッと照らし出され、海上に閃光が走った。大砲は怒った生き物のようにぐいと後ずさった。今やずらりと並んだ大砲が次々と狂ったように発射され、砲弾が海面のあちこちでしゅうしゅう音をたてていた。大砲の響きは岬にこだまし、村中に轟き渡った。その音が、自分の部屋のベッドに寝ていた一人の娘の目を覚まさせた。娘はわざとらしく悲鳴を上げ、その声が夜の闇を裂いて荒々しく、高らかに響いた。

沖では「白い船」が大砲を嘲笑うように向きを変えた。

そして陸を尻目に走り去った。

第四旋律
ジョン修道士

工房は天井が低くて薄暗かった。明かりといえば、部屋の突き当たりに鉄格子のはまった、上部の丸い窓が二つあるきりだ。粗削《あらけず》りの切り石でできた壁の際に、石板がずらりと並べて立てかけてあった。部屋の片隅にはどっしりした大きな流しがあり、ごく素朴な作りの水道管と蛇口がついていた。その傍らには作業台が据えられている。そして部屋中に微かな癖のある臭い、濡れた砂特有のつんと鼻をつく臭いが漂っていた。

作業台で一人の男がせっせと働いていた。背が低くて小太りな、赤ら顔の男で、アドヘルム修道会のあずき色の衣《ころも》を着ている。修道士は手を動かしながら、歯の間で調子外れな口笛を鳴らしていた。その癖のおかげで、ジョン修道士の丸く剃《そ》り上げた頭に上司の小言が降ってきたことは一度や二度ではなかった。それでも、持って生まれた性格のようなものので、どうにも直らないのだ。

作業台の上には、長さ二フィート余り、厚さが四インチかそこいらの石灰石《せっかいせき》の板がのっていた。その横に銀色の砂が入った箱がいくつか並んでいる。ジョン修道士はその石板の表面を磨いているところだった。丸い鉄製の研磨機《けんまき》の窪《くぼ》みに一面に砂を振りかけてから、それを水と砂の混じったどろどろの液の上で器用に回転させて、石の表面をぐるぐると磨いて行く。これは骨が折れると同時に、かなりの熟練を要する仕事だった。磨いた後の石の表面に、ほんの少しでも歪みがあってはならないからである。時々、修道士は石に鋼《はがね》の直定規を当てて、窪みができていないかどうか確かめた。数時間後、仕事はほぼ完成に近づき、最も微妙な仕上げの段階にさしかかった。研磨機によって石目がくっきりと浮き出た表面には、歪みはもちろん、少しの傷もあってはならなかった。ちょっとでもでこぼこがあれば必ずアルブレヒト師［ドイツ姓。英語名だとオールブライト］に見つかってしまい、その結果どういうことになるか、ジョン修道士はよく心得ていた。この印刷主任は、ずだ袋から短いとじ針を取り出し、その先端で、石灰石の表面に深々と十字形を刻み込むのだ。後はジョンが勝手に、それが消えるまで、またせっせと磨くがいいというわけだ。実を言うと今も、このお偉いさんの不合格の印をやっと消し終わったところなのである。

　ジョンは蛇口に取り付けたホースを伸ばして、石を隅々まで念入りに洗い流した。それからもう一度でこぼこがないか確かめたが、まるで油気はなさそうに見える指も、一切石に触れないように、細心の注意を払った。ほんのわずかな油気も禁物だった。紙押さえの油の染みや、汗ばんだ手がちょっと触れただけで、もう台無しになってしまう。だから石版印刷部の修道士たちは、最も精巧な仕事をする時、石に息がかからないように麻のマスクを着けるほどなのである。

　万事、非の打ちどころがなかった。ジョンは相変わらず口笛を鳴らしながら、微妙な最後の仕上げに取りかかった。これには、粒の大きさによって何段階かに分けられた砂の、最も細かいものを使うのだ。そしてついに仕事は完成した。最後にもう一度、その美しいクリーム色の表面を念入りに点検し、再び洗い流した。石を壁に立てかけて、底や側面についた砂も奇麗《きれい》に落とす。それからジョンは息をきらして石を工房の反対側まで運び、厚い壁をくり抜いて作られた小さなエレベーターの台の上に、そっと慎重に置いた。その脇に下がっている引き綱を引くと、それに応えて上から微かなジャラジャラという音が聞こえ、彼の苦心の作はするすると引きあげられて見えなくなった。ジョンは道具を片付け始めた。砂の入った箱をそれぞれはり紙のついた棚に戻し、流しをごしごし洗う。床の排水溝が詰まって耳ざわりな音をたてた。ジョンは棒で突ついて、水が最後の一滴まで流れてしまうのを見届けると、薄暗い工房を後に、石を追ってらせん階段を登って行った。

石版印刷の主な仕事が行われている階上の工房は、研磨室とは打って変わって天井が高く、明るかった。背の高い窓からは、四月の明るい日の光を一杯に浴びた、なだらかにうねる丘と、ドーセットとサマセット〔ドーセット州と北西で接する州〕の境界地方の豊かな田園が見渡せた。部屋の一方の壁際には石板がうずたかく積まれ、もう一方の壁際にアルブレヒト師の仕事机が、その地位に相応《ふさわ》しい威厳をもって一段高い壇の上に据えられている。机のうしろにある所の向こうは、師のちっぽけな執務室だった。その小部屋は、請求書やら、送り状やら、受け取り証といったもので溢《あふ》れんばかりになっていた。そのとなりにあるもう一つの戸は、インクの貯蔵室に通じていた。そこには色とりどりの缶が、薄い松板の棚一杯にぎっしりと並べられていた。インク貯蔵室にも独特の、芳しい香りがたちこめている。

部屋の中央には二つの、磨き込まれた白木の長テーブルがあり、その上に、今制作中の作品の試し刷りが広げられていた。テーブルのまわりに、ここの部に配属された六人の見習い僧のうちの四人が座って、はさみで作品を切り抜く仕事に根気よく取り組んでいた。テーブルのうしろにも一段高い台があり、そこに印刷機が並んでいる。中でも、間をあけて壁際に置かれ、ピカピカに磨き上げられた三台は、アルブレヒト師の自慢の種であり、生《い》き甲斐《がい》とも言うべきものだった。

　機械の構造は単純だった。それぞれの台は、大きなレバーで印刷する高さまで持ち上げられ、木の把手《とって》のついたがっしりしたハンドルで前後に移動するようになっていた。台の上にまたがる鉄の枠が、なめし革に包まれたくさび形のローラーを支え、そこで圧力を調節した。台の向こう端に、真鍮《しんちゅう》のティムパン［円盤と印刷紙の間に入れて圧力を平均化する紙または布を張る枠］が、蝶番《ちょうつがい》で取り付けられ、縁にそって鉛のねじでぴんと張られていた。これがローラーから石を保護する役目を果たしていた。このティムパンが、ある時「思いがけない故障」を引き起こし、おかげでジョン修道士は著しく名を上げることになってしまった。それに使われているのは熊の脂《あぶら》だと称されていたが、ジョンはその成分に大いに疑いを抱いていた。気候が暖かくなると脂はひどい臭いを発する。繊細な鼻の持ち主であるジョンは悪臭というものに我慢がならなかったので、自ら買って出て、町のある車両修理工場で当世風の、鉱物性機械油を一缶手に入れ、印刷機に塗りたくった。それを知ったアルブレヒト師はかんかんに怒ったが、その後数週間というものジョンは特別いやな苦行をいろいろと課せられる羽目になった。機械油を取り除いてまた昔ながらの熊の脂を塗りつける仕事が、その少なからぬ部分を占めていた。ちびの修道士は、そういう事態で可能な限り、気高く苦行に甘んじたが、心密かに、万一自分が石版主任という恐れ多い地位にまで昇進することがあれば、あのいかがわしい代物《しろもの》を完全に自分の領分から追放してやろうと誓ったのだった。

印刷機の横にも流しがいくつかあり、そこが研磨室から上がってくるエレベーターの上の出口になっていた。その出口の脇に、アルブレヒト師も合格と認めたらしい先程の石が横向きに立てかけられ、一人の少年が、棒の先にボール紙をつけた旗のようなうちわを回しながら、それを乾かしている。壁には掛具が取り付けられ、けば立ってすべすべした革のインクローラーがずらりとかかっていた。その下にいくつかの石板が置いてあり、パレット代わりに使われていた。ジョウゼフ修道士がその石の一つに向かって仕事をしていた。薄色の髪をした見習い僧で、まだ頭は剃っていない。

部屋に入って来たジョン修道士はまだ口笛を吹いていた。その音が不意に途絶えた。まるでアルブレヒト師の火のような眼差《まなざ》しに出会ってたちまち焼き尽くされてしまったような塩梅《あんばい》だった。ジョンはそそくさと部屋を横切り、ジョウゼフ修道士がインクを伸ばしてそれをローラーに塗りたくる間、側でもどかしそうに待っていた。一番手近にある印刷機の台には石がのせられ、印刷するばかりになっていた。その脇にはすでに二色刷りされた紙が山積みになっている。ジョンは印刷機の傍らにあるバケツの水にスポンジを浸して石を軽く湿し、後へ下がった。入れ代わりにローラーを持った助手役のジョウゼフ修道士が進み出た。画像にインクが塗られている。最初はそっと、それからもっと強く。ジョンは紙を一枚取り上げ、絵筆の柄《え》にはめ込んだ針を二本突き刺した。これで紙は十字の整合マークの上に載った。それからティムパンを下げて押えつける。くさびに合わせて微調整、紙はすべり出てきた。ジョン修道士は版盤をゆるめて再びそれを戻すと、ティムパンを上げて、さらに慎重に刷られたものをとり上げ、図柄を光にかざした。画面には鮮やかな色が躍っていた。それは肉付きのいい田舎娘が大麦の束を抱えている絵で、「ハーヴェスターズ・エール。官許によるドーセット州シャーバーン、セント・アドヘルム修道院製造」の文字が入っていた。

正午を告げる鐘が鳴り、仕事はそこで切りになった。しばし沈黙の誓いから解放された修道士たちは、しゃべりながらぞろぞろと食堂へ向かった。ジョンとジョウゼフ修道士は食事を持って隅のテーブルに行き、さし向かいに座って、午後の作業の予定を話し合った。後になればまた声を出して話すことができなくなり、いちいち紙に書くのは面倒なばかりでなく、それも一種の誤魔化《ごまか》しと見なされて、あまりいい顔をされないのだ。

二時になり、修道士たちが工房へ戻ろうと腰をあげかけた時、一人の見習い僧が紙切れを手に近付いて来た。彼はジョンにその紙切れを渡した。ちびの修道士はそれを読み、頭をかいた。彼はジョウゼフ修道士にちらりと紙切れを示し、目玉をくるくる動かして、大げさに悲しみの表情をして見せた。彼は修道院長の御前《ごぜん》に召喚されたのである。彼は急ぎ足に歩きながら、自分が呼び出されて説明を求められる可能性のある一種の罪を、すべきことをしなかった罪も、してはならないことをした罪もひっくるめて、あれこれ思い巡らした。

修道院長の控えの間で半時間待たされても、ジョンの精神状態はさっぱり向上しなかった。彼は座りながらもじもじし、格子窓から差し込む光が窓格子の形を壁の上に再現しつつ少しずつ動いて行くのを落ち着きなく見守った。修道院の会計係トーマス師は、その彼に時々とがめるような冷たい視線を注いではいるが、また教団の記録が書き込まれた果てしない羊皮紙の山に目を落とし、歯の浮くような音をたててペンを走らせ続けた。二時半になって、ジョン修道士はようやく修道院長の許《もと》に呼び入れられた。

ここでもまた同じことがくり返されそうな気配だった。気もそぞろで、まっ赤な顔をして息を切らしているジョン修道士を尻目に、メレディス神父は延々ととじ込みの書類を読み続け、時折四角い眼鏡越しにちらりとジョンを見た。ジョンがこの「聖所」を訪れたのはほんの数回で、その時の記憶は概して楽しいものではなかった。彼の目はきょろきょろ動き、部屋のあちこちに見覚えのある物を見出した。修道院長の部屋は、セント・アドヘルム修道院の他の部屋ほど禁欲的ではなかった。手の込んだペルシャ模様のじゅうたんが床をおおい、一方の壁には一面に本が並び、片隅には地球儀があった。地球儀は、ブロンズでできた一群の優雅な「西風《ゼフィルス》」の像に支えられていた。革張りの机の上にも、本や書類がごちゃごちゃと山積みになっていた。そこには院長のタイプライターもあった。ばかでかい機械で、その土台の上の部分はコリント式の柱に囲まれ、その端は恐ろし気な鋳鉄のかぎづめになっていた。飾り戸棚の戸が半開きになり、酒の瓶がぎっしり並んだ棚が見えた。その上にルネサンス後期の「ピエタ」像がかかっている。一方メレディス院長の頭上には、スペイン製の不気味な、十字架にかけられたキリスト像があった。

　窓の外には、日の当たるのどかな丘が見えた。ジョン修道士は不安をかきたてるようなキリスト像から目をそらし、地平線を眺めた。何マイルも向こうをゆっくりうねり動いていく白い雲を見つめていると、知らない間に時がたった。メレディス神父がついに口を開き、ジョンはその声にいささかはっとして我に返った。「ジョン修道士」院長は言った。「少々……その……おもしろい話があるのだが」

　ジョンは微かな希望が沸き上がるのを覚えた。結局修道院長が彼を呼んだのは、もう忘れかけた何かの罪で自分を罰するためではなかったのかもしれない。ジョンは、そのぴくぴく動く眉では難しかったが、どうにかして好奇心と、自分の立場に相応しい敬虔《けいけん》なつつましさの入り交じった表情を浮かべた。その試みは一部効を奏したようだった。メレディス神父はじれったそうに指をぱちんと鳴らして言った。「ここでは口をきいてよろしい……」アドヘルム修道会は様々な職人から成る、規則の比較的ゆるやかな教団だった。日々の沈黙の行《ぎょう》がこの教団のほとんど唯一のきっちりした規則と言えたが、それは厳格に守られていた。

　ジョンはほっとして、ごくりと唾を飲み込んだ。「ありがとうございます、院長様……」彼は口ごもった。今のところまだ、言うべきことはほとんどなかった。

　メレディス神父はもう一度書類に目を走らせ、咳払いをした。どこか遠くから聞こえて来るような、羊を思わせる音だった。「さてと……そう。うちの教団に依頼が来ておるのだが、どうやら……つまりその……画家を一人派遣してくれということらしい。何のためかということはちょっとはっきりしない。わしにもまだよくわからないのだ。しかしまあ……言うなれば、外の空気を吸って来るというのも……悪いことではあるまいと思うが……」

ジョン修道士はつつましく頭を下げた。おそらく院長の最後の言葉はアルブレヒト師に関係がありそうだった。ジョンは例の熊の脂の件以来、アルブレヒト師とあまりしっくり行っていなかった。それに「画家」と言った時の院長の意味あり気な口ぶりも気になった。ジョンは、信仰の面では常に従順そのものだった。だが美術的な事柄となると、彼は始終「高慢」の罪に陥っていたのだ。「院長様のお心のままに……」と彼は小声で言った。

「ふふん」修道院長は辛辣《しんらつ》な調子で言った。そして今しばらく、眼鏡の縁の上からじっとジョンの様子を窺《うかが》った。彼はジョンの生い立ちをよく承知していた。ジョンは貧しい家の生まれだった。家は代々ダーノヴァリアの靴職人だった。ジョンは幼い頃からあまりこの家業に向きそうになかった。靴型に向かっていても、仕事台にこっそりチョークで絵を描いているのを見つけられることがしょっちゅうだった。たいてい自分の兄弟や小さな店にやって来る客の顔を素早くスケッチしたものだ。父親は一度ならず幅の広い革ひもを持ち出し、何とかしてこの不心得者から悪魔を叩き出し、少しでも天国の入る余地をこしらえようと骨折った。ところが、普段は至って気立てがよく、呑気《のんき》な丸ぽちゃの少年が、この点ばかりは思いの外強情だった。その手にチョークか鉛筆が握られていないことはほとんどない。チョークも鉛筆もない時は、炉の木炭や靴墨を使って描いた。彼の寝室の粗末な壁は、一面に彼の絵やでたらめななぐり書きでおおわれている。そして当然なすべき仕事はますますおろそかになる一方だった。この上は彼の好きなようにさせるよりほかに、方法はないように思われた。少なくとも、一家が役にも立たない口を養って行く必要はなくなる、と父親は考えたのである。この国でジョンの才能を生かせる道は一つしかなかった。ジョンは聖職を志し、十四の年に、家から二十マイル余りの所にあるセント・アドヘルム修道院［パーベック半島最南端の岬にあるノルマン・チャーチ。元はコーフ城の物見櫓］の見習い僧となった。

最初の数カ月間は、若い生徒とそれを教える教師たちの双方にとって試練の時だった。労働階級の子供として生まれたジョンは当然ながら読み書きを習ったことがなく、絵よりもまずこの点が問題になった。だがこの見習い僧も終いには、自分の本来の望みを達成したければ文字という関門をくぐりぬけるしかないと悟る。彼は汗水たらして本に取り組み、一年後、修道院の絵の教師、ピエトロ修道士の受け持つ授業に出ることを正式に許可された。

そこでもジョンは期待を裏切られる運命にあった。写生はさせてもらえず、若い学生は毎時間、飽き足らぬ思いで塑像《そぞう》を描いて過ごした。古美術を手本にした習作によってジョンの筆致は上達し、彼はそれまでの絵には欠けていた適度な統制を学んだが、それでもやはり物足りないものを感じていた。そうした彼の救いとなったのが石版印刷だった。もっとも最初は、その面倒な手間や、発明者ゼーネフェルダーの洗濯物の表［戯曲家アロイス・ゼーネフェルダー（一七七一―一八三四）がバヴァリア石灰石に書いたメモのこと。これがヒントになり、彼は一七九八年に石板印刷技術を開発した］に始まるその長い退屈な歴史の勉強が厭《いと》わしかった。ピエトロ修道士は彼に無理やりその歴史を暗記させたのだった。だが石版の持つ色合いや肌理《きめ》、その多彩な技法が、ジョンの中にひそむ職人の素質を目覚めさせた。高尚な芸術は滅多に要求されないかわりに、極めて世俗的な商業広告の分野で思う存分腕を振える楽しみがある。ジョンは仕事に精を出し、何年もの間、教団が製作しているあらゆる種類の瓶や包装のラベルを次々と新しく考案して行った。アルブレヒト師は彼を、天才ではないにしても、少なくとも第一級の職人と認めて、ほとんど彼の思い通りにやらせておいた。そして三十歳の誕生日を迎えるまでに、ジョンはその世界では有名になっていた。（彼は時々辛辣なユーモアをこめて、自らを「ソース瓶の巨匠」と呼んだ。）教会が利権を持つ産業は多方面にわたり、酒造りはその一つに過ぎない。そして次第に、独創的な人材を持たないよその醸造所や、他の製造業に携わる教団からも注文が舞い込むようになった。その結果アドヘルム修道会の金庫は大いに潤《うるお》い、おかげでジョンが時折起こす妙な気まぐれも、たいして文句も言われず大目に見られて来たのである。あの気短な石版印刷主任さえも、その例外ではない。ジョンはすぐれた下絵描きであり、思い通りにやらせておきさえすれば、熱心に仕事をした。アドヘルム修道会では常にこうした特質が、教義に対する盲目的服従や、およそ何の足しにもならない敬虔さよりも重んじられて来たのだ。それでもかつてはこうではなかった、かつては……。

ジョン修道士は上司の思考の流れに割り込んだ。「院長様、よろしければ……つまりそれがどういう風な仕事なのかご想像がおつきになりますか」

「いや全然」修道院長の素振りには何か隠しているようなところがあった。彼は机の上の書類をめくり、手当り次第に積み上げ、それからまた広げた。「わしに言えるのはこれだけだ。その仕事はかなりの長旅を伴うことになる。お前はデュブリス［ケント州ドーヴァ市のラテン語名］に行くのだ。向こうに着いたらルーダン神父の指示に従ってもらう。何カ月か向こうにいることになるだろう。恐らく開廷中ずっとだろう……その……『霊の平安裁判』のな、ヒエロニマス神父の下で開かれることになっておるのだ。言っておくが、この仕事は間違いなくかなり……その……重要なものだ。ローマから直々に依頼された任務を負うことになるのだからな」彼は再び咳払いし、どぎまぎした様子で尖筆《せんぴつ》［粘土板への筆記具］をもてあそんだ。「後世に残るような意義のある仕事なのだ」彼はぎこちなく言った。「これこそまさしく教会への奉仕というものだ。結局のところ、ビールのラベル作りよりはましではないかね。ええ……」

ジョン修道士は黙っていた。重苦しい思考の回路をとぼとぼと辿《たど》るのが常だったジョンの頭が、この時ばかりは猛烈に回転していた。この提案には良さそうな点もいろいろあった。メレディス神父が指摘した通り、外の空気が吸えるわけだ。しかも、春のさ中のイングランドの旅。ジョンが常に一年中で最も心を引かれる季節だ。それに、いずれにせよ、彼にはたいして選択の余地がないように思われた。もしアルブレヒト師が彼をしばらくよそへやりたいという意向なら、当然行かなければなるまい。自分の腕に対する誇りもあった。わざわざ選ばれたということは彼の名声の証拠だ。それは充分承知していた。しかし……「霊の平安裁判」のやることは穏当な良い結果をもたらした例しがないのだ。メレディス神父もそれを知らないはずはなかった。というのも、その裁判はかつてもう一つの名で呼ばれていたが、それは完全に教会の支配下にある悪評高い名だった。

「異端審問」という……。

ジョンは、騒々しい見物人の群れに交じって、オールドゲートからデュブリスの壮大な城の中に入った。彼の周囲には托鉢《たくはつ》僧や兵士、大きなバスケットとビールを携えて物見遊《ものみゆ》山《さん》に繰り出した町の人々、いっちょうらを着込んで闊歩《かっぽ》する男たち、スカートにしがみついて泣きわめく子供を連れた女たちがごった返していた。門をくぐったちびの修道士は思わず足を止めた。赤い衣を着た案内役の僧は、厳《いか》めしい装丁《そうてい》の本を重そうに抱え、押し合いへし合いする群衆の中でも頻《しき》りに足を踏み変えながら、じれったそうにジョンを待っていた。ジョンの前にはもう一つ塁壁《るいへき》が巡らされ、その上に陰鬱《いんうつ》な天守閣《ダンジャン》がそびえ立っていた。巨大な天守閣は空を背に、脅かすようにすぐ目の前に迫っている。外壁の中は、そこから「城 守 門《コンスタブルズ・ゲート》」に立つ大きな物見やぐらまでの間の湾曲した内庭が、そっくりそのまま市場になっていた。蒸気がもくもくと立ち登り、マレギスとカヴィオリスのオルガンの轟《とどろ》くような調べが絶え間なく鳴り響く。自動人形がぎくしゃくと動き回り、回転木馬では、金色に輝く肌もあらわなニンフたちがくるくる回り、けばけばしい色の馬や架空の獣が並んでいる。芸をする犬がやかましく吠えたて、肌の黒い男たちが口から炎を吐き、踊り子や手品師が身をくねらせる。そこにはありとあらゆる色情をそそる東洋の見世物が勢揃いしているように思われた。すぐ近くには脚立《きやたつ》とビールの木箱で即席の台が設けられ、棒術仕合いの男たちが、既に血に汚れて褐色になった板のあちこちで相手の頭を割っていた。ぴっちりした水色の布のズボンをはいたしなやかな身のこなしの少年たちが、細いハシバミの小枝で互いの脚を血がにじむまで打ち合ったりしていた。屋台の間を子供たちが駆け回っていた。女の子も男の子もいる。僧がいる。占い師がいる。引きまとめた長髪の先をタールで固めて首のうしろにちょこんと突き出した水夫が、豊かな胸を揺すって笑い声を上げる女たちと腕を組んで歩いて行く。至る所で法王の印の青が目につき、緋色《ひいろ》の衣をまとった「異端審問」の係官たちが様々な用向きで、人々の間を縫って忙し気に走り回っている。あたり一帯が騒々しい音と色の氾濫《はんらん》だった。天守閣の近くから一筋の煙が空高く登っていた。壮大な天守閣の上には、ヨハネ法王のコバルト色の旗と並んで、血の色をした「裁判所」の旗が翻《ひるがえ》っていた。

案内役の僧がジョンの袖をぐいと引いた。ジョンは、あたりの騒がしさに面食らいながら後に続いた。僧は群衆を押し分け、かき分けして道を開き、二人は内側の物見やぐらへと向かった。内側の城壁を背に、もう一つの見世物が展開されていた。屋根のない檻《おり》が一列に並び、一団の囚人が入れられていた。群衆がそのまわりを取り囲み、興奮してわめきたてていた。ジョンが思わず目を見張った時、一人の男がどうにかして見物人の一人から杖をもぎ取り、自分を責めさいなむ人々に打ちかかった。男の目には涙が溢れ、顎鬚《あごひげ》に泡のような唾《つば》が点々と飛び散っていた。その先では一人の老婆が、骨張った拳を振り上げて罵《ののし》っていた。

老婆の頭は石か何かで傷つけられたらしく、血が顔や首にあざやかな筋を作っていた。その隣では、髪の長い奇麗《きれい》な娘が平然と赤ん坊に乳を含ませていた。ジョンは心底からぞっとして顔を背け、案内役の僧のひらひらする衣を追って奥の中庭へとはいって行った。彼の任務については既に説明を受けていた。彼はヨハネ法王直属の「一般魔術摘発者」、ヒエロニマス神父によって進められる裁判の全過程を記録することになっていたのである。彼の仕事は被告の「尋問」から始まるはずだった。

そのための特別の部屋がほかならぬ天守閣の真下に設けられ、そこへ下りるらせん階段があった。ジョンは大広間を通り抜けた。その前後の壁には、来るべき裁判に備えて緋色の布が掛けられていた。奥まった所にある階段の下り口に、法王庁の青色の制服を着た男が一人、矛槍《ほこやり》の石突きを足許の敷石に敷かれた旗の上についてのんびり立っていた。ジョンの案内役が通ると、男はしゃちほこばって気を付けの姿勢を取った。案内役の僧は背を屈めて階段を下りた。サンダルが石の上でばたばたと音を立てた。ジョンは写生帳と、瓶や壺《つぼ》やらインク、絵具、絵筆、ペン、消しゴムなど画家の使う一切合財詰め込んだ手提《てさ》げ鞄をしっかり握りしめて後を追った。ちびの修道士は既に不安を覚え始め、びくびくする神経を何とか宥《なだ》めようと骨折った。

ジョンが辿り着いた部屋は縦も横も大きく、窓が一つもなかった。ただ片側の天井のすぐ下に一列に鉄格子が取り付けられ、そこから辛うじて、ぼんやりした光が扇形に差し込んでいる。部屋の向こうの端に石油ランプが灯され、その下に数人の人影がかたまっていた。黒い衣を着けた、がっしりした男たちが見えた。「裁判所」の標章である、「槌《つち》を振る う手と稲妻」がその胸を飾っていた。教戒師《きょうかいし》が一人、いろいろな道具をのせた盆の上にかがみ込んでぶつぶつ祈りを唱えていた。それらの道具が何に使われるものなのかジョンにはわからなかった。刺のついたローラー、奇妙な形の火のし、金属製のビーズでできた止《し》血帯《けったい》があった。さらにずらりと並んだその他の道具を見て、ジョンはその正体を悟り、慄《りつ》然《ぜん》とした。小さな折れ曲がった把手とぎざぎざの顎のついたちっぽけな枠、グレジョン、つまり親指締め［四人の指をはさむための道具。現実に十七世紀まで用いられていた］だ。ではこういう責め道具の話は本当だったのだ。すぐ近くにも粗末なテーブルのようなものがあって、両端に、レバーで操作する木製のローラーがついている。この使い道はもっとはっきりしていた。部屋の天井にはあちこちに滑車が取り付けられ、既に綱を通してぶら下げられているものもあった。火桶には真っ赤な火が燃え、その側に鉛でできた大きな重りのようなものが積んであった。

案内役の僧は、ジョンの側に立って小声で説明を続けた。彼は、宿から町を抜けて城へ来るまでの道すがら、この裁判についてジョンにあらかじめ説明しておく必要があると考えたのである。

「だからこんな風に考えればいいのだ。魔術や異端、悪魔の呼び出し、悪夢や魔女との交わりやそれに類する忌まわしい行為、あるいは悪魔そのものとの取り引きといったような罪は、肉体というより霊魂の罪、つまり『格別な罪』というわけだ。従ってそれを裁くことは不可能だし、法律に基づく通常の裁判によって証言を得るのも、そういう証言を認めるのも難しい。だからこそ、『尋問』の中の告白を主な決め手とする有罪判決を補うものとして、そうした実体のない証拠を認めて、それを受け入れることが、我々の裁判が役目を果たす上できわめて重要になるのだ。こう考えれば、我々が拷問《ごうもん》という方法を取る理由もわかるし、またそれが正しいと納得できるはずだ。罪を犯した者が死ねば、神の地上の代理者たる我がヨハネ法王を通して母なる教会に示された神の御計画を邪魔だてしようとする悪魔の意図をくじくことになる。また異端者は、悔悛《かいしゅん》して死ぬことで、更に大きな破壊の罪に立ち戻ることを免れ、結局は神の王国へ入ることができるのだからな」

ジョン修道士は、まるで痛い目に遭うのを予期しているように顔を歪めながら、思い切って質問した。「でも被告には告白の機会は与えられないのですか。『尋問』にかけられる前に告白すれば――」

「強制されない告白などは」相手はジョンの言葉をさえぎって言った。「ありえない。実体のない証拠に対して申し開きすることは不可能なのだから、その証拠を認めれば、定義上被告の潔白はないことになる」彼は我知らず、滑車とそこから下がっている綱に目をやった。「告白は」彼は言った。「偽りがあってはならない。心からのものでなければ、教会も神も共に、『尋問』の苦痛を逃れるためにでっち上げた告白などに用はない。我々の目的は救済することにある。我々の手に託されたこの哀れな人々の魂を、必要ならその肉体を打ち砕いてでも救済するのだ。これに比べたら、ほかのどんなことだって、風に吹かれる藁《わら》にしかすぎないのだ」

部屋の向こうで続いていた教戒師のつぶやきが不意に止んだ。ジョンの案内役は別に意味もなく、微かな笑いを浮かべた。「結構」彼は言った。「だいぶお待たせしたが、もうまもなく始まるだろう」

「いったい」ジョン修道士は言った。「何をやってたんです」

相手はいささか呆れた様子でジョンの方に向き直った。「何をやってたって」彼は言った。「きまってるじゃないか。『尋問』の道具のお清めだ……」

「しかし」ジョン修道士は当惑した時の癖で頭のてっぺんを撫でながら言った。「どうも腑《ふ》に落ちないのは、悪魔による受胎という点なんですが。もしあなたのおっしゃるように悪夢が、つまり男の姿を取った悪魔が実際にそのいけにえに子を孕《はら》ませることができるとしたらですよ、悪魔の惑わしという概念は意味がなくなるんじゃありませんか。サタンの手先による生命の創造というのはどう考えても――」

案内役の僧は目をきらきらさせ、即座にジョンに食って掛かった。「ぜひとも」と彼は言った。「はっきり理解しておくことだ。君の立場は危険だ。自分で思っているよりはるかにな。悪魔どもは性別のない存在で、生命を創造することなどできない。やつらの主人が神の前では何の力もないのと同じことだ。だがやつらは魔女として人間の男の種を受け、目に見えぬ姿でそれを運ぶのだ。こうすれば事は可能となる。また現にそれが起きているのだ、今にわかるが。私は異端者などではない」

「わかりました」ジョンは唇まで青ざめて言った。「どうかお許し願いたい、セバスチャン殿。我々アドヘルム教団の者は技術や手仕事が専門で、ただの職人の集まりに過ぎません。少なくとも私共のような地位の低い者は、そういった深遠な事柄にはうといもので……」
どこかでらっぱが華やかに吹き鳴らされた。その音は厚い壁にさえぎられ、くぐもって微かに聞こえた。

ジョン修道士はデュブリスの町を後に、生い茂った藪《やぶ》を縫って北へ向かう、轍《わだち》の刻まれた道を進んでいた。彼は目を地面に落とし、ぐったりと前屈みに鞍《くら》の上に座っていた。今では薄汚れて裾《すそ》の擦り切れた赤い衣が、土埃にまみれて彼のふくらはぎのまわりではためいていた。手綱《たづな》は緩んで垂れ下がり、馬は右へ寄ったり左へ寄ったりしながら好き勝手に歩いていた。全く足を止めてしまうこともしばしばだったが、ジョンは駆り立てようともしない。彼はじっと下を見つめたままだった。一度だけ彼は顔を上げ、虚《うつ》ろな眼差しを地平線に向けた。その顔はかつての赤味を失い、かわりに、死人の顔色にも似た灰色がかった輝きを帯びていた。まるで熱病にでもかかっているように、彼は時折激しく身を震わせた。体はすっかり肉が落ちて、以前はぴんと張っていた腰ひもが、だらりと腰のまわりに垂れている。道具を入れた鞄はまだ鞍がしらにぶら下がっていたが、写生帳はなかった。もしセバスチャン修道士の言葉通りなら、既に特使によってローマに運ばれる途中のはずだった。あの審問官［セバスチャン修道士］は、別れ際にジョンの仕事ぶりとその出来映えを褒《ほ》め、審問がケントにおける悪魔の企てに計り知れない打撃を与えたことを指摘して、ジョンを元気づけようとしたが、ジョンは何の反応も示さなかった。修道士はそのままジョンと別れたが、一、二度ちらりと振り返って、その魂を詮索せずにはいられなかった。というのも、数週間行動を共にするうちに、彼はほかならぬジョン修道士の心のどこかに異端がくすぶっていることを確信するようになったからである。ヒエロニマス神父にこの問題を持ちかけようという気になったこともあったが、そんなことをすればどんなはね返りが来るか分からなかった。アドヘルム修道会は、ジョン自身がいささか学識に欠けると言っていたにもかかわらず、国内ではかなり重んじられ、一目置かれている教団だった。それに、何と言ってもこの絵描きはローマからの任務を担っているのだ。セバスチャン修道士は教義の遂行のために、たゆまぬ努力を尽くす熱狂的な信仰の持ち主だったが、時にはどんな信仰の篤《あつ》い人間でも見て見ぬ振りをする方が賢明だと感じる場合があるものだ……。

農家の荷馬車が一台、白っぽい、土埃をもうもうと舞い上げてガラガラ通り過ぎて行った。ジョンの馬が大きく跳ねた。修道士は軽く馬を叱りつけたが、上の空だった。彼の頭脳の奥深くに走る幾筋もの回路では、まだ様々な音がこだましていた。荒れ狂う海の耳をつんざく咆哮《ほうこう》にも似て、強まったり弱まったりするざわめき、地獄落ちを宣告された者の、死にかけている者の、そして死者の叫び。シューシューと音を立てる火桶《ひおけ》、ズシリと肉に食い込む鞭、革と木の擦れるギシギシという音、機械が神の創造物を壊れるまで痛め付ける時の、筋肉のきしみとうめき。ジョンはそのすべてを見た。胸のまわりに押し付けられる白熱したやっとこ、煙を上げながら口の中に突っ込まれる焼き金、煮えたぎる鉛を縁まで満たした半長靴、熱せられた椅子、その座席には刺が植え込まれ、この上で犠牲者をはね回らせておいて、股に鉛の重しを積み上げる……。予備の質問《テリティオ》、正規の質問、追加の質問。押し潰しの刑に吊るしの刑《ストラパードゥ》、拷問台とさるぐつわ。拷問係は肌脱ぎになって汗をかき、偉大な、気違いじみた裁判官は壇上で、発作のように泡を吹く者たちから次々と有罪決定の材料を聞き出して行く……。疲れを知らぬ手捌《てさば》きで鉛筆と絵筆が、紙に襲いかかり、忠実に記録する。セバスチャン修道士は、脇に立って眉をしかめ、時折下唇を引っ張ったり、首を振ったりしながらその様子に見入っていた。ジョンの手はひとりでに動いてページを剝ぎ取り、インクや絵具の液に伸びてそれを引っつかむように思われた。そうするうちに絵は見る見る奥行きを増し、真に迫ったものとなった。強烈な側光を受けて、苦痛の絶頂に膨らみ、うねる体を薄い膜のように覆う汗、重しと滑車によって関節が外れた手、拷問台で破裂した腹、床に流れ落ちて木の形に広がって行く鮮やかな血潮、といったものが次から次へと描き出された。絵描きはまるでその臭気やその汚らしさ、果てはその音までも、何とかして紙の上に写し取ろうとしているように見えた。セバスチャン修道士は我にもなく感銘を受けたが、終いには力ずくでジョンをその場から引っ張り出した。だがジョンに描くのを止めさせることはできなかった。ジョンは、城を二重に取り巻く城壁の間の庭で、四頭のサファク産の農耕馬によって四つ裂きにされた妖術使いの男を描き、タールの詰まった小さな樽《たる》に座し、松明《たいまつ》が持って来られるのを待つ運の尽きた男やもめを描き、やがて炎が衰えた後に残った気味の悪い物を描いた。「魔女は生かしておいてはいけないのだ」

別れ際にセバスチャンは言った。「いいかね、君。魔女は生かしておいてはいけないのだ……」ジョンの唇が動き、声を立てずにその言葉を繰り返した。

　デュブリスからわずか五、六マイルの所でもう夜になった。ジョンは暗闇の中でどうにか鞍から降りると、馬をつなぎ、小川へ水を汲みに行った。流れの中に、彼は絵筆と絵具の入った鞄を落とした。彼は長い間そこに立って川を見つめていた。といってもあたりはもう真っ暗で、それが漂って行く所は見えなかった。

　ジョンはこの調子で旅を続け、帰り着くまでに何週間もかかった。彼は時折、間違った分かれ道に迷い込んだ。時折人々が彼に食物を恵んでくれた。すると彼は祝福を与え、そして泣いた。一度は追い剝ぎに囲まれたが、追い剝ぎどもは彼の血の気のない唇と据わった目を見ると、手を出さずに引き上げた。ジョンが悪魔か疫病《えきびょう》にでも取り付かれているのではないかと恐れたのである。ジョンは何マイルも道を外れて、ブランドファド・フォーラム［ストゥール河畔の市場町］からようやくドーセットに入った。彼はしばらくの間、曲がりくねって西へ流れるフルーム川伝いに進み、ダーノヴァリアの先で北に向きを変えてシャーバーンへと向かった。誰かがジョンの赤い僧衣に気づいて彼を正しい道に連れ戻し、ずだ袋にパンを詰め込んでくれたが、ジョンはそれを食べようともしなかった。七月の半ばにジョンは修道会に辿り着いた。門の前で、彼はぼろを纏《まと》った一人の子供に自分の馬をやってしまった。肝を潰した修道院長はジョンを病室に閉じ込めさせ、直ちに馬を取り戻すべく手を打ったが、馬はもう影も形もなかった。ジョンは修道院の庭に咲いたツリウキソウ、ベゴニア、バラといった夏の花で飾られた部屋に横たわり、壁の上を移り行く日差しや、青空に浮かぶ羊の毛のようにふわふわした白い雲を見つめながら日を送っていた。彼が口をきいたのは一度きりで、相手はジョウゼフ修道士だった。ジョンは起き上がって背を真っ直ぐに頭板にもたせかけ、おびえた異様な目をして若者の手首をぎゅっとつかんだ。「私はあれを楽しんだのだよ」彼はささやいた。「神よ、聖者よ、お守り下さい。私はあの仕事を楽しんだのだ……」ジョウゼフは何とか彼を宥《なだ》めようとしたが無駄だった。

ジョンが起き上がって自分で身支度できるようになるまでに一カ月かかった。彼はほとんど物を食べていなかった。今ではがりがりに痩せ細り、目は熱っぽい光を帯びていた。ジョンは石版印刷機に向かって仕事を始めた。アルブレヒト師が止めたが、彼は耳を貸さなかった。彼は一日中、昼の休憩の間も、夕食と晩禱《ばんとう》の鐘の鳴る間も、休まず働き続けた。夜、月光の下でまだ働いている彼の姿があった。もう暗くて見えない石にインクを塗り、余分のインクを拭い、紙押さえ《ティムパン》を下ろし、力を込めてハンドルを回し、版盤を下げ、インクを塗り、紙押さえを下ろし……。ジョウゼフ修道士はしばらくの間そばに残り、薄闇の中に縮こまってじっとジョンを見守っていた。その彼もやがて、自分には理解できないものに恐れをなして立ち去った。

ジョンがためらうように苦行の手を止めたのはもう明け方だった。わずかに前屈みに立つ彼の姿が、月光の中に黒く浮かび上がった。彼はじっと耳をすました。その顔は、人間の耳には聞こえない何かの音のこだまを聞き取ろうとでもするように歪んでいた。彼の喉からすすり泣きが漏れた。彼は酔っぱらいのようによろよろと部屋の中央に進み出たかと思うと、いきなり両手を広げてうつぶせに倒れた。その頭上で、屋根の明かり取りが一陣の風にガタガタと鳴った。彼は起き直り、今聞こえたような気がした音を捜し求めて辺りを見回し、きき耳をたてた。彼が初めて亡霊もしくは幻覚を見たのはこの時だった。それは死ぬまで彼につきまとった。それはまず、真夜中に誰かが太鼓を打ちながら広大な土地を駆け抜けて行くような、ドンドンというせわしない響きで始まった。部屋は暗くなり、次いで燃え上がるように明るくなった。ジョンはわけのわからぬことを口走りながら顔をかきむしり、祈ろうとした。

デュブリスでジョンは一人の田舎娘を見た。奇麗な娘だったが、実に奇怪かつ忌まわしいことに、その罪は夢魔との交わりだった。審問官たちは結局その娘を放免したが、帰す前にその片手の指を全部切り取り、布に包んで持たせてやったのである。ジョン修道士は今また、月の光の中にはっきりとその娘を見た。彼女はひどい仕打ちに哀れな泣き声を上げながら部屋を横切って行った。そしてその後に、恐ろしいものがぞろぞろと群れをなして続いた。切断された手足、切り落とされた首、刑車で引き裂かれ、あるいは熱い鉄の椅子で突き刺され、焼けこげた体。その群の中から悲鳴が、慟哭《どうこく》が、牛の亡霊にも似たうなりが、死んだ鳥のさえずりが、叫びが、訴えが上がった……。汗がジョンの顔をしたたり落ちた。彼のまわりにはまばゆい光がみなぎり、印刷機のハンドルが黒い輻《や》のついた太陽さながらに一斉にぐるぐる回り出すように思われた。雷鳴と得体の知れないガラガラという響きが彼を襲った。彼の眼の玉がでんぐり返り、白眼が剝き出しになった。彼は拳で床をドンドン叩き、叫び声を上げげ、それから静かになった。

朝になって修道士たちはジョンが自室にいないのに気付き、工房を捜した。それから修道院の建物全体を、次いで庭を隈なく捜し回ったが無駄だった。ジョン修道士は姿を消した。それから修ロンディニアムの大司教、枢機卿《すうき》猊下《けいげいか》は重々しい溜息をついて顎を撫で、欠伸《あくび》をした。それから机を離れ、部屋を一回りしようと大司教館の庭を見下ろす窓に向かって歩き出した。彼は両手を後に組んで顎を胸に埋め、しばし窓辺にたたずんだ。庭は今、色とりどりの花で一杯だった。ユリ、ヒエンソウ、それに一番新しいマクレディ種のバラもあった。枢機卿はあらゆる世俗のぜいたくに目がなかった。彼は何ということなしに見事な花壇と、その向こうのいけすに目をやった。いけすでは長年大きな鯉《こい》が飼われ、鈴を振って合図すると水面に姿を現した。更にその先には曲がりくねった敷石の小道のついた薬草園があり、その突き当たりに外との境の塀があった。塀の向こうには、窓がずらりと並んだ平らな、陰気くさい石壁がそびえ立っていた。信号専門学校の監獄めいた建物だった。迷路のように入り組んだロンディニアムの街の騒音が、書斎まで微かに聞こえて来た。物売りの叫び声、荷馬車の車輪のたてるやかましい音、どこからか響いて来る鐘の音。枢機卿は無意識にそうした物音を聞き取った。彼は口をすぼめ、自らの込み入った、あまり楽しいとは言えない思考の過程を辿り続けた。

彼はゆっくりと机に戻った。机の上の開かれた綴じ込みから書類が溢れ出していた。彼は顔をしかめてそのうちの一枚を取り上げた。堅苦しい書き出しと、一層堅苦しい書きぶりの裏に、一人の敬虔で、誠実な男の憤りがありありと見て取れた。

猊下
　恐れながらここに、あるきわめて悪質な、驚くべき件について御報告申し上げることをお許し下さい。キリストの御名にかけて、我が教区の民はひどい苦痛、苦悩、忌まわしい侮辱に見舞われております。貧しい者、病弱な者の別なく、また年老いた者も、無知なる者も……いたいけな幼児やもうろくした老人、腹に子を宿した母親……娘や息子と共にある両親の上にも、妻と共にある夫の上にも情け容赦なく襲いかかるのです。猊下、私はかような不正、かような恐怖が――

枢機卿はラテン語の奔流の中に間違いを見つけた。彼は機械的に赤い万年筆を取り上げると、気難しげにそれを削除した。

――恐怖が我が忠実な、伝統ある、そして何の罪もない街にもたらされるのを目前にして、もはやこれ以上口をつぐんでいることはできません。この罪無き者や愚かな者、教会に従い、神の説かれる愛と、慈悲と教えと……この廾人、この良俗を踏みにじる男と彼のいわゆる霊の裁判は……

枢機卿はページをめくり、署名を見て頭を振った。デュブリスのルーダン司教は大胆だが愚かな男だ。仮にこの手紙が然るべき人間の手に渡れば、もうそれだけで、ルーダン司教がこれほど熱心に糾弾しているあの責め道具「グレジョン」による幕間劇に、司教自身が引っ張り出される羽目になることは間違いないのだ。この手紙は異端の臭いがぷんぷんしている……。枢機卿は指先で注意深くその文書をつまみ上げ、綴じ込みの中に戻した。それから彼はもう一つの、もっと簡潔で、要領を得た手紙を取り上げた。ダーノヴァリアに駐屯《ちゅうとん》する守備隊の指揮官からの手紙だった。

……人々の間でジョン修道士として知られるその背教者は、依然として我が軍の手を逃れ続けております。間違いなくその男や、それに従う者たちの教えの影響と見られる暴動が、最近シャーバーン、スターミンスター・ニュートン、シャフツベリ、ブランドファド・フォーラム、それにほかならぬダーノヴァリアの各地で発生しました。民衆は、その男がくり返し我が軍の手を逃れていることを、何か奇跡的な力の介在によるものと信じており、日ましに手に負えなくなって来ております。暴徒たちが潜んでいると目されるビーミンスター［ドーセット州西方の町］からヨーヴィル［ドーセットの隣州サマセット州の市］に至る一帯の捜索のため、どうかさらに騎兵中隊を、最低四百の歩兵及び武器その他と共に御投入くださいますようお願い申し上げます。暴徒の数は目下五十名から百名の間と見られ、武装も整い、その辺りの地形に精通しております。通常の接近方法で彼らを追い詰めんとする試みは再三徒労に終わり……。

枢機卿は苛立たしげに手紙を手から落とした。このほかに、さらに十数通の同様な手紙が舞い込み、彼自身による正式な破門状の発行を促していたのだった。ジョン修道士に宣告が下されたのは六カ月前のことだった。だが教会が破門し、その結果ジョン修道士の魂が永劫の罪に落ちると決まっても、ほとんど効果はないように思われた。実際、彼に従う者たちの熱狂の度合いはその程度のことで収まるものではなかった。白昼に二十四騎の分遣隊が襲撃されて全滅し、その武器と装備が奪われた。ローマの竜騎兵の隊長が襲われ、さんざんに打ちのめされたあげく、ダーノヴァリアに送り返された。だく足で走る馬の背に乗せられたその男のチュニックには、無礼な手紙がピンで留めてあった。ウッドヘンジ［ウィルトシア州のストーンヘンジにある環状木柱群］とバトベリ・リングズ［鉄器時代の環状の砦。ローマ時代も使われた］では法王の人形が焼かれた。枢機卿は殉教《じゅんきょう》につきものの危険をいやというほど承知しており、不安だった。彼はジョンを全く無視して、この不愉快な出来事が自然に収まってしまうまで放っておきたい気持ちだったが、何らかの手を打つことを迫られていた。

枢機卿は簡単な謀叛人《むほんにん》の経歴が記された書類に目を向けた。それは彼の要請で、やけにもの静かなアドヘルム会修道士によってロンディニアムに届けられたものだった。枢機卿は腹いせに、その男の切り取った両耳を皿に載せて、メレディス神父に送り返してやりたい気がした。そもそもいまいましい修道士たちをこれほど手に負えなくなるまで放っておいたのが悪いのだ。アドヘルム修道会は、明らかに自らの責任によるものではなかったが、瞬《またた》く間《ま》に新しい、不穏な民衆運動の中心に祭りあげられていた。再燃した英国国教主義の運動はこうした昔の崇拝の名残りを利用していた。というのもほかならぬ聖アドヘルムこそ、征服者ノルマン人たちの後を追ってぞろぞろやって来た僧たちが、ブリテン島をローマの支配下に取り戻すより何世紀も前に、この国のかなりの部分をキリスト教に改宗させた人物ではなかったか［聖アドヘルム（六三九—七〇九）。シャーバーン司教。マームズベリ僧院長。死後、聖別］。教会がいかに熱心に否定しようとしても、英国国教派の存在は歴史的事実であり、今でもそれを証明することはできるのだ。また、ヘンリー八世によるカトリック教の宗規の廃止とエリザベス一世の破門の間に何年も経過したが、その間英国の教会は、ローマの教会と共に神の恩寵《おんちょう》の下にあるとされていたのだろう。おそらく誤魔化《ごまか》しの論法なのだろうが、概して神学の微妙な点の知識に欠ける国民の間に広まるに任せておくのは危険な概念だった。教会の昔ながらの「服従し、崇拝せよ」のスローガンではもはや充分ではなかった。人々は再び独自の宗教体制を設立する望みを抱き始めていた。ジョンやそれに類する人物は、その頂点に据えるのにうってつけだった。

　では背教者は先の「霊の平安裁判」の法廷に出ていたわけだ。それが今度のばかげた出来事の発端となったことは明らかだ。とうに暗記している事実を読み返しながら枢機卿は思った。彼は首を振った。一体どう説明すればいいのだ。ルーダンのような実際的な男の怒りをどうやって宥めればいいのだ。政治論で押し通す？ 枢機卿はうんざりしたように肩をすくめた。歴史始まって以来、この第二のローマ［この小説ではローマ法王庁。現実の歴史では「神聖ローマ帝国」で、十五世紀以降の皇帝はハプスブルク家出身］ほどの権力が存在した例《ためし》はなかった。地球という一つの惑星の半分をその両手に収め、手玉に取り、ある力と別の力の均衡を保ち、それはもうほとんど人間の理知の及ぶ範囲を越えていた……。各国民の憤激は荒れ狂う海さながらで、麦藁《むぎわら》で抑えようとするのは無理な相談だった。かつて英国国教主義がこの国を引き裂いたことがあった。その経過は、書斎の壁に並んだ膨大な本の中にすっかり記録されている。その時英国は、コーンウォールの爪先からペナイン山脈［イングランド北部を南北に貫く山脈でこの地方の河川の水源］の背骨に到るまで、全身、異端者の火《オー》あぶり《ト＝ダ＝フェ》の炎に赤々と輝いたのだった。じきに過ぎ去り、ほとんど同じくらいじきに忘れられてしまう些《さ》細《さい》な苦痛、些細な流血がそれを帳消しにしたのだ。それと、教会の偉大な知恵とを。

　ほんのちょっとやり過ぎたのだ、と枢機卿はしみじみ思った。「愛の王国」という餌《えさ》で誘う代わりに使われた家畜の突き棒、地獄の業火という脅威……。ヒエロニマス神父が狂人であることは疑いないが、これまでは役に立って来たのだ。だが今回は、彼の血みどろの見世物が、今にも英国中を巻き込みかねない騒動の引き金を引くことになった。情け容赦のない、驚くべき考えがロンディニアムの大司教の頭を駆け巡った。彼は再び立ち上がり、じっと考え込みながら、その主要な生き甲斐ともいえる庭園を見下ろした。そのバラが侵入者の足で踏み潰され、ユリが血まみれの土の上で踏みにじられる光景が目に浮かんだ風情だ。家は打ち壊されて燃え上がり、地下の酒蔵は無残に荒らされ、食器室と調理場、書斎と書庫は炎に包まれている。ヒエロニマス神父も、アドヘルム修道会もくたばるがいい。そしてとりわけいまいましいのがジョン修道士だ……。枢機卿はその地位の性質上、聖職者であると同時に経済や政治にも通じていた。冷笑的な気分の時には、教会という巨大な織物全体が光り輝く毛布のように広がり、金襴《きんらん》の掛け布団よろしく一人の巨人の体をおおっているような気がした。その巨人が時折、その浅い眠りの中で身動きしてぶつぶつ言い、寝返りを打つのだ。今度もそれだった。巨人が目を覚ます時もそう遠くはないだろう。

枢機卿は決然とそんな考えを脇へ押しやり、机に戻ると、引き出しから、昨日午前中の大半をかけて書記に口述した公文書を取り出した。

元アドヘルム教団所属、ジョン修道士として知られ、教会がその肉体に破門を宣告し、その魂を永遠の火の中に投げ落とした異端者が、神の御意志と、この国における神の真の教会を愚弄し続けているが故に、この厳粛なる通告と警告とを伝えることが我が務めと心得るものである。

かの異端者もしくはその一党を一人でも匿《かくま》いたる者、また食糧、飲料、武器、弾薬及びそれに類する糧食等を供給したる者。

ジョン修道士もしくはその一党の手になる手紙、声明文その他のものを所持、あるいは神の栄光に対するサタンの企てを助長するその種の小冊子等の配布を図ったことが発覚したる者。

　前述の異端者もしくはその一党の所在に関する情報を隠匿《いんとく》したる者、またその者たちの開く会合、秘密祭、あるいは宣伝集会等に出席しながら、それから一日以内に、その神に背く行為を、それに関して知る一切の事柄と共に僧侶、守備隊長もしくは警察官に申告せざる者。

　以上の者は神の目から見て憎むべき者として、破門を宣告される。その者は、治安判事もしくは教会による裁判の手間を経ずして直ちに有罪が決定され、その四つ裂きにされ、塩とタールを塗られた体は、同様に神と神の教会の教えに背く他の異端者への警告、みせしめとなるに相応《ふさわ》しい方法で晒《さら》される。

　それに加えて、次の布告をするものである。

　生死にかかわらず、ジョン修道士もしくはその一党の捕獲に役立つ新たな情報に対して金貨二十五ポンド。

　ジョン修道士一党の捕獲に対して、その生死にかかわらず、金貨二百ポンド。この報奨金については、異端者の身柄、あるいはその死を証明しうる確かな証拠と引き換えに、ランベスの大司教官邸において支払われるものとする。

　キリスト紀元一九八五年、六月二十一日、自筆署名にて作成。

枢機卿はようやく、あまり気が進まない様子でうなずいた。教会としては年季の入った聖者が一人か二人、喉から手が出るほど欲しいところだった。ジョンはむざむざと葬り去るには惜しい第一級の男だった。枢機卿は肩をすくめ、秘書に私印を持って来るように言いつけた。

歩兵隊は小さな谷の奥に半円形に展開していた。それとは別に、崖のごつごつした岩の間にも、兵士たちの鮮やかな青の制服が並んでいる。崖の頂きのすぐ下にいくつかの洞穴が口を開けていた。そこから時折パッと煙が上がる。数の上ではるかに優勢な寄せ手に包囲された連中の、やみくもな反撃が続いていた。二百ヤードほど離れた所から小型砲がその要塞を狙っていた。大砲のまわりには岩で即席の半月堡《はんげつほ》が築かれ、その急造の防壁で、兵士たちが汗だくになって砲架の車輪を梃《てこ》で持ち上げる作業に取り組んでいた。車輪の下に押し込まれた角材が徐々に砲身を持ち上げたが、照準角は途方もなく高かった。砲兵隊長は、最初の一発で反動によって大砲の架台車が土台に叩きつけられ、潰れてしまうに違いないと思った。大砲のそばでは、羽飾りのついた軍帽をかぶった少佐が刀を鞘《さや》から抜き放ち、苛立つ馬の背に跨《また》がって、もっとしっかりやれと兵士たちを叱咤《しった》していた。正面攻撃は既にかなりの損失を生じていた。崖のもっと上の方には、異端者どもが歩兵隊に与えた痛手を物語る青い布の残骸が散乱していた。少佐は兵士たちを無闇に危険に晒すような男ではなかった。彼は要塞に向かって悪態をつき、刀を振り回した。それに答えるようにパッと煙が上がり、彼の二十フィート左手にある岩に弾丸が弾けて、その音が辺りに響き渡った。峡谷に身を隠した兵士たちの不揃いな一斉射撃が、異端者どもを後退させた。少佐はこだまする銃声に交じって叫び声が聞こえたような気がした。

大砲の最初の一発で、洞穴の入口より一ヤードばかり下の岩棚から、岩のかけらがヒューというううなりを上げて飛び散った。二発目で、洞穴の右上の崖が小さく崩れ落ちた。三発目の発射と同時に大砲はそのにわか造りの足場から転げ落ち、一人の砲手の脚を打ち砕いた。砲兵隊長は悪態をつき、臼砲《きゅうほう》があればと願ったが、今すぐ臼砲が手に入るはずもなかった。砲身は今度はもっとしっかり土台にのせられ、砲口が持ち上げられた。法王軍は本腰を入れて、謀叛人たちの陣地の粉砕に取り掛かった。

崖の裂け目から二十ヤードほどの所に、臙脂色の衣を着た小さな人影があった。銃が向けられるより早く、岩の間のヤギの通り道をちょこちょこと走って行く。逃亡者のまわりやその上の岩肌にパッパッと土ぼこりが舞い上がった。少佐は部下たちの銃口の前を横切って馬を走らせながら、人影を狙えと叫んだ。その背教者は崖のてっぺんから二十フィートの所で倒れ、かなりの距離をずるずると滑り落ちてようやく止まった。それでもまだピストルを向けるだけの元気は残っていたようだった。歩兵たちがどっと駆け寄ったとたんに、少佐の右手にいた男が膝頭を吹き飛ばされた。少佐はぶつぶつ言いながら屈み込んで、そのアドヘルム修道士の頭巾を引き剝がした。薄色をしたくしゃくしゃの髪が現れた。若者は苦痛に歯を剝き出して少佐を見上げた。歯のまわりに血がにじみ出ていた。

少佐の傍らで、副官がうんざりしたように言った。「やつの弟子か……」

「それより稚児《ちご》ってところだな」少佐はうなった。彼は若者の髪をつかんで揺さぶった。「おい、このいまいましい小僧め」彼は言った。「貴様らのロバ飼いの御主人はどこだ」

答えはなかった。もう一揺すり。ジョウゼフ修道士は半ば身を起こし、自分をのぞき込んでいる顔に赤いものを吐きかけた。副官が首を横に振った。「こいつらは口をききませんよ。この人でなしどもはみんなそうです……」

「そのくらいのことは」と少佐は高飛車に言った。「俺にも分かっている。おい、担架だ、軍曹……」

命令を受けた兵士は崖の下へ戻って行った。若者はあえぎながら再び体を持ち上げて、くずおれるまえに血で汚れた拳を突き出した。少佐は膝をつき、にじみ出る血を器用によけてその指をこじ開けた。彼は手のひらで小さなメダルをひっくり返しながら立ち上がった。メダルの表面には斜めの線が交差していた。「これだ」少佐は静かに言った。「これさえ手にはいればいいんだ……」彼はその妖精のしるしを、副官の目に止まる間もなく、制服のポケットに突っ込んだ。

洞穴《どうけつ》の捜索は山ほどの戦利品をもたらした。六人の謀叛人の死体のうち三体は完全で、残る三体も、疑い深い法王の書記官を満足させるだけの形をとどめていた。賞金は今では謀叛人一人につき百五十ポンドまで引き上げられていた。それだけで金貨九百ポンドになり、すべてを合計すれば千ポンドを越えるはずだった。大隊の一働きの収穫としては悪くない。その上、食料や武器の貯え、様々な本や異端の文書、それに配付するばかりのチラシの山も見つかった。少佐はそれを焼くように命じた。砲撃によってかなりひどく荒らされた洞穴の奥に古いアルビオン印刷機の残骸があり、そのまわりに活字の箱が散らばっていた。少佐は大鎚《おおづち》を取りにやり、長靴の爪先で散乱したチラシをかき回した。「まあ少なくとも」と少佐は副官に向かって冷めた口調で言った。「この先こういう紙切れがやたらに出回ることはなくなるだろう……」

だが今回の出動の一番肝心な目的は果たされずに終わってしまった。ジョン修道士はまたもや姿をくらましたのである。

数週間の内に様々な噂《うわさ》が広まった。あちこちにジョンがいるという知らせが入った。騎馬隊が夜にまぎれて慌ただしく駆けまわり、村々は隈《くま》なく捜索された。何度も賞金が請求されたが、一度として支払われたことはなかった。ジョンは「荒野《ヒース》の住人」と手を組んでいて、魔法の手段で素早く危険を逃れて運び去られるのだという噂が立った。「転移だ」［「古い人々」をサタンと見なし、ジョンがサタンに乗り移られたと見なす］ローマは歯をむいてうなり、賞金を倍にした。密告者が相次ぎ、家々は焼かれ、町全体が罰金を課された。四つ辻には死体が揺れ、その鎖に縛られたぞっとする姿にカラスが群がり黒い塔の形になっていた。眠る巨人は、落ち着きなくぶつぶつ言い、しきりに寝返りを打っていた。

ウェルズ大聖堂［サマセット州北部ウェルズにある。現実の歴史では英国国教会の拠点。］が冒瀆《ぼうとく》される事件があった。といっても冒瀆行為そのものは大したことはなかった。どう見ても、祭壇に不敬の念を持って近付いた者があるとは思われなかった。だがその上にはぞっとすることに、一枚のプラカードがどこからでも見えるように置かれ、そこに何やら書き付けた紙が張られていた。無論その文書は取り外して直ちに焼かれたが、それは聖書の一句を不敬にも中世英語と現代英語に翻訳したものだったという噂が広まった。「我が家は神の家と唱えられるべきであるのに、汝らはそれを盗人たちの巣となした……」同じことがアクイ・サリスでも起こった。「汝らの持てるものすべてを貧しき者に施せ」そしてほかならぬドーセットの司教の邸宅でも。「金持ちが天国に入るよりも、ラクダが針の穴をくぐる方がたやすい」だが人々が知っていようといまいと、こんな大それた行為はすべて弟子たちの仕業だった。当のジョンはただひたすら旅を続け、教えを説き、祈るだけだった。時折幻がジョンをさいなんだ。彼は口から泡を吹いて転げ回り、拳を血まみれになるほど地面に打ちつけ、衣服や肌をかきむしり、ついには弟子たちまでが、恐れに顔をひきつらせながら逃げ出すのだった。あの幻、太鼓の響きと悲鳴、切り刻まれた手足の行列が、ハリエニシダの生い茂る西部地方の荒野を越えて彼を追って来たのかもしれず、「古い人々」が来て彼を慰め、ローマ人たちがやって来る以前の古い寺院だった石の傍らに座り、巡り行く雲と、めまぐるしく回転する月と太陽の幻影の下で、遠い昔の彼らの信仰を語ったのかもしれなかった。ジョンは靴も、外套《がいとう》も、杖も捨て去った。その杖は、あのグラストンベリの聖なるヨセフの杖と同じように［マリアの夫の候補の一人、ヨセフの杖が開花したという伝説］、地面に突き刺されて花を咲かせたのだとささやく者もあった。

その噂がジョンの耳に届いたとしても、彼は何の素振りも見せなかった。彼は幽霊のような様子で歩き回った。昼は絶えずもぐもぐと動き、目は何もみず、雨と風がその体を容赦なく叩いた。そして法王の兵士たちがうんざりしながらシャーバーンからコーヴズゲートへ、セアラムリングズ［セアラムはソールズベリの古代名］からサーンの「巨人の谷」［ドーセット州中西部のサーン・アバス村近くの丘に刻まれた棍棒を持つ55メートルの巨人像］へとドーセット中を走り回っている間、ジョンはどういう風にか人々に匿まわれ、養われていた。ジョンを捕らえた者への報酬は着々と値上がりしていた。五百ポンドが千ポンドに千ポンドが千五百に、そしてついには二千ポンドという信じ難い金額が、ロンディニアムの大司教館の会計から支払われることになった。ところが、当人は影も形も現れる気配がなかったのである。再び様々な噂が飛び交った。ジョンはローマに対する反乱を企てており、充分な兵が集まるまで身を隠しているのだと主張する者もいた。いや、彼は病気だ、いや怪我だ、いや国外へ逃れた、そして終いには、ジョンは死んだのだという噂が広まった。この頃までに数千人に達していたジョンの信奉者たちは、嘆き悲しみながらひたすら待ち続けた。だがジョンは死んではいなかった。彼は再び丘陵地帯に入り込んでいた。彼は今、癩病患者たちの鳴らす寂しげな、怒りのこもった鈴の音を頼りに、その後をついて歩いていたのだ。

一面に広がる吹きさらしの荒野のまん中に、身を寄せ合うように村の家々が固まっていた。灰色の石でできた粗末な家々は荒れ模様の天気に固く戸を閉ざし、人のいる気配もなかった。わずかに生えている木はどれもひねこびて背が低く、強風に曝《さら》されて妙になめらかな形になり、その枝は家々を守ろうとでもするように屋根の上におおいかぶさっていた。轍の刻まれた道が一筋、村の広場から伸びて、曲がりくねりながら荒野の彼方に消えていた。

奇妙な色をした空の下に、荒野の向こうに連なる高い丘のうねうねとした輪郭がぼんやり見えていた。もっと天気の良い日には、その丘の上空の白い輝きが、海が近いことを物語るのだが、今はどんよりした土色が空一面にのっぺりと広がっているだけだった。その空から、湿っぽい三月の風が金切り声を上げて荒々しく吹き付けた。村の一番はずれの家から百ヤードほど離れた道端に、一人の若い女がじっと辛抱強く座っていた。激しい風はその女の外套をむしり取らんばかりだった。女はごつごつした布を喉元でかき合わせ、片手でしっかりと押さえている。黒くて長い髪が頭巾からはみ出して、その顔のまわりに纏《まと》わりついていた。女の目は絶えずじっと、灰褐色の荒野の向こうに見える影のような丘に向けられていた。

女は一時間待ち、二時間待った。風がワラビの茂みをザワザワと鳴らし、一度風に交じって激しい雨が道路を叩き、やがて通り過ぎて行った。夕闇が迫り、丘の姿も見えなくなりかけた頃、女は立ち上がって片手を目の上にかざし、やっと見えるか見えないかの羽虫ほどの小さなしみにじっと目をこらした。数分の間、女は身じろぎもせずに立ちつくした。呼吸さえしていないように見えた。その間に小さなしみは着々と近付いて黒っぽいピンの頭ほどになり、そしてとうとう馬に乗った男の姿になった。女はそこでうめき声を立てた。

喉の奥から漏れる、半ばすすり泣きのような、奇妙な音だった。女はへたへたと膝をつき、おびえた眼差しで家々と道路の後先をうかがった。馬に乗った男は少しずつ近付いたが、じっと見つめる女のおびえた目には、まるで動いてはいてもちっとも前に進んでいないように映った。その姿は果てしなく広がる空の下で、操り人形のようにひょこひょこ揺れていた。女の指が落ち着きなく膝元の地面をかきむしり、腿のまわりのスカートをなでつけ、動悸《どうき》を静めるように脇腹に触れた。

男はロバが勝手に歩くに任せて、だらりとした姿勢でその背に座っていた。ロバの腹の両側に垂れた足が草の先端をかすめ、ぶらぶらと規則正しく揺れていた。その足は裸足で、古い切り傷から流れた血が茶色い縞を作っている。着ている衣は長い間に汚れてあちこちが裂け、元のえび茶色から赤味がかった灰色に変わっていた。顔は痩せて細かったが、以前は太っていたことを思わせるしわが弛《たる》んだ肌に刻まれていた。もつれ放題の髭の上にのぞく目は、ちょうど鳥の目のように、物狂おしくキラキラ輝いていた。時折彼はもぐもぐつぶやき、不意に歌の断片を口ずさんだり、陰鬱な空を振り仰いで笑い声を上げたり、あるいは片手を振り上げて、あやふやな仕種で人気のない荒野に向かって祝福を与えた。

ロバはついに道路に辿り着き、どっちの方向へ行くか決め兼ねるように立ち止まった。男は歌ったりつぶやいたりしながらロバが歩き出すのを待っていたが、そのうちやっと、彼のキラキラした落ち着きのない目が若い女の上に止まった。女はまだ道に膝をつき、顔を伏せたままだった。女は顔を上げ、その初めて見る男が、まだ片手を宙にうかしたままじっと自分を見つめているのに気付いた。女は彼の許に駆け寄り、平伏してその衣のすり切れた裾《すそ》をつかんだ。そして彼女は泣き出した。涙がとめどなく溢れ出し、その汚れた顔に跡をつけて流れ落ちた。

ロバに乗った男は微かに当惑した様子で女を見ていた。それから手を差し出して、女を立ち上がらせようとした。女は触れられておののき、一層しっかりとしがみついた。「お願いです……来てください……」女は、まるでロバに向かって頼むようにつぶやいた。「来てください……」

「あんたに宿無しの祝福を」男はもぐもぐと言った。まるで舌を使いつけないので、しゃべるともつれるといった様子だ。男は気力を奮い起こそうとでもするように顔をしかめ、それから「何と美しいことか」と彼は取るに足らないという調子で言った。「山の上の、良き知らせをもたらす者の足は……」彼は自分の顔を撫で、髪に指を突っ込んだ。「かつて一人の男がいた」彼はゆっくりと言った。「その男は癒《いや》しについて語った……私に用があるというのは誰だね。ジョンを呼んだのは誰だ」

「あたし……です……」女はくぐもった声で言った。彼女はジョンの衣の裾を手繰《たぐ》り寄せ、彼の足に接吻し、顔をすりつけた。取りとめもなくさまよっていたジョンの意識が現実に引き戻された。「何のためだね」彼はもう一度、不器用に女を立たせようとした。「何のためだね」彼は優しく尋ねた。「私にできるのは祈ることだけだ。祈ることは誰でも自由にできる……」

「癒しを……」女は言葉につかえて喉をごくりと鳴らし、鼻をすすり上げた。その言葉が言えなかった。それから突然言葉が口をついて出た。「癒してください……お手を、触れて、……」

「立つんだ……」

女はぐいと引っ張って立たされるのを感じ、気がつくと相手の燃えるような目をのぞき込んでいた。瞳孔《どうこう》は収縮して、針の先ほどの黒い点になっていた。「癒しなどありはしない」ジョンは歯の間から言葉を押し出すように言った。「あるのは神のお慈悲だけだ。神のお慈悲には限りがなく、神の哀れみはすべての人間を包んでくださる。私など、神の取るに足らぬ道具にすぎぬ。力などありはしない。あるのは祈りだけだ。その他のものはすべて異端者だ、罪悪だ、そのせいで何人もの人間が死んでいるのだ……」そう言うと彼は女を突き放した。やがて怒りが消えると、彼は顔を拭い、ロバの背からぎごちなく滑り下りた。「乗りなさい」彼は言った。「昔、これと同じ獣に乗ってご自分の工国にお入りになられたお方があった。私のような者がその真似をするのは相応しいことではないから……」言葉の終わりはもぐもぐというつぶやきに消え、風に吹き散らされた。「おまえさんの夫に会おう」ジョン修道士は言った。

女の家は、屋根が低くて狭苦しく、すえた臭いが漂っていた。どこかで赤ん坊が泣き叫び、炉辺では一匹の犬が、ノミがいると見えて、盛んに体を引っ掻いていた。女はおずおずとジョンの手首をつかんで先に立ち、彼はひょいと身を屈めて戸口をくぐった。ジョンが中に入ると女は戸を閉め、皮紐を釘に引っ掛けて戸締りをした。「わざと暗くしてあるんです」彼女はささやいた。「その方がいいかもしれないってあの人が言うもんで……」

ジョンは注意深く歩を進めた。火の側に一人の男が、堅苦しい姿勢で両手を膝に置いて座っていた。彼は革のつぎを当てた胴着とズボンという、石切工の粗末な身なりをしていた。彼の傍らにある粗削りの食卓には、食べかけの皿とビールのジョッキがのっていた。炉床には手のつけられていないパイプがあった。男の髪は長く伸びて、耳の横にうっとうしく垂れ下がっている。男の眉は平らでまっ黒だったが、その目を見ることはできなかった。目の上には色物のスカーフが巻かれ、頭のうしろで結んであった。

「あの方よ」女は恐る恐る言った。「ジョン修道士様よ。あんたを治してくださるわ……」彼女は片手を男の肩に置いた。男は答えなかった。そのかわり静かに手を上げ、女の腕を取って押しやった。女は涙をこらえながらジョンの方に向き直った。「もう六カ月も、そのもっと前からなんですよ」彼女は力なく言った。「最初は……くもの巣が顔に掛かってるみたいだって言ってました。それから、もう日が当たる所でなくちゃ見えなくなってしまったんです。暗いってばかり言ってました。しょっちゅう、暗いって……」

「おまえさん」ジョンは静かに言った。「角灯《ランタン》はあるかね、明かりは」

女は修道士の顔を見つめながら黙ってうなずいた。

「じゃあここへ持って来ておくれ」

女はランプを持って来て、炉の燃えさしでそれに火を点《とも》した。ジョンはランプの窓を盲《めし》いた男の方に向け、その顔を照らした。「どれ……」

目隠しをされた目は、男の誇り高い、厳しい顔に相応しく、黒くて鋭かった。ジョンはランプを取り上げ、黒い影のできた男の顎に指をかけて顔の向きを変えさせ、その瞳孔を照らし出した。彼は長い間じっと見つめていた。角膜の奥でミルクのような青白いものが光を反射していた。やがてジョンはランプを下ろし、炉床に置いた。長い沈黙があった。それから彼は言った。「かわいそうに」彼の唇は血の気を失っていた。「私にできるのは祈ることだけだ……」

女はわけが分からずにぽかんとして彼の顔を見つめた。それから両手が上がり、口許を押さえた。彼女は再び泣き出した。

ジョンはその晩納屋で寝た。干し草の山の上で、彼はもぐもぐつぶやいては転々と寝返りを打った。明け方近くなってようやく彼の頭の中で響いていたラッパと太鼓の音が止み、彼は眠りについた。

石切工は朝の最初の光が射し込む前に起き出し、急がず、静かに服を着た。傍らにはまだ妻が横たわり、規則正しい寝息を立てていた。彼は妻の腕に触った。彼女は眠りながらうめいた。彼は妻をそのままにして小屋の中を横切った。角のように堅かったが今ではすっかり柔らかくなってしまった指が、家具や、馴染み深い椅子の背を探った。彼は戸の皮ひもを外した。新鮮で冷え冷えとした朝の空気が顔に当たった。家の外に出てしまうと、もう迷うことはなかった。この辺りの住民の生活は石切の仕事にかかっていた。周囲の丘一帯に転々と散らばる小さな石切場［後述のキメリッジに近いので、第一旋律、43頁に言及されたラングトン・マトレイヴァーズか］は、それぞれ父親から息子へと代々伝えられていた。何十年もの間に、彼と彼の先祖たちの足によって、小屋から荒野の中へと細い道が刻まれていた。彼はその道を辿って行った。顔は上を向き、一面の灰色を見つめていた。夜明けに彼の目が見て取れるのはそれだけだ。長年の習慣で彼は角灯を持って出た。彼の歩みにつれて、それが膝にぶつかり、虚ろな音を立てた。彼は石切場に着き、その入口にほんの形として渡してある棒を脇へ持ち上げた。中に入ると、彼は両手をひんやりした石にもたせかけたまま、長いこと立ちつくした。それから道具を見つけ出し、自分の手ですり減ったなめらかな手触りをいとおしむようにそれを撫でた。彼は仕事を始めた。

ジョンは、遠くで槌が石を打つトントンという音に目を覚ました。彼は、熱に浮かされたような夢を懸命に振り払って、音はどこから聞こえて来るのかと辺りを見回した。彼は静かに起き上がり、彼のためにそこに出してあったサンダルに足を滑り込ませた。それから足音を忍ばせて冷たい朝の空気の中へ出た。歩くにつれて、息が白い蒸気となって立ち登った。

女も既に石切場に来ていた。彼女は石切場の外の地面にうずくまり、黙って、見つめていた。石切場の中からは、盲いた男が石を刻む、カチンカチンという規則正しい音が聞こえている。男は手探りで石を測り、撫で回し、切り出した。入口の脇には既に粗削《あらけず》りの石の塊が幾つも積み上げられていた。ジョンが見守るうちに、石切工はもう一つ石板を抱えて現れ、しっかりした足取りでまた仕事に戻って行った。

女の目が物問いたげにジョンの顔に向けられた。彼は首を横に振った。「私は祈る」彼はつぶやいた。「私には祈ることしかできない……」

朝が過ぎて行き、午後になったが、槌音は止まなかった。一度女が食物を持って来たが、ジョンは彼女を夫の側へ行かせようとはしなかった。振り回される木槌で彼女の脳みそが叩き潰されかねなかった。空が暗くなりかけた頃、石の山は六フィートの高さに達し、ジョンの視野を遮った。ジョンは再び男の姿が見える位置へと移動した。彼の居た場所は、でこぼこの地面に膝で窪みができていた。ちょうど冬と春の中間の短い日はやがて暮れた。だが石切場の中の男に明かりは必要ない。槌音は相変わらず続いていた。そしてジョンはついに男の意図を悟った。ジョンは再び地面に平伏して熱に浮かされたように祈った。何時間かたち、彼は身を切るような冷たい風にもかかわらず眠りに落ちた。目が覚めると、ほとんど身動きできないほど体がこわばっていた。目の前では、まだカチンカチンという槌音が闇に響いていた。女は夜が明けると同時に戻って来た。彼女は外套の中に赤ん坊を抱いていた。食べ物を持って来た者があったが、彼女は受け取らなかった。ジョンはこむら返りに苦しんだ。彼の手と足は寒さのために青くなっていた。風は止んだかと思うとすぐまた吹き始め、一日中荒野の上でうなりを上げていた。

ドーセットの農民たちは、奇妙な重苦しい気分を持つ連中だった。村の男たちは一人、また一人とやって来ては、しゃがみ込んでじっと見ていた。だが誰一人、石切工を仕事から引き離そうとはしなかった。そうしたところで無駄だったろう。彼はまた戻って来てしまうだろう。それは、風が何度でもくり返し荒野や、ぼんやり見える遠くの丘に舞い戻って来るのと同じくらい確かなことだった。槌は夜明けから日暮れまで、絶え間なく鳴り響いた。風に激しい雨が交じってジョンの背を叩き、衣にしみ通ってその体をぐっしょり濡らした。ジョンは意に介しなかった。凍え切った腹や腿のしびれるような痛みや、脳髄の高まっては薄れる轟きと同様、顧みなかった。古《いにし》えの神々ならば理解したかもしれない、とジョンは思った。一日中汗まみれで大声を張り上げながら、果てしない戦いで互いの腸《はらわた》を切り刻み、倒れて死んで行くが、夕暮れには蘇って、ヴァルハラの宮殿でどんちゃん騒ぎの一夜を過ごす、そういう神々ならば。だがキリスト教の神はどうか。「彼」は血のいけにえを受け入れるだろうか。あの魔女たちの引き裂かれた魂を受け入れたと同じように。もちろんだ、とジョンの疲れ切った脳髄はつぶやいた。なぜなら「彼」とても同じなのだから。その飲み物は血であり、その食物は血であり、その食物は肉なのだ。その秘跡は労働と、悲惨さと、果てしなく、望みのない苦悶なのだ……。

二日目の夜明け、石の山は荒野の中に何ヤードも伸びていた。それでも槌は石を打ち続け、今ではためらい、おぼつかなげになりながら、さらに石を切り出した。金持ちの豪邸や、ローマの栄光を示す大伽藍《だいがらん》のための石を……。すさまじい風が丘の間でうなりを上げ、女の外套をぱたぱたとはためかした。彼女は牛のように辛抱強く、両手を膝の上に組んで座り、その目はほとんど意識されない苦痛をたたえていた。ジョンは打ちひしがれてうずくまり、今ではもう立つことができず、指は組み合わせたままかじかんで動かなかった。

それを荒野に群がった村人たちが、むっつりと見守っていた。

そしてついに終わりが来た。いけにえは捧げられ、受け入れられた。石切工はうつ伏せに横たわった。彼はこの先数多くの伝説を生み出すことになるのだ。その茶色い革の襟元で血管が激しく脈打ち、鮮やかな血潮がその鼻と、口と、喉に溢れていた。彼の体は咳き込み、震え、そして静かになった。ジョンは言うことを聞かない膝と手を使ってにじり寄ったが、男の許に辿り着く前から、彼が死んだと分かっていた。

ジョンは立ち上がった。体中の骨が苦しげにきしんだ。女は彼の足許にうずくまり、ただじっと目を見開いていた。灰色の石でできた丘の間で、彼女もまた灰色の石と化したようだった。ジョンの前にひょろ長い彼の影が、荒野のもつれ合った草の上をうねりながら伸びていた。

ジョン修道士はゆっくりと向き直った。再び頭の中で太鼓の響きが高まっていた。彼は血の気も失せた顔を上げ、頭上の不気味な輝きを放つ太陽を振り仰いだ。太陽は次第に輝きを増し、ついには考えられないほどの明るさになった。壮大な、信じ難い幻影が、荒れ模様の空を一杯に満たした。ジョンはしわがれた叫び声を立てて両手を上げた。次いでその太陽のまわりに、真珠色をした、燃え上がるような輪が一つ現れた。それからもう一つ更にもう一つ、輪は空一面に広がって空を呑み尽くし、氷のように冷たい光を放って燃えた。そしてついに、耳には聞こえない轟きと共にすべての輪がつながり、銀色の炎でできた、巨大な、揺らめく十字を形づくった。輪の接点にはまた別の太陽が輝き、更に幾つもの太陽が現れて全天をおおい輝いた。そこを光り輝く天使の群れが、舞い降りてはまた舞い上がって行くのが、ジョンにははっきりと見て取れた。そして音が聞こえて来た。壮大な、歓喜の妙なる響きが、ジョンの疲れ切った脳髄に剣のように鋭く突き刺さった。ジョンは再び叫びを上げ、物も言えずにふらふらと前に進み出した。よろめきながら走って行く彼のうしろで、ひょろ長い影がひらひらと踊った。次いで、人々が走り出した。ジョンを中心にした人々の群れは荒野へ、村の通りへと駆け戻り、閉め切った家々の戸を次々と叩いた。人が走るより速く噂が伝わり、やがて最も速い馬もかなわない速さであちこちに広まって行った。ジョン修道士のまわりで天が開き、輝かしい栄光の姿を現したと。話は伝わるうちにひとりでに膨らみ、終いには神自らが、青天井の彼方からその澄んだ眼差しで地上を見下ろされたということになった。

ゴールデンキャップや、ウェイマスや、海から離れた荒野の中の町ウールの兵士たちの耳にも噂は届いた。信号機がカタカタと鳴り、田舎で騒ぎが持ち上がったという知らせをもたらした。弾薬、騎兵、重火器の依頼が発信された。ダーノヴァリア、ボーンマス、プールが応答した。だがその時猛烈な暴風が信号塔にまで吹き込み、塔という塔を若木のようにやすやすと打ち倒した。昼には通信が全く跡絶え、ゴールデンキャップ局自体も折れた円材の塊と化していた。守備隊長は歩兵小隊一隊と騎兵小隊二隊をかき集め、反乱をつぼみのうちにつみ取るというはかない望みを抱いて地方一帯の示威行進に出動した。暴徒を掌握し、戦わせることができる人間はただ一人、ジョン修道士しかいなかった。今度ばかりは、あれやこれやで、ジョンも出て行かざるを得なかった。

　天の栄光は次第に消えたが、それでも人々は集まって来た。群れをなして荒野を横切り、てんでに荷車を駆って丘を越え、ぬかるんだ小道に足を取られながら、必死にジョンの許へと馳せ参じた。金や衣類、食物、隠れ家、足の速い馬といったものがジョンに差し出された。人々はジョンに逃げてくれと懇願し、間もなく彼を阻止するために兵士が駆けつけるだろうと警告した。だがジョンは耳の中では依然としてあの幻の音が轟き続けて他の音を消し去り、つきまとう太陽がその脳髄で明々と燃えて、その最後に残る理性を陰らせていた。大群が、みすぼらしい軍勢が、南から吹きつける激しい風に向かってふらふらと荒野を進んで行くジョンの後に、ぞろぞろと続いた。ある者は武器を携えていた。くま手、大鎌、棒の先にナイフをくくりつけたもの、それに八十余軒の農家の藁《わらぶ》葺き屋根の中から引っ張り出されたマスケット銃。人々は歌いながら海までやって来た。そして更に馬に乗ったり歩いたりしてキメリッジの険しい道を下り、波が荒れ狂う黒いちっぽけな入り江に出た。そこでついに一行はゴールデンキャップから来た分遣隊と衝突した。青服の兵士たちは攻めかかったが、相手が多すぎた。兵士たちが突撃し、群衆は散り散りになった。一人の騎兵が引きずりトろされ、踏みつけられ、切り刻まれた。風が悲鳴を吹き散らし、草の上にぴくぴく震える赤いものが取り残された。乗り手を失った馬は熊手で突き刺されて血まみれになり、狂ったように走っていた……。法王軍はマスケット銃の長い射程ぎりぎりに縦隊を作り、狙撃しながらその向きを変えて退却した。

ジョン修道士は、この小競合《こぜりあ》いにも知らん顔だった。それとも全く目に入らなかったのかもしれない。今では馬に乗り、頭の中の声と音とに駆り立てられて、彼は崖の縁に出た。足許には荒涼とした水面が、荒々しく白い牙《きば》を剝き、のたうちながら、水平線の彼方まで広がっていた。大波は見られなかった。体を預けても倒れないほどの強風が、波頭を吹き散らすからだ。崖からは溢れた水が幾筋も、入江を目がけてほとばしり出ていたが、その流れが風に捉えられ、押し止められ、そっくりそのまま崖の縁を越えて吹き戻され、噴水のように揺らめく弧を描いて、洪水でできた波立つ湖へと降り注いでいた。崖の上でジョンは手綱を引いた。馬は跳ね上がって向きを変え、たてがみが風になびいた。ジョンは両手を上げて人々を招き、群衆は彼の声が聞き取れるようにぎっしり寄り集まった。厚手のセーターに帽子に長靴といういでたちの、むっつりした顔の男たち、喉元でスカーフをしっかり抑えた鈍重そうな女たち、黒い髪をして、そのたくましい脚を鮮やかな青いジーンズに包んだドーセットの娘たち、ずっと左手の方に、カービン銃を肩に当てた騎兵たちが固まっていた。その発砲の煙が、一瞬白く閃《ひらめ》いては風に吹き散らされた。一発の弾丸がうなりを上げながら、ジョンの頭上を弧を描いて通り過ぎた。もう一発が、群衆の端の方にいた娘の片足を打ち砕いた。群衆は険悪な表情を浮かべて向き直った。騎兵たちは退いた。大砲が一門、一組のラバに引かれて、ラルワース［キメリッジ西の沿岸部］の兵舎からこちらに向かっているはずだった。だがそれが到着するまでは手も足も出ないことが隊長には分かっていた。ほんの一握りしかない兵士たちをあの暴徒の群れに差し向ければ、みすみす死なせることになるだろう。何マイルも向こうの荒野では、ラバたちが懸命にカルヴァリン砲の前車を引っ張っていた。そのうしろを弾薬を積んだがっしりした手押し車が、ごとごと揺れながら進み、歩兵たちの縦隊がそれに続いた。だがめざす騎兵は全然いなかった。一騎もいない。間に合わなかったのだ……。

ジョン修道士の頭上をカモメが旋回していた。彼は何度も両腕を上げ、まるでその巨大な鳥が呼び寄せられて、彼の頭上六フィート足らずの上空に翼を広げたまま静止したかと思われた。群衆は静まり返り、彼は話し始めた。

「ドーセットの民や……漁師や農夫、そして丘から古《いにしえ》の石を掘り起こす石工や石切工たち……それから妖精たち、荒野の住人、風に乗って空を飛ぶ魔物たちよ、これから私が言うことをよく聞いて、肝に銘じてもらいたい。それを一生の間、常に心に留めておいてもらいたい。そしてこの先何ー年もの間、炉辺で語り伝えるのだ……」ジョンの言葉は甲高くて、か細く、風に吹き散らされて聞き取り難かった。先程の銃撃でやられた娘までが、うめくのをやめ、友人の膝に支えられて横たわったままじっと耳をそばだてた。ジョンは人々に彼ら自身のことを、その信仰とその仕事、彼らが石と、岩と、剝き出しの土地から黙々と刻み出す生活のことを語った。そしてこの国の喉元を捉え、金襴に縁取られた拳でその息の根を止めんばかりに締め付けている偉大な教会のことを語った。彼の頭の中では、依然として幻が燃え上がり、うなりを立てていた。彼は来たるべき大いなる変化のことを語った。暗黒と、悲惨さと、苦痛とは吹き払われ、ついに黄金時代が到来するのだ。ジョンの目には、周囲の丘の上に新たな時代の建物が、工場が、病院が、発電所が、そびえ立っているのがはっきりと見えた。機械が空中高く飛び、あるいは海面を泡のように滑っていた。彼は様々な驚異を見た。稲妻が捉えられ、正真正銘の空気の波が、しゃべったり歌ったりするようになるのだ。こうしたことすべてがそしてもっといろいろなことが間違いなく起こるだろう。それは寛容の時代、理性の時代、人間性の、人間の魂の尊厳の時代だ。「だが」と彼は叫んだ。今ではその声はかすれすさまじい風の音にかき消されんばかりだった。「だがしばらくの間、私は皆の許を去り……神がお示しになった道を辿らなければならない。神はその英知によってこの私を……その民のうちで最も取るに足りない人間を……その道具とし、その御意志に従うに相応しい者と見なされたのだ。なぜなら神は私にしるしをお示しになったからだ。しるしは天に燃え、私は従わねばならないのだ……」

　群衆はひしめき合った。かすかなどよめきが起こり、次第に大きくなり、ついには風を圧するまでに高まった。何百という声が叫んでいた。「どこへ……どこへ……」ジョンはぐるりと向き直った。衣の袖がはたはたとその腕を打ち、彼はギラギラと輝く果てしない海を指さした。

「ローマだ……」その言葉は人々の頭上を舞った。「この地上での、我等すべての父……いしずえにして、ペテロの王座の守護者……キリストに選ばれ、地上でその代理を務める方の許へ……そしてその賢明なる思慮を、その慈悲の心を、その尽きることのない恵みを請い求めるのだ……我等が崇めるキリストの御名において願うのだ。この国では、あのお方の御名が汚されることが余りにも多い……」

ジョンの言葉は更に続いたが、群衆の騒ぎがそれをかき消してしまった。奇跡が行われようとしているという話は瞬く間に、群衆の隅々まで広がった。ジョンはローマへ行くのだ。彼は空を飛ぶだろう。神の御意志のしるしとして、彼は水の上を歩いて行くのだろう。彼は波に命じるのだ……。同様に夢中になってはいたがもっと思慮のある連中から、船を求める叫びが上がった。そして一人の女が不意に金切り声を上げた。「あんたの船よ、テッド・アームストロング……あの方にあんたの船を……」

名指された男は激しく腕を振った。「おい、やめてくれ、俺にはあれしかないんだ……」だがその抗議も動き出した人波の中にあえなくかき消されてしまった。人々はジョンと共に崖道を下り、ザワザワと鳴る海沿いのハリエニシダとイバラの茂みを抜けて行った。見守る兵士たちの目には、まるで人々が武器を突き出して海に挑みかかってでもいるように見えた。男たちは泥に足を取られながら船を船台まで引きずって行き、水に滑り込ませた。船は引き波にもまれて激しく揺れた。オールが取り付けられ、ジョンが転がるように乗り込んだ。海岸に積み上げ、縄を掛けられたエビ取り籠《かご》の上に群がっていた娘たちは、引き返し、逆向きの消火ホースのような流水の飛沫の下を潜って崖を登り始めた。船は解き放たれ、激しくよろけながら、湾曲した船底が現れるほど横にかしいでは、そのずんぐりしたマストに風を受けてまた立ち直り、白く泡だつ最初の波の背に向かって進んで行った。両側には巨大な泥炭質の岬が、ぎらぎらした空に黒いアイロンのように突き出し、前方には、数マイル程の平たくのされた水面の先に、たぎりたつ水が世界の果てまでも広がっていた。まぶしさをこらえてじっと見つめる人々の目の前で、竜骨がまるで振り上げた槌のように高々と波に持ち上げられ、一方にかしぎながらどっと波間に落ち込んで行く。水浸しになった船は、輝く海面に再び、さっきよりもっと小さく、黒っぽい染みとなって浮かび上がった。それからもう一度、更に遠くの騒ぎ立つ海面に。そしてついに、のたうつ海面を進むその姿は、激しい風に涙をにじませながら、目を細めてじっと見守り続けていた人々の視界から消え去った。

大砲は西側の岬に運び上げられ、火薬が詰められ、散弾が込められた。ごろごろというすさまじい音が、崖の上から、夕闇の迫る荒涼とした海に向かって轟いた。だがその威嚇も、人気《ひとけ》のないビーチに虚しく響き渡るだけだった。あのおびただしい群衆は完全に姿を消していた。兵士たちは厚地の外套の中で身をちぢめ、風に背を向けて冷たい鉄の砲身の陰にうずくまり、そのまま夜明けを待った。その間に嵐は衰え、通り過ぎて行った。

そして沖では、まだ泡立ち続ける波が上向きになった竜骨をぴしゃぴしゃ叩き、優しく陸に向かって押しやった。

第五旋律
雲の上の人々

ベッドを囲む人々は一様に彫刻のようにじっと静止し、その光景は活人画を思わせた。部屋には、頭上にどっしりした梁《はり》から下がるランプがただ一つ灯されて、その光が人々の顔にくっきりした影を投げかけ、ベッドに横たわる病人の顔の青白さを際立たせていた。病人の頭の下にはエドワーズ神父の長い襟掛けの端がたくし込まれ、二人の間に伸びたそのスミレ色の布が、まるで信仰の旗印か何かのように見えた。老いた病人の視線は落ち着きなく宙をさまよい、その忙しい、苦しげな息づかいに合わせて両手が掛け布団をつかんだ。

その一団から離れた窓辺に、窓際に縁取られた夕闇迫る五月の空に一人の娘が座っていた。その長い、濃い目の金髪はうなじのところで髷《まげ》に結われ、一握りほどの毛がほつれて、緩やかに渦を巻きながら肩に垂れ下がっていた。娘が首を巡らした拍子にその髪の毛が彼女の頰を撫でた。娘はそれを煩《わずら》わしそうに払い除け、細長い機関車庫の屋根越しに操作場を見下ろした。ちょうど帰りの遅い列車が喧《やかま》しい音を響かせながら入って来て、ゆっくり車庫に近付いて行くところだった。微かな臭気が上の窓の方まで漂って来た。マーガレットは一瞬、機関車の巨人のような息吹きが辺りの穏やかな空気を焦がし、その熱気がサッと顔に吹き付けたような気がした。マーガレットはうしろめたい気持ちで室内に視線を戻した。彼女の頭は、半ば放心状態のうちに、司祭の唱える耳障りなラテン語を翻訳していた。

〝我、汝を追い払い、汝、最もいやしき霊、ほかならぬ我らが敵の化身、まぎれもない妖精……。イエス・キリストの御名において……この神の創り給いし者より出でて立ち去れ……〟

娘は膝の上で両手の指をより合わせて、付け根の関節が互いにぐりぐり食い込むほど押し付け、眼を伏せた。天井から下がった真鍮《しんちゅう》のランプが微かに揺れ、炎がちらちらと躍った。風は全くなかった。

エドワーズ神父は言葉を切り、静かに顔を上げてじっとランプを見つめた。炎は安定して再び長く伸び、明るい光を放っていた。ベッドの足許に座ったセアラがくぐもったすすり泣きを漏らした。ティム・ストレンジは手を差し伸べてセアラの手をぎゅっと握った。

「汝を天の高みより地の底へ投げ落とせと命じ給いし神が自ら汝を支配す。海と、風と、嵐を支配し給う神自らが汝を支配す……。それゆえサタンよ、よく聞き、恐れよ、汝、信仰の敵、人類に仇《あだ》なす者……」

下から再び機関車のたてる低い音が聞こえてきた。マーガレットは思わず振り返った。油にまみれた鋼鉄のたてる音を聞くだけで、不思議に様々な映像が、つづれ織りのように次々と浮かんで来た。白っぽい灰色をしたリボンのように伸びて薄闇の中に消えている夏の夕方の道路には、まだわずかに昼の温もりが残り、時折フクロウやコウモリが飛び交う。

辺りには気の早い虫の羽音が響き、餌《えさ》を漁る鳥たちのさえずりが聞こえる。膝の高さほどに伸びた草は、月光の下で、しっとりした黒ビロードの手触りを思わせ、伸び放題の生け垣は、サンザシの濃厚な、生臭い香りをまきちらしている。マーガレットは、今すぐこの部屋から、そしてこの家から逃げ出して走り、踊り、頭上の星がくらくらする火花となって回り出すまで草の中を転げ回りたいという激しい衝動に駆られた。

マーガレットはごくりと唾を飲み込み、無意識のうちに、機械的に十字を切った。彼女はエドワーズ神父にそういう軽はずみな、人の魂に取りつこうと執念深く狙っている悪《あ》しき霊を呼びよせるような常軌《じょうき》を逸した考えは一切抱いてはならないと、きびしく戒められていた。「それというのはだ、我が子よ」神父はものものしくフォン・ベルクの『手引き書』を引用した。「彼らは優しさを装って近付くが、後に残るのはただ悲嘆と荒廃、魂の乱れ、理性の曇り……」

エドワーズ神父のこめかみの静脈がぴくぴくと脈打っていた。マーガレットは唇を噛《か》んだ。自分は今、神父の許へ行って祈りに加わるべきなのだと分かっていたが、動くことができなかった。何かがマーガレットを押し留めていた。その同じ「何か」が彼女に告解《こっかい》をためらわせ、告解室に近寄らせずにいた。不意に細長い部屋が、そんなことがあり得るとすれば、歪み、奇妙な具合にねじれたように思われた。当たり前の感覚を越えた次元を思わせるように壁がばらばらに途切れ、床が曲がって波打った。ベッドを囲む人々との間のわずかな距離が底知れぬ深淵となり、それを越えることは別の惑星に踏み込むに等しく思われた。

マーガレットはそんな考えに苛立って首を振ったが、奇妙な感覚は依然として居座り続けた。一瞬目まいがした。まるで何もない空中に浮かんでいるような、高い所から落ちたと思うと不意に宙に止まってしまうあのぞっとする悪夢にも似た感じだった。部屋は新しい次元のまま安定した。今では「上」がはっきり二つの方向に分かれていた。ぶら下がってじっとしているはずのランプはマーガレットに向かってねじ曲がり、背後の窓はうしろへ傾いた。マーガレットは思わず息を詰め、胸苦しさを覚えた。再び臭いと幻覚が、優しく、宥《なだ》めるような地獄からの誘いが始まった。ジャコウのように甘いサンザシの香り。すき返されたばかりの茶色い土が放つ強烈な臭気。そこには『母なる教会』の戒めも物ともせずにパンや、そのはかいろいろな捧げ物が埋められている……。マーガレットは大声で叫びたかった。神父の衣をつかんで許しを乞い、罪と悪とはこの自分の中にあるのだから、その勿体ぶった儀式はもうやめてくれと言いたかった。マーガレットは叫ぼうとし、それから心のずっと奥ではじぶんの唇が動かないことが分かっていたのだと思った。エドワーズ神父の姿は相変わらず見えていたが、まるで曇ったガラスの向こう側にいるようだった。神父は片手を上げたり下ろしたりして何度も十字を切った。その祈りの声はまだ聞こえていたが、マーガレット自身は百マイルも彼方に、冷たく輝く星々と、「古い人々」にしばし見守られながら、死者の眠る塚山の上で焚《た》かれるかがり火のただ中にいた。マーガレットは、叩いたり転がったりするような音が次第に高まり、不意にカーテンがはためいて窓の外にはみ出すのをぼんやりと意識した。ランプの炎が再び縮み、暗くなった。

〝よって我にではなく、キリストの代行者に従え。その力、汝を駆り立て、その十字架に汝を従わせ給う。その腕に捕らえられておののけ……〟

けたたましい鐘の音が部屋中に響いた。マーガレットは夜の中に上向きに落下して行った。

闇の中で声が聞こえた。キンキンとよく通る声だ。

「マーガレット」

「マーガレット」

少し間があった。それから「今すぐいらっしゃい……」

だがそんな声は聞き流して構わなかった。ただしそれは最後にこう呼ばれるまでのことだった。「マーガレット・ベリンダ・ストレンジ、早くいらっしゃい……」そら来た。この二番目の名前の持つ呼び出しの呪文のような不思議な力には知らん顔はできなかった。これに逆らうのは、ぴしゃりと平手打ちを食らって夕食抜きでベッドにやられても構わないとおおっぴらに言っているようなものだが、素晴らしい夏の宵にそんな目に遭うのは願い下げだ。

小さな女の子は両手の指に力を込めて机の端につかまり、爪先立ちになった。女の子の鼻先一インチのところから、見事な木目のついた、滑らかでつやつやした机の表面がずっと向こうまで広がっていた。そこは大人だけが使う不思議な品々が並ぶ、魔法に満ちた領域だった。

「ジェシー伯父さん、何してるの」

伯父はペンを置き、まだ黒々として、こめかみの部分にわずかに灰色の交じった濃い髪を指ですいた。それから鋼縁の眼鏡を鼻梁《びりょう》の上にぐいと押し上げた。伯父の低く、太い声が答えた。「金儲《かねもう》けってところかな……」誰が見ても、伯父が微笑んでいるのかどうか分からなかったに違いない。

マーガレットはちっぽけな鼻をつんと上に向けた。「ふぅん……」「金」というのは不可解な物だった。その言葉を聞くと、伯父がせっせと書き込んでいる帳簿に似たぶ厚い、茶色い物の形が頭に浮かんだ。それは何か自分には縁遠い、面白みのない物、それでいて何となく邪悪な感じを与える物だった。「ふぅん……」机の端にかかった汚い指がぎゅっと曲がった。「お金うんと儲かるの」

「まあまあだろうな……」ジェシーはまた書き始めていた。その拳《こぶし》が、クリーム色をした厚手の紙の上に次々と並んで行くきっちり整った数字を半ば覆い隠していた。マーガレットは首をうんとひねって伯父の顔を見上げ、再び鼻の頭にしわを寄せた。この最後の芸当は最近身に付けたばかりで、マーガレットはそれができるのが得意だった。不意にマーガレットは言った。「あたしがいると邪魔になる？」

ジェシーは頭の中で計算を続けながらにやりとした。「いや……」

「セアラは邪魔になるって言うのよ。何してるの」

こちらは相も変わらず、「金儲けだよ……」

「どうしてそんなに儲けたいの」

がっしりした男は口をぽかんと開けて手を止めた。両手は宙に浮かせたままで、奇妙な恰好《かっこう》だった。彼は低い天井にじっと目を据えた。総計はどこかへ消し飛んでしまっていた。それから彼は向き直り、子供をひょいと抱き上げて膝に乗せ、再びにやりとした。

「どうしてだって。そうだな、お嬢ちゃん……急に聞かれても上手《うま》く言えんな」

マーガレットは微かに顔をしかめ、伯父の回りに漂うタバコの臭いをかぎながらじっと座って待ち構えていた。むっちりした両脚を前に突き出し、その両膝にはさんざんむしられた、かさぶたがくっついている。そのズロースのお尻は、倉庫の裏手の果樹園にいくつかの箱と古い鋼《はがね》の棒でこしらえた滑り台で、ネヴィル・サージャントスンと一緒に遊んだ時の名残りで真っ黒に汚れていた。その鋼の棒は操車場の職長が子供たちをしばらくおとなしくさせておくためにそこへ置いたものだった。子供たちは年中機関車庫の中をうろついては巨大な鉄の機関車を後戻りさせる邪魔をして、職長の頭痛の種となっていたのだ。

「それは……」と言ってジェシーはまた黙り、考えながら声をたてて笑った。「そうだな十ポンドしかなかったものをいつかは十万ポンドにするためさ。だがおまえにはよく分からんだろうね」彼は漠然とマーガレットの髪を押しやり、その黄色いはずの一房が車軸油でべったりと汚れているのを見て眉をひそめた。「おまえ、また機関車庫にいたんだな、セアラにぴしゃりとやられるよ、ほんとだぞ……」

「セアラのとこなんか行かないもん。伯父さんと一緒にいるわ」子供は、体をくねらせてゴム印に手を伸ばし、それを吸い取り紙にぐいと押し付けた。それから、他にもう手頃な場所がなかったので、今度はジェシーの手の甲に押した。茶色い、しわの寄った肌の上に、鮮やかな青の文字が微かに映った。「ドーセット州・ストレンジ父子商会《おやこしょうかい》・輸送業」……。

「マーガレット・ベリンダ・ストレンジ……」

ジェシーはマーガレットを抱えて膝から下ろすと、笑いながら、走って行こうとする姪のズロースの汚れをはたいてやった。

マーガレットはこの時のことを今でもはっきり覚えていた。子供時代の鮮明な記憶の断片が、これといった理由もないのになぜか意識の底にしっかりとしまい込まれ、忘れられずにいることがある。これもその一つだった。間近に見上げた伯父の、しわの刻まれたいかつい顔、髭剃り跡の青い顎。机の上に差していた日の光、セアラの呼び声、膨らんだ黒い把手《とって》と、押す時の正しい向きを示す小さな真鍮のぽっちのついたゴム印。それは非常に珍しい一時でもあった。というのはジェシーは気さくな人間ではなかったからだ。後で姪は窓辺に立って伯父にお休みなさいと叫んだ。ジェシーが上着を肩に掛け、従業員たちと一緒に通りの少し先の「機関車乗りの腕亭」までビールを飲みに行こうと家を出るのを見送った時のことだ。だがその時ジェシーはもういつもの彼に戻っていて、マーガレットの呼び掛けにも、気難しげに口の両端をわずかに持ち上げ、詳に答える時でも同じ低いうなり声を返しただけで、戸をばたんと閉め、ブーツをきしらせながら重い足取りで操車場を横切って行ってしまった。

　ジェシー・ストレンジはその頃滅多に口をきかなかった。そしてあえて彼に逆らおうとする者は一人もいなかった。ジェシーはまさしくドライヴァ［「機関手」「駆り立て屋」］だった。彼は従業員たちを駆り立て、そして何にもまして自分自身を駆り立てた。その気になれば、一番酒に強い男も飲み負かすことができた。村の居酒屋で一晩飲み明かすような時、実際そうなったことがたまにあった。それでもジェシーはしっかりした足取りで帰宅した。そして閉店時間が来て店を追い出されて通りをふらふらと戻って来た男たちは、事務所と機関車庫に明々《あかあか》と灯《ひ》がともっているのを目にするのだった。そこでジェシーが機関車のどれかの弁装置を外したり、かまを掃除したり、あるいはどっしりした車輪の表面を修理したりしていることはまず間違いなかった。そこで男たちは、一体ジェシー・ストレンジは疲れるということがないのだろうか、また彼はいつ眠るのだろうかといぶかるのだった。

　ジェシーはとっくの昔に十万ポンドの金をこしらえ、既に最初の五十万ポンドも稼ぎ出していた。彼にとっては仕事が秘跡であり、あらゆる病の万能薬であるように思われた。ストレンジ父子商会は着々と成長してドーセット州の外まで手を伸ばし、イスカ［デヴォン州エクスターのラテン語名］やアクイ・サリス［エイヴォン州の温泉都市バースのラテン語名］にも車庫を置くまでになった。ジェシーはダーノヴァリアでの唯一の競争相手だったサージャントスンを打ち倒した。途方もない低料金で列車を走らせて、老人の鼻先から次々と荷を掠《かす》め取ったのである。戦いが最高潮に達した時には、一年間どの列車からも利益が上がらなかったと言われている。双方の運転手たちの間でも、争いや殴り合いがあり、踏み板の上で血が流された。だがジェシーはサージャントスンを打ち倒してその権利を買取り、膨大なストレンジの機関車群に更に四十台を付け加えた。ダーノヴァリアの元の会社に継ぎ足された機関車庫や倉庫は繰り返し拡張されて延々一エーカー以上にもわたって広がり、今でもまだ増え続けていた。次いでジェシーはスウォニッジのロバーツ・アンド・フレッチャーを倒し、それからベイカーズ、キャルデカッツ、ホフマン、ケインズを次々とシャフツベリ［ドーセット州北部の町］方面から一掃し、更にプールのバスケット・アンド・フェアブラザーをその百台を越えるバレル型やフォーデン型の機関車共々即金で買い取って、ストレンジ父子商会はイギリス西部の輸送業を一手に握る大会社にのし上がった。それからは「野盗」たちでさえもストレンジ社の列車に手を出すことを差し控えた。というのも上の方で金が物を言って、ストレンジ社の機関車にちょっかいを出そうものならたちまちスズメバチの大群よろしく騎兵や歩兵がどっと襲いかかることになり、到底割りに合わないゲームとなったからだ。黄色い卵形の飾り枝のついた栗色の社名板は、西はイスカから東はサンラック［9頁割注参照］まで、南はプールから北はスウィンドン［ウィルトシア州北東部の町］、そしてレディング・オン・ザ・テムズ［バークシャ州の都市レディング］まで知れ渡り、それをつけた機関車に他の車は道を譲り、警官はわざわざ道を開けさせた。終いには敵さえもジェシーには敬意を払った。彼には一つの借りもなく、失った物は何一つなかった。彼から何か掠め取ろうなどとする奴は、その盗んだ物をせいぜい味わうがいい……。

一体何がジェシーを駆り立てているのか不思議に思う者が多かった。大学時代のジェシーは、頭を雲の中に突っ込んだ夢想家だった。だが誰かがどこかで、彼に人生の何たるかを教えたのだ。ジェシーは昔一人の男を、友人を殺したのだとささやく者もあった。彼が築き上げた帝国はいわばその償いだと言うのだ。また彼はある居酒屋の女給に袖にされたので、これが彼の世間に対する報復なのだという噂さえあった。確かにジェシーは結婚しようとしなかった。後になると、ジェシーと一緒にやって行けそうだという気になった女たちや、自分の家をストレンジの名と結びつけるためなら、今すぐにでも娘を売り渡そうという男たちがいくらもいたが、誰一人目的を達することはなかった。ジェシーの姪を除いては、誰一人彼に面と向かってそのわけを聞くような者はいなかったし、マーガレットはそのことを覚えていたが、ジェシーがいみじくもおまえにはよくわかるまいと言った通り、彼女には理解できなかった。

マーガレットは不意に時間の中を先へと押しやられたような気がした。マーガレットは学校へやられるところだった。ちょうど二十マイル離れたシャーバーンで初めての寄宿舎生活を送るのだ。ダーノヴァリアの通りを半マイルばかり行く間、ま新しい制服を着て革の通学鞄を肩に掛けた小さな利かん気の少女は、セアラの腕にしっかりすがりつき、重い足取りで歩いていた。鞄の中にはリンゴとお菓子が入っていた。これだけが、いかにもささやかな我が家の形見だった。頭を高く上げ、顔をこわばらせ、何もかも間違っているという思いで泣き叫びたいのをこらえて鼻をすすりながら、死あるいはそれよりももっとひどいものに向かって……。セアラがとてつもなく大きく見えた。そして通りの平たい敷石や丸石も、傾いた古い家並みもばかでかかった。それと同じように、刻々と迫る学期始めにおびえながら、一日一日をばつ印で消して行くにつれて、午後や朝がマーガレットの心の中で巨大に膨れ上がり、それぞれが別々の存在になったように思われたものだった。最後の夜となり、最後の朝が来て、遂に避け難い結末がやって来た。マーガレットは、自分が宙ぶらりんでなすすべもなく、ちょうど夢の中で夢を見ているようにどうしてもそこから抜け出せずに、その時を待っているだけなのだという気がしていた。九月の明け方はもやに霞《かす》んで青白く、冷え冷えとしていた。マーガレットの息づかいは寒さで震えていたが、頭の中では現実とかけ離れた脈絡のない映像が行き交い、体は機械と化して、脚がどんどん自分を運んで行くのもほとんど気づかなかった。通りのはずれを路上列車《ロード・トレイン》が通りかかり、機関車の火室から漏れる明かりがその助手と機関手を照らし出した。子供は不意に、そこへ駆けて行って飛び乗り、積み荷にかけた防水布の下のやかましい暗闇に身をひそめて走り去ってしまいたい、そして自分の部屋へ帰ってこのわけの分からない悪夢を振り出しに戻したいという激しい衝動に駆られた。しかしそうするかわりに、彼女は導かれるままに左へ曲がり、相変わらず乳母の腕にぶら下がったまま駅へと向かった。セアラを嫌いだと思ったことも度々だったが、今は好もしかった。だがそのセアラも何の助けにもならなかった。駅では列車が待っていた。そのひどく込み合いムッとする湿気がこもった列車の中にマーガレットは手荒く押し込まれ、窓に顔をくっつけて、人々の息で曇ったガラスを指で擦りながら立っていた。セアラと駅とそして一切のものが見る間にうしろへ遠ざかって点となり、更にどんどん小さくなって永久に消え去った。

そして学校がマーガレットを待ち受けていた。暗く、寒々とした大きな建物と、ぎょっとするほど糊の利いた白い頭布を付けた修道女たち。そのささやきと、すり足の音が、部屋部屋の石の床を行き交っていた。憂鬱《ゆううつ》で堪え難い孤独の薄闇にようやく微かな希望の光が現れ始めた。玄関ホールのテーブルに置かれた家からの手紙や、お菓子や、箱詰めの果物。凍りつくような戸外での活発なゲーム。寝室での声をひそめたおしゃべり。最初の友情の芽生え……。時は瞬く間に流れ、アフリカが大陸となり、πr^2がどうやら円の面積を表し、ジュリアス・シーザーはガリア人と戦った。信じ難いことに残りの月日はどんどん減ってクリスマスが近づいた。大ホールで学期末の音楽会や礼拝が行われ、十二月に入って日が短くなると、一日中、張出し燭台《しょくだい》に蠟燭《ろうそく》がともされた。汽車の乗車券が支給され、生徒たちは胸をわくわくさせながら荷作りして待った。そしていよいよ最後の朝、マーガレットはなぜか舎監のアリシャ修道女の許に引き止められていた。庭の叫び声や物音が、冬のよく晴れた日の空気のせいで手に取るようにはっきりと聞こえた。学校の玄関先に群がる翼車《バタフライ・カー》がパタパタ羽ばたき、エンジンの音を響かせている。マーガレットは途方に暮れたが、修道女は謎めいた微笑みを浮かべるだけだった。そしてびっくりすることが起こった。最初に微かだが聞き覚えのあるごろごろという響きが聞こえた。マーガレットの血潮が決して忘れることができない音だった。そしてもくもくと蒸気を吐き出し、真鍮の金具をきらめかせながら、全く夢のように、機関車が姿を現した。車回しをゆっくりと回り、巨大な車輪で修道院長自慢の砂利《じゃり》を敷きつめた小道に轍《わだち》を刻みつけ、汽笛を鳴らして翼車の群れを押し分け、追い散らした。その車輪は一番高い翼車のマストと同じ高さにそびえていた。機関車は台車を一つだけ引いていたが、その平らな荷台はほとんど空だった。運転しているのは伯父だった。マーガレットは、伯父が自分のためにわざわざ来てくれたと知ると、自分自身に愛想をつかしながら、わっと泣き出した。アリシャ修道女は「まあまあ……おばかさんね……」とつぶやきながら、痛々しいほど痩せこけた指で、マーガレットを宥め、分別を取り戻させてくれた。

マーガレットは、自分の手でひもを引いてバレル機関車の巨大な、太い声を目覚めさせることができるという期待に身をすくませて機関車の上に抱き上げられた。子供たちは一斉に車輪のまわりに群がり、物珍しげに眺めたり笑ったりしていたが、ジェシーは怒鳴ってそれを追い払い、反転レバーと調整器を前に倒した。弁や滑り子《クロスヘッド》のにぎやかな音を立て、勢いよく蒸気を吐き出しながら機関車は発進した。マーガレットがホーンプレートにしがみついて振り返り、手を振るうちに、学校は遠ざかり、車回しのカーヴにつれて次第に視野から消えて、まる三週間という長い間忘れ去られることになった。その後も度々伯父はマーガレットを迎えに来てくれるか、さもなければ会社の運転手に回り道させてくれた。伯父が自分で来る時は何時も決まって〈レディ〉だった。この古いバレル機関車は今でも一座の花形だった。マーガレットは友達や先生に向かって、あの機関車は自分に因《ちな》んで名付けられたもので、自分用の特別の機関車なのだとさんざん吹聴した。ジェシーは時折それを耳にすると笑って、マーガレットの髪を突っつき、物事の巡り合わせとはおかしなものだと言うのだった。というのは子供の母親もやはりマーガレットという名前だったからだ。その母親の父親はポートランド［第一旋律ではマーガレットの父親の居酒屋はスウォニッジ。ポートランドはドーセット州西、ウェイマス湾に突き出した岬にある町］の方で居酒屋をやっていたが、彼が死んでしまうと、住む家もなく後に残されたマーガレットは喜んで幾つも年下の男で我慢することにしたのだった。だがティム・ストレンジはその結婚のために仕事と家を捨てる羽目になった……［これによって本旋律のヒロインのミドルネーム、「ベリンダ」は「初代マーガレット」の姓と分かる］。けれども、その女がただの機関手の女房でいることに飽きるのに長くはかからなかった。二年後、彼女はパーベック領主お抱えの吟遊詩人と駆け落ちした。そこでティムは小さな赤ん坊を抱いてすごすごと家に戻り、ジェシーは静かに、長いこと笑って事業の半分をティムに譲り渡したのだ。だがそれはもうずっと昔のマーガレットが物心つく以前のことだった。

もっと後のことで、マーガレットが今でもはっきり覚えていることが幾つかあった。この風変わりで気難しい伯父の、また別の側面だった。ある日、一つの貝殻を手に伯父のところに駆けて行き、中で鳴っている波の音を聞けとせがんだことがあった。伯父はその果てしない金儲けの時間を割いて彼女を丘陵地帯まで連れ出し、とある石切場で岩の中から化石を掘り出して同じように耳に当てて聞いてごらんと言った。貝殻の時と同じ、歌うようなざわめきが聞こえた。伯父は歳月がその音を立てるのだと言った。化石の中に閉じ込められた何百万年という時が、自由になろうとして騒いでいるのだ。マーガレットはその化石を長い間大事に持っていた。それからさらに時がたち、そのヒューヒューというざわめきは自分の血液が流れる音のこだまにすぎないと分かったが、そんなことはどうでもよかった。それでもマーガレットはあの同じ音、捕われた永遠の時のたてる音を聞くことができたからだ。

会社を築き上げる仕事はジェシーをたいそう早く老けさせた。それと怪我だ。蒸気の接合管が爆発して、彼がやっとのことで逃げ出した時には背中の皮膚が半分ほどこそげ取られていた。機関車は時々まわりで働く人間を痛い目に遭わせることがある。ジェシーはろくに回復しないうちにもう起き出して運転台に乗り込み、片手しか使えない状態で石の荷を引いてロンディニアムまで行こうとした。マーガレットはその時ひょろ長い手足ばかり目立つ十三歳の娘で、既に乳首がその服の胸を微かに持ち上げ始めていた。彼女はよくジェシーの世話を焼き、夏の休日の静かな夕べ、長いことそばに座って本を読んでやったりした。その間ジェシーは横になり、顔をしかめてむっつりと天井を見上げながらじっと考え込んでいたが、何を考えているのかは誰にもわからなかった。だがその事故以来、ジェシーはすっかり変わってしまった。彼は見る見るうちに、じっとり黄ばんだ顔でベッドに横たわって死を待つばかりの老人になり、神父がやって来て、香《こう》のたちこめる中で何やらぶつぶつ唱えながら彼に向かって痩せた両手を振り回した……。

落下は終った。マーガレットはぼうっとして周囲を見回した。彼女は何年もの時を通り過ぎたのに、室内の様子は全く変わっていない。マーガレットの父［ティム］はじっと視線を落とし、その痩せた顔は、ランプの光の中で一層やつれが目だっていた。セアラは相変わらずずんぐりした姿で座り、不安げに膝の上で指をよじっている。エドワーズ神父はまだ本を手に祈りを唱え続け、ベッドに渡した襟掛けはぴんと張っていた。ランプの炎も今は安定して、春の夕闇の中でくっきりと明るく燃えていた。マーガレットは密かに顔を拭い、手をスカートの上に置くと、両膝を固く合わせて脚の震えを止めようとした。

　ここ一週間、ひどい状態だった。家中に影がたちこめ、幽霊が出た……。マーガレットの意識はその言葉にひるんだ。「憑《つ》かれている」というのはもっと悪かった。そんな言葉は今の今まで彼女の頭に浮かびもしなかった。時々妙な物音がした。何かが転がったり、叩いたりする音、夜のざわめきや怪しげな気配。まるで永遠に償われることのない昔の悪事の影が付きまとってでもいるようだった。その間にも死は一歩一歩近付いていた。その歩みは川の流れのように、荒野に立つ石の向こうに見る間に沈んで行く赤い夕日のように容赦がなかった。一度ジェシーは何かにおびえて起き上がり、身をこわばらせて両手を振り回した。彼はそこに見えるはずのないものを見ているようだった。また一度は一人の女中が、台所の何もない空中で冷たい物が触れたといって悲鳴を上げた。ある時マーガレットは足許の踊り場がぐらぐら揺れるのを感じ、「時」のいたずらか、自分自身の影、ドッペルゲンガーが目の前をすっと通って行くのを見た。穏やかな夏の夜にそれだけが異質だった。老人の唇はしきりに「マーガレット」という名を繰り返し、彼の姪はしばらくの間それが自分のことだと思っていたが、そうではなかった。彼は両手を振り動かし、何もない空中に向かって突き出した。春のそよ風が吹き込んで梁から下がった真鍮のランプを揺すり、暖炉の飾りやベッドの手すりに黄色い紡錘形《ぼうすいけい》の光がちらちら躍るたびに、彼の目がおびえたように見開かれた。セアラは彼が機関車のことを言っているのだと思った。今ではあの機関車を恐がって、揺れるランプや真鍮にその幻を見ているなんて気の毒にと。だが違った。噂では……。一人で伯父の側に座っていたマーガレットはぞっと身震いした。

彼女はずっと機関車乗りたちの中で育ち、連中のばかげた話がいつの間にか毛穴から染み込んでいた。あのバレル機関車は主人を迎えに来たりはしない。〈マーガレット〉は火を落とされ、かまに防水布を掛けられ、車輪の下には樫《かし》のくさびを打ち込まれてちゃんと機関車庫に収まっている。だがそれとは別の機関車がやって来るのだ。そういう言い伝えだった。その機関車〈つれないベス〉は、夜の闇の中に揺らめきながら黒々とそびえ立ち、腹には地獄の火が燃え、走行灯が二つの目のように光っている。その昔、西部のどこかに実際に〈つれないベス〉という機関車があった。その機関手は賭けに勝とうとして安全弁をひもでくくって走らせ、その結果あの世へ吹き飛ばされた。だがその後も人々は〈つれないベス〉が誰も乗せずに走るのを耳にした。今でもそのかちかちと鳴るはずみ車や轟く車輪、夜毎に丘にこだまする汽笛の音が聞こえることがあるという。それはずっと昔にあったことで、いつのことかは誰も知らなかった。だが噂は執拗《しつよう》に語り継がれ、子供たちをるのだ……。恐がらせて寝床に追いやるたわいのない話の一つになった。機関車乗りの言う〈つれないベス〉とは死のことだった。マーガレットはちゃんと教育を受けていたが、それでもどうしようもなくおびえて、震えながら十字を切った。〈つれないベス〉がこの部屋に来ているのだ……。

真鍮の金具や、暖炉の飾りは外され、光を反射するベッドの手すりは布でおおわれた。それでいて、たわいのない老人はそれでいくらか落ち着いた。だが「物《も》の怪《け》」は去ろうとしない。それがぐいと引っ張ったり、ささやいたりするのがマーガレットには感じられた。階段のあちこちに冷たい染みが現れ、一度は彼女の手に持った靴がひったくられ、壁に叩きつけられた。そこでついに神父が呼ばれた。エドワーズ神父が選んだ祈禱《きとう》にその気持ちがはっきり現れていた。「音の霊」、ポルターガイストを追い払うための祈りもいくつかあったが、神父はそれには目もくれなかった。善良な神父はどこに問題があるかを確信している様子だった。神父が行っているのは悪魔祓《あくまばら》いの儀式だった。でもそれは間違いだ、とマーガレットは心の中で言った。間違いだ。そして黙って心の中で叫んだ……。

〝よって我、汝、最も悪しき蛇《ドラコ・ネキシメ》よ、毒蛇とバジリスクを踏みつぶす汚れなき仔羊の名において、この男から立ち去れ……神の教会から立ち去れ……〟

神父の声が次第に微かになり、新たな夢に飲み込まれて行った。

再び汗が吹き出した。マーガレットは襲って来る悪魔に必死に抵抗した。というのも、こうした夢によくあるように、マーガレットは自分が一番見たくないと思っているものの方へどんどん押し流されて行くのに気付いたからだった。マーガレットは自問した。ではこれもあの連中の仕業なのだろうか。あの何かを叩いたり騒いだりしているものたち、あの幽霊たち、「古い人々」、そう、「古い人々」と彼女の意識がささやいた。あの連中が時間と空間から自分をもぎ取って行くのだろうか、それもはかならぬ神父の指の下から。そいい、いい、んなことができるのだろうか。マーガレットは力なくうめいた。彼らは荒野の住民、妖精なのだ。かつては彼らなりの強い力を持っていた人々だ。

マーガレットは浜に腰を下ろしていた。熱い日差しが、その年の流行に欠かせない短い半袖の外衣を着た肩や、膝に容赦なく降り注いでいた。元々色の白いマーガレットは、今でもすぐ日焼けして、鼻と口のまわりや背中は一面に雀斑《そばかす》の花ざかりだった。マーガレットは褐色の肌が気に入っていたし、浜にのんびり寝そべって、暖かく、まぶしい日の光にひたるのが好きだった。トム・メリーマンに、彼の乗っているフォーデン機関車を回り道させて途中で降ろしてもらい、帰りにまた拾ってもらうようにしつこくせがんで、やっと出掛けて来たのだった。忠実なセアラはぶつぶつ文句を言ったが、それでも台車の平たい荷台で揺さぶられ、轍の刻まれた白い道から舞い上がる土埃で窒息しそうになりながらくっついて来た。機関車のうしろでは翼車が群れをなして、頼りなげに押し合いへし合いしていた。ちっぽけなエンジンがぶつぶつうなり、縞《しま》模様の三角帆が風に膨らんだ。ダーノヴァリアからの道中ずっと、マーガレットは長い脚をぶらぶらさせながら翼車の運転者たちをあざ笑っていた。ラルワースでトムは工作機械を一箱下ろし、それから方向を転じて海岸沿いにウェイマス［ダーノヴァリア（ドーチェスター）南の港で保養地］に向かった。ウェイマスの先でフォーデン機関車はまた内陸に入り込み、ビーミンスターへと向かった。マーガレットは海岸で過ごす一日に胸をわくわくさせながらセアラを引っ張って機関車を降り、フォーデンが自らまき上げるもうもうとした土埃の中に消えてしまうまで、そこに立って手を振っていた。そこでセアラが暑さのせいで目まいに襲われ、木陰に連れて行かれた。マーガレットは、座ってバンドの演奏をきいているセアラをそこに残して水辺に飛んで行き、一人で腰を下ろした。それからボートが入って来て、人々は一斉に走り出した。

　その時マーガレットは自問した。なぜ自分はいつももめ事の中心に首を突っ込もうとするのだろう。彼女は内心、自分は臆病に違いないと思っていた。現実が彼女の恐ろしげな想像より醜いことは決してなかった。ウィリアムが工場の旋盤《せんばん》で手の指を半分切り落とした時のことだ。彼の恐ろしい悲鳴を聞き、職長が非常ブレーキをかけて中間軸の回転を止めるのを見たマーガレットは、ウィリアムがまっ青な顔で手首を押さえて立っている薄暗い片隅へ走って行かずにはいられなかった。そして、先を切り落とされた指から鮮やかな血潮が吹き出し、床にしたたり落ちてリボンのように流れるのを見た時は、ほとんどほっとしたと言ってもいいくらいだった。後で皆は口々に、彼女がとてもしっかりしていたと言った。褒められればいい気持ちになりそうなものだったが、マーガレットは自分がそれに値しないことを承知していた。本当は嫌でたまらず、気持ちが悪かった。ただどうしても見ないではいられなかったのだ……。

ウェイマスでは浜や港から観光客相手の釣舟が出ていた。シタビラメやイセエビ、それに時季がよければサメが釣れた。小さなウバザメは人を襲ったりはしなかったが、それを釣るのは恰好の気晴らしになった。浜に入って来たのは釣舟で、乗っていた若者は巻き上げ機に片腕を挟まれ、それでもどうにかして岸に辿《たど》り着いたのだった。マーガレットは群衆をかき分けてしゃにむに前へ進み出た。既に吐き気が込み上げて視野の端が暗く陰り出し、止まることができなかった。ひどい有り様が目に映った。巻き上げ機の歯に挟まれて腱《けん》や骨が剝き出しになり、男は顔を赤くして、信じられないほどの気力で持ちこたえていたが、どうしたらいいか分からない様子だった。

一台の車が砂をはね上げながら浜に乗り入れて止まった。運転していた男はドアを飛び越え、群衆を肩で押し分けてボートのところまでやって来た。男はマーガレットを助産婦か何かだと思ったようだったが、彼女は喉がカラカラに干上がって違うと言うことさえできなかった。気がついてみると、マーガレットは車のうしろの席で止血帯を締め付けながら怪我人の体を支えていた。血がどくどく流れ出して革張りの座席に染み込んだ。町の外れで五、六人のアドハルム修道僧が小さな施療院《せりょういん》のようなものを開いていた。この浜辺で病院に近い役割を果たしているのはそこだけだった。男はそこに車を止めた。マーガレットは若者が戸口から運び込まれるのを座ったまま見送り、今すぐ気分が悪くなるべきか、それとももっと後にすべきかと考えていた。しばらくして彼女は車を下り、自分のしていることをはっきりとは意識しないままに歩き出した。セアラのことはすっかり忘れていた。

マーガレットはみじめな気分だった。人間は皆薄い皮で出来た袋にすぎず、あっけなく裂けて苦しみながら死んでしまうように思われた。そして自分は、女の脆《もろ》い体の中に閉じ込められ、出産や性交に血を流すのだ。マーガレットはひどく衝撃を受け、まるで、死んでしまったような気がした。

マーガレットが辿り着いた浜は何マイルにもわたって広がっているように思われた。彼女は浜を見下ろす崖の上を岬から岬へ、青と白の広がりと、風に吹き散らされてキラキラ輝く塩辛い飛沫《しぶき》を眺めながら、ただ当てもなく歩いて行った。しばらく歩いてから、マーガレットは砂の斜面をずるずると滑って水辺に下りた。水に入るつもりだったが、そこでほかにすることがあったんだと思い出し、改めて吐き気を催してハリエニシダの茂みの陰で吐いた。それから彼女はごつごつと尻に当たる岩に腰を下ろし、足許の小石を拾っては水に投げ込みながら、じっともの思いに耽った。太陽がじりじり照りつけ、海面に無数の光のかけらや、光の輪が跳ね躍った。上からだれかが呼びかけたが、その声はほとんどマーガレットの意識に届かなかった。相手はもう一度怒鳴った。

「おーい……」

彼はがっしりして顎髭を生やし、赤ら顔で、無視されることには慣れていないようだった。マーガレットは振り向いて元気なく男の方を見た。

「一体何をしてるつもりなんだ」

マーガレットは肩をすくめた。マーガレットの肩が「海よ……」そして「小石を投げてるんじゃないの……」と身振りして示していた。

「ちょっとこっちへ上がって来ないか」

マーガレットはまた肩をすくめる。そっちが下りて来ればいいのに……。

男は下りて来た。彼は騒々しい音を立てて斜面を滑り下りた。「おかげでえらい目に遭ったぞ……」そう言うと彼は、いかにも横柄な態度で指の太い大きな手をマーガレットの顎にかけ、ぐいと持ち上げた。「なるほど」彼はうなずいて言った。「なかなかのものだ……」

マーガレットの目が彼をにらみ返した。それから、「あの人死んだの?」マーガレットは投げやりな調子で尋ねた。一瞬の怒りが過ぎ去り、拍子抜けした、味気ない気分が後に残った。

男は笑った。「いや、あいつら平民があれくらいのことで死ぬもんか……。敗血症でやられる恐れもないではないが、まずそんなことはあるまい。連中はたいてい生きのびるさ……」

「どんな手当てをしたの」彼女の声には微かな関心の名残りがあった。

ノルマン人は肩をすくめた。二人の会話はノルマン・フランス語だった。マーガレットはほとんど無意識にそれを使っていた。「何もしやしない。あっという間に終わりさ。調理場の肉切り包丁とタール、それだけだ。血管の縫い目は外へ突き出したままにしておくんだ。腐ったら引っ張り出すのさ……」

マーガレットの唇が巻き上がり、両端が四角く歪んだ。とたんにまた彼の手が伸びて来た。マーガレットはそれを払い除けた。「私にかまわないでよ……」ちょっとの間二人は揉み合った。「君はなかなか美人だ」彼は言った。「ところでどこから来たんだ、この辺で見掛けない顔だが……」

マーガレットは彼に向かって拳を振り上げた。「このろくでなし《フィス・ド・プレートル》……」

彼はまるでマーガレットに銃剣で突き倒されでもしたようにひるんだ。彼はマーガレットを突き放して立ちはだかり、一瞬の間、マーガレットはなぐられるのを覚悟した。それから彼は愛想をつかしたように顔を背けた。「そいつは」彼は言った。「あんまり気の利いたやり方じゃないぞ……」砂が彼の片方の目に入り込んでいた。彼は指の関節でごしごし擦り、悪態をついた。それから崖を登って引き返し始めた。途中まで登った所で、彼は振り返って叫んだ。「おじけづいたんだろう……」

答えはなかった。

「君はただのつまらん気取り屋だ……」

反応なし。

「帰り道は遠いぞ……」

マーガレットは鼻孔を怒りにひきつらせて立ち上がり、彼の後を追って車のところまで登って行った。

車は微かなたぎるような音をたて、ボンネットの上の帯金を小刻みに震わせながら、横に張り出した車輪の間にうずくまるような恰好で待っていた。ドアは五インチほどの厚さだった。それから自分も乗り込み、ブレーキを外してマーガレットがおそらく調整器だろうと見当をつけたものを押した。ベントリーは不気味なほど静かにぐんぐん速度を上げた。ほんの微かな蒸気がうしろにたなびいた。マーガレットは固くなって座っていた。腿の下に、暖められた革の温もりが感じられた。彼女は、なぜ自分は一度も挑戦に抵抗できた例しがないのか、自分にどこか大人になりきっていないところがあるのだろうかと自問した。車は大きく旋回して海辺を離れ、再び東へ向かった。轍の刻まれた道路は容赦なく車を揺さぶった。彼は道路に身を乗り出して、「二百ポンドかけてマカダム舗装すればいい」というふうなことを怒鳴り、それからまた黙り込んだ。マーガレットは、前からうすうす分かっていたことをはっきりと確信した。彼はありきたりの家柄の人間ではないのだ。蒸気自動車は法律で許可されてはいたが、余程の金持ちでなければそんな物を持とうとしないし、また実際持ちきれなかった。「石油禁止令」が労働者階級の機動性を制限するためのものだということは、もうずいぶん前から暗黙のうちに認められていた。

車がウェイマスにさしかかり、マーガレットはセアラのことを思い出した。きっと大事な預かりものを求めてそこいら中捜し回った挙げ句、今頃は土地の警官を気が狂うほど悩ましているに違いない。マーガレットは、止めてと叫んだが彼は知らん顔で運転を続けた。彼が聞こえていることを示すのは、ちらりと横に向けられた鋭い気難しげな視線だけだった。町を出たところで雨が降り出した。マーガレットは少し前から降り出しそうな気配に気付いていた。行く手のまっ青な真夏の空に、黄色と灰色の交じった妙な色の嵐雲がもくもくとわき上がっていた。最初の雨粒がちっぽけな風防ガラスを越えて襲いかかり、マーガレットは悲鳴を挙げた。彼が怒鳴り出した。「いまいましい幌《ほろ》のやつを置いてきちまった……」さらに一マイル走ったところで蒸気が切れ、彼はやむなくとある樫の大木の下でしばし雨宿りに甘んじたが、マーガレットはその頃までにはすっかりびしょ濡れになり、もうどうでもいいという気持ちだった。車が、ごうごうなりを挙げる枝の下を出て再び走り出すと、マーガレットはほっとした。

地平線の彼方にコーヴズゲートの町が姿を現した。たくさんの塔が石の牙《きば》のようにぬっと突き出している。雨は小降りになった。車は、けたたましく吠えたてる犬の群れに囲まれて村を通り抜けた。ベントリーの燃焼室から発する超音波が犬どもを狂ったように駆り立てるのだ。車は広場を横切り、城門の落とし格子の下をくぐって城へと入って行った。門衛が、大きく弾みながら通り過ぎる車に敬礼した。外側の庭では市が開かれていた。金色の竜や、灰色の石を背に並ぶ、雨に濡れた艶めかしい女像柱が目に入った。祭用に飾りたてた機関車が何台か停めてあったが、あの〈レディ・マーガレット〉なら、華やかさにかけてもさしてひけを取らないように思われた。ベントリーは大きく弾みながら芝生を横切った。一対の真鍮の警笛が行く手の人々を追い散らす。「殉教者《じゅんきょうしゃ》の門」は落とし格子が下りていて、人々を内側の庭や天守閣周辺から閉め出していた。車を通すために巻上げ機《ダンジャン》が鉄の格子を引き上げると、高い石壁の上から蒸気が立ち登った。それから車は門を抜けて、城まで一直線に続いているかと思われる急な坂を上り出した。ボンネットが二人の頭より高くせり上がった。ベントリーはついに、そびえ立つ天守閣の城壁の下にしつらえた石造りの車庫に滑り込んだ。

頭上の、目がくらむほど高い所に幾つかの旗がひるがえっていた。聖人祝日や祭日に限って掲げられる古めかしい、派手な王旗、ローマの鮮やかな青の旗、それに二股に割れた英国国旗。パーベック城主の獅子とゆり紋の旗は見当たらず、領主閣下は不在と知れた。マーガレットは、まんまと自分を捕らえた男の後について屋根のない通路を息せき切って走りながら、旗や、今では日が当たっている高い城壁をちらりと眺めた。一方の手首は彼の手にむんずとつかまれ、息が切れて文句を言うこともできない。彼女はすっかり方向感覚を失ってしまった。城はごちゃごちゃに入り組んだ膨大な石の塊だ。数知れぬ広間、おびただしい建物がきりもなく次々と、天守閣の巨大な大山塊のまわりに積み重ね、付け足されていた。細長い矢狭間《はざま》から、段壁のついた円筒形の塔と、その向こうにはるかプールの港［プール湾をはさんでパーベック半島の東端と向かい合う］まで広がる荒野が見える。マーガレットは曲がりくねって控え壁へと続く階段を上がり、ある部屋に辿り着いた。そこでパーベックの領主エドワード卿の子息、ウェセックス［今日のドーセット州。十世紀ごろまでアングロ＝サクスンの古王国所在地］のロバート卿は、いらいらとベルロープを引っ張った。ロープは卿の御意に耐えかねてばらばらに引きちぎれんばかりになった。マーガレットは抗いながら、茶と赤の城のお仕着せを着た、がっしりした女の手に委ねられた。「そいつをどうにかしてやれ」ロバートは両腕を振り回しながら怒鳴った。

「そいつがくしゃみでも始めないうちに連れて行って風呂に入れるか何かしてやれ。磯臭くてかなわん……」マーガレットは怒り狂って彼に殴りかかろうとしたが既に遅く、鉄の鋲《びょう》を打った扉が目の前でばたんと閉まった。「何ですって、女中は激しい剣幕で自分は誘拐されたのだと言い張るマーガレットを笑った。「何ですって、お母様がお城においでになるというのにですか。あの方は家名を汚すような真似はなさいませんよ。ご心配はいりません……あらあら……さあこちらへお嬢様、意地を張るのはおやめなさい……まあ、全くあなたって方は……」

いきりたつマーガレットが無理やり引きずって行かれ、噴怒とともに置き去りにされた部屋は、城の基準から言えば小さかった。繊細な縦長のアーチに囲まれたステンドグラスの窓には、紋章の獅子とゆりの図柄が色鮮やかにくり返されていた。緞子《どんす》の掛け布が壁の一部をおおい、床には磨かれたパーベック大理石の板でできたどっしりした浴槽がはめ込まれている。浴槽の上には、黒い漆《うるし》塗りで、銅の輪やぴかぴかの渦巻き模様で華やかに飾り立てられた自動湯沸かし器がそびえていた。壁にはまった格子は、明らかに温風装置の吹き出し口をおおっているものらしい。マーガレットは心ならずも感心した。ダーノヴァリアの家もかなり良く設備が整っていたが、これほどの贅沢はまだ見たことがなかった。

二人の若い女中が彼女の用を足すために控えていた。マーガレットは顔をしかめ、その二人を追い払いたいという衝動に駆られた。どう考えても、他人に入浴の世話をされることには馴染めなかった。まだ学校へ行ったばかりの頃は、時々アリシャ修道女にごしごし洗ってもらったことがあった。「さあ、早く」と修道女は言ったものだ。「嫌な臭いのするおちびさん」そして、すでに冷たい水があふれている巨人な四角い浴槽の一つに彼女をざぶりと漬け、大きな毛の硬いブラシを手に襲いかかるようにごしごし擦る。時にはそうされるのが楽しいくらいだった。だがそれはずっと昔のことで、今ではいろいろなことが変わってしまっている。

マーガレットは肩をすくめ、もぞもぞと上着を脱ぎ始めた。もしここの気違いじみた若様が、彼女のことで使用人たちの手を煩わしたいというのなら、こんな機会を逃すのはもったいない。恐らくもう二度とこういうことはないだろう。

湯沸かし器がしゅうしゅうとにぎやかな音をたて、浴槽はすぐに一杯になった。女中たちはマーガレットの髪を束ね、一人が湯の中に一つかみ何かを入れると、見る見る虹色に光る泡が盛り上がった。マーガレットは興味をそそられた。そんなものはまだ見たことがなかった。一時間後には、彼女はほとんど、態度を改めて礼儀正しくしてもいいという気になっていた。彼女はごしごし擦られ、揉みほぐされ、マッサージを施され、膝をついて背中をのばさせられて、肩から何かビャクダンの香りのする液体をかけられた。その液体は火のように熱く体を伝い落ちて背中の筋肉に心地よいほてりを残し、凝りや疲れが洗い流したように消えた。彼女のために一着のドレスが出してあった。胸元が大きく開き、薄手の布をたっぷり使ったスカートの、本式のドレスだ。それに模造ダイヤをちりばめた髪飾りもある。衣裳はぴったりだった。マーガレットは、サテンのようにすべすべになった肌に触れる布地のくすぐったい感触に、もじもじと体をくねらせた。そして、ロバートは随分手際良く城に婦女誘拐の道具立て一式を揃えているものだと、いささか見当違いに感心した。後になって、この時彼は、ちょうど不在だった妹の衣裳の中から適当なのを無断で借りておけと命じたのだと分かった。彼はどんな欠点があるにしろ、物事を決して中途半端にしないことだけは確かだ。マーガレットはこの頃にはセアラや家のことがひどく心配になっていた。だが出来事が次から次へと目まぐるしく続き、それについて行くだけで精一杯だった。

マーガレットがすっかり身仕度を終えた時はもう夕方近かった。西に傾いた太陽が荒野に途方もなく長い影を投げかけ、層をなして無数のダイヤモンドのように輝く城の縦仕切りの窓を、赤々と燃え上がらせた。城は、西に広がるもやの中に浮かぶ、石で出来た船のへさきのようだった。市場の物音が城壁を越えて漂って来る。叫び声、オルガンの響き、乗り物の低いうなり。晩餐《ばんさん》は、天守閣の傍らに建てられた十六世紀の大広間で供された。客たちは豪華に着飾り、腕を組み合って、外の暖かい空気の中をそぞろ歩いた。壮大な天守閣は、もう何世紀もの間、倉庫兼武器庫として使われているだけだと知って、マーガレットは微かな失望を覚えた。

パーベックの領主は代々、祝日や祭日には、大法王ギゼヴィウスによって再導入された古めかしいやり方で食事を取る習慣になっていた。さほど親しくない一般の客は、広間の中央の長いテーブルに着き、家族や私的な友人たちは、広間の一方の場に設けられた一段高い席で食事をした。おびただしいランプがともされて室内を明々と照らしている。楽師席には小さなオーケストラが配され、従僕や女中が、床のあちこちをうろついている犬ども、メスの猟犬《プラチエット》やマスティフ犬につまずきながら、せわしなく行き交っていた。マーガレットはまだいくらかぼうっとしながら、ロバートの母レディ・マリアンヌや、五、六人の大事な客たちに紹介された。マーガレットは頭がくらくらしてとてもそうした名前を覚えるどころではなかった。リー・フレデリック・何某《なにがし》、どこそこの大司教猊下《げいか》……。マーガレットは機械的に膝を曲げて深いお辞儀をくり返し、導かれるままに最後にはロバートの右手の席に着いた。膝に冷たい鼻が押し付けられ、ちゃんと側に控えている者がいることをマーガレットに教えた。彼女は何気なく手を伸ばして、そのメスの猟犬《プラチエット》の耳の下をかいてやったが、それを見て主人役のロバートは驚きのうなりを発した。「こいつは大変なことだぞ、君は知るまいが、誰にも馴れないんだ、そいつは。この間も警官を一人がぶりとやったばかりだ」彼は無遠慮ににやりとした。「指二本さ……」

マーガレットはそっと手を引っ込めた。ロバートは手足の切断がことのほかお気に召している様子だった。

彼女は一度ならず、いや十数回も名乗りをあげていたのに、卿の頭に入ったとは思えなかった。マーガレットの名に精一杯の威厳をこめて、家に伝言を送らせてほしいと彼に頼んだ。マーガレットの目は、天守閣の脇に信号塔が設置され、近くの丘に信号支局があるのをちゃんと見届けていた。身を屈めてマーガレットの頼みを聞いていたロバートは微かに驚いた顔をし、それからぱちんと指を鳴らしてそこいらをうろついていたお抱えの信号手を呼んだ。「何といったかな、ストレンジか」

「父は」マーガレットは冷ややかに言った。「ダーノヴァリアのストレンジ父子商会のティモシー・ストレンジです」

爆弾の効き目はまんざらでもなかった。ロバートはうなり、眉を上げ、ワインをぐいとあおって、指先で麻のテーブル掛けの上をトントンと叩いた。「何てこった」彼は言った。「くそ。じゃあ俺のお相手は鼻もちならん異教徒ってわけか……［元からカトリックのノルマン貴族から見て、強制的に英国国教徒（プロテスタント）からカトリックに改宗させられたサクスン人、ストレンジ家は「異教徒」］」

「ロバート……！」少し離れた席にいるレディ・マリアンヌの声だった。彼は平然と母親に向かって軽く頭を下げた。「なるほど」彼は言った。「じゃあ君のその意地っぱりも、それでいくらか説明がつくというもんだ……」彼は信号手が差し出したメモ帳に走り書きした。「早いこと送ってくれ。もうじきまっ暗になっちまうからな」少年は走り書きに目を通しながら出て行った。数分後に信号機がカタカタ鳴り始め、丘の上の大きな塔がそれに答えるのが聞こえて来た。日暮れ前に承知の返事が送り返されて来た。ただそっけなく「通信を受け取り、了解した」とあるだけだった。マーガレットはそれを見て、家では皆自分に対して腹を立てているに違いないと思った。

夜はまたたく間に更けた。マーガレットにとってはあまりあっけなさすぎた。家に帰ればどんな気まずい思いが待っているかよく分かっていた。食事の後は、軽業師の一座や市《いち》で演物《だしもの》をやっている連中による余興があった。芸を仕込まれた犬たちが輪をくぐったり、キルトやズボンをはいて後足で立って駆け回った。余興は大成功のうちに終わった。ロバートの気難しい猟犬どもが芸人の一人をつかまえて振り回し、瀕死の重傷を負わせたことも、ほとんどその進行の妨げとはならなかった。動物の芸の次は吟遊詩人が登場した。面長の悲しげな顔をしたその男は、明らかにロバートから言い含められたらしくマーガレットにはほとんど聞き取れない訛の強いフランス語で一連の押韻詩《おういんし》を歌ったが、恐らく分からなくて幸いだったのかもしれない。ロバートはひどく面白がって大笑いをしていた。それから木の実や果物を盛った皿が出され、更に酒が注がれた。晩餐会がお開きになった時はとうに真夜中を過ぎていた。ロバートは大声で松明《たいまつ》持ちの少年を呼び、マーガレットを用意させておいた部屋まで送るように命じた。マーガレットはふらつかずに立とうと骨折りながら、不意に今晩誰も自分を迎えに来ないのは好都合だったと悟った。かつては王侯や法王だけにしか供されることのなかった高価なオポルト葡萄酒《ぶどうしゅ》が、どうやら彼女には効き過ぎたようだった。着物を脱がせてくれた女中に回らぬ舌でお休みをつぶやきながら、彼女は暖かいもやの中にくずおれ、たちまち眠りに落ちた。マーガレットは翌朝早く目を覚まし、横になったまま自分を起こしたのは一体何の音だったのだろうと耳をすました。再びその音が聞こえた。遠くで激しく吠えたてる犬の声だ。マーガレットはもうろうとしたまま起き上がり、縫取りのある上掛けを羽織ってそっと細長い窓に近づいた。幾重にも連なる屋根のはるか下の方に、外の庭を突っ切って門へと馬を進めるロバートの姿が見えた。二頭のメスの猟犬《ブラチェット》が馬の後足のまわりを駆け巡り、彼の手首には目隠しをした隼《はやぶさ》が、鮮やかな羽毛をまとった小さな盲目の騎士のように止まっている。けたたましく響く犬の声が、主人の姿が見えなくなった後もいつまでも聞こえていた。

その朝十一時に、栗色のフォーデン機関車がぽっぽっと湯気を立てながら外側の城門に乗り入れ、機関手がストレンジ嬢の身柄を要求した。それから間もなく、マーガレットは名残り惜しげにコーフ城に別れを告げた。

帰ってみると、事態は心配していたほど悪くはなかった。家族の者たちは、セアラの他は、皆マーガレットの今度の遠出に頭を悩ますというよりは感心した様子だった。ストレンジの人間は並大抵のことでは感心したりしない。だがパーベックの代々の領主はドーセット州の大半を所有し、その所領はシャーバーンからさらにその先にまでも及んでいた。かつてはジェシー自身の地主でもあったのだが、彼がかき集め、貯えた金で、その土地を無条件相続地として買い取ったのだ。この伯父は伯父流の寡黙なやり方で支持してくれ、その効力は絶大だった。その晩彼は、座ってパイプをくわえ、顔をしかめながら、マーガレットが語る事の次第に耳を傾け、時折短い質問を差し挟んで、細かい点に至るまですっかり聞き出した。だがこの時既にジェシーの健康は衰え始めており、その顔はやつれて血の気がなかった。

再びマーガレットは時間の中を慌ただしく先へ進んだ。ちょうど、やがては発明されるはずの映画にも似て、亡霊じみた、ちらちらする映像が目まぐるしく流れ去った。マーガレットは、ロバートが自分のことを少しでも覚えていてくれることを示すしるしを当てもなく待ち望み、悶々《もんもん》と過ごした日々を思い出した。彼女はロバートに対する自分の気持ちを分析してみた。自分はただ彼の気違いじみた所に惹きつけられただけなのだろうか、単に彼の中の動物的なオスに惹かれたのか、それとももっと奥深い感情を抱いているのか。またはもっとさもしい考え、つまり自分をできるだけ有利な相手に売りつけ、あわよくば自分より一段上の階級にのし上がろう、コーフ城の奥方という玉の輿《こし》に乗ろうという考えに突き動かされているにすぎないのだろうか。もしそうなら、そんな考えは捨てた方がいい。この三番目の夢物語は考えるだけ無駄だと自分に言い聞かせた。なぜなら自分はあの丘の上の壮大な城に属する人間とは本質的に違うからだ。

秋が来て、取り入れと収穫祭の時期になった。機関手たちは機関車庫で新しい麦藁の人形を編み、軒下でほこりまみれになっている去年の人形と取り替えた。古い人形は焼かれるのがしきたりだ。マーガレットは台所で、来るべき冬にそなえて瓶詰めや、ジャム、塩漬け肉の仕込みの指図に追われていた。そして旅の汚れと錆《さび》におおわれた機関車が、凍てつく寒さと轍の刻まれた道路を逃れて一台、また一台と機関車庫に戻って来て、油を差したり、磨いたり、ペンキを塗ったりして来年の出動に備えて化粧直しされた。ボルトは残らず点検され、テストされ、すり減った車輪の接地面《トレッド》はとり替えられ、弁装置はとり外して再び組立てられ、操舵チェインはつぶさに点検ののちテストされなければならない。加熱炉が一日中ごうごうと燃え続け、従業員の子供たちがまっ黒けの小鬼そっくりの恰好でそれに風を送っていた。旋盤がぶんぶんうなり、男たちがそびえ立つバレルや、クレイトン、シャトルワスといった機関車に群がってせっせと働いていた。人手はたっぷりあった。というのも輸送業者の中ではストレンジ父子商会だけが、この時期にも従業員を一時解雇しなかったからである。ジェシーは例によって従業員たちと一緒に働いていた。首を伸ばして機関車の轟く鼓動を聞き、なで回し、診断する。ただ時折、締め付けるような痛みが彼の体をくの字に折曲げさせた。すると彼は悪態をつきながら現場を離れ、一休みしてビールを飲み、気を取り直して再び仕事に戻るのだった。

日が短くなり、冬至が近づいた。クリスマスまでわずか一週間という時、赤い筋の入った防寒外套をまとった城の差配人が白い息を吐きながら庭に馬を乗りつけた。マーガレットは手紙を受け取り、震える手で封を切った。彼女はそのなぐり書きされた、綴《つづ》りの間違いだらけの手紙に眉をひそめ、不意にそれがロバート自身の手によるものだと悟った。激しい喜びが衝《つ》き上げて来た。マーガレットは何よりもまず伯父に知らせようと機関車庫へ駆けつけた。彼女はコーヴズゲートの町で催されるクリスマスの祝賀会に、百名を越す城の滞在客の一人として招待されたのである。このパーティーは、例年通り行われるとすれば優に三月頃まで続くのだ。承諾の返事が、まだ息をはずませながら台所で一杯の熱いエールをあおっている差配人の手に渡された。

翌日、発《た》つ前にマーガレットはもう一度ジェシーの許を訪れた。既に庭では馬が、しきりに鼻を鳴らしながら待っていた。ジェシーはいつものように機関車庫にいて、霜におおわれた細長い窓から差し込む青味を帯びた光の許で、ピストンの先端を軸に取り付けている最中だった。その瘦せて尖った顔と、厳めしい口許に刻まれた深いしわを見て、彼女は胸が痛んだ。急に行きたくないという気がしたが、ジェニーの態度はそっけなかった。「さっさと行くことだ」彼は単刀直入に言った。「またとない機会だからな……」彼はマーガレットの額に軽く唇をつけ、子供の時よくやったように彼女の尻をぴしゃりと叩いた。そしてマーガレットを戸口まで送り、そこに立って彼女の姿が見えなくなるまで手を振った。それから彼は顔をしかめて向き直り、脇腹をさすりながらベンチにもたれかかった。苦痛を和《やわ》らげようとする半ば無意識の仕種だ。やがて発作は終わり、血の気のひいていた顔に赤味が戻った。彼は顔を拭い、のろのろと仕事場に引き返した。

ダーノヴァリアの町の外れで護衛の一団が待っていた。マーガレットは身を切るような寒さに備えてしっかり身を包んでいたが、石弓で武装した男たちの一隊を目の当たりにすると思わず身震いが出た。「野盗」の潜む気配がないか調べるために、荒野を突っ切る道の両側に偵察が出された。代々のパーベックの領主たちが、客の身の安全に関して運を頼むような真似《まね》をしないのは明らかだった。城までは長い道のりだった。刺すように冷たい風が顔や耳に容赦なく吹きつけ、固い地面に蹄《ひづめ》が轟いた。マーガレットが再び城を目にした時は、既に日が傾きかけていた。灰色の石の城は鉄灰色の空を背にそびえ立ち、屋根はうっすらと白い霜におおわれていた。外側の城門には落とし格子が下りていた。風が甲高《かんだか》いうなりを上げ、頭上にそびえる壮大な城の窓が、ぎらぎら燃える目のようにこちらを見下ろしていた。馬が鼻息を荒らげ、蹄を鳴らした。一行が待つうちに、鉄の格子は鎖のきしみと共にゆっくりと石の中に消えて行った。高まる期待に、マーガレットは伯父に対する気がかりも忘れ去った。背後で門がガラガラと閉まり、内側の城壁を固める歩哨《ほしよう》が誰何《すいか》する声を聞くと思わず笑いがこみ上げて来た。城は冬と闇とにすっぽり包まれていた。

マーガレットの頭に城の様々な出来事が次々と蘇った。ダンス、おしゃべり、笑いさざめき、コーフ城の小さな礼拝堂でのミサ、海岸まで遠乗りして眺めた英仏海峡の、強風に押しつぶされて、のっぺりした海面、大広間のごうごうと音をたてて燃える火、風の吹きすさぶ夜のベッドの快い温もり。マーガレットは鷹狩《たかが》りにも手を染めた。これなら女性向きだと、よく慣れた小さな隼が提供された。ロバートはそれを進呈しようと言ったが彼女は断った。そんなものを飼っておく場所もなければ鷹籠もなく、世話をするお抱えの鷹匠《たかじよう》もいなかったからだ。隼は終いには力強く羽ばたきながら空高く飛び去り、それきり戻らなかったが、マーガレットはむしろ嬉しかった。その鳥は、風と共にあるべきものだと思われたからだ。

ロバートは、もっぱら客を感心させるために、一羽のイヌワシをわざわざスコットランドの山奥から取り寄せ、調教していた。この哀れな鳥は、初めて放されるとさっそく一本の木に逃げ込み、あらゆる手を尽くして追い立てたがだめだった。城の召使が二人後に残って見張りを続けたが、結局捕まえられずに戻って来た。鳥はおとりには見向きもせず、迫る夕闇に乗じて気付かれずに飛び去ってしまったのだ。イヌワシは二晩たってようやく戻って来て、心もとなげに外側の城門塔に止まった。ロバートは口汚く罵り、ぐでんぐでんに酔っぱらって、放蕩者《ほうとうもの》にはそれ相応の扱いをしてやると息巻いた。彼を満足させるものは城の小型砲しかなかった。誰もそれが発射されるのを見たことがないという古い大砲がそちらに向けられ、武器庫から弾薬が運び出された。砲弾は門の脇の城壁から一立方ヤードほどの石をえぐり取り、危うく配膳係の首を刎《は》ねかかり、一人の婦人客を震え上がらせ、ヒステリーの発作を起こさせた。一方、愚かな鳥は衝撃でその足場から吹き飛ばされ、重々しく羽ばたきながら飛び去って二度と戻って来なかった。

大晦日の晩、ロバートはマーガレットを連れ出して古い大守閣に登った。五百フィート以上もの高みから荒野を見下ろす細長い窓の前に二人は立った。刺すような風が顔に吹きつけ、石の間で金切り声を上げた。見渡す限りの地平線にまたたく目のような鬼火を見て、ロバートは声をたてて笑った。どこからか、甲高く震える狼の遠吠えが聞こえた。マーガレットは、闇の中から響いて来るとっくに滅びた古《いにし》えの物音に思わず身震いした。ロバートはそれを見て取ると、マーガレットのうしろに回って外套《がいとう》で自分たち二人をすっぽり包み、両腕を彼女の胴に回してしっかり組んだ。マーガレットは向き直り、彼の温もりと、その両手のゆっくりした愛撫を感じながら身をすり寄せて、彼の肩に顔を埋め、ロバートは彼女の目に垂れ掛かる髪を撫でた。マーガレットは、時が流れ、すべての物がはかなく移り行くという思いに打ちひしがれ、泣きたくなった。二人は一時間ばかりそうして立っていた。村中に鐘が鳴り響き、はるか下には家々の開け放たれた戸や窓から漏れる黄色い長方形の光が点々と見え、ちらちらと燃えていた火は衰え、やがて消えた。すべての暦《こよみ》の上で、新たな年が始まったのだ。

　マーガレットはその後もたびたびコーヴズゲートの町を訪れた。季節は冬から春へ、そして春から夏の盛りへと移って行った。夏至祭前夜、マーガレットは城の庭で仮装した男たちが繰り広げるモリスダンス［英国男性の古式仮装舞踏。くるぶし飾り、腕輪についた鈴で拍子をとる。ロビン・フッドが主題］を見物し、踊り手の腰につけた木馬に硬貨をやった。もっともそのカタカタと鳴る木の歯ではそれをくわえられなかったが。一度、ロバートのベントリーが、ちょっとした馬鹿騒ぎで前のバネを折り、修理工場入りしていた折のことだが、彼はライム村まで翼車を無茶苦茶に飛ばした後、かんしゃくを起こして、その代物をゴールデンキャップの崖から突き落としてやると罵り、それを実行に移した。その年の間中、城の衛兵か巡回途中の荘園差配人の手で頻繁にダーノヴァリアに手紙が届けられた。マーガレットは未来のコーフ城主を当惑させ、おそらくは幾らか悩ませもした。マーガレットは彼とは生まれが違い、かといって彼がベントリーの警笛を鳴らして行く手から追い払う奴隷同然の平民と同じような考え方もしなかった。マーガレットは彼に乳房を撫でられても村の尻軽女たちのように顔を赤らめたり、作り笑いを浮かべたり、くすくす笑うことはなかった。彼女は厳粛で、落ち着いていて、その目はいつも何かしら悲しげな表情をたたえているように思われた。マーガレットの方は、二人の間に言葉で表されていないもの、言葉より深い理解が存在するのを感じていた。彼は彼なりに高飛車な、勝手放題の振る舞いの陰で、マーガレットを必要としているのだ。いつかは、彼に正式に妻になってくれと頼まれる時が来るだろう。

　マーガレットは自分の世界の終焉を思い出してぞっと身震いした。八月のある晩のことだった。キリギリスが絶え間なく甲高い声で鳴いていた。その執拗《しつよう》に付きまとう耳障りな音は次第に脳髄や血液の中にまで染み込んで来るように思われ、今聞こえていると思うと次には聞こえなくなり、それからまた聞こえ出すのだった。生暖かい闇の中に城が黒々とそびえ立ち、その至る所に、中庭にも、城壁やその土台の築山《モット》にも、ずっと下の木が生い茂った堀にも無数のツチボタルが、まるで黒ビロードのような草の上にちりばめられた黄緑色のスパンコールさながら輝いていた。マーガレットは片手を丸く窪ませてその一匹をすくい上げた。ホタルは手の中でも相変わらず微かで神秘的な光を放っている。空気は暖かく、秋の初め特有の濃厚な臭いがたちこめていた。そよ風が頰を撫でた。マーガレットの研《と》ぎ澄《す》まされた想像力にはそれがどこか見知らぬ過去から吹いて来るように思われた。

　ロバートは黙って考え込んでいた。そんな様子の彼は今まで見たことがなかった。厨房の脇で火が焚《た》かれ、石の上に揺らめく火影が巨大な天守閣を映し出している。灰がひらひらと渦を巻いて空に舞い上がりきらめいた。ロバートはそれが、無窮《むきゅう》の時の中で、しばし光を放っては闇に消えて行く人間の魂に似ていると言った。彼が使ったのは自分の階級の言葉ではなかった。古い耳障りな喉頭音の多い言葉で、マーガレットは今まで彼がそんなものをしゃべるとは思っていなかった。彼女も同じ言葉で答えることができた。マーガレットは彼に寄り添い、彼を慰めるようにゆっくりと暗誦した。それは城を扱ったものだった。「手荒な乳母よ」彼女は言った。「か弱い王子たちには陰気過ぎる遊び友達よ……」

彼はそれを聞いて驚いた顔をした。マーガレットは闇の中で声をひそめて笑った。「エリザベス朝の二流詩人が書いたものよ。学校で覚えさせられたの。名前は忘れたけど私は割に気に入ってたわ」

「その後はどうなるんだ」

「我が子らに優しくしておくれ……」マーガレットは初めてその詩句の下にひそむ、ぞっとする感触に気付き、ほとんど唖然《あぜん》としながら言った。「そう願って……愚かな悲しみはおまえの石に……別れを告げる……」

それを聞くと彼はわけもなく腹を立てた。「縁起でもない」そう言って彼は唾を吐いた。「君はまるで、自分だけちゃっかり安全な所にいてぶつぶつくだらんまじないを唱えてる坊主そっくりだ……」

「ロバート……」彼のすぐ側に立っていたマーガレットはさらにぴったり寄り添った。顔を彼の顔に近づけ、唇を開いて舌と歯で彼の悲しみを何とか止めたいと願った。彼の手が薄いドレスの上から背骨に沿って滑るのが感じられた。マーガレットはそれまでに何度も彼に触れ、接吻したことがあった。彼の目が猟犬の抜け目のなさや鷹の飛翔《ひしょう》を愛《め》で、その口が食物や酒を賞味するように、彼の指はしげしげと彼女の体を愛撫した。今はそれとは違うとマーガレットは思った。もし彼がこのまま続ければ、そして自分も自らにそれを許せば、行き着く先は一つしかない。だがつまるところ、それはそんなに重要なことなのだろうか。

　マーガレットはごくりと喉を鳴らし、目を閉じた。その時だった。例のぐるぐる回り、ねじれ、落下するような、空間と時間が歪んだような感覚が初めて彼女を襲った。彼女はすすり泣きながら一層きつく彼にしがみついた。自分が固い芝生の上に立っているのではなく、空虚の中をゆっくりと、端から端まで転がって行くような気がした。もろもろの死者や、未来の不安が自分を取り巻き、そうしたものといっしょくたになって、ノルマンの風に押し流されて行くように思われた。自分は気を失うのだろうかとマーガレットは思った。一体どうしたというのだろう……。彼女は自分を包み込む闇に抗って、知っている人々の姿を思い浮かべようとした。父、セアラ、ジェシー伯父、学校で出会った人々、それにあのアリシャ修道女までも。彼女は、自分のしようとしていることが自分自身だけ、自分の体と自分の苦しみだけに関わる問題ではないことを漠然と感じていた。彼女はその人々に対して責任を負わなければならないのだ。その人々のために、彼女の選択は正しいものでなければならなかった。彼女は頬に熱いものを感じ、それが涙だと気付いた。だがそれが誰のための涙なのか、自分自身か、ロバートか、それとも全人類のためのものなのかは分からなかった。その晩マーガレットは彼と寝床を共にし、繰り返し彼を求め、彼を慰め、慰められた。時に母親のように相手を包み込み、時には子供のように包まれ、闇から守られて。そしてついには彼の存在さえも、いつしか意識から滑り抜け、夢も見ぬ深い眠りの彼方に消え去った。

翌朝マーガレットは人もあろうに、エドワード卿の執事に起こされた。彼は、ロバートが国王の用事で呼び出され、自分がマーガレットを家へ送り届けることになっていると告げた。マーガレットはまだ目が覚めきらず、ぼんやりと横たわっていた。それからおもむろに怒りが込み上げて来た。マーガレットは相手の奇妙な目と、猫を思わせる、彫りの深い端整な顔を見つめた〔第六旋律でマーガレットの娘にしてコーフ城主エラナーを補作するジョン・ファルコナー〕。妙なことにマーガレットはいつも、この男が向こうを向いた途端にどんな顔だか思い出せなくなるのだった。彼女はその顔に、自分の心の奥底では既に知っていたことを読み取った。魔力は、もし魔力と呼べるものだったとしたら、もう消えたのだ。彼女は自分を二束三文で売り渡し、ロバートも今では正気に戻った。パーベックの領主は自分の血統に平民の娘の血を混ぜ合わせるような真似は決してしないのだ。マーガレットは凄まじい剣幕で執事を追い出し、起き上がって鏡の前に立った。彼女は鏡を動かし、尻軽女となった自分の体を映し出した。それから水さしの水を荒っぽく床にはねかえしながら注ぎ、顔を洗った。ベッドには赤いしみがついていた。彼女は憤然と上掛けを引き剝がし、そのしみを誰の目にも見えるようにさらけ出した。彼女は迎えに来た執事に悪態をつき、地団太踏んで報復を誓ったが、実際にはそれが不可能だと承知していた。マーガレット自身にとってはもちろんのこと、父にも、あるいは巨大なストレンジ父子商会のありったけの金と力をもってしても不可能だった。なぜならこの国には法律など、平民のための法律など存在しないからだ。金持ちも貧乏人も、その地位を保っていられるかどうかは領主の気分次第という点で変わりはなかった。そして領主たちの地位はイギリス国王から封土という形で与えられ、その国王は、「ペテロの王座」即ち法王の恩寵《おんちょう》によってイギリスの王座に着いているのだ。城門から睨みを利かしている小型砲、それが法律だった……。

　外庭に出た時、マーガレットは一人の召使が自分を見てにやりとしたような気がした。手許に武器があったら、彼女はその男を殺していただろう。マーガレットは風のように猛然と城を飛び出し、鞍の上でひどく揺さぶられるのも構わず、馬を血が流れるまで鞭打って走り続けた。執事は二十フィート後から黙々とついて来た。連中は彼女に印を付けたのだ。ちょうど割れた木枠に印を付けて積み荷から取りのけるように。「傷物。送り主に返却のこと……」城から一マイルの所でマーガレットは振り返り、じっと自分を見つめている城に向かって罵った。涙が再び顔と喉元を濡らしたが、今度は口惜《くや》し涙だった。

〝永遠に消えることなき業火が汝と、汝の使者とを待ち受けりん。何となれば、汝、忌まわしき殺人を企み、近親相姦をそそのかし……。出でよ、汝不埒《ふらち》なる者、その一切の策略もろとも出でよ……。神を敬え。何人もその前にひざまずき……〟

　違う、とマーガレットは苦々しく思った。あれはこの私のことなのだ……。城からの帰り道の情景は頭の中の出来事だが、涙は本物だった。熱い涙が頬を伝い落ち、喉元を濡らしていた。（こんなことしかできないの？）とマーガレットは心の中でエドワーズ神父に問いかけた。（この老いた男をそんな芝居がかった儀式で苦しめたりして。この家に悪と災いを持ち込んだ私はこうして平気な顔でここに座っているというのに）だが答えは最初から分かっていた。彼女の意識があざけるように答えた。それはあの神父も、自分が仕えている教会同様何も見えず、空っぽで、ただやたらに自惚れが強いばかりだからだ。連中はもっともらしく神のことをしゃべりたてているが、一体その神の正義は、その哀れみとやらはどこにあるのか。神は、人々がその名において責めたてられながら死ぬのを見て喜ぶのだろうか。自分に仕える勿体《もったい》ぶった僧侶たちを見てくすくす笑うのだろうか。人々がその聖堂に使うための石を切り出しながら倒れて死んで行く時、神は満足するのだろうか。十字架の上で悶え苦しみながら、いやいや死んで行ったこの哀れな神は……。出て行って別の神々を捜し求めよう、とマーガレットは思った。ことによるともっとましな神々かもしれず、どのみちこれより悪いはずはない。おそらく古えの神々は今も風の中に、荒野や連なる古い灰色の丘にいるかもしれない。テュノールの電光、ウォー＝タンの正義、そしてバルデルの愛を求めて祈るのだ。この神は少なくとも笑いながらその血を流したのだから。後からやって来た簒奪者《さんだつしゃ》キリストのように切りさいなまれ、苦しみながらではなく……。

家が、隙間風に煽《あお》られた蠟燭の炎のように揺らいだかと思うとフッと消え去った。再び落下が始まった。マーガレットは星か、あるいはホタルにも似た火花に彩られた空間の中を落ちて行った。彼女はいろいろなものが一度に見えたような気がした。骸骨《がいこつ》を思わせる姿でそびえ立つコーフ城、その向こうの、砕ける波が白く泡だつ海、そそり立つ崖と低いうなりを上げ吹きまくる風。それは果てしない海の彼方から吹いて来る、昔も今も変わらぬ冷たい、身を切るようなドーセットの風だった。

落下は止まり、マーガレットは呆然《ぼうぜん》と辺りを見回しながら立ちつくした。彼女は過去から、今度は未来に、というより過去でもなく、未来でもないある「時」にやって来ていた。頭上にはぐるぐる回る空があり、周囲には自然の石から切り出された巨大な柱がずらりとたちならんでいた。その古い、ざらざらした肌理《きめ》に覆われた石は、のしかかるように傾き、何世紀もの間に侵食され、削られ、穴をうがたれて、気ままに戯れる風の住《す》み処《か》となっていた。その上を雲が渦巻いて飛ぶように流れ、石の外には風に騒ぐ灰色の草原が円く広がっている。そのまた外は何もなかった。そこで世界が不意に途切れ、後は虚空の中に落ちてしまうばかりに思われた。

マーガレットの真向かいの一番奥にある柱に背をもたせかけて、一人の男が座っていた。外套が風に煽られて広がり、長い薄色の髪がその丸い頭のまわりになびいていた。マーガレットは頭に手を当てた。男の顔には見覚えがあったが、一体どこで見たのだろう……。そうして見つめるうちにもその顔は変わって行くように思われた。次から次へと数え切れぬほど様々になり、誰の顔でもなかった。それは風そのものの顔だった。

マーガレットは男の方へ歩み寄った。あるいはそんな気がしただけかもしれない。夢の中で彼女は口を利くことができた。彼女は言葉を、質問を発した。見知らぬ男は笑った。その声はずっと遠くから聞こえて来るようにか細く、甲高かった。「あなたは『古い人々』を呼び求めた」彼は言った。「『古い人々』を呼ぶ者は、この私を呼ぶことになる」

男はマーガレットに座れという身振りをした。彼女は男の前にうずくまった。髪が顔にまとわりついた。凄まじい風が、その不思議な場所に吹き荒れていた。ところがじっと見ているうちに、マーガレットは不意に妙な思いに捉われた。これは風が吹いているのではなく、足許の草地が自分や石柱を乗せたまま、途方もない早さで雲の海の中を運ばれているのだ。そう思った途端に目まいを覚え、一瞬彼女は目を閉じた。「あなたは我らの神々を呼んだ」その「古い人」は静かに言った。「恐らく神々は答えて下さるかもしれぬ……」マーガレットは男の頭上にそびえる石に印があるのに気付いていた。そこにあるはずだと分かっていた印、円の中に、一部が重なった不可解な斜めの線の入った印だった。マーガレットはおずおずと言った。「あなたは……幻じゃないのね」

男の顔におもしろがっているような表情が浮かんだ。「幻じゃないのかだって」彼は言った。「幻じゃないとはどういう意味か言ってくれれば私も答えることができる」彼は片手を上げた。「固い大地を、岩を覗き込んで見るがいい。そして全宇宙を。あなたが幻じゃないと呼ぶものが次第に消え失せるのが分かるだろう。あるのはただ旋回、無数の力の回転、塵《ちり》と微分子の躍動だけだ。そのいくつかは惑星と呼ばれ、その一つが地球だ。無の中に囲まれた無、それが幻じゃないもの、つまり現実だ。何が知りたいのか言いなさい。答えてあげよう」

マーガレットは再び額に手を当てた。「あなたは私を混乱させようとしているんだわ……」

「違う」

マーガレットはカッとなって叫んだ。「そんならほっといてちょうだい……」彼女は両の拳をいたずらに草の生えた地面に打ちつけた。「私はあなたに何もしていないじゃないの。だから……どういうつもりか知らないけど、人を弄《もてあそ》ぶような真似はやめてちょうだい。そして私を……」

男は重々しく頭を下げた。そしてマーガレットは不意に、その不思議な場所全体がフッと消えてなくなり、自分が再び、あのもはや耐え難い生活に投げ返されてしまうのではないかという恐怖に襲われた。彼女はついさっき神父の僧衣をつかみたいと思ったように、今また、男に駆け寄ってその外套をつかみたいという衝動に駆られた。だができなかった。マーガレットがまた口を開こうとすると、男は片手を上げてそれを制した。「聞きなさい」彼は言った。「そしてよく覚えておくがいい。教会を蔑《さげす》んではいけない。教会にはあなたの理解の及ばぬ知恵があるのだ。教会の行う儀式を馬鹿にしてはいけない。あれには果たすべき目的があるのだ。教会は我らと同様、到底理解し得ぬものを理解し、知り得ぬものを知るために苦闘している。命ずることも、計画することも、推測することもできない『意思』を知るために」彼はまわりを取り巻く石の環を指差した。「その『意思』とはちょうどこの石のようなものだ。取り囲み、永遠に進み続け、永遠に繰り返し、天空を包み込む。花は開き、肉は腐り、太陽は空を巡る。バルデルもキリストも死んで、戦士たちはヴァルハラの大広間の外で戦い、倒れ、血を流してはまた蘇る。すべては『意思』の内にあり、定められている。我ら人間も同じだ。我々は口を開き、閉じ、体を動かし、声を出してしゃべるが、それを行うのは我々の力ではない。『意思』は限りなく、我々はその道具にすぎない。教会を蔑んではいけない……」

　男の言葉は更に続いたが、猛り狂う風にかき消されてその意味は分からなかった。マーガレットは「古い人」の顔を、その動く唇を、はるか彼方の恒星と別の光を映して輝くその不思議な目をじっと見つめた［ここに前出の執事のイメージが重ねられている］。「夢は」と彼は最後に言った。「終わろうとしている。もしそれが夢だと言えるなら。壮大な舞いは終り、また新たな舞いが始まるだろう」彼は、微笑みを浮かべ、頭上の石に刻まれた印に手を触れた。

「助けて」不意にマーガレットは言った。すがるように。「お願いです……」

　男は首を振ったが、そこには哀れみがこもっていたように思われた。彼は、ちょうどマーガレットが草の上に止まったツチボタルの生命の鼓動を見守ったように、彼女を見守っていた。「女神たちは糸を紡ぎ」彼は言った。「長さを定め、そして切り取る。それはどうすることもできない。それは『意思』なのだ……」

「教えて下さい」彼女は言った。「お願いです、私は一体どうなるの。あなたは分かっているはずです。教えて下さらなくては。教えて下さるべきです……」

　低い声が風の中から響いて来た。「それは禁じられている……」男の目がヴェールを掛けたように陰った。「南から来るものを待つがいい」彼は言った。「あなたの生きる道は南からやって来る。そして死も。この世に生を受けたすべての生き物と同様、あなたにもやって来る。喜びと希望があり、恐れと苦しみがある。その他の事は隠されている。それが『意思』なのだ……」

マーガレットは彼に向かって叫んだ。「でもそれじゃあんまりだわ。あなたは何一つ教えて下さっていない……」無駄だった。男と石とは、マーガレット自身がぐるぐる回りながら引き戻されるにつれてぼやけ、小さくなって行った。「古い人」の顔が、一瞬神々《こうごう》しい青銅色の輝きを帯び、マーガレットはそこに、雲の中に鮮やかに浮かぶ威容をまとったキリスト、もしくはバルデルの姿を認めた。それから輝きは消えて彼は石の影の中に一際濃い影となり、更に縮んで点となってついには全く消え去った。

〝よって立ち去れ。汝の住み処は荒地、汝の宿るべきは蛇なり。もはや一刻の猶予《ゆうよ》もならじ……見よ、主はすみやかに近づき、灼熱《しゃくねつ》の火を燃やし給わん。汝人を誑《たぶら》かすとも、神を欺くこと能《あた》わざればなり……

主は汝を退け、汝と汝の使いに永劫の地獄を用意され給う。その口より鋭き剣を吐き出し、その火によって生者と死者と、全世界を裁き給う……［「再臨のキリスト」は口からサーベルのような刃がつき出ている］〟

悪夢は終わった。マーガレットは人々の顔と手とを見渡して悟った。部屋は再び静かに、いい、なっていた。

マーガレットは皆が立ち去った後もずっと残って見守っていた。エドワーズ神父と看護婦はベッドの傍らに座り、老人は緩やかに呼吸していた。なすべきことはすべて終わった。マーガレットは腕組みをして窓辺に立ち、夜風が頬を撫でるのを覚えながら、屋根の向こうにぼんやりと広がる荒野と、その先の微かに白い南の地平線をじっと見つめていた。馬を無茶苦茶に鞭打ち、女という女をさんざんに罵りながら、自分を城へ連れ戻しにやって来るロバートの姿が鮮やかに目に浮かんだ。一瞬彼女の唇がゆるみ、微笑みが浮かびかけた。(花は開き、肉は滅び、太陽は空を巡る。そして我らは「意思」の内にある……)マーガレットは眉をしかめ、しばし頭を悩ましたが、自分がどこでその言葉を耳にしたのか思い出せなかった。

ジェシー・ストレンジは夜明けと共に死んだ。神父は祈りを捧げ、死者の舌の上に聖体を乗せた。そして無慈悲な朝の光の中で看護婦は上掛けを剝がし、老人の青白い肌に浮き出た青い握り拳のような癌腫《がんしゅ》を数えた。

第六旋律
コーフ・ゲートの城

騎兵の一団が縦隊を作り、馬具の音もにぎやかに、さっそうと速足《はやあし》で行進していた。明らかに、道路の端へ寄るなどという心遣いはなされていなかった。一隊のうしろには、金持ちの旅行者たちの車がひしめき合い、エンジンがブツブツと哀れな音をたてている。時折一台の車がスピードを上げて巧みに列の横をすり抜け、騎兵たちをはるかに引き離して走り去った。だがほとんどの車はあえてそんな芸当を試みることはせず、色とりどりの車の群れは、その障害物のうしろに一マイル以上にもわたって伸びていた。中でも達観した連中はすでに帆を張っていた。縞模様《しまもよう》の三角帆が風に膨らみ、ちっぽけな頼りないエンジンの力をほとんど借りずに車を推し進めていた。

用心するに越したことはなかった。一隊は、誰一人知らぬ者のない旗を掲げていたのだ。先頭には、古来ノルマン貴族の象徴である赤色王旗が翻《ひるがえ》り、青の地にシルク・イエローの鷲《わし》の紋章が入った法王ヨハネの旗がその横に並んでいた。そのうしろには二股に割れた三色旗があった。ライ［イングランド南東部イースト・サセックス州の町］とディール［イングランド南東部ケント州のドーヴァ海峡沿いのリゾート地］の領主、五港［イングランド南岸の海防の特別五港。この長官は名誉職。チャーチルが一九四一―六五年まで務めた］の指揮官にしてイギリスにおける法王の副官、ヘンリー卿《きょう》の旗だ。ヘンリーは容赦のない遣り手の男として国内に知れ渡っていた。彼が兵を引き連れて出動するのは、その相手にとっては不吉なしるしだった。彼の背後には、地上におけるキリストの代理者の権威と、第二のローマ帝国の全権力が控えていたからだ。

ヘンリーは小柄ですねの細い貧弱な体つきで、血色の悪い、尖《とが》った顔立ちの男だった。彼はむっつりした顔で、陽気がいいのに外套《がいとう》でしっかり身を包んで馬に乗っていた。自分の軍隊が引き起こしている混乱に彼が気づいていたとしても、それらしい素振りは全く見られなかった。時々彼の体にかすかな震えが走り、そのたびに彼は、何とか尻の痛みを和らげる姿勢を取ろうとしてぎごちなく体をずらした。ロンディニアムから来る途中、彼はウィンチェスターで十日間、胃腸炎による激しい腹痛に襲われて寝込んでしまった。医者はその両耳をちょん切ってやってもまだ足りないくらいの能無しで、診断はすぐについたものの、治療の方はさっぱりだった。ヘンリーはろくに回復しないうちに、信号機のカタカタという音にせきたてられて出発する羽目になった。法王ヨハネ四十世の腕は長く、その情報源はおびただしく、多岐に渡り、その意志は断固たるものだった。ヘンリーの受けた命令は明快そのものだった。途方もない面倒を引き起こしたいまいましい要塞《ようさい》を攻め落とし、その武装を解除して、城壁に法王ヨハネの旗を掲げ、追って沙汰《さた》のあるまでそのまま主君に代わってそこを占拠するのだ。そしてこの騒ぎのすべての張本人である、あの西部地方の生意気な小娘については、そう……ヘンリーは顔をしかめ、鞍《くら》の上で体をこわばらせた。おそらくあの女は背中を少々風にさらさせてやる必要があるだろう。それとも荷馬車のうしろに繋がれて、ロンディニアムまで引いて行かれることになるかもしれない。そんなことはどうでもよかった。少なくとも彼自身の抱えている苦痛に比べれば、どうでもいいことだった。

道の両側に点在する信号機がまた動き出し、黒い腕木が殻竿《からざお》のようにカタカタ音をたてていた。ヘンリーは、なだらかな丘の頂きにぽつんと立っている最寄りの塔を睨《にら》みつけた。塔が送っている種々雑多な通信の中に、彼の軍隊の進行状態を知らせるものも含まれているのはまず間違いない。ここ数日の間、情報が彼より先にどんどん西に伝わっているのだろう。彼は再び激しい差し込みに襲われて体を折り曲げ、ついに堪忍袋《かんにんぶくろ》の緒《お》が切れた。彼がちらりと振り向くと、騎兵隊長は拍車を鳴らしながら馬を進めて来て横に並んだ。

ヘンリーはたまたま自分が目をつけた信号塔を指差した。「隊長」彼は言った。「兵を十二名ほど出して、あの塔へ行かせろ……そこの奴に今送っている通信を引き渡すように言うんだ」

隊長はためらった。そんな命令は無意味に思われた。ギルド組合の連中が自分たちの仕事の内容を他に漏らすはずのないことはヘンリー自身が誰よりもよく知っていたからだ。

「向こうが拒否した場合は、閣下」

ヘンリーは悪態をついた。「その時はあいつを黙らせろ」

将校は相変わらず目を丸くして見つめるばかりだったが、しまいにライとディールの領主が振り向いてジロリと睨みつけると、慌てて敬礼し、馬首をめぐらせて駆け去った。何百年もの間、信号手ギルドは独自の特権を享受し続け、法王ですらそれには敢えて異議を唱えずにいた。だがその特別扱いも今、腹痛に悩む一人の貴族の小男によって吹き飛ばされ、終わりを告げようとしていた。命令の叫び声に続いて、もうもうと土埃が舞い上がった。騎兵の一団が行進の列を離れ、旗を翻しながら草地を疾走して行った。兵士たちは馬を走らせながら偃月刀《えんげつとう》の鞘《さや》を緩め、マスケット銃に火薬を詰めた。運が良ければ相手の信号手たちは武装していないかもしれない。そうでなければちょっとした血腥《ちなまぐさ》い小競《こぜ》り合《あ》いは避けられない。いずれにしても、結果ははっきりわかっていた。

ヘンリーは鞍の上で身をよじり、塔の腕木が、不意に疲れを覚えた人間の手のようにだらりと両脇に垂れるのを見た。彼は陰鬱な笑いを浮かべた。中断はほんの一時にすぎないだろう。彼がギルドの内情を知る限りでは、直ちに系列の隣の局から使いが出されるはずだった。その後は、彼の仕業が世間に知れ渡ることになる。信号の通信網は敏感な動物みたいなものだった。どれか一つの脚に触れれば、時には数時間のうちに、全身が反応する。視界が良ければ、彼のしたことはペナイン局を経て、日暮れにはスコットランドのヘブリディーズ諸島まで伝わるだろう。そして夜明けまでにはヴァティカンに……。彼は痛む腹をなだめるように背を丸めた。再びちらりと振り返って指を鳴らすと、アンジェロ神父が無様に揺さぶられながら追いついて来た。少々汗をかき、いつものことでご機嫌とりに汲々としていた。

「なあ、おい」ヘンリーは辛辣《しんらつ》な調子で言った。「このいまいましい行軍はあとどれくらい続くのかね」

神父は馬の背で揺さぶられながら地図の上に屈み込み、何とかそれを読み取ろうと骨折った。聖職者どもはみんなろくに馬の乗り方も知らず、地図の見方はもっとお粗末だというのがヘンリーの考えだった。神父の衰えた視力のおかげで、一行は沼地に迷い込むやら、五、六回も回り道をさせられるやらで、すでにさんざんな目に遭っていた。「二十マイルほどでございます、閣下」神父は心もとなげに言った。「ただしそれは道路を行った場合でして、もしウィムボーンの町［ドーセット州中央部の市場町。歴史的には英国国教会の中心地の一つ］の一マイルほど先で、今進んでいる道をそれますと——」

「あんたの近道はもうたくさんだ」ヘンリーは邪険に言った。「クリスマス頃までには何とか辿《たど》り着きたいものだ。二、三人の者を先へやって宿の手配をさせろ。どこか——」彼はちらりと太陽を見上げた。「どこか五マイルばかり先がいい。今夜は虱《しらみ》があまりうようよしてない寝床を探させろ。それにうちの衛兵の拷問《ごうもん》台よりはいくらか柔らかいやつをな」アンジェロ神父はもったいぶって軍隊式の敬礼をまね、よたよたと列のうしろへ戻って行った。

翌朝早く、ヘンリーは再び行軍を開始した。彼の怒りはますます募る一方だった。彼は前の晩、西部の空気が一変した証拠をまざまざと見せつけられた。自分の部屋の開いた窓のそばで髭《ひげ》を剃《そ》っていると、石弓の四角矢が一本飛んで来て彼の肘をかすめ、ベネチアガラスの角瓶を打ち砕いて奥の壁に突き刺さった。ヘンリーは自分が狙われたことにも増して、かけがえのないガラス器が壊されたことに激怒し、直ちに犯人を探し出せと命じた。彼の部下たちが一握りほどの不平分子を狩り出して来た。全員が抵抗はしたものの、あっけなく逮捕されてしまったのだ。その連中は荷車のうしろに繋がれ、一行が目的地の見える所へ着くまで引きずられて行った。そこで彼らは放免され、呆然《ぼうぜん》として、草の上に鼻血を滴らせながらよろよろと立ち去ったが、いずれも百ヤードも行かないうちにふらふらとくずおれ、その過酷な体験を癒《いや》す眠りに落ちずにはいられなかった。ヘンリーは、反逆者は反逆者らしく扱うことで有名だった。

ヘンリーは前に進み出た。目の前には赤茶けた荒野が何マイルと広がり、そこここにオウムの羽に似た毒々しい緑色の沼地が散らばっている。地平線にはなだらかな丘が連なり、その丘の間に、彼が征服するためにやって来た城が太古の牙《きば》のように突き出していた。ヘンリーはあれこれ思い巡らせながら唾を吐いた。城は堅固で、襲撃して攻め落とすのは容易ではなかった。彼はすでにそのことに気づいていた。だがそれでも城は必ず落ちる。法王の軍隊を相手に持ちこたえることなど不可能なのだ。

彼のうしろには兵士たちが集合していた。金色の旗竿には、炎を象《かたど》って作られた赤色王旗が、炎そのもののように風にひらひらと躍っている。はるかな地平線には、どこにでも見られるお馴染みの信号塔が、空に向かってしきりに腕を振り動かしていた。ヘンリーはしばしその光景に目を止めてから指をパチンと鳴らした。「隊長」彼は言った。「先に誰か二人城へやれ。あそこの女城主に俺の印を押した命令書を届けさせろ。武器をこっちに引き渡す用意をさせるんだ。それからあの女と城内の者全員が、法王ヨハネの捕虜だということを承知しておくようにと伝えろ。ところで向こうにはどんな武器があるんだったかな。

我々がはるばる引き取りに来た武器というのは一体何だ。もう一度言ってみてくれ」

隊長は早口で、暗記していた武器の名を一通り並べ上げた。「三ポンド弾を発射できる軽野砲二門、及びそれに用いる火薬とそれを押える詰め綿。火打石銃数挺、これは鳥撃ち銃ほどの威力しかありません、閣下。国王の兵器庫から下賜《かし》された大砲〈がなり屋〉。カルヴァリン砲〈平和の君〉、こちらは国王陛下のご指示でイスカの駐屯軍から移されたものです」

ヘンリーは鼻をすすり、手袋の甲で鼻の頭をこすった。「さて、じきにこのわしが自ら平和の君の役を果たすことになる。それにがなりたてる方も、今日のうちにたっぷりやらせてもらおうじゃないか。武器を城門まで運ばせておけ。ありったけの弾薬も一緒にな。銃を乗せるのに荷馬車を一台空けさせて、大砲を引くラバか馬を徴発しろ。それだけだ、隊長」

将校は敬礼して引き下がり、大声で副官を呼んだ。ヘンリーは片手を上げてサッと振り下ろし、全軍に前進の合図をした。彼の叫び声に、アンジェロ神父が危うく馬から振り落とされそうになりながら、あたふたと駆けつけた。「村で宿舎を手配してくれ、神父」ライとディールの領主はうんざりしたように言った。「へたをすると長逗留《ながとうりゆう》になるかも知れん。それから、今度は何とかして熱い風呂と水洗便所を確保するんだ。さもないとあんたに肥やし車を曳かせてローマに送り返してしまうぞ。それも上に乗って行けるなんて思ったら大間違いだぞ、いいかね、自分で梶棒を引っぱって走るんだ……」

鮮やかに日の光に映える旗と鷲の紋章をなびかせて、騎兵隊は駆け足で荒野を進んで行った。

コーフ城の執事サー・ジョン・ファルコナーは朝早く、浅い眠りから目覚めた。頭上六フィートの所にある小窓から差し込む朝の光が、夏の盛りでもひんやりと冷たい部屋の空気をわずかに暖めている。壮大な天守閣《ザ・グレイト・キープ》の中はいつも涼しかった。真昼の熱い日差しも、ドーセットの石でできた厚さ十フィート以上もある石壁の中まではほとんど届かなかった。城の女主人エラナーが、続々と集まって来る兵士たちや、保護を求めて逃げて来た人々のために城の外壁や中庭を明け渡し、家中の者を天守閣に移したのは一週間前のことで、みんなまだこの古めかしい作りの建物に慣れていなかった。

執事は顔をごしごしこすり、鉢《はち》に水を満たして顔を洗うと、その水を窓の下の排水溝にあけた。それから、清潔なリネンの肌触りに満足を覚えながら服を着て、部屋を出た。部屋の外には、厚い壁の中をぐるぐる上って行く回り階段がある。彼は慎重に段の端に足を乗せて階段を上って行った。何世代にもわたってすり減らされた段の中央は深くえぐれ、よく気をつけないと足を取られる恐れがあった。螺旋階段《らせんかいだん》のてっぺんにひもで緩く留められた扉があり、屋上に通じていた。彼は把手索を外して外に踏み出し、胸壁にもたれて、そのどっしりした鋸《のこぎり》の歯のような出っ張りの隙間からまわりの土地を見下ろした。五マイル南には真珠色のもやに霞《かす》むイギリス海峡が広がっている。目のいい者なら、晴れた日にそこから、ワイト島の西端を守るように並ぶ「針岩」の形を見分けることができた。その昔、悪魔がそこに腰を下ろしてコーフ城の塔に岩を投げつけたが届かず、スタッドランド［パーベック半島の東端、スウォニッジの北。石を投げた距離は約十八マイル］の浜へ落ちたのだと言う。執事はそのたわいない昔話を思いだしてちらりと微笑みを浮かべ、視線を移した。

北側には大平原の丘陵地帯が、薄青い夜明けの光の中に、まるで影の国の山々のようにぼんやりと灰色に浮かび上がっている。城のすぐ向こうにチャロウとノウルの二つの丘が城の両脇を固めるように大きく迫り、まわりには一面に、夏のかがり火で所々、黒く焦げた荒野が平たく、くすんで、どこまでも続いていた。そのだだっ広いじめじめした土地には何の作物も育たず、住む者といえば流浪の小作人の群れだけだった。そうした野営地の一つから立ち上がる細い糸のような煙が遠くに見えていた。もっと近くには、灰色をした村の家々の屋根が畝《うね》のように並び、じめじめした溝のすぐ向こうに農園が広がっている。ちょうどそこへ一台の荷馬車が差しかかり、二本の牛乳缶を下ろしたかと思うと、土埃を巻き上げながら、城を支える築山《モット》の肩を回ってウェアラムの方へと走り去った。

あまり気の進まない様子で、彼はチャロウの丘の頂きに立つ信号塔に目を向けた。まるできっかけを待っていたように、信号機が動き始めた。腕木がぎくしゃくと上下し、執事には荒野の果ての信号塔に回答を送ろうとしていることが分かった。その距離では、ギルドの信号手だけが、その優秀なツァイスの双眼鏡を使って通信文の文字や暗号を正確に読み取れるのだ。この辺り一帯では信号塔が次々と動き出し、その継ぎ目のある腕木を持ち上げてはピシャリと下ろしていることだろう。「送信開始、送信開始……」

信号を読み取るのは本来執事の仕事ではなかった。中庭を小走りに動く人影が見え、すでに見張りの者がお抱えの信号手を起しに行ったことがわかった。信号手の若者はおおかた眠い目をこすりながら、メモ帳を片手に部屋を飛び出して来ることだろう。執事は腕木の動きを見守った。昏が腕木の形づくる数字をなぞり、頭は、何世代にもわたる信号手たちが純正な英語《キングズ・イングリッシュ》からこしらえ上げたその暗号を翻訳する。「鷲、ライ、十五」彼は読んだ。「北西十、集合中」これは五港の総督と彼が率いる百五十騎のことだろう。彼は執事の予測より近くまで来ていた。「死者九」丘の信号機は告げていた。「九名」悪い徴候だった。法王の副官は明らかに、残忍だという自らの評判をさらに高めようと腹を決めているようだ。呼び出しの信号がそれに続いた。サー・ジョンは、エラナーお抱えの信号手が城の塔の腕木を操作し、太索が音をたてるのを聞いた。「武器を引き渡せ」丘の上の信号機は簡潔にそう伝えた。「投降せよ。使者接近中」通信はそれで終わりだった。腕木がピシャリと下り、塔はじっと沈黙した。

見守っていた執事はため息をつき、首に下げた護符に無意識に手を触れた。彼は指でその小さな円盤をひねり回し、表面に刻まれた印の輪郭をたどる。下では台所の煙突から煙が上がり、牛舎ではバケツの音がして、乳搾《ちちしぼ》りが行われていた。塔の見える所にいた者は、腕木が動き出すと一瞬仕事の手を止めた。そして、それに答える城の信号機の音はすべての者の耳に達したはずだった。だが平民は誰一人、信号手ギルドの言葉を読み取ることはできない。そこで人々はすぐに屈み込んで、再び仕事に取り掛かった。しかし、信号手には読み取れるし、執事にも読み取れる。エラナーに言っておかなくてはならない。彼は頭を屈めて戸口をくぐり、低い天井に頭をぶつけないように無意識のうちに背を丸くして階段を下りた。その口許《くちもと》は固く結ばれている。これは何年も前から定められていたことなのだ。今、一つの時代が終わろうとしていた。

レディ・エラナーはすでに起きて身仕度をすませていた。大広間の反対側に面した部屋の一つにエラナーの食事が用意されていた。彼女は菱形《ひしがた》の色ガラスがはまった窓の下の奥まった一角で朝食を取っているところだ。執事の姿を見ると、彼女は立ち上がってじっとその顔を見つめた。彼はエラナーの声に出さない問いに答えて軽くうなずいた。「そうです、お嬢様《マダム》」彼は静かに言った。「あの男は今日ここに来ます」

エラナーは再び腰を下ろした。前に並んだ食物はもう目に入らなかった。その顔と不安に満ちた眼差しは、ひどく幼なげに見えた。「兵はどれくらい」ようやく彼女は尋ねた。

「百五十騎です」

彼女は不意に自分の不作法に気づき、合図した。「お掛けなさいな、サー・ジョン。ワインはいかが」

彼は窓際の席に座り、頭をガラスにもたせかけた。「いや、今は結構です、お嬢様……」そう言って彼はエラナーをじっと見つめた。その目は誰にも計り知れない表情を浮かべていた。エラナーは相手を見つめ返した。色ガラスが彼の髪と頬を金色や、バラ色や、青に染めている。エラナーは指で唇を引っ張り、それから膝の上でその指をより合わせた。

「サー・ジョン」彼女は言った。「私どうしたらいいのかしら」

　彼はすぐに答えなかった。やがて彼は口を開いたが、その言葉には何の解決も示されていなかった。「あなたの血の命ずるままにです、お嬢さま」彼は言った。「あなたはご自分の血筋と、ご自分の心に従うのです」

　エラナーは再びパッと立ち上がり、彼から離れて大広間の見える所まで歩いて行った。大広間は陰におおわれ、近寄り難く見えた。威圧するような、だだっ広い綾模様の壁、昔、領主の家族の食卓が設けられていた壇、いつも楽師たちが演奏していた桟敷《さじき》。エラナーは部屋の戸口の脇にあるスイッチに触れた。天井のたった一つの電灯がパチッとともり、ザラザラした石の床に弱々しい光の輪を投げかけた。すると不意に、そこが生きている者よりも死者にふさわしい場所に思われた。どこかで巻き上げ機の鎖がガラガラと鳴った。お抱えの信号手が広間に駆け込んで来て、女主人の姿を認め、慌てて立ち止まった。エラナーはにっこり微笑んで彼が持って来た通信文を受け取り、その紙切れを手に向き直った。

「百五十騎……」思いに沈んだ声で彼女は言った。

　彼女は席に戻ると両手を膝の上に組み、目の前のテーブルをじっと見つめた。「もしあの男に屈したら」彼女は心を決めかねるように言った。「私は兵士に付きまとう娼婦のように、あの男の荷馬車の列にくっついて走ることになるでしょう、収入も、家も失って。自分はもちろん、おそらく命も。でも私が法王ヨハネに対抗できるはずはない。法王と争うのは全世界を敵にまわすのも同じこと……。それなのに今、法王の部下がやって来て私を苦しめようとしている」

執事は黙っていた。エラナーも彼が答えるとは思っていなかった。彼女は長い間じっと座っていた。そしてようやく顔を上げた時、その目には涙が浮かんでいた。「門を閉じて下さい、サー・ジョン」彼女は言った。「そしてみんなを城の中に入らせて。使者が着いたら知らせてちょうだい、でも中へは入れないで」

彼は静かに立ち上がった。「で、大砲は」

「大砲ね」彼女は陰鬱《いんうつ》な声で言った。「間違いなく門の所へ運んでおいて。弾薬も一緒にね。そこまでは向こうの望み通りにしてやりましょう……」

城内のあらゆる廊下や城壁の上に、人々を部署に着かせる太鼓の音が鳴り響いた。


ライとディールの領主ヘンリーは手綱《たづな》を引いた。彼のうしろで兵士たちの列が入り乱れ、停止した。ほんの一マイル先に、巨大な城がこちらを威圧するようにそびえ立ち、城壁からはいく筋もの煙が立ち上がっていた。高い土手に囲まれた道路を使者の乗った馬が駆け足で下って来た。彼らの通った後にはもうもうと白っぽい土埃が舞いあがり、澱《よど》んだ空気の中にしばし留まってゆっくりと消えた。急使が二言三言しゃべったと思うと、ヘンリーは大声でののしり出した。拍車が彼の馬の脇腹に深く食い込んだ。馬はおびえて飛び立つように走り出し、縦隊が慌ててその後に続いた。

村の広場は物見高いよそ者であふれ、居酒屋は大繁盛《だいはんじょう》だった。成り行きを見物しようと群がっていた人々は、ライとディールの領主に追い散らされた。ヘンリーは外壁の城門塔の前でぐいと手綱を引いた。馬は汗にまみれ、血を流していた。大砲〈がなり屋〉は確かに引き出されていた。ただし装塡《そうてん》され、火薬が詰められて、その砲口が鉄の落とし格子の向こうからヘンリーを睨みつけている。そしてカルヴァリン砲がその横に並んでいた。そのうしろには兵士たちが大砲を半円形に囲み、のんびりした様子で芝生に矛槍《ほこやり》を突いて立っていた。

「平民どもをあの橋から追っ払え」法王の副官は馬をぐるりと回してどなった。「隊長、もしやつらがどこうとしなかったら堀へたたき込むんだ……」それから中の衛兵に向かって言った。「これはいったい何のまねだ。法王ヨハネの命令だ、門を開けろ……」

門内の兵士の一人が臆面もなく言い返した。「申し訳ありませんが閣下、エラナー様のご命令ですから」

「そんなら」と貴族は怒りに声を上ずらせてわめいた。「そのご主人様に伝えるがいい。出て来てこの罰当たりな無礼の申し開きをするようにライとディールのヘンリーが命じていると言え……」

「閣下」中の男は落ち着き払って言った。「エラナー様にはお知らせしてあります……」

ヘンリーは相手を睨みつけた。彼は振り向いて、配下の兵士たちがぎっしりと橋を埋めているのを見届け、冷然とそびえ立つ城を見上げた。天守閣を囲む内側の胸壁には人影が群がっていた。彼は身を乗り出し、鞭の柄《え》で門の格子をガラガラと打ち鳴らした。「よく覚えておけ、このおしゃべり野郎」彼は鼻息も荒く言った。「日暮れまでにはそのへらず口のお礼をしてやるからな。貴様を踵《かかと》から逆さ吊りにしてその頭をとろ火でじわじわ炙《あぶ》ってやるからそう思え」

衛兵は平然と足許に唾を吐いた。

エラナーは姿を現すまでにたっぷり時間をかけた。彼女は湯浴《ゆあ》みをして服を着替えた。そのすべてを、誰にも手を出させず、侍女の手も借りずに自分一人でやった。それからようやく、彼女は執事の腕を取り、左に城の砲兵隊長を従えて現れた。あっさりした白いドレスに身を包み、茶色の髪は結《ゆ》わずに長く垂れていた。中庭を吹き抜けるかすかな風に髪がそよぎ、スカートが腿《もも》のまわりにまつわりついた。すでにさんざん面目を潰されていたヘンリーは、かんかんに怒って彼女を睨みつけた。門の二十歩ほど手前で他の者は立ち止まり、エラナーは一人進み出た。橋の上の騎兵たち、マスケット銃と剣、海のような、ひしめく青い制服の群れが彼女の目に映った。彼女は砲尾の傍らに立ち止まって、その鉄の砲身に片手を乗せた。「それで、閣下」彼女は低いけれどもよく通る声で言った。「私共に何をお求めですか」

世に知られたヘンリーの癇癪は見るもすさまじかった。顎鬚《あごひげ》に点々と唾が飛び散り、側にいる者には彼が歯ぎしりするのが聞こえた。「この城を引き渡せ」ついに彼は叫んだ。「それに武器と、おまえの身柄もだ。おまえの主君、法王ヨハネの名において、この国における法王の副官としてこのわしに与えられた権限によって命ずる」

エラナーは背をまっすぐに伸ばし、門の格子越しに彼をきっと見上げた。「そしてチャールズの名においてですか」彼女は辛辣な調子で聞いた。「私の主君は国王です。私の父にとってもそうでしたし、私にも同様です、閣下。私は外国の僧になど忠誠を誓っておりません」

ヘンリーは剣を抜き、格子の間から切っ先を突き出した。「その大砲だ」彼はそれしか言葉が出なかった。

エラナーは相変わらず大砲の脇に立っていた。彼女の指は砲尾に触れ、髪が風になびいた。「で、もし断わったら」

その時ヘンリーが再び何か叫んで片手を振った。その合図で一人の兵士が、鞍頭《くらがしら》に下げた包みを持ち上げながら進み出た。「その時はおまえの領民たちの家や、財産や、命がその償いをすることになるぞ」ヘンリーはあえぎながらそう言うと、粗布の包みを括《くく》っていたひもを断ち切った。「歯向かえば血をもって報いることになるぞ、よろしいか、鉄には血だ……」ひもがほどけ、包みが揺すぶられた。そしてエフナーの前に切り取られた人間の舌や、そのほかの部分がバラバラと降って来た。それがヘンリーの率いる軍のいつものやり方だった。

深い沈黙があたりを包んだ。エラナーの顔からゆっくりと血の気が引き、その頰がドレスの布同様まっ白になった。実際後になって、居合わせた者の中でも想像力に富む連中は、彼女の青い目までが色褪《いろあ》せて、まるで死人の目のようにどんよりと虚《うつ》ろな光を帯びていたと言い張った。エラナーは両手をゆっくりと握りしめ、それからまたゆっくりと開いた。彼女は大砲にもたれて長いことじっと待った。突き上げる怒りが彼女の視野をぼやけさせ、狂ったような甲高《かんだか》い叫びとなって頭の中で鳴り響き、それから退いて行った。後には氷のような冷ややかさだけが残った。彼女はごくりと唾を飲み込んだ。彼女が再び口を開いた時、その一言一言はまるで今氷から削り出されたように思われた。「それでは」彼女は言った。「あなたを空手でお返しするわけには参りませんわね、ライとディールの殿。でもこの〈がなり屋〉はひどく重いから、運ぶのはたいへんでしょうね。込めてある弾を先に送り出してさし上げたら、あなたの荷もいくらか軽くなるのではありませんか」そしてまわりの者が、彼女のしようとしていることに気づいたり、止めたりする間もなく、発射用の引き縄をぐいと引いた。〈がなり屋〉はパッと煙を吐いてうしろへ飛びすさり、待ち構えていたように周囲の丘にこだまが鳴り響いた。

直射程からの強烈な一撃は馬の腹を吹き飛ばし、ヘンリーの足首から先をもぎ取った。馬と人は激しい勢いで飛び上がり、悲鳴を上げながら諸共《もろとも》に水のない堀へと転げ落ちた。まるで申し合わせたように、城の石弓から最初の矢が放たれ、堀に降り注いだ。たちまち馬も人も、無数の矢に貫かれてぴくりともしなくなった。葡萄弾《ぶどうだん》はさらに突き進んで橋の上の兵士たちを手当たり次第になぎ倒し、その向こうにある村の広場の建物を数カ所えぐり取った。悲鳴が、立て込んだ家々の石壁にこだました。狭い道でひしめきあう兵士たちの群れに向かって火縄銃が発射された。騎兵隊長は向きを変えて逃げ出した。その体は馬からずり落ちかけ、血潮がリボンのように馬の尻を伝い落ちていた。そしてすべては終わった。死にかけた男たちの間から弱々しいうめき声が上がり、中庭にたなびくかすかな硝煙の名残がゆっくりと「殉教者《じゅんきょうしゃ》の門」に向かって流れて行った。

エラナーは大砲にもたれかかり、小さな子供のように、自分のしたことを見つめながら手首を噛《か》んでいた。最初にエラナーに手を差し伸べたのは執事だった。だがエラナーは彼を押し退けた。「あの汚らしいものを拾い上げて」彼女は堀を指さして言った。「そして城壁の中に埋めなさい。私は法王ヨハネに自分の土地に肥やしを与える特権を願い出ることにしましょう……」そこでエラナーはよろめいた。執事は彼女の体をつかまえ、抱え上げて部屋に運んだ。

先のパーベック領主ロバートの一人娘エラナーは、生まれてこの方ほとんど丘に囲まれたその大きな城を出ずに過ごした。エラナーは内気で黙りがちな、一風かわった子供で、妖精の守護を受け、ほかならぬその誕生に妖精が関与したというのがもっぱらの噂《うわさ》だった。他の点では実際的で、分別のあるエラナーだったが、この自分のまともでない出生に関する噂だけは、打ち消そうとしないばかりかむしろ自慢しているように思われた。「だって」と彼女は言うのだった。「父はよく、自分が私の母を迎えに馬で北へ出掛けて行った日のことをお客様に話して聞かせたわ。父が駆け出して馬に飛び乗った時は、みんな父が気が狂ったに違いないと思ったの。でも父はいつも自分がそんなことをしたのは『荒野の住人』のせいだと言ってたわ。それはきれいな幻を見せて父を居ても立ってもいられなくしたのよ」そこまで来ると彼女の顔は曇った。マーガレット・ストレンジは出産のために命を落とし、エラナーはその見たことのない母をひどく恋しがっていたからだ。

その恋しがりようは時として父親にいたたまれぬ思いをさせた。ロバートはついに再婚はしなかったが、母親についての子供の勝手な想像に頭を悩ました。一度まだ幼い頃に、エラナーは眠ったまま歩き回ったことがあった。風の激しい晩だった。ほんの五マイルばかり離れたイギリス海峡からすさまじい強風がまともに吹きつけた。こんな晩には、城の使用人の中でも気の小さな連中は、風が高い石壁のまわりでたてる様々な気味の悪い音に混じって、確かに「古い人々」の笑い声が聞こえると言い張り、自分の部屋に引きこもってしまうのだった。エラナーの乳母が子供が怖がっていはしないかと様子を見に来てみると、エラナーは部屋にいなかった。乳母は大声を上げ、入り組んだ厖大《ぼうだい》な城が上から下まで捜索された。エラナーは天守閣の上の、長年使われたことのない古い階段のてっぺんで見つかった。目は閉じたままだったが、近づくと誰かに呼びかけるような彼女の声が聞こえた。「お母様」彼女は叫んだ。「お母様、そこにいるの……」人々はエラナーを驚かせないように用心しながら下に連れ戻した。こうした夢遊病者は「古い人々」のまじないにかかっていて、へたに目を覚まさせると魂を奪われる恐れがあることはよく知られていたからだ。エラナー自身はこの時のことを全く覚えていないように見えた。だがそうではなかった。何日もたってから、乳母に服を着せられている時に彼女はふとそのことを口にした。

「お母様ってとてもきれいだったのね」それから物思わしげに「お母様は遊んでくれようとしたのに、行かなきゃならなかったの……」ロバートはその話を聞くと顔をしかめ、顎髭を引っ張って悪態をついた。少女はすぐにフランスの親類の許へやられた。だが六カ月して帰って来た時も以前と少しも変わらないように見えた。

子供の頃のエラナーは寂しい思いをすることが多かった。城には、使用人の子供たちは別として、同じ年頃の子供が一人もいなかったし、その連中とは階級の壁ではっきり隔てられていた。彼女はたいてい乳母か、大きくなってからは教師だけを相手に、単調な毎日を送っていた。彼女は教師から国内で使われているいくつかの言葉を習った。彼女はたいそう物覚えが良かった。じきに、相変わらず上流社会の言葉とされているノルマン・フランス語とラテン語を自由に使いこなせるようになった。農民たちの使う無骨な言葉を覚えるのはもっと速かった。その古めかしい、耳触りな言葉が彼女の唇をついて出るのを聞くと、父親はいささか戸惑いを覚えた。だがそのおかげで、彼女はごくわずかな顔見知りの平民の間でたいそう敬われた。実際、彼女は自分と同じ身分の人間よりも、むしろ田舎に住む普通の人々に共感を抱いているように見えたが、彼女が半分しか貴族の血を引いていないことを考えれば、それもある程度うなずけた。農民たちは今でも昔と同じように、月と太陽の周期に従って生活し、耕《たがや》し、刈り取り、生まれ、そして死んだ。そうした昔ながらのものすべてに、ローマの統治者たちによって是認されていようといまいと、彼女は強く心を引かれた。時折彼女は、乳母と父の執事に伴われて近くの浜へ遊びに行った。そこで絶え間なくうねり、轟《とどろ》く波を見つめながら、彼女は執事にあれこれ奇妙な質問を発するのだった。たとえば、法王はその黄金の玉座から、スミレ色の横隊を組んで押し寄せては古い崖《がけ》に当たって砕けるイギリス海峡の波に命令することができるのか、というふうな。すると執事は微笑みを浮かべて好き勝手な異端の答えを聞かせてくれた。そのうちに彼女は飽きて駆けて行き、浜に落ちている貝殻や海藻《かいそう》を拾ったり、岩の中からウミユリの化石を掘り出したりして、妖精の首飾りにするように彼に渡した。彼女は土地を作り上げている要素そのものに奇妙な共感を覚えていた。一度彼女は頁岩《けつがん》の薄いかけらを拾って喉元に張り付け、自分は今日全身石でできていて、キメリッジ［第三施律の漁村がある］の崖のように黒く、険しく、何が来たって平気なのだと叫んだ。

　こうした風変わりな気まぐれのおかげで、エラナーはとうとうロンディニアムにやられることになった。十六歳の時、彼女は城の荘園差配人から父の愛車の操縦を習っているところを当の父に見つかった。ちょうどギアボックスのバンドを操作して車を進めたりバックさせたりしながら、外側の庭の斜面をぐるぐる走り回っている最中だった。おそらくそのちょっとした仕種《しぐさ》、何気ない首の動かし方が、ロバートにとっくの昔に死んでいる一人の娘のことをまざまざと思い出させたのかもしれない。彼はやかましく抗議し続ける娘を車から引きずり下ろし、その耳をぴしゃりと打って部屋へ追いやった。続いて行われた話し合いは、エラナーの傷ついた自尊心と、父親の激しやすい気性とが相まって惨憺《さんたん》たるものとなった。エラナーは、さすがのロバートさえ聞いたこともないようなありとあらゆる言語と言い回しで、自分の忿懣《ふんまん》をぶちまけた。それに対してロバートは革ひもで応酬し、バックルが一生消えそうもない痕跡《きずあと》をいくつか残した。彼は娘を一週間部屋に閉じ込めた。監禁が解ける日になるとエラナーは部屋から出るのを拒み、やっと二週間後に彼がその姿を見かけた時は、水堀で数人の衛兵たちと一緒になって射撃練習をしていた。彼は即座に執事を部屋に呼んだ。この際エラナーをしばらくロンディニアムの宮廷にやる以外に方法がないように思われた。そこならもう乗馬や鷹狩りはできないし、職人風情《ふぜい》と付き合うこともないのは確かだ。できるものなら彼女に自分の身分を自覚させ、生まれの良い淑女のたしなむべきいろいろな事柄を身に着けさせなければならない。ロバートは執事にその仕事を委任し、ごく内密に、自分の娘は是が非でも上品な淑女に仕立て上げなければならず、さもなければ生かしておくなという指令を与えた。二週間後、エラナーは鼻息も荒く、頭をつんとそびやかして出発した。ロバートが彼女を見送ろうと門で待っていたが、彼女は目もくれなかった。エラナーは腹立ちまぎれにそんな態度を取ったことを一生悔やんだ。というのも彼女はそれきり父の生きた姿を見ることがなかったからである。

事故が起きたのは祭の日のことだった。城の庭は一面に軽業師《かるわざし》や、手品師、菓子売りなどのテントで埋まり、近くの村の血気盛んな若者たちが、棍棒《こんぼう》試合で互いの力を競い合う。人々の叫び声、笑い声、棍棒のぶつかり合う音が入り乱れ交じり、あたりはすさまじい喧《けん》騒《そう》に包まれていた。ロバートが外の橋にさしかかった時、馬が跳ね上がって彼は振り落とされた。彼は石に頭を打ちつけて、空堀《からぼり》の中へ転げ落ちた。市は中断し、ダーノヴァリアから医者が呼ばれた。だが彼は頭蓋骨を砕かれ、再び目を開くことはなかった。エラナーは、チャロウ・ヒルからポンティーズまで一時間足らずで届いた信号で呼び戻され、できる限りの速さで馬を走らせたが、間に合わなかった。

エラナーは、ウィムボーンの古い大寺院にある彩色を施した墓に父を埋葬した。彼が妻と自分のために建てた墓だった。そして一行はゆっくりとコーフ城を指して戻って行った。馬と車は黒く装われ、葬送の太鼓が間延びしたリズムで打ち鳴らされた。まだ九月だというのに海からの冷たい風がうなりを上げ、空は鉄のようにどんよりした灰色だった。

城が見える所まで来るとエラナーは手綱を引き、他の者たちに、暗くなりかけた長い道をどんどん先へ進んでいくようにと手で合図した。執事は待っていた。風の中で彼の馬が落ち着きなくはみを噛み、葬列は遠ざかってやがてほとんど見えなくなった。そこでエラナーは彼の方に向き直った。外套が彼女の肩のまわりでぱたぱたとはためいた。彼女は老けて、ひどく疲れているように見えた。目の下に黒い隈《くま》ができ、頰には涙の伝った跡がある。「さて」彼女は言った。「これで私も城の主《あるじ》になったわけね、そしてあれが私の城なんだわ……」

彼は黙って待っていた。彼にはエラナーの考えがよくわかっていた。エラナーはごくりと唾を飲み込み、目に掛かる髪を払い除けた。「ジョン」彼女は言った。「あなたは何年間父のロバートに仕えたの」

彼は静かに馬の背に座り、すぐには答えずに考えていた。それからようやく言った。

「長い間です、お嬢さま」

「そしてその前は祖父にも」

また同じ答えが返って来た。「長い間……」

「そうね」彼女は言った。「あなたは父によく尽くしてくださったわ。私は父を一人ぼっちにしておいて、便り一つ出そうとしなかった。それもみんなほんのつまらないことのせいで。仲違《なかたが》いのそもそもの原因が何だったかもほとんど忘れてしまったくらいなのに。もちろん今となっては遅すぎますけれど」彼女は少しの間黙って、冷気の中で落ち着きなく身動きする馬の首をなでていた。それから「剣を持っていますか」

「はい、お嬢さま」

「では貸してくださいそして馬を下りて。私にはこれだけしかできないけれど……」

エラナーが剣を持ち上げ、その波形文様の浮いた刃に見るともなく目をやっている間、彼はじっと待っていた。「称号なんて」彼女は言った。「あなたのような方にはつまらない無意味なものでしょうか。でも私の手から受けてくださる？」

彼は身を屈めた。そしてエラナーは鋼《はがね》の刃で軽く彼の肩に触れた。「国王の正式な承認があろうとなかろうと」彼女は言った。「あなたは城の者にとってはサー・ジョンです……」それから彼女は馬の向きを変え、目を細めて夕闇の迫る胸壁や塔を見上げながら、全速力で城へ向かった。こうしてエラナーは我が家へ、喪に服する城へと帰り、間もなく法王ヨハネの怒りに身をさらすことになるのだ。

エラナーの立場は最初から奇妙なものだった。パーベックの代々の領主は国王からの封土としてその土地を保有して来た。通常の場合なら、エラナーは速やかによそに嫁《とつ》がされ、領地は誰か別の人間に与えるのが当然の成り行きだった。だが彼女は、ストレンジ一族の最後の当主にとって孫娘に当たり、その莫大な財産が彼女のもの、というよりいずれはそうなるはずだった。そして今のような制限された経済制度においては、あの大会社によって毎年支払われる税金が国王の歳入のかなりの割合を占めていた。イギリス及び、少なくとも名目上は南北アメリカの国王であるチャールズは、春に長期にわたる新大陸の視察旅行を予定していたので、とにかくそれが終わるまでは事態をそのままにしておくことに異存はなかったのである。エラナーは領主の地位に留まることを認められたが、国のあちこちにその決定に憤慨する者が大勢いた。

エラナーはたいそう真剣に領主としての務めに取り組んだ。彼女が自らに課した最初の仕事の一つは、巡回裁判判事を伴って領地の境界を回り、父の死後に生じたような些細《ささい》な争いを解決することだった。彼女は馬に乗り、執事一人を従えて、お忍びで領地を歩き回った。そして気の向くままに家々や農場に立ち寄っては、人々にそれぞれの階級の言葉で話しかけ、ドーセット一杯に散らばる領民たちにたいそう感銘を与えた。困っている者があれば、土地の居酒屋であっけなく使い果されてしまいがちな金を与えるのはやめて、衣類や、食糧や、自由保有権の許可という形で援助の手を差し伸べた。彼女は多くの苦しみを目の当たりにして衝撃を受けた。彼女は自分の生き方に満足していられなくなったのである。

「これはこれでとてもいいことには違いないわ、サー・ジョン」コーフ城へ戻って間もないある晩、彼女は言った。「でも私は、本当は何一つやり遂げたわけじゃないのよ。ほんの二つ三つのささやかな慈善行為でも満足感を味わうことはできるでしょうけれど、広い見方をすれば、そんなものは何の意味もないんだわ。一人か二人かは、毎週なけなしのお金をかき集めたり、節約して小作料をひねりだす必要がなくなって、いくらか楽になるでしょうよ。でもそのほかの、私が何もしてあげられない人たちはどうなるの。今、教会はある種の進歩を規制する方針を取っている。これは代々の法王がいくら否定したところで確かなことだわ。そんな状態が続く限り、私たちはいつまでたっても飢えと紙一重のみすぼらしい、ちっぽけな国でいるほかないのよ。でもそれ以外に私に何ができて」彼らは壮大な天守閣の傍らの、十六世紀に建てられた広間で食事をしていた。エラナーは片手で家具や、壁をおおう豪華な壁掛けを指し示し、食物を口一杯に頰張ったまままくし立てた。「私、こういう生活が好きじゃないなんて言うつもりはないわ。それに欲しいと思えば馬でも犬でも、ナイロンの靴下や香水でも、普通の人たちが手に入れるどころか、目にすることもできないようなものを何でも買えるような生活がね……わかるでしょう」それから不意ににやりとしてさらに続けた。「亡くなった父にロンディニアムにやられた時ね、私こういう物を全部捨てて逃げ出してしまいたいと思ったの。百姓娘みたいにただひたすら土地を耕して子供を育てる素朴な生活がしたかった。でもいろいろ見てきたおかげですっかり考えが変わったわ。今じゃ、そんなことをすれば、自分は豚の臭いをぷんぷんさせたどこかのうすのろを相手に数え切れないほどの子供を生んで、三十にもならないうちに、ただもう働き過ぎて死んでしまうのが落ちだということがわかったの。それとも私はただ世を拗《す》ねてこんなことを言っているだけかしら。教えてちょうだい。あなたはこの頃ほとんど何も言ってくださらないのね」

彼は微笑みを浮かべ、エラナーにワインを注いだ。

「この間セバスチャン神父と論争したわ」彼女は思いにふけるように言った。「私、持てる物すべてを貧者に施せという言葉を引き合いに出したの。すると神父は、それは全くその通りに違いないが、聖者の言葉とある程度折り合いをつけなければならない場合もあって、民衆のためには教え導く者が必要だと言ったわ。それはひどい言い逃れに聞こえたし、私、口に出してそう言わずにはいられなかった。私あの人に言ったの。もし教会が祭壇の銀器を半分売り払えば、国中の人間に一人残らず靴を買ってやれるし、その上までいろいろなことができるだろうって。そしてもし法王がローマでそのお手本を示してくれれば、私のこのコーフ城にあるごたごたした家具の山をいくつか処分するつもりですってね。神父はあまり善意に受け取ってはくれなかったんじゃないかと思うけど。私の方が間違っているのはわかっているけど、あの人には時々いらいらさせられるわ。あの人はとても信心深いけれど、そんなことはほとんど意味がないように思えるの。神父は一人の病気の子供のために、雪の中を何マイルも歩いて行って祈ることも厭《いと》わないでしょう。とても善良な人には違いないわ。でもその前に、もしその家にもっとお金があったら、おそらくその子が病気になることはなかったかもしれない。すべてが全く無駄なこととしか思えないわ……」

その冬は長く、厳しかった。小川も土も石のようにカチカチに凍りつき、海面までが細かい氷のかけらでおおわれた。信号塔がカチャカチャと鳴って、全国各地の様子を伝えて来た。といっても信号手たちが腕木の氷をどうにか払い落とすことができた時だけだったが。どこも同様か、あるいはもっとひどい状態らしかった。遅い、うすら寒い春がそれに続き、夏も大体似たようなものだった。チャールズは新大陸への旅を翌年まで延期し、信号機の伝えるところによれば、最もひどい飢饉《ききん》に見舞われた地域に対する救援の準備に追われているようだった。再び秋が巡って来て、各地で教会献堂式［儀式では教区民がイグサを持参、床にまき散らした］が行われる頃、慌ただしくカタカタ音を立てる通信網によって、これまでで最も悪い知らせがもたらされた。この国の課税制度が再検討されることになったのである。すでに税務長官たちが、各地域に金でなく現物による分担を割り当てる仕事に取り掛かっていた。

その知らせが届くとエラナーはさんざんに悪態をついた。もし役人たちが自ら城に姿を現していたら、たいそう荒々しい応対を受けたに違いないが、誰一人やって来ようとはしなかった。その代わりに、信号機を通じて彼女が徴発すべき品物を並べ上げた表が届けられた。国のすべての地方に、ろくろ細工製品からサトウニンジンに到るまでのあらゆる物が割り当てられていた。ドーセットの分担はバター、穀物、それに石材だった。

「全くばかげてるわ」女領主殿は、執務室兼書斎として使っている小さな部屋を足音も荒々しく行ったり来たりしながらいきまいた。「バターと石材というのは結構よ、というよりそのほかに余分な税を要求して来なければ、まあ納得できるわ。でも穀物とはね。これを考え出した連中は、このあたりに満足な農地なんてほとんどないも同然だってことをよく承知してるはずよ。ここで取れるわずかな小麦は自分たちが食べるためのものだし、今度みたいな夏の後では、それも全員に行き渡るのがやっとだというのに。今年は私、父の頃に一、二回やったように、中庭に無料のスープ接待所を開かなくちゃなるまいと覚悟してるわ。イタリアにいたんじゃ、気候が悪いと農作物にどれほど響くものかよくわからないんでしょうよ。もっとも私は、このでたらめがローマから出たものだなんてこれっぽちも思ってやしないけど。大方、イギリスなんて見たこともなければ見たいとも思わない、パリかボルドーあたりのちびで太っちょの聖職者どもがでっちあげたにきまっているわ。私たちがやっとの思いで送り出した物を、待ってましたとばかりに向こうで売りさばいて大もうけしようという連中よ。誰が見たって私たちをわざと破滅させようとしているとしか思えないわ。もし私がこの土地の人々から連中が要求するものをすべて搾り取ったとしたら、春になる前に餓死する者が出るでしょうね。そうかと言って、プールの港で新大陸の商人から小麦を買ったりして、せっかく連中が払ってくれたお金をまた返してやって自分は破産するなんて、そんなばかな――」

　彼女はそこではたと言葉を切った。その眼差しから、彼女がたった今経済学における教訓の意味を悟ったことが見て取れた。「サー・ジョン」彼女はきっぱりと言った。「私はそんな手に乗りません。私が自分の領民を飢えさせるか、さもなければ自分が無一文になるしかない理由なんて、純然たる悪意のほかには何一つありはしないんだわ」彼女はじっと考え込み、鉄筆でトントン歯をたたいた。「これから言うことを信号で送らせてちょうだい」彼女は言った。「こちらは不作で、もし今度の課税に応じれば、春までに困窮《こんきゅう》することになるでしょう。来年の秋に割り当てを倍にして出すと言ってやりなさい。少なくともそれでもう何エーカーか土地を開墾《かいこん》する暇ができるわ。もちろん連中がそれまでに要求を変更する気を起こさなければの話だけど。何か別のもので埋め合わせができないのなら、ええと……そう、毛織物とか、加工品とか、何でも連中の欲しがるものでいいわ。でも穀物だけはお断りよ。全く話にならないわ」こうして通信文は送られた。そしてもう一つの信号がロンディニアムに向けて発信され、彼女がローマに何と返事したかを国王に知らせた。

　翌日信号によって、チャールズが立腹し、エラナーに支払いを命じているという知らせがもたらされた。だがその時はすでに遅く、彼女の返事はすでにフランスを横断中だった。「国王には悪いけれど、ほかにどうしようもなかったと思うわ」彼女は執事に向かって言った。「あの方には事後承諾《フェタコンプリ》していただくしかかね。私が国王に、それに法王ヨハネにも言ってやりたかったのは、ドーセットの石を締めつけたところで血は出ないってことよ。もっとも、お二人がここまで来て確かめたいとおっしゃるなら大歓迎だけれど」彼女は鏡台に向かって、宮廷で習い覚えたやり方で化粧している最中だった。彼女は念を入れて唇を弓形に描き、薄紙で押さえた。「何と言ったって教会がもう充分に裕福なのは確かよ」と彼女は辛辣な口調で話にけりをつけた。「イギリスにいるほんの一握りの貧しい野蛮人の首根っ子を抑えつけて、いったい何を手に入れるつもりなのか見当もつかないわ……」彼女はその問題をきれいさっぱり念頭から追い払ってしまった。彼女は一番ましな時でも政治にはすぐに飽きてしまい、その上今は、城のひそかな改造に凝り出していた。

中でも最も大胆で、最も異端臭の強いのが電灯設備だった。彼女は村の一人の職人に発電機を設置して回す仕事を依頼し、貨物自動車用に設計された蒸気機関でそれを動かしてはどうかと提案した。その仕事は人目を盗んでやる必要があった。起電力の原理はとっくに解明されていたのだが、教会がその家庭内での使用を固く禁じていたからである。できあがった装置は、その騒音が城の人々の眠りを妨げない程度に距離を置いた、外側の城壁内に収められ、エラナーは、めざましい成果とは言えないまでも、少なくとも真冬の気の滅入るような暗さを追い払えるだけの明かりが得られるものと期待した。それにうまくすると暖房もできるかもしれない。というのは、針金を陶器の巻型に適当に巻き付けて、その両端の間に充分な電位差を生じさせることができれば、針金はまっ赤に灼熱《しゃくねつ》するはずだと教わったことを思い出したからだ。城の発電機でこういう芸当ができるかどうかという彼女の質問に対して、執事は穏やかにそのようなことも考えられないことはないと答えたが、それ以上詳しく話そうとはしなかった。

「あら、サー・ジョン」エラナーはいたずらっぽく言った。「まるで賛成できないような口ぶりね。去年の冬なんか、私の足の指は十本のうち九本までが霜焼けになったのよ。嘘じゃないわ。それも法王様でさえ文句のつけようがないくらいきちんとフランネルにぐるぐる巻きになって寝たというのにね。あなたは私の晩年に残されたささやかな慰めも許してくれないつもりなの」それを聞くと彼は微笑みを浮かべたが、何も答えようとしなかった。それから間もなく発電機はやかましい音を立て始め、女領主殿のベッドの足許には電熱線が赤々と輝いて、寝室係の女中の度胆《どぎも》を抜いた。その女中は配膳係《はいぜんがかり》の許に飛んで行き、あろうことか石そのものがまっ赤に燃え、自分に向かって歯をむき出したと訴えた。

同じ日にエラナーは信号手ギルドの大尉の訪問を受けた。外の城門から急ぎの使いが来て、エラナーは慌ただしく着替え、執事と数人の侍従を従えて大広間で彼を迎えた。そのような地位にある人物はかつては非常な尊敬を集めており、エラナーは、信号手たちがこれまでも、この先も決して自分の臣下となることがないにもかかわらず、ギルドに心から愛着を持っていた。そうした敬意はエラナーの側だけのものではなかった。というのもエラナーこそ、ロバートの四十回目の誕生日の折、信号機の前に連れて行かれて、自らの手で、ギルドの信号手しか触れることを許されない把手を操作して父の名前を綴《つづ》るという光栄に浴したただ一人の人間だったからである。

大尉は無造作に入って来た。白髪《しらが》交じりの男で、着古した緑の革服に身を包み、その袖には銀の腕章と、彼の階級を示す交差した飾り肩ひもが付いている。彼の目は室内にみなぎる電灯の光を見て取ったが、別に何も言わなかった。彼はギルドの人間特有のそっけない話しぶりでいきなり用件を切り出した。それというのも、王侯たちが平民と同様熱心に信号機を見守っている限り、ギルドの者は言葉を飾り立てる必要などなかったからだ。

「レディ・エラナー」彼は言った。「ロンディニアムの大司教猊下《げいか》が今日、馬で発《た》ちましたぞ。七十名ほどの兵を引き連れてパーベックに向かっています。あなたの不意を突いて、城とご領地をヨハネに明け渡させようというのでしょう」

エラナーは蒼ざめたが、両頬には怒りを示す赤い斑点《はんてん》が燃えていた。「どうしてそれがわかりましたの、大尉」彼女は落ち着いて聞いた。「ロンドンからはたっぷり一日かかりますし、塔は全く動きませんでした。もしそういう知らせがあったのなら、私の許にも届いているはずです」

彼は壇の敷物の上に踏んばった両足をずらした。「ギルドは何者も恐れません」彼はついに言った。「我々の通信は、読み方を知る者なら誰でも読めます。だが時には、今の場合のように、通信網を通さぬ方が良い知らせもあります。そういう時には別の、もっと速い方法があるのです」

その言葉の後に沈黙が落ちた。彼が魔術のことを口にしたからだ。それは、エラナーの城の自由な雰囲気の中でさえ、軽々しく口に出せる事柄ではなかった。執事だけが大尉の言ったことを完全に理解した。そして信号手は自分よりさらに深く、さらに古い知識を認めて執事に軽く頭を下げた。エラナーは二人の間に交わされた眼差しに気づいておののき、それから気を取り直してきっと顔を上げた。「さて、大尉」彼女は言った。「ご親切に心から感謝いたします。どれほど感謝しているか、あなただけが御存知です。もし今教えてくださったことのほかに何もなければ、ワインを差し上げたいのですが。召し上がって頂ければ光栄ですわ」

大尉は再び頭を下げてエラナーの儀礼にのっとった招待に応じたが、そうした申し出のできる者はきわめて少なかった。ギルドの人間はめったに外部の者の家に出入りせず、土地の名士さえその例外ではなかったからである。

エラナーは四十人ほどの領民を駆り集めて武装させた。そして大司教がコーフ城の塔の見える所まで来た時にはすでに城内の様子が信号機によって伝えられていた。彼は兵を村に宿営させ、わずか五、六名の護衛を従えただけで、自分の意図が平和的なものであることをこれ見よがしに示しながらやって来た。一行は見るからにしっかり武装した護衛に案内されて城門をくぐり、大広間に通されてそこでレディ・エラナーが接見すると告げられた。エラナーはやって来たが、それまでに優に一時間はたっていた。高位の僧はその間ぷんぷんしながら敷物の上をさんざん歩き回った。エラナーは自分の部屋でぐずぐずして、化粧と服装に最後の細かい仕上げをしていた。彼女は前もって執事を呼びにやり、随行してくれるように頼んだ。

「サー・ジョン」頭に乗せた小さな宝冠の具合を直しながら彼女は言った。「この会見はあらゆる観点から言って難しいものになると思うの。私には、チャールズがこの全体についていくらかでも知っているとは到底思えないわ。大司教の態度がひどくあいまいなのもそのせいでしょう。でもいやしくも大司教たる者を、反逆を企てる件で告発するわけには行かないわ。私は差し出すことのできないものを、というより私が――あいた！――私が実にもっともだと思える理由で差し出すのを断っているものを、あの人が要求しに来たのはっきりしてるってことを別にすればね。でも向こうの意図が穏やかなものだということをあれだけ見せびらかされると、何と言っても私の方が突っ張っているように見えてしまうわ。国王がもう少しはっきり自分の言い分を通してくれるといいんだけど。みんなから『善王チャールズ』と呼ばれて、ロンディニアムを馬で通るたびにバラの花びらを投げかけられるのはたいへん結構よ。でもその行き着く先はと言えば、いつもどっちつかずの態度を取って、誰かれ構わずなだめて回るのが上手になるだけじゃないの。外国人にイギリスを牛耳られるのはもううんざりだわ、そんなことを言えば異端になるとしたって構やしない」

執事は口を開く前に慎重に考えているふうだった。「私が聞いている通りだとすれば、大司教猊下《げいか》は確かに巧妙な口の利き方をする人です」ようやく彼は言った。「それにあなたもあまり駆け引きのできる立場でないことは確かです。しかしチャールズをあまり厳しく非難するのは当たらないと思いますよ、お嬢さま。あの方はアングル人［五〜六世紀、サクソン人とともにドイツ北部からイングランドに入植したゲルマン人］やスコットランド人［ケルト系］、それにいわゆるノルマン人の入り乱れたこの国をいざこざを起こさせずに治めながら、同時にローマも満足させるというきわめてやっかいな仕事を抱えているのです」

エラナーはまっすぐに相手を見据えながら、下唇を歯で噛みしめた。彼が長い間目にしていなかったしぐさだった。エラナーの母親が、腹を立てたり気が転倒した時によくやっていた癖だ。「もし私たちが戦ったとしたら、サー・ジョン」彼女は言った。「もし私たち全員がただ真っ向から反乱を起こしたら、どのくらい見込みがあるかしら」

彼は両手を広げた。「法王の『青』に対して？　『青』は大洋の青と同じです、お嬢様。どこまでも果てしない。私の知る限りではここから中国まで広がっているのです。誰も海を相手にして戦うことなどできません」

「時々」彼女は言った。「あなたはあんまり頼りにならなくなるのね……」彼女は鏡の角度を変えて、一本だけはみ出した眉毛をぐいと引き抜いた。「私にはさっぱりわからないわ」彼女はうんざりしたように言った。「病気の犬か猫を連れて来られれば、それともまたキャブレターが詰まったとかいう、庭にあるグィリアムさん［コーフ城の営繕担当の責任者。サー・グィリアム］の古いぽんこつ車でもいいわ、それなら私もどうすればいいかわかるわよ。あまりうまくできないにしても、とにかく直してみるでしょうよ。でも坊さん連中が相手では、それも偉い坊さん相手なんて、それだけでもう背筋がぞっとするわ。おそらくあの人たちは、父が亡くなった今、私がそこいらの大貴族たちよりくみしやすいと思っているんでしょう。でもこうして意思表示をした以上、それを押し通さなければ、今までよりもっとひどいことになるに違いないわ。あの人たちが、そもそも最初に断ったからという理由で、何かしら罰金を押しつけて来るのはまず間違いないでしょうからね」エラナーはついに、自分の容姿にこれ以上手を加える余地はないと確信して立ち上がった。だが部屋の戸口まで来ると不意に片足を宙に浮かせたまま立ち止まり、指に唾を付けてストッキングの線をまっすぐに直した。彼女は執事を見上げた。その薄色の髪におおわれた丸い頭と奇妙な容貌は、彼女が子供の頃に見たのと全く変わっていない。「サー・ジョン」彼女は優しく言った。「あなたはあらゆるものを見ていながら、ほとんど何もおっしゃらないけれど……もし父だったらこれと同じことをしたと思いますか」

彼はしばらくためらい、それから答えた。「したでしょう。ご自分の領民とそれにご自身の名誉にかかわることなら」

「では私のすることについて来てくださる」

「私はあなたの父上の臣下でした」彼は言った。「そして今はあなたの臣下です、お嬢様」

エラナーは身震いした。「サー・ジョン」彼女は言った。「そばについていてね……」そしてひょいと頭を下げて戸口をくぐり、カタカタと階段を下りて法王の代理人との会見に赴いた。

大司教猊下は愛想よく、快活と言っていいくらいだった。ただし未納の税に話が及ぶまでのことだったが。「よく肝に銘じておくことだ、我が子よ」ロンディニアム大司教は広間を一巡して戻りながら厳しい口調で言った。「あなたの霊魂の父にして、この知られる限りの世界の支配者たる法王ヨハネは、そう簡単に無視できる相手ではないし、その好意や不興を軽々しく考えてはならない。ところで私は……」彼は両手を広げた。「私は単なる使者であり、助言者にすぎない。ここで互いに口にしたことはたいして重要な意味をもたないかもしれない。だが言葉が一たびこの城壁の外に伝わったら、これは私が務めを果たすとすれば避け難いことだが、その時にはあなたやあなたの領民が苦しむことになるのだ。法王ヨハネの手にかかれば、こんなちっぽけな城は卵のようにやすやすと砕かれてしまうだろう。法王の意志には何人も従わねばならない。世界中の到る所でだ」

彼はエラナーの側まで戻って来た。「あんたはたいそう若い」彼は優しく言った。「わしはあんたに対して父親のような気持ちを抱かずにはいられない。父上が生きておられたら、おそらく同じような気持ちであんたに助言なさっただろう」彼の指がエラナーの片腕をまさぐった。エラナーは、おそらく単に触れられたのが気になったせいで、片方の眉を上げた。こうした状況の下では、それは間の悪い仕種だった。大司教はまっ赤になって無理に怒りを抑えた。「この税を調達することだ」彼は言った。「どうにかして取り立てるなり、何でも好きな方法でこしらえればよい。だがとにかくそれだけのものを手に入れて、送るのだ。今週中に、できればフランス行きの最後の船に間に合うように。だがそれより遅れて天候が悪化すれば、そしてあんたの船が穀物を積んだまま沈んだり、どこかの名も知れない港に迷い込みでもすれば、春と同時に間違いなく、法王ヨハネのこらしめの手が伸びることになる。それは全く当然のことでもあるのだ。あんたの全財産の半分は法王のものなのだからな。あんたは法王のご意志によってのみ、その地位に就いていられるのだということは、よく承知しているはずだ」

「私がこの地位に就いているのは」エラナーは冷ややかに言った。「我が君主チャールズのご好意によるものです。このことは、猊下、あなたも私同様よくご存じのはずです。父はあの方の膝元で、昔ながらのやり方に従ってその手に口づけし、忠誠を誓いました。私も地位を解かれるまではあの方に従います。ほかに従う方はおりません……」

沈黙があたりを包んだ。静けさの中で、チャロウ信号塔のカタカタという音がはっきりと聞き取れた。ロンディニアム大司教はその毛皮で縁取りした衣の下で見る見る膨れあがるように思われ、その様子はまるでカエルそっくりだった。「あんたの主君は」彼は言ったが、非常な努力を払ってやっとどなりつけるのを我慢していることは明らかだった。「穀物を送るように命じたはずだ。だからあんたは法王と国王を共に愚弄することになる……」

「私は自分がもっていない物を送ることはできません」エラナーはねばり強く言った。「私の手許に貯えてある穀物は、領民に放出しなければなりません。さもなければ、土地の人々はクリスマスまでに飢餓に瀕《ひん》することになります。いったい法王は、ご自分の力を証明するために田舎を死体だらけにすることをお望みなのですか」

大司教はエラナーを睨みつけたが、それ以上何も言おうとはしなかった。こうして用件を気まずい中途半端な状態にしたまま、エラナーはその場を引き上げた。

その晩、法王代理一行のために大広間に用意された晩餐《ばんさん》の席で、事態は究極の山場を迎えた。室内には数え切れないほどのランプや蠟燭《ろうそく》が明々ともされ、張り出し燭台《しょくだい》の糸心蠟燭が燃え尽きたらすぐに取り替えられるように、予備の蠟燭の束を脇に抱えた召使があちこちに配置されていた。エラナーは電灯を使いたいところだったが、最後の土壇場になって執事に説き伏せられ、その無謀な企てを諦めた。大司教猊下はそんなおおっぴらな異端の証拠の下では決して食卓に着こうとはしなかっただろう。炭素のきゃしゃなフィラメントを収めた真空のガラス球は天井裏に引き上げられ、壁のスイッチは掛け布でおおい隠されて、エラナーの不忠を示す目に見える痕跡はなくなった。エラナーは壇上の、父がいつも座っていた席に着いた。執事がその右側に、城の砲兵隊長が左側に座った。彼女の向かい側には僧たちと、城に入ることを許された護衛の軍人数名が座を占めていた。

最初のうちは万事順調だったが、やがて大司教がいかにも同情的な口ぶりで、エラナーの早世した母親のことに触れた。隊長は思わず息を飲み、慌ててその音を咳払いに紛らした。それが最もエラナーの癇《かん》に触る話題だということは、城の者なら誰でも知っていた。エラナーは自分の適量以上に飲んで、再び大胆になっていた。彼女はたちまちカッとなった。「これはまた、猊下、たいそう興味深いことをうかがいましたわ」彼女は言った。「というのも、もし外科医に母の手当てをすることが許されていれば、母は今でも生きていたでしょうからね。物の本によると、かつてはあなた方ローマ人も今より大胆だったようですわね。だってあのほかならぬ大シーザーは、その母親の腹を切って取り出されたのでしょう。ところが今では、あなた方はそれを神に対する憎むべきごまかしと見なして――」

「エ、エラナー殿――」

「それにこんな話も聞きました」エラナーはかすかにしゃっくりをしながら言った。「ただ吸い込むだけで人のからだや脳の働きが静まって、ひどい痛みも感じなくなり、普通の眠りから覚めるように目が覚めるという、そんな気体を作り出すことができるそうですね。でも、たしか法王パウロだったと思いますが、苦痛はこの土地における神への義務を思い出させるために、神から遣わされたものだと言って、それを禁止したのでしたね。それから、ある種の酸を霧状にして空中に撒き散らすと、病気そのものを殺すことができるという話です。それなのに医者は手も洗わずに私たちの手当てをします。これは、異端の内に生きるよりは清らかに死ぬ方がましだということを私たちに悟らせるためなのですか」

大司教は立ち上がり、身を反らした。「異端というものは」彼はしゃべり出した。「我々一人一人の中に様々な形で存在しておる。あんたの中にもだ、エラナー殿、ことによると誰よりも多いかもしれん。そしてもし法王ヨハネのお慈悲がなければ――」

「お慈悲ですって」エラナーが辛辣な口調でさえぎった。「ここでのあなたのお役目は、ほとんどそれには関わりがないようですわね。私には猊下、教会はとっくにその言葉の意味をお忘れになっているように思われます。だって仮に私が法王ヨハネの立場だったら、どこかよその島にいる自分の臣下を飢えさせるよりは、むしろ自分の家の壁掛けを売り払うでしょうから。おそらくそこの連中はろくに学問もない愚か者ばかりかもしれませんけれど」

もちろんロンディニアム大司教がこんな二段構えの侮辱に耐えられるはずはなかった。それは彼の君主と教会とに対するあからさまな攻撃であると同時に、まさしくイギリス人をなぞらえたような愚か者の一人としての、彼個人に対する侮辱でもあったのだ。彼は怒りに顔を赤くしてドンとテーブルをたたいた。だが彼の熱弁が開始される間もなく、城の信号手がメモを手に駆け込んで来て、一番上の頁《ページ》をむしり取り、女主人に手渡した。彼女は一瞬、意味が飲み込めないような様子でその知らせを見つめていた。唇が、そこに書かれた言葉を追って動いた。それから彼女は紙切れを執事に回した。「猊下」彼女は言った。「どうかお掛けになって、お話はしばらくとっておいてください。たった今知らせが入りました。それをここにいる全員に聞いてもらいたいのです」

　大司教の目は無意識に、夜の闇を閉め出すカーテンが下ろされた窓に向けられた。彼も居合わせたすべての者と同様に、よほど重要な知らせでなければ、信号手ギルドが、わざわざ腕木に松明《たいまつ》をともして送ったりしないことをよく承知していた。執事は立ち上がり、僧たちに軽く会釈《えしゃく》した。「皆さん」彼は言った。「この西部地方における我々の立場を支持してくださる証拠として、国王チャールズは今日、我々がローマに差し出すべき税を二倍の量にして自ら送り出されました。その上国王は、レディ・エラナーをパーベック及びそれに属する領地の統治者として承認なさいました。また、国王はさらなる信頼の証しとして、ウリッジ［テムズ南岸。現実にも陸軍士官学校、兵器庫あり］にある国王の兵器庫から、国王軍の小隊と共に大砲〈がなり屋〉をコーフ城に贈られます。同じくイスカからはカルヴァリン砲〈平和の君〉、半野砲〈忠誠〉及びそれに用いる弾薬――」

　後の言葉は壇の下の席から沸き起こった拍手喝采《はくしゅかっさい》にかき消されてしまった。男たちは歓声を上げ、カップやグラスで木のテーブルをドンドンたたいた。執事は片手を上げた。

「また」と彼は目をきらりと輝かせて言った。「陛下には、ロンディニアム大司教猊下がどこにおいでになろうとも、都合のつき次第直ちに参内《さんだい》して、国政問題について話し合われることをお望みです」

大司教はぽかんと口を開け、慌ててまた閉じた。エラナーはぐったりうしろへ寄り掛かり、顔を拭いながら、死の宣告を一瞬猶予《ゆうよ》されたような思いを味わっていた。「国王にはわかっていたのよ」彼女は騒音に紛れて執事にささやいた。「そしてこの通り、この通り、私たちはあの方を奮い立たせたんだわ。ことによると、この次には戦うことだって……」

大砲二門は予定通り到着した。だが半野砲は半島の入口で横断中の沼地にはまり込み、兵士たちの懸命な努力も虚しく、ついに引き上げることができないままで、ラックフォード湖「パーベック領主の領地の西限」の東で忠誠は失われたと後の語り草になった。

大砲が到着すると、しばらくの間エラナーは前より楽に息がつけるようになった。城の武装はほんの形ばかりのものだったが、それが城内の人々の士気に及ぼす影響は大きかったからである。それにコーフ城は、国内でも指折りの堅固な城の一つとされていた。僧たちがすごすごと引き上げてから一カ月ほどたったある寒い晩、エラナーはそのことを口にした。彼女は海から押し寄せる寒気から身を守るために外套にしっかりくるまって、二の丸の中庭を歩いていた。彼女は〈がなり屋〉の傍らで足を止めた。大砲は運びこまれた時のままに、まだ前車につながれていた。彼女はその鉄の砲尾に沿って指を走らせた。執事が彼女に寄り添うように立ち止まった。「どう思う、サー・ジョン」彼女はいたずらっぽく言った。「もしチャールズが私たちの税を肩代りしてくれなかったら、我らの父なるローマ法王はいったいどうしたかしら。法王にはここの穀倉に蓄えてあるあんなつまらないもみ殻のために、これとこの私とに立ち向かう勇気が本当にあったと思う？　どちらもそれなりにまっさらで、まだ血を流したことのない私たちにね」

　執事は慎重に考えを巡らした。胸壁を越えて、夕闇迫る空のかなたに向けられたそのアーモンド形の目は、何も見ていなかった。「確かに、エラナー」彼は言った――これほど馴れ馴れしく彼女をよべる者はほかに誰一人いなかった――「法王猊下は是が非でも我々を抑えつけようという気になったでしょう。あの方は公然とした反抗を放置しておいて、国中に暴動を起こさせるような真似《まね》はしないでしょう。だが幸いその問題もしばらくは据え置きです。少なくともクリスマスの間は、コーフ城に訪ねておいでになる父上のご友人の方々をもてなして楽しく過ごせますよ」

　彼女は暗闇の中に威圧するように黒々とそびえる天守閣と、そこに点々と散らばるぼんやりした窓の明かりを見上げた。そこでは城の人々によって寝床や食事の用意が進められていた。ところどころに交じる一際強烈な輝きは、彼女の異端の機械が再び動き出して、その部屋に電気の光をともしているのだ。城壁の向こうからかすかな発電機の響きが聞こえて来る。音は風に乗ってうねり、また弱まった。「そうね」彼女は不意に身震いして言った。「牛も馬も銘々自分の小屋に収まって車も寒さに備えてしまい込まれ――今頃サー・グィリアムは、あのいまいましいシリンダーブロックが凍って破裂しないように、その下で泥炭を燃やしているに違いないわ。いつかきっと、城中を燃え上がらせることになるわよ――私たちもぬくぬくと引きこもって何の心配もなく暮らせるのね、サー・ジョン、少なくとも春になるまでは」

彼は厳粛な面持ちで待っていた。エラナーは相手が何か言うのを期待しているように、半ば彼の方に向き直った。それから風に乱れて目にかぶさった髪をうるさそうにかき上げた。「私は騙《だま》されなかったわ」彼女は言った。「もちろんあなたも本気にしているはずがないわ。大司教がいくら満面に笑みを浮かべて、祝福や有り難い助言をさんざん振り撒《ま》きながら帰って行ったたって、その手には乗らなかった。チャールズは来年新大陸へ行くはずだわね」

「そうです、お嬢様」

「そうよ」彼女は物思わしげに言った。「そうなったら、あの宮廷のごくつぶし連中や、国中に散らばったけちなカトリックの犬共が、いっせいに後足で立ち上がって、何か悪さをしてやろうとそこいら中駆け回ることになるでしょうよ。そして私たちは、連中にまっ先に目をつけられることは間違いないわ。私たちは歯をむき出したけれど、打たれなかった。連中が黙って放っておくはずがないわ。ヨハネ［現職法王］の腕は長いかもしれないけれど、記憶力はもっと並はずれているのよ」

彼は再び待った。彼はエラナーよりもっと多くを知っていたが、ある秘密は彼も語ることを禁じられていた。「それで、お嬢様」

エラナーはもう一度大砲に触れ、眉をしかめてその大きな黒い砲身を見下ろした。「それなら」彼女は言った。「その時はこれが連中を待っている……」

エラナーは不意に大砲に背を向け、片腕を彼の腕の下にすべり込ませた。「でもあなたの言う通り、私たちはもっと天気が良くなるまで心配する必要はないんだわ。ヨハネが自分の手下共に武器を与えて焚《た》き付けるためには、穏やかな海と連中の誰も持ち合わせていないような勇気が必要でしょうからね。行きましょう、サー・ジョン、さもないとますます気が滅入ってしまうわ。今朝村に新顔の芸人が来て、サー・グィリアムが一晩雇ったそうよ。今夜はその男がやる手品を見物できるわ。おおかたは前に見たことがあるものばかりでしょうけど。その後はまたあなたの作り話をいくつか聞かせてちょうだいね。まだ丘に城もなく、世界中のどこにも高教会も低教会も〔歴史的には前者がカトリック、後者がアングリカン〕教会なんて影も形もなかったという時代の話を」

彼は暗闇の中でエラナーに微笑みかけた。「みんな作り話かな、エラナー。年がたつにつれて、一番古い家来に対するあなたの尊敬は段々薄れて行くようですね」

エラナーは立ち止まった。明るく輝く窓を背に、その姿が影絵のように浮かび上がった。「みんな作り話よ、サー・ジョン」彼女は平静な声でしゃべろうと努力しながら言った。彼女が口にしたのは禁じられた事柄だったからだ。「私があなたから真実を聞きたい時は、そう言います……」

クリスマスは楽しみのうちに訪れ、過ぎ去った。天候は前年ほどひどく寒くもなく、旅回りの芸人や音楽師などが次々とこの地方を通り掛かっては、夜に彩りを添えた。一人の男が特にエラナーの興味を引きつけた。その男は、奇妙な高い脚の上に乗った複雑な仕掛けの機械を持ち歩いていた。その機械に、見たことのない材質でできた細長い切れはしを入れて把手を回すと、灰光灯が、パチパチ、シューシュー音を立て、部屋の向かい側の壁に取り付けた急ごしらえの幕の上に、まるで生きているようにちらちらと絵が躍った。エラナーはその装置を何とかして買い取ろうとしたが、断られた。代わりに彼女は城の機械装備を増強し、新たに二台の発電機が据え付けられて、最初のと並んでやかましい音を立て始めた。すぐに壊れやすく、寿命の短い電球は、もっとどぎつい光を放つアーク灯に取り替えられた。エラナーは自ら、そのまぶしさを和らげるための笠《かさ》を作った。城で飼っているメスの猟犬《ブラチェット》の一頭が、キャンキャン鳴き声を上げる。一腹の仔犬《こいぬ》を産み、それが甲高い声を上げながら廊下や台所を走り回っては、料理番のスープ鉢から盗み飲みしたり、目についた物を片端から小さな歯で引き裂いたりした。エラナーは大喜びで、発育の悪い小さな仔犬まで含めて、すべて手許に飼っておくことにした。

やがて風の吹きすさぶ、じめじめした三月が冬に取って代わったが、前の年の出来事についてはそれ以来、チャールズからも教会からも何の音沙汰もなかった。普段と違ったことは何も起こらなかったが、ただ国王の出発が予定された日の数日前になって、信号機がイギリスの憲兵司令官にして、世襲で国王の擁護者を務めるサー・アントニー・ホウプからの依頼を伝えて来た。数日間パーベックの猟場で狩りをし、エラナーを訪問する光栄に浴することを許していただきたいというものだった。

執事がそのことを伝えると、エラナーはしかめ面をして見せた。「私が覚えている限りでは、その男はえらく思い上がった全くのがさつ者よ。それにどのみち狩猟の時機はほとんど過ぎているのに。ちょうど動物たちがこれから繁殖期に入ろうとしている時に、あの男のばかでかい馬の蹄《ひづめ》でどしどし歩き回ってもらいたくないわ。でもどうやら我慢してあの男のお相手をするしかないようね。あれだけの有力者とつまらないことで仲たがいするわけには行かないもの。でもあの男がシャーバーンのタヴァナーズか、それとも去年みたいに辺境地帯《ザ・マーチズ》［イングランドとスコットランドの境界地方］の方まで行ってくれたらいいのにと思わずにはいられないわ。あの人をもてなすのに、あなたの手を借りなくちゃならないと思うけど、サー・ジョン、私とあの人とじゃ共通の話題なんて全然ないんですもの。つまるところ、あの人はほとんど私の父親になってもおかしくない年齢だし、もちろんそんなことはまっぴらだけど」彼女は鼻を鳴らした。「でももし向こうがこの上まだあの凝った、ぎょうぎょうしい手紙を送り付けて来るようなら、私としては、パパがあの有名なイヌワシにしてやったのと同じご挨拶を、あの人に浴びせてやりたい気持ちになって来るわ……」

ギルドの塔がエラナーの承諾の返事を送り返すと、すぐにサー・アントニーが、お抱えの兵士数十名を引き連れてコーフ城に向かっているという知らせが届いた。エラナーは肩をすくめ、ビールの樽《たる》を余分に買い入れておくように命じた。「まあ、地面はまだかなりぬかるんでいるから」と彼女は言った。「いつ何時馬が転んで、あの人の太い首根っ子を折らないとも限らないわよ。奇跡を望んだりすべきじゃないんでしょうけどね」

確かに何事も起こらずに、数日後、サー・アントニーはエラナーの城に到着した。彼の部下の兵士たちは城の下層部の区画に寝泊まりして、城の女中たちの間に大混乱を引き起こし、しまいにエラナーが、きっぱりなどという言葉では到底追いつかないほどの剣幕でこの問題を連中の主人と掛け合ってけりをつけた。一行はそれから二週間滞在し、最初はこの件全体が何となく胡散臭《うさんくさ》いと睨んでいたエラナーも、次第に気を許して、ただひたすらサー・アントニーとその無作法者の集団、それに彼の一連の大げさな自慢話とが、滞りなくロンディニアムの城壁内に戻ってくれることを願うだけになった。ところが十五日目の朝、災厄が訪れた。夜が開けた時、イギリスは平和そのものだったが、日暮れまでには、ローマとの戦いに向かう決定的な第一歩が踏み出されていた。

エラナーは朝早く起きて狩りに出た。お供はいつものように執事と五、六人の下僕、それにお抱えの鷹匠《たかじょう》で、猟犬と一つがいの鷹を連れている。サー・アントニーと彼が率いる騎馬隊がぞろぞろやって来てあたりを荒らし回らないうちに、ささやかな気晴しを味わおうというわけだ。始めてしばらくは幸運に恵まれていた。それからよく馴れた雌の隼《はやぶさ》の一羽が獲物を取り逃がし、いくらおとりを振って見せても戻って来ようとしなかった。それどころか、鷹は力強く羽ばたきながら高く舞い上がり、荒野のかなたへ飛び去ろうとしていた。あきらかにプールの港と海を目指している様子だった。エラナーは悪態をつき、馬の腹を踵で蹴りつけながらその後を追った。その鳥はたっぷり時間をかけて馴らしたもので、できることなら逃がしたくなかったのだ。彼女は馬が走るに任せて生い茂るハリエニシダの中を思い切り飛ばし、じきに他の人々をはるかに引き離してしまった。執事一人が彼女に遅れずについて来ていた。

一、二マイル行ったところで鷹を取り戻すのは無理だということがはっきりした。もうどこにもその姿は見えず、それにずいぶん遠くまで来てしまって、コーフ城の塔はかろうじて、はるか向こうに小さく見えるだけだった。エラナーは息を弾ませながら乗馬用の手袋をぬいだ。「だめね、逃げられちゃったわ。正直言って……」彼女は手首から籠手《こて》を外して鞍頭の上にかぶせた。「馬鹿な人間のことを鳥みたいな頭をした奴って言う訳が分かって来たわ……。サー・ジョン、どうしたの」

彼は冷たくまぶしい朝の日差しに目を細めながら、今来た方をじっと見つめていた。「お嬢様」彼は張りつめた声で言った。「鷹が野兎に飛び掛かって鷲に狙われました……」彼は馬の向きを変えた。「走るんです、急いで。ウェアラム街道の方へ……」

その時エラナーにも見えた。荒野の中に小さなしみのようなものが一列に並んでいた。馬に乗った男たちで、どんどんこちらへ近づいて来ていた。遠すぎて顔は見分けられなかったが、その正体は疑う余地もなかった。サー・アントニーがついに罠の口を閉じたのだ。エラナーは鋭い眼差しで左右を見た。追っ手はたっぷり間隔を取って広がっていた。その列を迂回《うかい》して出しぬこうとしても無駄だ。彼女は鞍の上で向き直った。前方には一本の道が、荒野を横切る白い糸のようにどこまでも伸びている。その向こうは青白く輝く海だった。取るべき道はほかになかった。彼女は馬の向きを変え、ピシリと鞭を当てて全力で駆け出した。

追っ手はまだ馬も疲れておらず、着々と迫って来ていた。半マイルほど進んだ時には声が届く所まで近づき、エラナーに向かって投降しろとどなった。乾いた銃声が聞こえた。エラナーが執事の方を振り返ったとたんに馬がよろめき、彼女は頭から投げ出された。彼女は以前教えられた通りに顔を庇《かば》いながら転がり、髪はもみくしゃになったが怪我《けが》もせずに立ち上がった。傍らには馬が倒れ、悲鳴を上げていた。その一方の前脚から鮮やかな血潮が滴り落ちていた。

エラナーは目を見張り、馬に駆け寄った。背後で執事がぐるりと馬を回した。彼は馬から飛び下りて、手綱をエラナーの手に押し込んだ。「お嬢様……ウェアラムへ行くんです……」

エラナーは呆然として頭を振り、考えようとした。「この男はおかしくなったんだわ、逃げても無駄よ、途中で追い付かれるわ……」追っ手はすぐそこまで来ていた。執事は拳《けん》銃《じゅう》を構え、引き金を引いた。全くの偶然で弾丸は男たちの一人の胸に命中し、男が馬から転げ落ちた。たちまち追っ手の列は乱れ、旋回した。

ピーッと一声汽笛が響いた。エラナーは拳《こぶし》を握り締めて振り向いた。背後の、轍《わだち》の刻まれた細い道のずっと向こうから、一連の貨車を引いたどっしりした機関車がゆっくり近づいて来た。エラナーはそちらに向かって走り出した。肺が激しく空気を吸い込み、張り裂けそうな気がした。エラナーはそちらに向かって走り出した。肺が激しく空気を吸い込み、張り裂けそうな気がした。エラナーは二十ヤードばかり右手の草むらをかすめたのが音でわかった。また拳銃が鳴った。エラナーはちらりと振り向き、執事が敵の馬に蹴り倒されるのを見た。それから彼女の足はよろよろと道の上を走り、機関車が間近に迫った。

エラナーは機関車の脇で立ち止まり、息を切らしてその後輪にもたれ掛かりながら、それがひどく古びていることに気づいた。天蓋形の屋根にはいくつも穴があき、車体には縞模様に錆《さび》が浮き、古びたかまの継ぎ目からは水が泡になって漏れ出していた。この使い古された巨大な残骸は、材木や肥料や石材を運びながらその生涯を終えようとしていたが、まだストレンジ父子商会《おやこしょうかい》の濃い栗色の塗装は見分けられた。運転しているのは、コールテンの作業衣を着た薄色の髪の若者で、留め金のついた運転帽を被り、首に油じみた襟巻を結んでいた。エラナーはあえぎ、はめている指輪が相手に見えるように片手を突き出した。

「今すぐに答えて」彼女は息も絶え絶えに言った。「家はどこ」

「ダーノヴァリアでございます……」

「じゃああなたは私の領地の人間ね」彼女はあえいだ。「あの裏切り者をやっつけて……」

若者はぎょっとした様子で何やら答えたが、エラナーには聞き取れなかった。彼の両手が調整器とブレーキに伸びたかと思うと、不意に、無理やり全開にされたエンジンの轟音が沸き起こった。エラナーは飛びのいた。熱い霧がさっと頬をかすめ、煙が肺にしみた。列車はエラナーを後に残して速度を増しながら道路を驀進《ばくしん》して行った。機関手はたて続けに汽笛を鳴らし、機関車は蒸気で半ばおおいかくされた。

それからあらゆる事が一度に起こり、何が何だかわからなくなった。一カ所に固まっていた馬は、鉄の喉から発する金切り声に驚いて散り散りになった。機関手はハンドルを切り、機関車を荒地に乗り入れた。貨車のうしろの三両は外れ、荷を山と積んで防水布を掛けられた残りの貨車は勢いよく飛び跳ね、サー・アントニーめがけて突進する機関車の後に、ゆらゆら揺れながら続いた。サー・アントニーは怒り狂ってわめき立て、剣を振り回した。一頭の馬が背を丸めて跳ね上がり、乗り手はその頭を越えて前に放り出された。滝のようになだれ落ちる石材が別の男の胸を押し潰した。一人の男が拳銃を構えてやみくもに発射した。弾丸は機関車のホーンプレートに当たり運転手の顔に熱い破片を浴びせた。機関手は両手を振り上げて顔を庇い、第二弾がその脇の下を直撃して、彼は踏み板から転げ落ちた。機関車は調整器を全開したまま、サー・アントニーの傍らを驀進《ばくしん》して行った。五十ヤードほど先で、車輪の一つが草の盛り上がった土の出っ張りに乗り上げた。機関車は方向を転じかけたが、積み荷がそれを阻んだ。すさまじいきしりと、シューッという蒸気の爆発する音がして、機関車は横倒しになった。はずみ車はまだくるくる回り続け、火《か》室《しつ》の燃えがらが周囲の草の上に飛び散った。たちまち炎が上がり、あたりを包む煙の中で赤々と輝いた。機関車はその日一杯燃え続け、やっと夜になってから、一人の農夫の子供が恐る恐るその残骸に近づき、巨大な車輪から名札を外して持ち帰った。彼はそれをピカピカに磨き上げ、大事に家に飾っておいた。そして生涯の半ばを過ぎてからも、彼は自分の子供たちにその時の話を聞かせては、その大きな円板を取り下ろして撫でさすり、これは〈レディ・マーガレット〉という名の大きな路上機関車のものだったと言った。

もはやこれまでだった。エラナーはむっつりして立ち上がり、手首を体の両脇に縛りつけられるに任せた。執事も同じように両腕を縛り上げられていた。その奇妙な明るい色の目は怒りに燃えている。その傍らには、二人の男に支えられた機関手がいた。彼は咳き込み、その顔は鮮やかな血潮に染まっていた。サー・ジョンの放った第二弾は憲兵司令官の親指に当たり、爪が弾かれて肉から直角に突き出していた。彼は跳ね回って大声でののしり、ハンカチを持って大騒ぎしていた。「奴隷共が反抗して」と彼は息巻いた。「主人に向かって手を上げれば、その結果はこうなるのだ……」機関手は前に引き出された。エラナーは悲鳴を上げた。偃月刀《えんげつとう》が風を切って振り下ろされ、若者の首に食い込んだ。その一撃は不手際で、彼を一度に殺すことができなかった。若者はよろよろとエラナーの方へ駆け寄り、そこを慌てた兵士たちがめった切りにして、あふれ出た血潮が彼女の足を濡らした。すべてが終わるまでに、ひどく長い時間がかかったように思われた。若者の体はばたばたのたうち、跳ね、それからようやく静かになった。

　レディ・エラナーが無残に殺される人間を目のあたりにしたのはこれが初めてだった。それは、彼女が到底忘れられそうにない恐怖の色合いを帯びていた。彼女は気を失うまいとして頭を垂れ、血がきらめきながら流れ出し、土にしみ込むのを見つめた。彼女は気を失いはしなかった。その代わり吐き気が込み上げて来た。吐き気はますますひどくなり、彼女はつかまれていた両腕を振りほどいて地面に膝をつき、あえいだ。ようやく発作が収まると、彼女は怒りに燃え、唇まで蒼白になった顔を上げた。そして罵り出した。彼女は英語とフランス語、ケルト語、それにゲール語を使って罵った。彼女は平板な、ほとんど穏やかと言ってもいい声でサー・アントニーとその部下たちを呪い、十種類もの違った死に方を予言した。それには憲兵司令官も思わず耳を貸さずにはいられないように見えた。彼は親指を気にするのをやめ、眉をひそめて立っていた。それから彼は気を取り直し、部下たちに向かって乗り手のいない馬を連れて来いとどなった。執事は無理やり馬に乗せられた。一人の兵士がエラナーを抱え上げて自分の前に乗せると一行は動き出し、パチパチ音をたてている機関車の残骸を残して荒野を進んで行った。連中がその足でどこかの漁船と落ち合い、いかなる追跡の手も届かない所へ捕虜を運び去らせるつもりなのは疑いもなかった。当時プールの港には、金さえ充分手に入れば、国王その人でも平気で船に乗せて連れ去り、奴隷として売り払いかねない輩《やから》がいたのだ。

サー・アントニーの企みがどんなものであったにしろ、それはついに実行されずに終わった。どこか荒野の彼方から信号手たちが、大きなツァイスの双眼鏡を通して、この遠くの争いをじっと見ていたのである。それに燃え上がる列車のまわりに立ち込める煙は、コーフ城からもよく見えた。急を知らせる信号が直ちに、城の守備隊ばかりでなく、ウェアラムの民兵隊にも送られ、一行は海にたどり着く前に阻止された。憲兵司令官は行く手をさえぎられたと知って停止し、エラナーを人質にしているのだと大見得《おおみえ》を切ろうとしたが、できなかった。エラナーは一瞬早く、自分をつかまえていた男の手首に噛みつき、その日二度目に馬から転げ落ちた。彼女はハリエニシダの茂みに落ち込み、ひっかき傷だらけで血を流しながら、今まで以上にたけり狂って立ち上がった。戦いは数分で終わり、サー・

アントニーと部下たちは武器を投げ捨てて降参した。

エラナーは足を引きずりながら、銃口にぐるりと取り囲まれて荒野に立っている彼らに近づいた。兵士たちが手を貸そうと駆け寄ったが、彼女はそれを押しのけた。彼女は尻をさすり、無意識にスカートに付いた草や小枝をつまみ取りながら、ゆっくりと捕虜たちのまわりを回った。ちょうどワインから発生する気体のように、怒りが彼女の頭の中でふつふつと泡立ち、煮えたぎるように思われた。「ところでサー・アントニー」彼女は言った。「私たちは道の所でちょっとした約束をしましたね。で、この西部地方では、言ったことは必ず守られることが今におわかりになるでしょう……」すると彼はエラナーに取り引きか、あるいは命乞いを申し出ようとした。だがエラナーは、まるで相手のしゃべっている言葉がわからないとでも言うように、じっと彼を見つめるだけだった。「風に慈悲を乞うといいわ」彼女はほとんど不思議そうな様子で言った。「岩に頼みなさい、それとも海の大きな波に。私に向かって哀れっぽい声を出すのはやめなさい……」彼女は執事を振り返った。「こいつらを縛り首にしなさい」彼女は言った。「反逆と、殺人の罪で……」

「エ、ラ、ナ、ー、様」

彼女は不意に足を踏み鳴らして叫んだ。「縛、り、首、に、な、さ、い……」彼女のすぐ脇に、兵士を乗せた落ち着きのない馬がいた。彼女はいきなりその男の胴着をつかみ、相手を鞍から落とさんばかりにして引きずり下ろした。彼女は馬に飛び乗って片手を上げる間もなく走り出し、拳で馬の首をたたきながら、荒野を突っ切って猛然と疾走して行った。執事は、捕虜たちを彼らの運命に委ねて彼女の後を追った。彼女は城の一マイル手前で手綱を引き、地面に飛び下りて、自分の城が見渡せる小高い丘に駆け上がった。城壁や城のすぐ近くに迫る丘が、明るい空の下にくっきりと見えていた。彼女は傍らに馬を乗りつけた執事のあぶみをぎゅっとつかみ、その指の下で堅い革がねじ曲がった。むちゃくちゃに馬を飛ばすことで、いくらかでもエラナーの気が静まることを彼が期待していたとすれば、それは間違いだった。彼女は怒りでほとんど口が利けないほどだった。ちょうどガラス板にひび割れが広がるように、とぎれとぎれに言葉が飛び出して来た。「サー・ジョン」彼女は言った。「私たちの先祖〔エラナーは父系ではノルマン人の血が半分入っている〕がやって来て、サンラックの戦場で血を流してこの土地を奪い取る前には、あそこは『門《ゲート》』と呼ばれていたわね。違う?」

彼は重々しく答えた。「そうです、お嬢様」

「それなら」と彼女は言った。「もう一度そうなるんだわ。大平原の私の領地へ行って。北はセアラムタウン〔ソールズベリの古名〕まで。それから西のダーノヴァリア、それに東はボーン川〔ボーンマスからイギリス海峡に注ぐ〕沿いの村まで。みんなに伝えるのよ……」彼女は口が利けなくなり、懸命に気を静めた。「みんなに、パーベックの十分の一税はすべて武器だけで収めるように伝えて。それから『門』は閉ざされて、その鍵はエラナーが握っていると言いなさい……」彼女は指から印章をむしり取った。「私の指輪を持って、さあ行って、行って……」

彼はエラナーの肩をつかんで向き直らせ、その異様に輝く目をじっとのぞき込んだ。

「お嬢様」彼は言って聞かせるようにゆっくりと言った。「これは戦争になります……」

彼女は激しくあえぎながら、乱暴に彼の手を払いのけた。「行ってくれるのか？」彼女はいきり立って言った。「それとも誰かほかの者をやりましょうか……」彼はそれ以上何も言わずに、馬に軽く踵を当てて向きを変え、もうもうと土煙を残して、ウェアラム街道を北へ駆け去った。彼女は再び馬に乗って谷へ向かいながら、哀れな音を立てるちゃちな翼車《バタフライ・カー》を大声で追い散らし、翼車はコウモリのように帆をバタバタ震わせて生け垣にへばり付いた。兵士たちは、馬が血みどろになるほど拍車を当てて彼女の後を追ったが、その速さについて行ける者は誰もいなかった。

事件の報告は直ちにロンディニアムのチャールズの許に送られたが、信号機が折り返しもたらしたのは、国王の船がすでにアメリカ大陸に向けて出航したという知らせだけだった。サー・アントニーの一撃は、実に巧みに頃合を見計らったものだった。というのも、信号手ギルドは、誰一人思いも寄らないような方法で、新大陸にさえ通信を送ることができるのだという噂はあったものの、海上の船と連絡を取る方法などあるはずがないと考えられていたからだ。その間、憲兵司令官の味方の者たちは、首都中を暴れ回って死や破滅、あるいはもっとひどいやり方で人々をおびやかし、一方ライとディールの領主ヘンリーは、ローマからのじきじきの指示に従って、大急ぎで兵を集めていた。エラナーの予言した通りだった。ありとあらゆる犬共が、国王の留守をいいことにやかましく吠えたてていた。この反目が元はと言えば、今では一般的に行政上の失策と認められている事柄の結果として生じたという事実によって、状況はいっそう皮肉なものとなっていた。

エラナーはドーセットで様々な問題にぶつかっていた。兵は周辺の地方から掻き集めることができ、平民たちは勇んで彼女の旗の下に押し寄せたが、常備軍には食糧や、衣類や、武器の支給が必要だった。数日の間は怒りが彼女を支え、彼女は隊長たちや城の人々と一緒に、これから必要になるものの一覧表の作成に取り組んだ。まず第一に不可欠なのが金だということははっきりしていた。そのために彼女は馬で北へ向かい、ダーノヴァリアを訪れた。彼女と年老いた祖父［ティム・ストレンジ］との間にどんなやり取りが交わされたかは全く分からなかった。だがそれから一週間ぶっ続けにえんじ色に塗られた機関車が山ほどの物資をせっせとコーフ城に運び込んだ。小麦、穀物、それに家畜が来た。それから塩漬の肉と各種の砂糖漬、弾薬と詰め綿、マスケット銃の弾丸、縄、導火線、石油、灯油、タール。一晩中起重機の鎖がガラガラ音をたて、ぜいぜいあえぐ小型エンジンで動くデリック起重機が、荷を次々に天守閣《ザ・キープ》の上層へと吊り上げた。エラナーは国内の他の貴族からいったいどれだけの支援が得られるものか皆目見当がつかなかったので、最悪の事態を予測して、城を兵士と貯蔵物資で一杯にした。ヘンリーがやって来た時、城があれだけ準備万端整い、死も辞さない決意がみなぎっていたのはこういう事情だったのである。

あの大虐殺の日の晩、エラナーは自分の部屋に執事を呼んだ。彼女はひどく青ざめ、目のまわりには黒い隈ができていた。彼女は手で座れと合図し、しばらくの間黙って暖炉の火明かりや、ちらちら躍る影を見つめていた。「ねえ、サー・ジョン」ようやく彼女は言った。「私ずっとここに座って、何か気の利いた文句を考えてたの、あの……あの今朝あったことを言い表すのにね。こういうの。「私は自分の家の壁から一匹のローマの虻《あぶ》を吹き払った」どう、とってもいいと思わない」

彼は答えなかった。彼女は声をたてて笑い、咳込んだ。「もちろん、それでいくらかでもましになるってわけじゃないわ」彼女は言った。「いまだに堀の中のあれと、道に転がって身悶《みもだ》えしていた連中ばかり目に浮かぶわ。何ていうか、あれ以外のものは何一つ本当じゃないような気がするの。今となってはね」

彼は再び黙って待った。言葉ではどうにもならないことが分かっていた。

「私はまたセバスチャン神父を首にしたわ」彼女は言った。「あの人は、私のしたことは決して許されないって言うの。それこそ裸足《はだし》でローマまで歩いて行ってもだめだって。私あの人に出て行った方がいいって言ってやったわ。絶対に許しが得られないのなら、あの人がいても何の慰めにもならないし、ここに留まれば自分を大罪に陥れることになるだけだってね。そして私は自分が地獄に落ちることは分かってる、自分でそう宣告したんだからと言ったわ。私はどこかの神様がそれを宣告してくれるのを待つまでもなかったんだって。もちろんそこまで言ったらおしまいよ。私はただ、あの人の気持ちを傷つけるためにそう言ったんだけど、後になって、どのみち自分は本気だったたって分かったわ。要するに、私はもうキリスト教徒じゃないってことなのよ。私、もし必要なら昔の神様を何人か呼び出してもいいと言ったの。おおかたデュノールとウォー＝タンあたりか、それともバルデルをキリストの代わりにね。だって、もう何年も前の、まだ私があの人［セバスチャン神父］の膝元で勉強を教わっていた頃、あの人が自分で言ったんですもの。バルデルはイエスの古い形にすぎない、そして血を流す神はほかにもたくさんいたって」彼女は危なっかしい手つきで、自分でワインを注いだ。「それから後は、午後一杯こうやって酔っぱらって過ごしたの。というより酔っぱらおうとしてかしら。愛想をつかしたんじゃない」

彼は首を横に振った。彼は、エラナーが生まれてから一度も、決して彼女を批判したことがなかった。今になってそれを始めることはないのだ。

彼女はまた声をたてて笑い、顔をこすった。「私には必要だったのよ……何かが」彼女は言った。「ことによると罰してほしいのかもしれないわ。もしあなたに鞭を持って来て、血が出るまで私を打てと命令したら、やってくれるかしら」

彼は唇をすぼめて首を横に振った。

「そうよね」彼女は言った。「やらないでしょうね……。ほかのことなら何でもするけど、私が傷つくようなことは、あなたは絶対にしないわ。私ね、何だか……悲鳴を上げるか、それとも病気にでもなりたい気分なの。もしかするとその両方かもしれないわ。ジョン、私が破門されたら、私について来た人たちはどうするかしら」

彼はすでにその答えを充分に考えてあった。「ローマを否認するでしょう」彼は言った。「もう誰も引き返せないところまで来ているのです。それはおわかりになるでしょう、お嬢様」

「で、法王は？」

彼はまた少し考えた。「法王が行動を起こすことは間違いありません」彼は言った。「それも早急に、しかし法王が、たったひとつの拠点を押さえつけるために、イタリアからはるばる海を越えて軍隊を寄越すとは考えられません。法王が必ずやると言っていいことは、ロンディニアムにいる自分の手下たちを焚きつけて、大挙して我々に向かって来させることです。それにロワール地方［仏中東部の県］や、低地帯諸国の貴族にもお目に掛かれそうですね［法王の命による征討軍として］。この混乱に乗じて何か手に入れようとして集まって来るでしょうから。連中はもう何年も前から、イギリスの土地を自分のものにしたくてうずうずしているんです。こんないい機会はまたとないのは確かですからね」

「なるほどね」彼女はうんざりした様子で言った。「つまるところ、私が何もかもめちゃくちゃにしてしまったってことなのね。おまけにチャールズも邪魔にならない所へ行ってるし、私はまさに連中の思うつぼにはまったわけね。連中は、武装蜂起《ぶそうほうき》を鎮圧するという名目で、教会の有り難いお墨付きをもらってどっとイギリスに押し寄せて来るでしょうよ。しまいにどういうことになるのか、私には皆目見当もつかないわ」彼女は立ち上がり、落ち着きなく部屋を行ったり来たりし出した。「だめだわ」彼女は言った。「私おとなしく座って待ってるなんてとてもできないわ。今夜はだめ」彼女は書記と、城の軍隊と砲兵隊を指揮する将校たちを呼びにやり、本格的な籠城《ろうじょう》に必要な追加の貯蔵物資を書き出す仕事に、真夜中まで取り組んだ。「確かなのは」とエラナーは、昔ながらの実際的性格の一端をのぞかせて言った。「私たちはかなり長い間閉じ込められるってことよ。要するにチャールズが戻って来るまでね。治安上の問題もないと思うの。つまりみんなが武器を持ち歩くことや何かだけど、事態がこれだけ深刻なんだから、それで問題を起こすこともないでしょう。でも少なくともこれが終わるまでには、この国を実際に支配しているのはいったい誰なのか、私たち自身か、それともイタリアの坊さん連中なのかはっきりするでしょうよ」彼女はワインを注いだ。「さて皆さん、何か意見があったら聞かせてちょうだい。必要なものは何でも手に入れますよ。武器でも、人手でも、貯蔵物資でもね。ただ一つだけ言っておきたいの。何一つ見落としてはいけないということ。どんな小さなことでも忘れるわけにはいきません。もしたった一つでも間違いがあれば首吊り索《づな》か、それとももっとひどいことが私たち全員を待っていることを忘れないで……」

他の者たちが引き上げた後も執事はその場に残り、暖炉の火明かりの中に座ってワインを飲みながら、神々から王侯たちに到るまであらゆることについて語り合った。この国のこと、その歴史と住民、エラナー自身のこと、エラナーの家族や幼い頃のこと。「あのね」彼女は言った。「おかしなことだけれど、サー・ジョン、今朝あの大砲を発射した時、私何だか自分自身の外側に立って、自分の体がすることをただ見守っているような気がしたの。まるで自分が、それにあなたも、そこにいた私たちすべてが、草の上に置かれたただのちっぽけな人形みたいな。それとも舞台の上と言ったほうがいいのかしら。小さな機械仕掛けで、自分たちには理解できない役割を演じているの」彼女はじっとワイングラスをのぞき込み、それを両手の中で揺らして、中の金色の液体に炎とランプの光が反射してちらちら躍るのを眺めた。それから眉をしかめて顔を上げた。その目はどんよりとして暗かった。「私の言う意味分かるかしら」

彼は重々しくうなずいた。「わかります、お嬢様……」

「そうだわ」彼女は言った。「ちょうど何か……ダンスみたいなものよ、メヌエットかそれとも、パヴァーヌみたいな。何か荘厳《そうごん》で意味のない、すべてのステップが決められているもの。始めがあって、終わりがある……」彼女は膝を折り曲げて暖炉のそばに座り込んだ。「サー・ジョン」彼女は言った。「時々私、人生全体が意味の集まりだという気がするの。いろんな種類の糸が綴れ織りか錦《にしき》のように縦横に織り上げられているのよ。だから一本でも引き抜いたり、断ち切ったりすれば逆に布全体の模様をすっかり変えてしまうことになるの。そうかと思うと今度は……全く意味なんかないんだという気もするわ。後から見ても前から見ても全く同じことで、結果が原因を導き、その原因がさらに結果を導いて行く……おそらく私たちが『時』の終わりまでたどり着いた時に、それが起こるのかもしれない。世界中がばねみたいにパッと勢いよくほどけて、それからまた最初に向かって少しずつ巻いて行く……」彼女は疲れ切ったように額を撫でた。「私わけの分からないことを言ってるみたいね。もうとっくに寝ているはずの時間だわ……」

彼はエラナーの手からそっとワインを取り上げた。しばらくの間彼女は黙っていた。再び口を開いた時、彼女は半ば眠りかけていた。「ずっと前に話してくれたの覚えてる？」

彼女は聞いた。「大伯父さんのジェシーが、私のお祖母《ばあ》さんに結婚を断られて悲嘆にくれ、それから、友達を殺し、それがなぜかジェシーのしたすべてのことの始まりになったという話……。いかにも本当らしかったわ。だからきっと実際その通りだったに違いないと思うの。そこで今度は、私がその話の結末を聞かせてあげるわ。始めから終わりまで『原因と結果』が見事につながっているのがわかるわよ。もし私たちが……勝ったら、それはお祖父《じい》さんのお金のおかげだわ。そしてそのお金があるのはジェシーのおかげだし、ジェシーは一人の娘のせいでそれだけのお金をこしらえた……。ちょうど入れ子の箱みたい。いつでも中にもっと小さな箱があるのよ、いくつでもね。しまいには小さすぎて目に見えないくらいになっても、まだ小さくなり続けるのよ、小さく、小さく……」

彼は待った。だがエラナーはそれきり何も言わなかった。

数日の間、城は活気にあふれた。エラナーの使者が周辺の地方を駆け巡り、さらに兵士や貯蔵物資、食用の家畜を駆り集めた。広い三の丸の中庭が動物たちの収容に当てられ、囲いや簀《す》の子《こ》の仕切りが城壁に沿ってずらりと並んだ。再び機関車が姿を見せ、ウェアラムから固形飼料や干し草の梱《こり》をせっせと運んで来ては、空の台車を引いてとぼとぼ帰って行き、それからまたやかましい音をたてて城門を入って来て、潰れてぺしゃんこになった草の上に山のような積み荷を降ろすのだった。できる限りすべての物が屋内に移された。野外に残された干し草の山は防水布でおおわれ、その上に一面に芝土と粗石が撒き散らされた。敵が投火機を持って来た場合、まぐさは真っ先に標的とされるからだ。一日中と夜の大半、起重機の鎖がガラガラと音をたてて貯蔵物資を地下室に下ろし、入れ代わりに石弓の四角矢や火縄銃の火薬と弾丸、大砲の砲弾などを運び上げた。信号機は止まっていることがめったになかった。今や国中が沸き立っていた。ロンディニアムは武装を固めていた。サセックス［イングランド南東部の州。今日では東西に分割されている］やケント［イングランド南東端の州］から駆り集められた軍隊が西に向かって進軍中だった。それからもっと悪い知らせが届いた。フランスでは、ロワール地方の諸侯の城から軍勢が続々と繰り出し、聖戦に加わろうとこちらに向かっていたし、南へ目を向ければ、第二の無敵艦隊がイギリス目ざして船出しようとしていた。法王ヨハネはエラナーには何も言って寄越さなかったが、彼の意図は言葉で表すよりも明らかだった。エラナーは努力をさらに倍加した。機関車が、巨大な鎖を引っ張って水堀の岸に生えた草を刈り取った。作業隊は、城を支える築山《モット》の生い茂ったやぶを焼き払った。長年の間に木ややぶがひとりでに根づいたものだった。そして黒く焦げた草の下に、何トンもの白亜の粉末が振り撒かれた［城は白亜層の大丘陵の裂目に立つ］。斜面は今では星明かりの中で輝き、よじ登って来る者の姿をくっきりと際立たせるはずだ。そうしたもののすべての間を縫って、見物人が訪れた。村の広場にちっぽけな車を止めて、城をめがけてどっと押し寄せ、城門をくぐり、中庭を横切り、大砲や、城壁に立つ歩哨《ほしょう》をしげしげと眺める。そしてこっちに鼻を突っ込み、あっちを指で突っつきして、ほとんど絶え間なくあらゆる者の邪魔をした。エラナーは城門を閉じることもできたのだが、誇りがそれを許さなかった。誇りと、それから執事の助言のためだった。人々に見せてやりなさい、と彼はささやいた。連中の同情を誘い、分別に訴えるのです。これからの数カ月間、あなたには国内で得られるありったけの支援が必要になるはずです、と。

　大虐殺から三十日目の朝、執事は夜明けに起きて服を着た。それから彼は、まだ寝静まっている天守閣の中をそっと歩いて行った。厖大な城壁の中に作られた、蜂の巣のように込み入ったたくさんの部屋や廊下を抜け、鉛色の光を投げ掛ける矢狭間や小窓を通り過ぎる。自分の持ち場でうとうとしている歩哨のそばを通ると、男は飛び上がって気を付けの姿勢を取り、石の床に矛槍《ほこやり》の柄を突いて大きな音を響かせた。サー・ジョンは考え込みながら片手を上げて挨拶を返したが、意識はどこか遠くにあった。外に出て、奥庭のひやりとする空気の中で、彼は足を止めた。夜明けの薄闇の中からぼんやりと浮かび出た塁壁《るいへき》が彼のまわりを囲んでいた。そのどっしりした影のてっぺんに、もっとずっと小さな見張りの影が見えた。衛兵たちの吐く息が、その頭の上に細く立ち上がっている。はるか下には、ぼんやりと青い村の家々の屋根がごちゃごちゃと固まり、ちらほらと明かりが見えた。荒野のずっと向こうにぽつんと見える光は、どこかの石切り職人が、角灯《ランタン》を手に仕事に出掛けて行くところなのだろう。彼は目をそらした。目で見てはいたが、記憶に刻みつけられることはなく、意識は内に閉じ籠もっていた。夜明けのこの時刻にはいつもそうだったが、まるで『時』が停止してでもいるような気がした。『時』の流れが、再び速度を速めて新たな日を先へと駆り立てる前に、澱《よど》み、たゆたっているようだ。巨大な、くすんだ石の王冠のような城は、丘の上ではなく、時の流れの割れ目に、静寂の凝り固まった節の上に乗っていて、そこから可能性が、太陽の運行と同じように限りなく広がっているように思われた。

二の丸の一番端にはバタヴァント塔［八角形の角櫓（すみやぐら）。現実のコーフ城にこの残骸がある］のずんぐりした姿が、草の焼け焦げた断崖の上に、船の舳先《へさき》についた船首像のように突き出ていた。執事は塔の入口で立ち止まり、その奇妙な目を地平線に向け、それからゆっくりとチャロリの信号塔の方に向き直った。すかさずその継ぎ目のある腕木が優雅に羽ばたき始めた。

彼は小刻みな足取りで塔の階段を登った。背後で太鼓の音と人声が聞こえた。お抱えの信号手が慌てて中庭を横切って行った。まだほんの少年といったところで、タイツにはしわがより、胴衣は斜めにひん曲がって、メモ帳を片手に、手の甲で目をこすりながら駆けて行く。荒野のはるか向こうの、空と海とが混じり合った濃い青色の中に、ぽつんとかすかな光がきらめき、すぐに消えた。それからまた一つ、さらにもう一つ、それにぼんやりとわずかに明るく見える斑点《はんてん》は船の帆かもしれなかった。ちょうど沖に隊列を整えた艦隊が停泊しているような具合だ。

階段のてっぺんには鍵のかかった扉があり、厚い石壁に囲まれた小さな部屋に通じていた。そこの鍵を持っているのは執事一人だった。鍵自体も変わっていて、小さな丸い頭で、先端には刻み目の代わりに波形をした真鍮のぎざぎざがついていた。彼はその鍵を錠前に差し込んでひねった。扉がサッと開いた。彼は戸を少し開いたままにしておいた。彼の両手が器用に動き、歴代の法王の賢明な思慮によって、ずっと以前から禁じられている魔法の装置を組み立てた。真鍮とマホガニーでできた機械はカチャカチャとかすかな音をたて、小さな青い火花がひらめいた。彼の名前と問いかけが、未知のエーテルの中を通って、目にも見えず、音もなく、信号機の千倍もの速さで送り出された。彼は黙って微笑みを浮かべ、紙と鉄筆を取り出して書き始めた。頭上でドシドシ足音がして、しきりに呼び立てる声が聞こえた。彼はそれを聞き流した。そうしたものは彼の意識には届かなかった。彼の全存在はひたすら、彼の指の間で火花を発している物に向けられていた。

彼の背後で扉が勢いよく内側に開いた。はっと息を呑む音がして、靴が石の床をこすった。彼は両手に紙を持ったまま半ば向き直った。彼の後ろではテーブルの上の物が、誰も触らないのにひとりでにカタカタ甲高い音をたてていた。彼は再び静かに微笑んだ。「お嬢様……」

エラナーは目を見張り、後ずさりした。手を喉元に上げ、肩にはおった肩掛けをぎゅっと握りしめている。彼女のしゃがれた声が、吹き抜けの階段にうつろに響いた。「魔術……」彼は機械から離れて足早に彼女の後を追った。「エラナー……」彼は階段の下で彼女に追いついた。「エラナー、あなたはもう少し分別のあるお方だと思っていました……」彼はエラナーの手首をつかんで部屋に引き返した。エラナーは尻込みしながらいやいや引きずられて行った。頭の上ではあの仕掛けが狂ったようにバタバタ音をたて、舌打ちしている。彼女はぽかんと口を開け、片手をぺたりと石の壁の上に押しつけて、恐る恐る扉の陰から足を踏み出し、悪魔にとりつかれてカタカタ鳴っている小さな機械を見た。彼は笑い出した。「さあ。ほかの者には見られないほうがいいでしょう」エラナーのうしろで扉が閉められパチンと錠が下ろされた。彼女の唇が震えた。彼女は台の上の物から目を離すことができなかった。「サー・ジョン」彼女はためらうように言った。「それは何なの……」

彼は忙しく両手を動かしながら、もどかしげに肩をすくめた。「電気を帯びた流体の動きを表す装置ですよ。ギルドではもう何十年も前から知られています」

エラナーは彼をまるで初めて見るようにじっと見つめた。彼女は不思議そうに言った。「これ言葉なの」彼女はさらに台に近づいた。もう恐がってはいなかった。

「一種のね」

「しゃべっている相手は誰なの」

彼は素っ気なく答えた。「信号手ギルドの連中です。でもそんなことはどうでもいい。お嬢様、信号機は今日一日中動き続けますよ。これは連中が言って来るはずのことなんです。連中が言ってるのは……」

彼が言い終わらぬうちに頭上で声がした。石壁を通してぼやけたその声はあたりに反響し、驚きに満ちていた。

「カーフィリー「ウェールズ南東部、カーディフの北にある町」が兵を挙げたぞ……！」

エラナーは体をピクリと震わせ、上を見上げた。口が動いたが、声は出なかった。

「それにペヴンズィ」と執事は読み上げた。「それからボウマリス〔ウェールズ北西部アングルジー島の東部。城郭あり〕、カーリアン〔ウェールズ南東部グウエント州南部の町〕、オーフォード〔サファク州オア川に沿う小さな町。中世の城あり〕……ボウディアム〔イースト・サセックス州の村。城あり。サンドハースト陸軍士官学校あり〕は国王側につくと宣言しました。カーナーヴォン〔ウェールズ北西部グィネス州の港町、リゾート〕は勅許状《ちょっきょじょう》を焼きました。そしてコウルチェスター〔イングランド南東部エセックス州北東部の町〕、ウォリック〔イングランド中部、ウォリックシア州都〕、フラムリンガム〔サファク州の市場町。大城あり〕、ブラムバー〔ウェスト・サセックス州の村。中世の城跡あり〕、カーディフ〔ウェールズ南部にあるウェールズ首都〕、チェプストウ〔ウェールズ南東部グエント州の町〕……」彼女はそれ以上聞こうとせずに彼に走り寄ると、笑いながら両腕を彼の首のまわりに投げ掛け、針金や、電池やコイルをひっくり返して狭い室内を踊り回った。それから一日中、丘の上の信号機は音をたて続け、もう用のなくなった古くさい腕木によってのろのろと知らせが伝えられた。朝から日暮れまで、そしてすっかり暗くなってもまだ、弧を描いて流れる炎が、次々といろいろな土地の名を綴っていた。古い土地、誇り高い土地、ドーヴァに、ハーレック〔ハーレフとも。ウェールズ北西部のカーディガン湾に臨む村。ハーレック城あり〕に、ケニルワース〔イングランド、ウォリックシアの町〕、ラドロウ〔イングランド西部シュロップシア州南西部の町〕、ウォルマー〔ドーヴァの町。城あり〕、ヨーク〔イングランド北東部の市〕……。そしてはるか西の地からは、海面にたちこめる霧を突いて、古《いにし》えの甲冑《かっちゅう》の響きにも似た呼びかけが届いた。ベリー、ポムロイ〔北アイルランド、ティロウン州〕、ロストウィシアル〔コーンウォールの村。一六四四年の内乱の古戦場。王党派の勝利。円環城郭あり〕、ティンタジェル〔イングランド南西部コーンウォール州西岸の岬。アーサー王が生まれたとされる城あり〕、レストーメル。その間にたくさんの小さな光の点が荒野から、そしてその向こうの海から這うように近づいてきた。真夜中に腕木の動きはとだえた。翌朝にはコーフ城は完全に包囲され、信号塔では、ぶら下がってゆらゆら揺れている死体のほかに何一つ動くものがなかった。

　全国各地で由緒ある貴族の城が相次いで反旗を翻したおかげで、コーフ城は艦隊の主戦力とまともに対決することを免れた。軍勢は夜の間に慌ただしく前進し、エフナーの大砲に悩まされながら丘の間を抜けて、続々と内陸へ入り込んで行った。五百名ほどの軍勢がコーフ城の包囲攻撃のために残った。連中はありとあらゆる兵器、弩砲《どほう》、投石機などを持ち込んだりその場で組み立てたりして、この仕事に取り掛かった。それに加えて三つの巨大な城攻め用の投石機、〈説得者〉、〈ローマの信義〉それに〈恐怖の狼〉が谷や、まわりの丘の中腹から城壁に向かってさかんに攻撃を仕掛けた。だがあまりに距離がありすぎるのと、照準角が大きすぎるのとで、外側の城壁を越える弾はほとんどなかった。たいていは胸壁の下の石に当たってうつろな響きと共にはね返った。飛び込んで来たわずかな弾は、エフナーの兵士たちが有り難く頂戴してさっそく城の弾薬の倉庫に付け加えた。それに引き換え、エフナーのそろえた兵器は大いに気晴らしを楽しみ、大砲による被害があまりに大きかったために、包囲軍は間もなく堀から退却した。一旦引き下がった法王軍は、城側の不意を突こうとあの手この手と戦術を変え、次から次へと攻撃を仕掛けたがことごとく撃退された。弾丸よけの盾が持ち出され、それぞれを十数名の兵士が背負って城壁に近づいた。城の狙撃兵が盾の下の哀れな兵士たちの脚を吹き飛ばして、道具もろとも流れの中にたたき込み、築山の斜面には連中が草のように刈り取られた跡が赤く、長々と残った。トンネルを掘る試みは、懸念よりむしろ同情をもって見守られた。一方城攻め用の移動塔も使われたが、これはもっぱら城門の攻撃用だった。それは大砲の長い射程も届かない荒野のまん中で組み立てられた。がっしりした塔で、外側には濡らした皮が掛けられ、中は三層でそこに狙撃兵がひそめるようになっていた。塔はある明け方、ガラガラとすさまじい音をたてて村の広場を進んで来た。動かしているのは汗だくになった百名の兵士たちだった。だが、三列に並べた砂袋で背後を固められた〈がなり屋〉が、一発でその腹わたをえぐり抜き、中の人間や、人間の体の一部を両側の深い堀の中へ吹き飛ばした。

その後は戦闘が一時中断された。包囲軍はエラナーに呼び掛けて、法王ヨハネの許しを約束し、――連中にはそれを申し出る権限などないはずだった――彼女がいったいどういうつもりなのか、全世界を相手に戦うことができると思っているのかと尋ねた。それから今度は、チャールズからだと称して、もう戦いは終わったからエラナーはローマに降伏しなくてはならないという趣旨の手紙を、使者に持たせて寄越した。エラナーはその使者を追い返したが、もしもう一度こんな贋《にせ》の使いがやって来ることがあれば、彼を投石機の発射台に乗せて、もっと手っ取り早く空から送り返してやろうと言い添えた。それから今まで以上に激しい砲撃戦が展開された。一日中石がうなりを上げて空中を飛び交い、近くの石切り場では、石工たちが絶え間なく砂埃を舞い上げて、せっせと投石用の石を切り出していた。兵士たちは、火薬を詰めたマスケット銃を手にした将校に、ぐずぐずする奴は背中に一発お見舞いするぞと脅しつけられて堀の内壁をよじ登った。そこでエラナーは敵に手痛い教訓を与えてやった。城側の軍勢は、見るからに狼狽した様子で、下の城壁の一角から完全に退却した。突撃隊は怯えた悪鬼のようにわめきたてながら「殉教者の門」めがけて突進し、落し格子の鉄棒をたたいたり、引っ張ったりし出した。連中が自分たちの過ちに気づいた時にはすでに手遅れだった。引き上げられて石の中に隠されていた外側の格子が滑り下り、連中を檻の中の獣のように閉じ込めた。そこへ頭上の小窓から煮えたぎる油が浴びせ掛けられた。それから包囲軍はもっと用心深くなり、腰を据えて、本式に城を兵糧攻めにする態勢に入った。だが十一月がやって来て、それからクリスマスになり、新年になっても、天守閣には相変わらず赤色王旗と、花と獅子《しし》をあしらったエラナーの家紋の旗が翻っていた。まだ国王についての知らせは何一つなく、今では魔術も無線通信も執事の役には立たなくなっていた。国中が沈黙していた。それからついに、一人の信号軍曹によって知らせがもたらされた。軍曹は、ある夕暮れに敵の戦線を突破して城にたどり着いたが、折れた矢が背中に突き刺さり、すでに半死半生だった。ボウマリスとカーリアンは陥落し、デュブリスの壮大な塔は四十日目にようやく戦いを放棄した。

　エラナーはその晩遅くまで起きて、今では戦闘の残骸が山積みになった塔の部屋や城壁を歩き回った。夜明け前の薄暗い時刻に、執事が彼女の許へやって来た。松明は暗くなって消えかけ、歩哨がそれぞれの持ち場で居眠りをしたり、窓に張った絹油布のたてるかすかな物音にはっと耳をそばだてたりする時刻だ。大荒野には霧が立ち込め、月は雲に隠されていた。「教えて、サー・ジョン」彼女は言った。その声は途方に暮れて小さく、荒涼とした空気をほとんどそよがせもしなかった。「この窓の所へ来て、何が見えるか言って……」

彼は長い間黙っていた。それから重々しく「夜の霧が丘の上を漂い、敵の野営のかがり火が見えます……」彼はエラナーの許を立ち去ろうとした。だがエラナーは鋭い声で呼び止めた。

「お待ちなさい、妖精……」

彼は足を止め、振り返った。立っている彼に向かってエラナーはその本来の名前、「古い人々」の間で使われている呼び方で呼び掛けた。「前に言ったことがあるわ」彼女は辛辣な口調で言った。「私が真実を求める時には、あなたにそう言うって。だからあなたに命じます。もう一度ここへ来て、何が見えるか言って」

彼が片手を頭に当てて考えている間、エラナーはそのそばに寄り添って立っていた。彼は夜の冷気の中でそのぬくもりを感じ、その体の存在をかすかにかぎ取ることができた。

「我々が知っているすべての物に終わりが来ます」彼はようやく言った。「大いなる門は壊され、城壁にはヨハネの旗が見えます」

エラナーはさらに問い詰めた。「それで私は、サー・ジョン。私はどうなるの」

彼はすぐには答えず、エラナーはごくりと唾を呑み込んだ。夜が忍び込み、体の中に闇がずっと広がるのが感じられた。「死ぬの？」彼女は言った。

「お嬢様」彼は静かに言った。「人は皆死ぬのです……」

彼女は頭をうしろに反らし、声をたてて笑った。ちょうどライとディールの領主の面前で笑った時と同じように。「それなら」彼女は言った。「そのわずかな間だけでも生きなくっちゃね……」その朝、日が登る前に五十名からなる突撃隊が打って出て、〈恐怖の狼〉を焼いた。その残骸はいまでも丘の上に残されたままになっている。そして射程の長い〈平和の君〉が、敵側の平和の君の腕木を打ち砕いた。腕木はひどく頑丈で長いものだったので、代わりになる木材は手に入らなかった。そこで敵は大砲〈敬虔なメグ〉を持ち出し、二門の大砲は互いに谷を隔てて語り合い、しまいには煮えたぎる鍋から立ち上がる湯気のように、丘の間で煙が押し戻されては渦巻いた。

彼がやって来るという知らせは電信で伝えられた。彼が随員と共にパーベック半島に足を踏み入れたのは、よく晴れた夏の日のことだ。城は相変わらず厳重に包囲されている。実のところ、包囲軍はこの何カ月もの間で初めてという猛攻撃を仕掛けており、その混乱の最中、彼はほとんど前触れもなしに到着したのだ。谷からの砲撃がぱったり止んだ時になって初めて、城の人々は何かあったことに気づいた。同時にそれは妙に場違いな沈黙だった。そのほっとするような静けさの中で、風がざわざわと荒野を吹き抜けるのが聞こえた。村に彼の旗が翻り、荒野に攻城砲列がくねくねと伸びているのが見えた。執事は急いで女主人を捜しに行った。エラナーは二の丸にいた。そこではバタヴァント塔の傍らにカルヴァリン砲を据えつけ、下の斜面をよじ登ろうとする敵兵めがけて発射しているところだった。エラナーは全身煙で煤けて、いくらか血に汚れていた。兵士の一人が火縄銃の弾で負傷し、その傷を包帯するのに手を貸していたからだ。彼女は近づいて来る執事の厳粛な面持ちと態度を見ると、体を起こした。彼女は静かにうなずき、エラナーがすでに彼の顔から読み取ったことを肯定した。「お嬢様」彼はただ簡単に言った。「国王がお見えです……」

着替えも、何の準備もしている暇はなかった。国王の一行は、すでに城の下層の区画から見える所まで来ていた。エラナーは急勾配の中庭を駆け抜け、自ら国王の出迎えに赴いた。執事はやや離れてゆっくりとその後を追った。ほかに誰一人動く者はいない。砲手も、城壁にずらりと並んだ射手や狙撃兵も、じっとその場に留まっていた。エラナーは、最初に据えられた場所に今も陣取っている〈がなり屋〉の脇で立ち止まり、その砲身にもたれた。目の前には翻る旗と甲冑、火薬の臭いに怯えてしきりにはみを噛み、落ち着きなく足踏みする馬、手に手に銃と剣を持って待機する兵士たちがずらりと並んでいた。

彼は警戒するそぶりも見せず、一人馬を進めた。そして今では煙に煤け、砲撃で傷だらけになった城門塔と、一年以上も前に下ろされたままに地面にしっかり根を下ろし、一度も開かれたことのない落し格子を眺めた。彼は、両手を握りしめて大砲の傍らに立つエラナーを長い間じっと見つめていた。それからつと手を伸ばして、鞭で目の前の格子をガラガラと鳴らし、その柄で一度だけ合図した。

上げろ……

エラナーは少しの間そのまま動かなかった。髪がその顔のまわりになびいた。それから彼女は口を固く結んで上にいる男たちにうなずいた。しばらく間があった。やがて鎖がきしり、石に刻まれた溝の中で重りが揺れた。門はうめきをたて、その根元に生い茂った草を根こぎにしながら上がり始めた。彼は馬を進め、ひょいと頭を下げて、石の中へと吸い込まれて行く鉄格子の下をくぐった。人々は、彼の馬の蹄が、門の内側の堅い地面に当たってカツカツと鳴る音を聞いた。彼は馬を降り、エラナーに近づいた。その時初めて歓呼の声が村中に、そして兵士たちの間に、それから城壁に並ぶ人々の間を上へ上へと伝わって、ついに天守閣の高みにまで広がって行った。こうして城は、他の誰でもなく、自らの君主の前に屈したのであった。

エラナーは自分の城を去る前にもう一度だけ執事と言葉を交わした。まだ夜が明け切らず、仄暗《ほのぐら》く、不透明な青色をした空の下には、雲のように濃いもやが荒野一面に立ち込めて、いかにも暑い一日になりそうだった。馬上のエラナーは堅苦しく背を伸ばして座り、じっと周囲に目をやった。二つの中庭を越えたはるか下の城門の脇に、前車につながれた大砲がうずくまっている。踏みにじられて干からびた芝生の片隅には、真新しい十字架がずらりと並んでいる。自分たちが守っていた城壁の中に埋められた死者たちのものだ。夜明けの光の中で、頭上に青白く浮かび出た壮大な天守閣《ダンジャン》の姿は、人気がなく、荒涼として、じっと何かを待ち受けているように思われた。五十ヤードほど斜面を下った所には、同じく馬に乗ったイギリス全土の国王が、兵士たちに取り巻かれていた。彼は背を丸め、年齢以上に老け込んで見える。何カ月にもわたる戦闘、押し問答の繰り返しや、策動や、取り引き、せいぜい運が良くても我が家を失い、悪くすれば命を失うことを覚悟した死に物狂いの人々を相手にした戦いといったものに疲れ切っていたのだ。彼はもしそれが勝利と呼べるならば、勝った。沸き返っていた国内は再び静まった。人々がエラナーにその答えを見出そうとした問いに、彼は自ら答えたのだ。

エラナーは鞍から身を乗り出し、そっと執事を手招きした。「古い人」彼女は言った。「あなたは父にも私にもたいそうよく仕えてくれました……。どうか鷹とバラを私のしるしにして。地中深く根を下ろす花と、風に生きる鳥を……」

彼は頭を下げてその奇妙な頼みを受け入れた。「お嬢様」彼は言った。「私たちはまたお会いすることになりましょう。だがそれもあなたのお心のままに」

彼女は一度だけ片手を上げて彼に挨拶した。それから手綱を一振りして馬の向きを変えると、蹄の音を響かせながら急な坂道を下り、「殉教者の門」の塔の下をくぐって広い下の中庭へ出た。兵士たちの列が賑やかに馬具を鳴らしながら後に続いた。一行は外の城門塔を抜けて村の通りを遠ざかって行ったが、エラナーはついに一度も振り返らなかった。

ある種の裁判らしきものがあった。自分の命が要求されているということを、彼女はおぼろげに感じたにすぎなかった。そうした、かつらを着けて、もったいぶった連中や、法の入り組んだ紆余曲折《うよきよくせつ》は、彼女にとってはほとんど何の意味もない。判決は国王チャールズのたっての希望によって変更された。彼女はロンドン塔のホワイトタワーに監禁され、そこで長い年月を過ごした。現実はもはや彼女を苦しめなくなっていた。彼女はみずみずしい春の草花で花輪を編み、心の中でドーセットの空に雲の峰を沸き上がらせた。

イギリス国内では大きな変化が起こりつつあった。このことも彼女はぼんやりと感じていた。

城は一つ、また一つと打ち壊された。数え切れないほどの城壁や胸壁、塔や櫓《やぐら》、塁壁や高い回廊が次々に破壊された。城の外壁はあちこち破れ、風がそこを吹き抜けた。善王チャールズは何よりも国民を第一に考えた。これがその彼に求められた、神聖なるローマに楯突いたことに対する代償だった。工兵たちは汗を流して坑道を切り開き、支柱の木材のまわりに藁《わら》を詰め込んだ。

コーフ城の丘に大きな物音が響いた。すさまじい轟きを上げて、巨大な石塊が流れの中に転がり落ちた。大地を揺るがす大音響と共に、澄んだ空に高々と砂埃が舞い上がった。

それはまさしく巨人の死だった。

チャールズの差し金で、エラナーの扉の鍵が、掛け忘れられ、見張りが急に眠気を覚えた。裏門には一頭の馬が待っていた。こうした手配は可能だった。何がしかの金が、助言と共に与えられた。エラナーはそのどちらにも見向きもしなかった。彼女はまっすぐ、自分の家であった場所に飛んで帰った。

執事が彼女を見つけ出した。かつての領民たちすべての中で彼一人がエラナーに気づいた。彼女は下働きの女中の着るような服と柄物《がらもの》のナイロンストッキングを身に着けていたが、彼は自分の女主人を認めた。

最後の城がガラガラと音をたてて崩れ落ちてから何年もたった、十月のあるどんよりした日、二人の男が西部地方の小さな町の通りをひそやかに歩いていた。二人の物腰には何やら切迫した、同時に人目を忍ぶような様子が身受けられた。二人は誰にも見られていないことを確かめるように時折周囲に視線を配りながら、足速《あしばや》に歩いていた。やがて二人はとある宿屋の中庭に通じるアーチの下を折れ、敷き詰めた玉石の上を進んで行った。アーチの下には枯れた蔦《つた》の蔓《つる》がゆらゆらと垂れ下がり、一陣の風に交じって雨がパラパラと二人の顔を打った。見知らぬ二人連れは戸をたたき、中に招じ入れられた。二人の背後で鎖のこすれる音がして、扉に錠が下ろされる。目の前には、午後の乏しい光がほとんど届かない真っ暗な廊下が伸び、その先に階段があった。二人は足音を忍ばせて階段を登った。登った所は踊り場で、突き当たりに一つの扉があった。二人はその前で立ち止まり、ノックした。最初はそっとだったが、じきにもっとぶしつけにたたきだした。

戸を開けた女は、肩掛けを喉元で軽く押さえていた。まだ長い茶色の髪は緩やかに渦巻いてその両肩に垂れている。「ジョン」彼女は言った。「まさかあなたが……」彼女はそこで言葉を切り、目を見張った。その片手がゆっくりとスカーフを握りしめた。彼女はごくりと唾を呑み込み、目を閉じた。それから「どなたをお訪ねですか」彼女はまるであらゆる感情が枯渇してしまったような抑揚のない声でそう聞いた。

二人のうち背の高い方が静かに答えた。「エラナー様です……」

「そんな人はおりませんよ」彼女は言った。「うちじゃありません……」彼女は戸を閉めかけたが、二人の男は力ずくで彼女を押しのけて部屋に入り込んだ。彼女はそれ以上二人の侵入を止めようとはしなかった。その代わり、くるりと背を向けて小さな窓に歩み寄り、頭を垂れ、両手で椅子の背を握りしめて立った。「どうしてここがわかったのです」彼女は言った。

答えはなかった。彼女は向き直り、むき出しの床の上に両足を開いて立っている二人と向かい合った。沈黙が続いた。それから彼女は声をたてて笑おうとした。その声は喉に詰まり、小さな咳のような音をたてた。「私を捕まえに来たのですか」彼女は言った。「これだけ時間がたった後で？」

背の高い男がゆっくりと首を横に振った。「お嬢様」彼は言った。「令状はありません……」また沈黙があった。風が軒のまわりで甲高いうなりをたて、窓ガラスにザッと雨粒をたたきつけた。彼女は首を横に振り、歯で唇を嚙みしめた。そして腹に、それから喉元に手を当てた。薄闇の中で、彼女の両手がまるで白い蝶のように青白くひらめいた。「でも、わかるでしょう」彼女は言った。「そんな……あなた方がしに来たようなことはできるはずがありません。今になって、わからない？　何とも……説明のしようがないわ、わかってくれないのなら……」

沈黙。

「そんなことって……考えられないわ」彼女は言った。彼女は再び中途半端な笑い声をたてた。「後の時代の人が」彼女は言った。「このことを書いたものを読んでも、誰も信じないでしょうよ。絶対に信じないわ……」彼女は部屋を横切り、男たちに背を向けて立った。グラスの中に液体が流れ込む音が聞こえ、縁が歯に当たってかすかにカチカチ鳴った。「私、自分で予想していたよりはしゃんとしてるわ」彼女は言った。「でも自分でこうありたいと願っていたほどじゃない。ひどいものよ、恐れるということは。ちょうど病気みたいなものね。今にも倒れそうでいながら、意識を失うことができずにいるみたいな。それに慣れてしまうことなんて絶対にできないのよ。いつまでも、いつまでもそれを抱えて生きていて、しかも毎日悪くなる一方で、そうしてある日、とうとう最悪の時がやって来る。私思っていたの、その……時が来たら、もう恐くないだろうって。でもそれは間違いだった……」

彼女は再び窓に歩み寄った。男は進み出た。だがごくそっと動いたので、古い床板がきしみさえしなかった。彼女は宿屋の中庭を見下ろしながら立っていたが、その体が震えているのが見て取れた。「私考えてもみなかったわ」彼女は言った。「その時に雨が降ってるなんてね。そんなつまらないことをなぜ気にするのか、想像もつかないでしょうけれどね。私、雨が降ってほしくなかったわ」彼女は注意深くグラスを置いた。「人が死に際に崇高《すうこう》なことを考えるなんて、誰も本気で信じてやしないけれど」彼女は言った。「でも最後の時には、物事がとてもはっきり見えて来るみたい。今になって、自分がこれまでに何度となく死んでしまいたいと思ったのを思い出すわ。夜一人ぼっちで、恐くてたまらなかった時、私ほんとうにそう願ったのよ。でも今では、生きるのがどんなにすばらしいことかわかるわ。呼吸の一つ一つがどんなに……かけがえのないものか」

戸口の男がもどかしげに動いた。だがもう一人が手を上げてそれを制した。エラナーは半ば振り返り、涙の光る頬を男たちの方に向けた。「もちろんこんなことを言うのはばかげているわ」彼女は言った。「あなた方に嘆願したって無駄ね。でもこれで私がどんなに弱い人間か分かるでしょう。私、嘆願だけはすまいと誓ったの。たとえその機会が与えられたとしても絶対にしないとね。ところがやっぱりこうして嘆願しているわけよ。でもそれは……自分のためじゃない」彼女は長く、荒いため息をついた。「でもひざまずいて頼んだりはしないわ」彼女は言った。「そこまでしないだけの分別は残っています」

彼女は窓の方を振り向いた。「私、自分が楽しい人生を送ったことを思い起こそうとしているの」彼女は言った。「私なんかにはもったいない人生だったわ。私は愛というものを知りました。それはとても豊かで、不思議なものだった。それはかつては……見渡す限りの土地が自分のものだったこともあったわ。私は自分の……城の塔に登って連なる丘やその先の海まで見晴らすこともできた。そしてそれがすべて、隅から隅まで私のものだった。どの葉っぱ一枚取っても全部。そして私が呼べば人々が走って来て仕えてくれたし、何でも私が望むことをしてくれた。私は心底からあの人たちが好きだったし、向こうでも一部の者は私を好いてくれたこともあったと思うわ……。でもそのうち何人かは傷ついて、何人かは殺されて、後の人たちはみんな風に吹き散らされてしまった……」

「お嬢様」男はぶっきらぼうに言った。「俺たちだって好きでこんなことをやってるわけじゃないんだ……」

「そうね」彼女は言った。「でもあなた方の神はひどく恐ろしい神だわ、そうじゃない？私の知っている神よりずっと恐ろしいわ」彼女はごくりと唾を呑み込み、握りしめた拳をゆっくりと胸の前で重ね合わせた。「私はもう……地獄に落ちた人間です」彼女は言った。「でもあなた方を気の毒に思います。神があなた方の魂を哀れんで下さるように……」

戸口の男はごくりと喉を鳴らし、唇をなめた。もう一人は苦痛を覚えてでもいるように顔をゆがめて、半ば向きを変えた。片手がわずかに動き、その手のひらに薄刃のナイフがするりと滑り下りた。

ジョン・ファルコナーはゆっくり階段を上り、持っていた籠を戸の前に下ろした。彼はそっと戸をたたいた。それからもう一度。そして待った。次第にその眉が不審そうにひそめられた。彼は軽く把手を回し、戸を細く開けた。最初は、背もたれの高い椅子に座っている彼女の姿が目に入らなかった。それから彼の目が大きく見開かれた。彼は駆け寄り、彼女の手を取ろうとした。彼女の両手は脇腹に押しつけられていた。床の上の血痕が彼の目に映った。彼女が自分の体を引きずって来た跡が赤く続いていた。彼女はものうげに首を回し、紙でできた仮面のような顔を向けた。「これも」彼女はかすれた声で言った。「これもチャールズよ……」そう言って彼女は両手を持ち上げ、薄闇の中で鮮やかな血潮に染まった手のひらを見せた。

彼はじっとひざまずいていた。歯の間から激しい息づかいが漏れた。彼が顔を上げた時、その表情は一変していた。「誰の仕業です」彼はしわがれた声で聞いた。「今度そいつらが荒野《ヒース》を通ったら、その時は必ず……」

その不思議な目の奥に怒りの炎が燃え上がるのを見て、彼女はのろのろと苦しげに手を伸ばし、彼の手首をつかんだ。「いいえ、ジョン」彼女は言った。「『古いやり方』はもう通用しないわ。復讐するは……我にあり、と主は言い給う……［ローマ人への手紙12－19］」彼女の頭が椅子の背に押し付けられ、唇が開いた。歯の間に溢れる血潮がのぞいた。「馬の……用意を」彼女は言った。「馬を……急いで、ジョン、お願い……」

彼は一瞬じっと目を落として立ち尽くした。それから身を翻して、彼女の言いつけを果たすために走り去った。

夜明けの最初の冷たい光の中を、二頭の馬がゆっくりと進んでいた。風が金切り声を上げ、乗り手の外套をもぎ取らんばかりに吹きつけた。エラナーは馬の背にうずくまり、凍え切っていた。執事が横から手を伸ばして彼女の馬の手綱を取っていた。彼は地面に飛び降り、鞍の上で倒れかかったエラナーの体を支えた。目の前には互いに隣り合った二つの丘が、鉄灰色の光の中で何マイルも遠くにあるようにぼんやりと浮かび上がっていた。その間のかつて城が立っていた所に、ごつごつした石の塊が、ぎざぎざの歯や、尖塔や、打ち砕かれた指が空に向かって突き出していた。時折雨を交えた疾風や雲が通り過ぎて、その姿をぼやけさせた。そして荒れ果て、硬直し、色の失せた廃墟のてっぺんに、大きな旗の残骸がひらひらと翻っていた。青の旗、そして金色の旗だった。

エラナーは苦痛に悶え、せわしなくあえいだ。彼女の指が彼の肩をぎゅっとつかみ、肉に食い込んだ。「ほら」彼女は言った。「ほら、見て……。大いなる門は打ち壊されたわ。あなたは私にそう言ったけれど、私は聞こうとしなかった……」彼女は周囲に広がる茫々《ぼうぼう》とした荒野をものうげに見回した。「ここでいいわ」彼女は言った。「もう進むことはない。これ以上……」

彼はそっとエラナーを馬から抱き下ろし、その顎と喉元に流れて乾いた血の跡を拭った。それから再び彼女を抱え上げ、風をさえぎる茂みの陰に運んだ。彼女は叫びを上げ、体を弓なりに反らした。そしてもう一度、さらにもう一度。その声は湿った空気を引き裂いて駆け上り、頭上をおおうどんよりした空に吸い込まれて消えた。馬が耳を平らに寝かせて、落ち着きなく足を踏み替えた。そしてはみを鳴らし、大きく鼻を鳴らすと、また元のように草を食《は》み始めた。馬たちはそれから長いことそうしていた。エラナーが再びあえいで体をこわばらせ、そして死んだ後も、ずっとそこで草を食べ続けていた。

その日の午後遅く、国王の騎兵の一団がやって来た。彼らはそこに、草の上の血潮と、横たわる女の体を見出した。その顔には平安と苦痛が刻まれていた。

しかし、執事の姿は、そこになかったのである。

終楽章

終楽章《コウダ》

観光庁発行の旅行案内より

「ボーンマスとスウォニッジの間にはヒースの生い茂る荒野が広がっている。パーベック半島は南をイギリス海峡、東をプール港、北は湾曲して流れるフルーム川、西はラックフォードの沼地に囲まれ、その中央を一列に並んだ丘が東西に走っている。古語では『ガット』あるいは『ゲート』と呼ばれる山道が一筋、その丘の間を突っ切って海に達している。その道の途中にかつてはどっしりした要塞《ようさい》が立っていた。容易に近づけず、包囲攻撃を受けることも稀《まれ》で、一度たりとも武力によって陥落させられたことのないこの城は、その名もまさしく『門』、コーフ・ゲートと呼ばれ、南西地方全体への関門の役割を果たしていた。

今も村の名として残るこの城、というよりかつての壮大な館の骨組みは、村の家々を見下ろす天然の険しい小丘の頂に位置している。丘の斜面には、今では一面に藪《やぶ》や若木、それに何本かのかなり大きな木が生い茂り、かつては水堀の一部だった小川はすっかりおおい隠されている。高い土手に挟まれて薄暗く、澱《よど》んだ水面には、両岸からシダがゆらゆら揺れる緑の舌を伸ばしている。

三重の城郭の一番外側の入口には頑丈な石の橋が渡され、橋自体もかなりの高さで、丘の半分を取り巻く大きな堀に跨《また》がっている。そこの城門塔にはかつて一重の落とし格子が取り付けられており、それが上がり下りした溝が、腕一本ほどの深さで石に刻まれているのを今でも見ることができる。中に入ると、緩やかに傾斜した下層区画の芝生の突き当たりに、誤って『殉教者《じゅんきょうしゃ》の門』と呼び慣わされている第二の外堡《がいほう》がある。その昔、ここでエルフリーダが、自分の息子エゼルレッドの国王の座を確保するために、エドワード王子を刺し殺したのだと言われている「現実に九七八年に起きた」。ただその言い伝えにとっては生憎《あいにく》なことに、その頃ここには天守閣《てんしゅかく》も城壁もなかった。当時丘の上にあったのはただの狩猟小屋だった。『殉教者の門』自体は割れており、法王ヨハネの地雷によるものと言われている。大きな塔の一つは通路より十数フィートばかり沈み、そっくりそのまま丘の斜面を少しずり落ちているが、それでも土台はまだがっちりと塔を支えている。

この内門の中に、百フィート以上もの高さに及ぶ壮大な天守閣《ザ・グレイト・キープ》の残骸が、その大きさと力強さで威圧するようにそびえ立っている。二方の壁と、もう一方の壁の一部だけを残す細長く尖った塔は、雨風に晒《さら》されてはいるが、その見事な石組みはまだ充分しっかりしている。残りの部分は分厚いかけらや塊となって丘の上に散らばり、中には差し渡し二十フィート余り、厚さもその半分はあろうかというものもいくつかある。そうした残骸の間を縫う小道をたどって行くと、礼拝堂や、かつて代々の領主が大勢の友人たちをもてなす折に、牛が丸焼きにされた大きな台所の跡も見られる。

できる限り高い所まで上っても、塔の壁はさらに上へと伸び、そのあちこちに窓や回廊、崩れかけた階段などが見て取れるが、そこを歩むのは鳥たちの足だけになってから久しい……」

青年はボーンマスから定期便のホバークラフトに乗り、砂がうなりを上げて吹き付け、波しぶきが跳ね掛かるスタッドランド［パーベック半島東端の港］の浜で船を下りた。彼は長身で、手足はほっそりとして顎が長く、濃い目のブロンドの髪を短く刈り込んでいた。身に着けているのは黄褐色のズボンとシャツで、袖《そで》を肘《ひじ》までまくり上げ、片腕に防水の上着を掛けて、大きなズックの袋を背負っている。その目は思わずはっとするような深い海の色だった。歩きながら、その目は何かを待ち受けるように、しきりに行く手の道の彼方《かなた》をうかがった。不意に目の前に、ちょうど二つの丘に挟まれて、彼の目指す場所が立ち現れた。彼はぎょっとしたように立ち止まり、じっとそれを見上げた。唇がかすかに開き、歯の間からシューッと音をたててゆっくり息が漏れた。それから彼はそこに向かって歩き出した。近づくにつれて、その廃墟《はいきょ》あるいは骨組みはぐんぐん高く空に伸び上がって行くように思われた。彼は太陽のまぶしさにたじろぎ、再び音をたてて大きく息を吸い込んだ。そして羽虫がやかましく飛び交う土手の草の上に腰を下ろし、煙草《たばこ》を吸った。これまでに読んだどんな物も、これほどの光景を予測させるには充分ではなかった。

彼は灰色の村を眺めた。しまりなく散らばった古い家々の屋根は波打ち、鮮やかなオレンジ色の苔《こけ》でおおわれている。家々は今でも迫り来る危険に対して身構えているように、窓がひっそりと小さく、戸口は襲撃に備えて道より少し高い所に設けられていた。その村の上に、度肝を抜くような桁外れの大きさにそそり立つ、破壊された城の貌《かお》があった。ぼろぼろの冠を乗せた髑髏《どくろ》にも似たその姿は、一千年を経た石の怒りをあらわにして、古く、鎮め難く、荒野と海とをねめつけている。

彼は再び落ち着いた足取りで歩き出した。城の巨大な姿に衝撃を受けたにもかかわらず、なぜかこのことをまったく予期していなかったわけではないような気がした。ちょうど意識の中にすでに用意されていた場所にそれがぴたりと収まったような感じだった。だがそんな考えはばかげていた。

彼は草の生い茂った土手の大きな出っ張りへ出た。道はその横を回って村の広場へと伸びている。彼はそれをたどって行った。というより自分が何か不思議な記憶の底流に押し流されて、ひとりでにそちらの方へ向かって行くように思われた。頭でなく、血液と骨とに刻まれた記憶だ。彼は頭を振った。そんな自分が半ば腹立たしく、同時におもしろくもあった。見たこともない土地で、どうして故郷に帰ったような気になれるというんだ、と彼は自問した。

彼はゆっくりと進んだ。壊れたアーチを抜け、段壁や崩れた石の丸天井を通り過ぎて、再び荒野からの風がじかに吹き付ける高みへ出た。そして壮大な天守閣の陰に腰を下ろした。石がひんやりと肌に当たった。ここまで来ると、日差しを浴びて銀色に光るプール発電所の原子炉が見渡せた。遠くの紫色に霞《かす》んだ海にぽつぽつと見える白い点は、うなりを上げてイギリス海峡を越えて行くホバークラフトだった。

それから、徐々に意識の中に忍び込むように、あの「印」が彼の目を捉えた。それはほとんど彼の顔と同じ高さの石の表面に深く刻み付けられ、じっと彼を待ち受けていた。下から響いて来る旅行者たちの声が一瞬遠のいたように思われた。彼は、目を覚ましたまま夢を見ているような気持ちでそれに近づいた。そして石に刻まれた印に触れ、指でそのなめらかな表面を繰り返しなぞった。それは大きく、優に直径一ヤードはあった。数本の斜線が形作る三角形や交差した線を円が取り巻いている。謎めいて、力に満ちた印。流れる雲の影がその上をよぎり、上空で烏《からす》がはばたいてカアカアと鳴き声を上げた。印の線の輪郭は、ちょうど原子炉の形とそっくりだ。その形が記憶の根底を揺さぶった。彼の唇が動いたが声は出なかった。片手が無意識に喉元に上がり、金の鎖とシャツの下の円形のメダルに触れた。それは彼がいつも身に着けていた印、目の前の石壁に刻まれたものの雛形《ひながた》だった。

彼は上って来た道をゆっくりと引き返した。中庭を横切って下の門に向かう途中で振り返ると、城がじっと彼を見下ろしていた。彼は奇妙な感覚を抱き続けていた。あの印が、まるできっかけのまじないのように彼の自己と記憶の奥底をかき立て、おびただしい映像が次々と浮かび上がっては、意識がそれを捉える暇もなくぼやけて消え去った。それらが通り過ぎた後には寒々とした悲哀が残った。失われ、知り得ぬもの、もはや呼び戻すことができないものへの悲しみだった。

土地の娘たちの一団が、あけすけに品定めするような視線を向けて通り過ぎた。彼の方は全くそれに気づかなかった。彼はまぶしく照りつける日差しの中でかすかに身震いした。

行く手に墓地があった。古い門を押し開けて中に入ると、扉が彼の背後できしんで揺れた。墓地は一面にイチイの木が生い茂り、彼は長年伸び放題になった枝や葉を押し分け、その下をくぐって進まなければならなかった。やがて丈の高い草が生えた空き地に出た。草の間から、灰色をしたなめらかな十字架の支柱がちらちらとのぞいている。目を上げると、家々の屋根の上から城がこちらを見下ろしていた。その傍らの、白亜の土に刻まれた切り通しの中を、モノレールが低いうなりを上げながら、スタッドランドと海を目指して走り抜けて行った。彼は長い間そこに座り込んで煙草を吸い、あたりを眺めていた。虫の羽音のようにかすかな子供たちの声が聞こえ、時折紫色の穂を付けた背の高い草が風にサラサラと鳴ってそれをかき消した。彼はメダルをきつく握りしめた。指が激しく脈打ち、まるで手の中でもう一つの小さな心臓が鼓動しているように思われた。

墓地を立ち去る前に、彼は再びあの「印」を見た。それはのみで刻まれた目のように、白く四角い墓石の表面からじっと彼を見つめていた。

彼は城の入口の向かいにある白い大きな居酒屋に入ってビールを飲み、サンドイッチとチーズを食べながら、バーに群がる観光客を眺めていた。閉店時間になって彼はそこを出た。日差しに暖められた巨大な城は相変わらず彼を待ち受けていた。

一本の小道が土手の脇を下っていた。道の上には藪や木々が生い茂ってアーチを形作り、水堀からはひんやりした冷気が立ち上って来る。折り重なる枝の向こうには、城を支える築山《モット》の、萎れた芝生におおわれた斜面が広がっていた。彼は一本の道を見つけて丘を上り始めた。途中に数頭のヤギがつながれていた。そのか細い鳴き声が、モノレールのしわがれた響きに混じって彼の耳に届いた。

丘の頂き近く、崩れた外壁のすぐ下に、木立におおわれた窪地があった。どっしりした石壁が草の中からぬっと突き出している。彼はそこに背をもたせ掛けて座り、ゆらゆら揺れる葉の間から上を見上げた。壮大な城の顔が丘の斜面をじっと見下ろしていた。

これこそふさわしい場所であり、ふさわしい時だった。

彼は持っていた袋を開いた。細長い、草の色に染まった指が注意深く動き、分厚い小さな包みを持ち上げる。彼はその古めかしい封印をじっと見つめた。封蠟《ふうろう》にはあの「印」が押されていた。彼は封を破り、ごわごわした紙の折り目を丁寧に伸ばした。彼はすでに、これから自分が目にするものを半ば予期していた。斜めにそろった文字が、行間を詰めて紙一杯にぎっしりと書き込まれている。見覚えのある、よく知っている筆跡だ。彼は読み始めた。草の上には煙草の箱が、手を付けられないままに放り出されていた。

遠くウェアラム街道の方から、行き交う車の絶え間ない、かすかな、蜂のうなりのような音が聞こえて来た。新たに登場した真夏の物音だ。太陽が次第に位置を変え、木々の影が変形し、移動して長くなった。人々が笑いながら下の小道を通り過ぎて行く。赤い顔をした男たちや子供たち、白いシャツを着た若者たち、明るい色の軽やかな服を着た娘たち。彼はたびたび中断して古風な綴《つづ》りに頭をひねりながら、ゆっくりとページをめくって行った。村から聞こえて来る物音や人声が高まり、それからまた弱まり、やがてずっかり静かになった。お茶のテーブルが並んだ芝生は人気がなくなり、居酒屋の戸口が開け放たれた。彼はまるで時間の流れの外側を漂っているようだった。彼の周りでは過ぎ去った昔の風が草をなびかせて吹き抜け、昔の大砲の響きが丘の間にこだましていた。

西の空が磨き上げた銅の盾のように赤々と燃え上がった。廃墟は飛び交う鳥と同じ高さにそそり立ち、どぎつい黄色味を帯びた赤い光を一杯に浴びて、亡霊も一時鳴りをひそめたように思われた。谷はいつの間にか影におおわれて、夕闇が迫り、道路は静まり返っていた。

最後にもう一つ封筒があった。それも同じように封印されていた。彼はゆっくりとそれを開き、薄れ行く光の中で紙を傾けて読んだ。

愛するジョン、

今では、おまえを見たこともないこんな遠くの地に洪り出した私の意図も、いくらか察しがついたことと思う。いくらかというだけで完全にと言うつもりはない。なぜならおまえにも、この私にも、決して理解できない事柄がたくさんあるからだ。さて、私の言うことをよく心に刻んでもらいたい。言葉は色あせ、塵と化し、やがては塵以下のものとなってしまう。だからおまえの内に私の声を、絶え間なく吹き続ける風の声の如く、常に留めておいてもらいたい。

あの奇妙な「城の反乱」が始まったのが、まさしくこの場所なのだ。そしておまえが読んだ通り、終わったのもここだった。ここから、もしこの呼び方がふさわしいものなら、全世界の自由が始まったのだ。大ギゼヴィウスが確立した封建世界は崩壊し、同時にそれを生み出し、永続させ、繁栄させて来た教会も倒れた。

教会の締め付ける手が最も強いと思われた時、それは最も緩んでいた。これらの城壁が破壊されてから十年とたたない内に、新大陸の植民地はローマから身をもぎ離し自由になった。西側の世界全体に巻き起こった反乱の種は、あの「反乱」の時に蒔《ま》かれたのだ。オーストラレーシアが失われ、ネーデルランド地方とスカンディナヴィアの大半がそれに続いた。国王チャールズはすかさずその機を捉え、法王がドイツとの抜き差しならぬ戦いで身動きが取れないのを幸いに、教会から分離した。そしてアングル＝ランドは再び大ブリテン王国となった。殺戮《さつりく》も、犠牲もなく。内燃機関や電気を始め、さまざまな物が利用されるのを待っていた。すべてローマが我々の目から隠してきたものだ。そこで人々はローマの記憶に唾を吐きかけ、卑しい、邪悪なものと呼んだ。まだこの先長い間、そうした見方は正しいだろう。

ここでおまえに理解してもらいたいのだ、ジョン。はっきりと、偏見のない目で見極めてほしい。遠い昔の秘密をおまえに聞かせよう。おまえが生まれる千年も前に教会をぎょっとさせた事柄を……。

目は手紙に据えたまま、彼は片手で手探りして首の周りに掛けていたメダルを外した。

そして円盤の下半分を指でおおった。

二本の矢が現れた。

彼は手をずらして円の上半分を隠した。

そこにも二本。

二本の矢は外側を指し（と、手紙は続いた）二本は互いに向き合って内側を指している。これはあらゆる「進歩」の終末を示すものだ。我々は何十世紀も前に初めてこの印を刻んだ時にこのことを知っていた。分裂の後に融合がある。これこそ代々の法王たちがあれほど躍起になって押し留めようとした「進歩」だったのだ。

教会のやり方は謎めいていて、その方針は決してあからさまに示されなかった。法王たちは、電気を手にすれば人類は必ず原子に行き着くということを、我々と同様に承知していたのだ。そして分裂を手にすれば必ず融合に行き着くということを。なぜならかつて、我々の「時」を越え、人類のいかなる記憶も届かぬ時代に、偉大な文明が存在していたからだ。再臨があり、死があり、復活があった。征服、宗教改革、無敵艦隊があり、そして劫火《ごうか》が、ハルマゲドンがあったのだ。その古い世界でも、我々は「古い人々」、

「妖精」、「丘の住民」として知られていた。だが我々の知識は失われなかった。

教会は「進歩」を完全に停止させることは不可能だと知っていた。だがそれを遅らせることはできた。たとえ半世紀でもそれを遅らせることによって、人類に少しでも真の「理知」に近づくための時間を与えようとしたのだ。それこそ教会がこの世界に与えた恩恵だったのだ。その値は測り知れない。教会は人々を迫害しなかったか？　絞首刑や火《ひ》炙《あぶ》りにしなかったか？　確かに多少はそういうこともあった。だがベルゼン［ドイツ北部にあったナチスの強制収容所］や、ブーヘンワルト［ドイツ中部、ワイマール近郊にあったナチスの強制収容所］や、パッシェンダーレ［ベルギー北西部フランドル地方の町。第一次大戦の激戦地］はなかった。

自分に問いかけてみるがいい、ジョン。科学者たちはいったいどこから来たのか。医者は、思想家は、哲学者たちは？　もしローマが、人々から取り上げていた知識という富を世界に放出しなかったら、人類はどうしてほんの一世代の内に封建制度から民主主義へと到達することができただろう。自らの帝国が崩壊し、その支配が終わったことを悟った時、ローマはそれまでに盗み取って来たすべての思考、大切に預って来た知識を人々の手に返したのだ。やがて人類がそれをうまく使いこなせるようになる時に備えて、保管して来たものだった。それがローマの抱えていた重大な秘密だったのだ。その知識はローマのものであり、我々のものだった。そして今はおまえたちのものになった。それをうまく使いこなすがいい。

おまえがいつの日か、自分自身の場所、自分が生まれたこの土地へ帰って来ることが、おまえの母親の望みだった。このために、私は善王チャールズの兵たちの手を逃れておまえを荒野から連れ去った。このために、私はおまえを新しい国へ連れて行き、富と知識とを与えたのだ。そして今、こうして理解を与えた。自分自身に対する理解だ。それがなければどんな人間も完成されることはない。これで私の役目は終わった。すべての神々が、おまえたち人間の神も我々の神も共に、おまえをお守りくださるように……。

彼は手紙をゆっくりと草の上に置いた。そしてほとんど息をしていないかと思われるほど、じっと身動きせずに座っていた。その指にはまだメダルが握られていた。頭上の丘の頂きにそびえる城は、今は次第に深まる夕闇に包まれて、どっしりと、よそよそしく彼を見下ろしていた。そこには彼が頼れるものは何もなかった。彼はたった今生まれたばかりのような気がした。全く見知らぬ土地に放り出されたよそ者だった。

娘はそっと斜面を横切って来てそこにうずくまり、じっと待っていた。ずいぶん長いことそうしていたので、彼の方でも気がついたに違いないと思われた。それでもまだ彼女は待っていた。黒い髪をして、明るい色のゆったりした服とサンダルを身に着け、眉をしかめながら、歯の間に挟んだ草の茎《くき》を弄《もてあそ》んでいた。

「ここにいちゃいけないのよ」彼女は言った。「規則なの。日が暮れてからはお城に入れないことになってるのよ。掲示があるはずだけど」

彼は振り返った。全く不意を衝かれたのだ。彼女はその頬にきらりと光るものを認めた。

「ごめんなさい」彼女は言った。「お邪魔して。私は別に……あのどうかなさったの」草の上に置かれた彼の両手が、彼女を押し退けたそうにこわばった。

彼はまだ驚きから立ち直っていなかった。「何でもありません。ただ……あなたに気がつかなかったから。目の中に虫が入っただけです……」

そして彼女は相手のひどく不明瞭な声にはっと息を呑んだ。

「見てあげましょうか」たたみ掛けるように。「ほら、私が……」まるで手品のように、服のどこからともなくハンカチが現れた。

「大丈夫です」彼は言った。「涙で流れちゃったから……」そして手のひらで頬をこすった。

「ほんとに？」

「ええ」彼は言った。「ほんとに大丈夫です。ちょっとびっくりしたんですよ。そこにいるのが、全然見えなかったんで……」

彼女が話している相手の姿は陰になっていて、顔は見えなかった。

「それは悪かったわ……」彼女は持っていた草を落とし、また別の茎を引き抜いた。それから踵《かかと》に重心を移してまたしゃがみ込んだ。「あなたは新大陸の人ね」彼女は言った。「今夜ここに泊まるの？」

「いや、たぶんだめでしょう……」彼は肩をすくめた。「旅館は一杯なんです。方々当たってみたんですけど。よそへ行かなくちゃならんでしょう」

「もう遅いわ」彼女は言った。「車があるの？」

「いや、ありません……」

　彼女は一方の踵をサンダルの革ひもの中に押し込んだり、引き抜いたりしながら、じっと道に目を落として座っていた。「私っていつもこうなの」彼女は言った。「衝動的っていうのかしら。気にさわったんじゃない」

「そんなことありません……」

　彼は、彼女を側に引き止めておきたいという強い思いに駆られた。一緒に座って話しながら、丘の上に昇る月を眺めたかった。

「私よくここへ来るの」彼女は言った。「見物人がいなくなってからが一番いいのよ。お城に入る秘密の道があるの。子供の頃に見つけたのよ。よくあそこへ上がって座っては、これが全部自分のものだって想像したわ。そして昔みたいに、お城の人たちや衛兵がいるつもりになってね。あなたはずいぶん長いこと上にいたのね。あなたを見掛けたのはもう何時間も前だわ。いったい何してたの」

「別に」彼は言った。「座って、ただ考えてたんでしょうね」

「どんなこと？」

「お城の人たちのこと」彼は素っ気なく言った。「それに兵士とか」

「変わってるのね」彼女は言った。「人間嫌いなの？」

「そんなことありません。いや、いくらかはそうなんでしょう。まだここへ来たばっかりだから。要領がつかめないんですよ」

「一人なの？」

「そうです」

「新大陸の人に会ったのは初めてよ」彼女は言った。「厳密に言うと違うけど、話すのは初めてって意味。またこんなこと言うとおかしいかしら」

「いえ、別に……」

彼女は歯で唇を噛みしめた。「私あなたが泊まれそうな所の心当たりがあるけど」彼女は言った。「もしほかに行く所がなければ。ここに泊まりたいの？」

「ええ」彼は言った。「そうしたいんです。ぜひとも」

「私の父が通りの少し先で居酒屋をやってるの」彼女は言った。「部屋はほんとに充分あるのよ［パブの二階は安宿も兼業］」彼女は立ち上がり、垂れ下がった髪を払いのけた。「私ちょっと行って見て来るわ」彼女は言った。「きっと大丈夫だと思うの。そうしたら戻って来るわ。それまでに用意しておいてね」

「ええ」彼は言った。「そうします」

彼女は草の上を軽やかに、確かな足取りで下りて行った。薄闇の中に彼女の脚がひらめき、道に飛び下りたかすかな足音が聞こえた。

彼女が小さな声で呼び掛けた。「私が戻るまでに」彼女は言った。「そこから出て来るのよ」

彼は手紙の最後の部分を読み取るのに、目を凝らさなければならなかった。

どんなものにも、いつの時代にあっても、それぞれふさわしい場所と時期があるように、我々もさし当たり姿を消すことになる。だが、おまえが私の子であるなら、この土地の人間でもあるわけだ。この岩と土、この日の光と、風と、木々の子なのだ。ここの人々はどんな身なり、どんな外見をしていようとも、おまえの同胞なのだ。

ジョン、私はおまえをよく知っている。おまえの心、その悲しみと喜びとがよく分かる。おまえはこの古い場所で、死と、おそらく永遠に消えることのない怒りとを目にした。それを受け入れるがいい。古い物が消え去ることを悲しみながら、新しい物をじっと見守り、築き上げて行くのだ。異端に陥ってはならない。石の死を嘆いてはならない。

ジョン・ファルコナー
執事

彼は立ち上がった。紙を揃えてゆっくりと巻き、袋の巾にしまい込んで口を閉じた。それから袋のストラップを肩に掛け、膝にくっついた草を払い落とした。丘の上はほとんど真っ暗になっていた。木々の影は黒ビロードのように真っ黒だった。頭上には、トルコ玉色をした夕空を背に、廃墟のごつごつした姿が浮かび上がっていた。

ふと、それまで気づかなかったものが彼の目に止まった。辺り一帯の草の上にも、藪や木立の中にも、蛍《ほたる》の光が、冷たい緑色のランプのように瞬《また》いていた。彼は一匹を手で捕らえた。蛍は手の中でも変わりなく、星のように遠くかすかで、神秘的な光を放っていた。斜面の上の巨大な石壁は静まり返り、ノルマン人たちはとうの昔に死んでいた。かすかな風が立ち、草を揺らした。彼はでこぼこの地面に足を滑らせながら斜面を下り始めた。彼女は小川のほとりで彼を待っていた。その姿が、夜の闇の中に芳《かぐわ》しい香りを漂わせる影となって浮かび上がった。彼女が近づいて来た時、彼は、その窪ませた手のひらからかすかな光が漏れているのに気づいた。彼女は小道を戻って来る途中で蛍を集め、土地の連中の言い方を借りれば「一緒に連れて」来たのだ。

解説

大野万紀

本書は一九六八年に出版されたキース・ロバーツの二作目の単行本であり、ifの世界ものの最高傑作の一つとされる *Pavane* の全訳である。ロバーツの短編はこれまでいくつか訳されてはいるが、単行本としては本書がわが国への初紹介にあたる。

待ちに待った、というのが古くからの海外SFファンの偽らざる心境だろう。多くのSFファンが本書の存在を初めて知ったのは、一九七〇年五月号のSFマガジン誌に掲載された伊藤典夫氏の「SFスキャナー」欄によってだった。氏はここで、イギリスの新鋭SF作家としてサンリオSF文庫で『人生ゲーム』が訳されているD・G・コンプトンと、本書の作者キース・ロバーツの二人を取り上げ、『パヴァーヌ』について、いかにも読者の期待をそそるような紹介をしたのだった。ちょっと引用してみよう。

……歴史が過去のある一点において別の方向に動きだし、ぼくらの周囲にある現代とはまったく異なる世界が生まれる——いわゆる改変された世界《オルタネイト・ワールド》テーマの小説は、SFではいっこうに珍しくない。フィリップ・K・ディックの『高い城の男』、小松左京の『地には平和を』、豊田有恒の『モンゴルの残光』……未紹介の傑作もまだかなりある。

　しかし、この*Pavane*は、新人キイス・ロバーツの代表作という意味だけでなく、イギリスSF界の稀に見る収穫の一つとして、ぜひとも紹介しておかねばならないだろう。なぜなら作者は、その異様な別世界とそこに住む人びとの姿を、そんな世界が実在し、彼らが実際に生きているかのように（秀逸なアイデアを各所にちりばめながら）情感こめて描くことに成功しているからだ。

　……キイス・ロバーツの筆力は、以前処女作の*The Furies*（フュアリーズ）1966を息もつかせず読んだことがあるので、その点は安心していた。……だから*Pavane*を読むときも心配はなかった。問題は、オリジナリティである。処女作は月並みな侵略ものだったが、今度は月並みなオルタネイト・ワールドものか、と思って読みはじめたのだが、それはまったく見当違いだった。……けっきょく問題になるのは作者の持味である。その小説世界が、彼だけにしか表現できないものになっており、しかも読者がそれを生き生きと体験できるなら、もはやそれが古くさいアイデアのバリエーションであろうとなかろうとどうでもいいことなのだ。

　*Pavane*は、まったく新しいファンタジイ・ワールドをあらゆる細部までみごとに構築した、SFのなかでもきわめて稀な小説なのである。

ぼくがロバーツの名を知り、興味を持ったのも、この伊藤さんの紹介記事がきっかけだった。当時、多くのＳＦファンが指針としていた伊藤さんの「ＳＦスキャナー」で、ここまで持ち上げられた作品というのも珍しい。これは傑作に違いないと、誰しもが思ったはずだ。ぼくが実際に本書を手にいれたのは、それから何年も後だったが、その期待は全く裏切られなかったといえる。まさに「ＳＦスキャナー」に書かれていた通り。そこにあったのは、ぼくがそれまで知っていたＳＦともファンタジイとも微妙に異なる、新しい読書体験だった。

ＳＦにしろファンタジイにしろ、そこに描かれた架空の世界が現実とのチャンネルを持たない限り、それは逃避文学とのレッテルを貼られても仕方のないものだといえる（それはそれで一向にかまわないのだが）。ところが本書に描かれたもう一つのイギリスは、ファンタジイ・ワールドではなく現実の、まさにもう一つのイギリスそのものだった。単に人物がリアルに描かれている、といったレベルを超えて、しっとりと湿った丘の緑、どんよりとした雲、空気の臭い、石壁の冷たさ、蒸気機関の力強さ、少女の瞳の輝き、そういったありとあらゆるものが、間違いなしの本物だった。それと同時に、ここにはＳＦやファンタジイでしか描けないような、個人の視点を超えた、グローバルな認識があった。科学技術と人間、宗教、歴史といった問題に対する思弁があった（特に科学技術の問題に関しては、七〇年代に入ってから公害問題を契機に発表された多くのオルターナティブ・テクノロジーをテーマとするＳＦよりも先んじ、より冷静で深い考察がなされているように思う）。

伊藤さんの「SFスキャナー」では、本書の内容があまりにイギリスの風俗に密着しすぎていて日本の読者には受け入れられにくいのではないかとの危惧《きぐ》が表明されている。しかしおそらくそんなことはないだろう。個人的な話になるが、ぼくの場合は、本書を読んでそれまであまり関心のなかったイギリス（とりわけドーセット地方）への興味が増大し、写真集を探したり、トラディッショナル・フォークのレコードを集めたりという副作用が生じたほどである。雰囲気に浸れるのはとても気持ちがいい。クラシックでもいいかも知れないが、本書のアメリカ版の扉には「ライク＝ウェイクの葬送歌」という古いイギリス民謡が引用されているので、ここはぜひペンタングルあたりをBGMにしていただきたい。余談だが、この「ライク＝ウェイクの葬送歌」というのはキリスト教以前の宗教に関係する歌で、本書の内容にはぴったりだ。

さて、本書の内容に関していくつか補足しておきたい。まず、絶大な力を持つカトリック教会によって科学技術の進歩が抑制された世界が描かれているわけだが、ここにはあり得たかも知れないもう一つのテクノロジー、蒸気車、信号塔、印刷技術などがきわめて迫真的に描写されている。中世的な世界を描きながらファンタジイとは（また歴史小説とも）明らかに異なった印象を与えるのは、こういった技術的ディテールの描写による。これら、現在のわれわれから見ていくぶんノスタルジーを誘うような、等身大の職人的なテクノロジーを描く時、ロバーツの筆は冴《さ》え渡っている。ロバーツのこういった技術へのこだわりは、本書以外の他の作品にもうかがうことができるが、風景描写だけでなくこういった点にもいかにもイギリス的な雰囲気が感じられる。人間と機械とが汗を流して格闘し、理解と一体化が得られる。ブラックボックスは何もない。こういう時代が確かにあったのだ。もちろんロバーツはそれを単にノスタルジックに礼賛しているわけではなく、その裏面についても描写している。すなわちこういった技術の背景には、人の命が安く、自由な情報の交換がなく、厳格な階級制度の敷かれた社会があるというわけである。

ここで技術史的な側面にも少しふれておこう。鉄道網が行き渡る以前、レールを使わない蒸気車が一九世紀半ばのイギリスで広く使われていたことはよく知られている通りだが、電信が普及する以前に、本書に描かれたような信号塔が実際に使われていたことはあまり知られていない。一八世紀の終わりに、フランスのシャップが発明したセマホールと呼ばれる信号塔がそれである。本書に書かれているのと同様、腕木を操作してそれを望遠鏡で読み取り、次々に中継していくというものだ。このセマホールは革命下のフランスで時々刻々の戦況を伝えるのに活躍し、国中に通信網が建設された。同様のシステムはイギリスでも張り巡らされ、電信網に取って代わられるまで大いに栄えたのである。今や失われた技術ではあるが、当時地中海から大西洋まで情報を送るのにわずか三分しかかからず、これ以上高速な遠距離通信の手段はないといわれるぐらいの、完成したシステムだった。通信手法（プロトコル）も発達し、本書で描かれているように同時に二方向の通信を送ったり（全二重通信）、暗号化したり、誤り訂正用の符号を設けたりといった、現代のデータ通信でおこなわれているようなことがほぼ実現されていたようだ。セマホールということばもコンピュータ用語（セマフォー）となって今に残っている。本書で描かれた技術が迫真的なのは、それがあり得たかも知れないもう一つの技術であると同時に、われわれの過去に実際にあった、本当の技術に他ならないからなのである。

本書の中でのテクノロジーの描き方についてもう少し述べよう。テクノロジーというのはもちろんそれだけで独立したものではなく、社会や思想と切っても切れない関係にあるものである。したがって本書の世界ではテクノロジーが遅れている、という言い方は正しくない。自由や人権に対する考え方、社会構造、遅れているとすればおそらくそっちの方である。ここに描かれた風景は現実のわれわれの世界でも、場所さえ変えれば今でも見られるものなのだ。むしろ本書の中には、テクノロジーの自走性というSFでおなじみのテーマが隠れている。産業革命こそ起こらなかったが、人間が本性として持っている進歩への欲求のようなものが、百年や二百年の時間差はあっても徐々に実を結んでいく。強権でブレーキをかけることはできても、それをコントロールしたり、止めたりすることは結局できないのだ。そして逆にそれらのテクノロジーが世界のあり方を変えていく。こういった議論は本書の中ではほとんど表面に出てこないが、物語の背後にはしっかりと存在しているのだ。いささか古めかしいテーマかも知れないが、テクノロジーに飲み込まれ変革されてしまった人々を、突き放した視点から描くSFが多くなってきている今日、改めて深く考察するに値するテーマだといえよう。

さて、テクノロジーに関する議論に集中してしまったが、本書を読みごたえあるものにしているのは、何といってもそのしっとりとした情景描写と生き生きとした登場人物たちにある。とりわけ、ロバーツの作品の特徴として、若くて活発なヒロインの活躍があげられる。本書ではマーガレットやエラナーがそうだ。暗くなりがちな物語を明るくはなやかにしてくれる、魅力的な彼女たち。因習にとらわれず、権力に媚《こ》びず、堂々とした彼女たちの活躍が、緩やかなパヴァーヌを素晴らしいコーダへと導くのだ。

もう一つ本書で重要な要素となっているのが、いかにもファンタジイ的、あるいはSF的な「古い人々」の存在である。これは本書に俯瞰《ふかん》的な視点を与え、リアルな日常描写から突然われわれを神話的な高みへと運んでくれる。これこそ本書の世界の現実とわれわれの現実とをつなぐチャンネルであり、物語を相対化し読者に呼びかける内なる声なのである。この「妖精たち」は普通のファンタジイのような、あちら側の世界に日常的に所属する存在ではない。あちら側の世界でも異質なものであり、むしろ二つの世界をまたがるメタ存在なのだ。ロバーツの描く物語の中で、彼らは古い神々の姿をとることが多い。それはイギリスの大地に宿る神々であり、それゆえそこに繰り広げられる歴史がこちらと違っていても、それもまさしく同じイギリスだということができるのである。

キース・ロバーツは一九三五年生まれ。SF作家としてだけでなく、イラストレーターとしても知られている。長年広告業界に携わり、SF界にデビューしたのは一九六四年のことだった。デビュー作は可愛い魔女の少女が活躍する短編"Anita"で、これは後にシリーズ化され連作短編集*Anita*（1970）にまとめられた（その中の一篇「ティモシー」は邦訳がある）。六六年には初めての長編*The Furies*を発表。これはジョン・ウィンダムを思わせる迫力満点の破滅SFだった。次に発表された二冊目の単行本が本書であるが、本書に収録されたエピソードのいくつかはSFインパルス誌に短編として掲載されたものである。そのSFインパルス誌の編集をロバーツは六六年から翌年にかけておこなった。この雑誌は以前のサイエンス・ファンタジイ誌が改題したもので、*Anita*や*The Furies*もここに掲載されていたし、その表紙絵も彼が担当していたという、ロバーツにとってはふるさとのような雑誌である。このころの彼は多くの短編を執筆したが、後にいくつかの短編集にまとめられている。*Machines and Men*（1973）、*The Grain Kings*（1976）、*The Passing of the Dragons*（1977）などだ。邦訳されているものに「スーザン」（アリステア・ベヴァン名義）、「深淵」、「コランダ」がある。六八年の本書によってロバーツの名はイギリスSF界に輝いたが、おりしもニュー・ウェーブ運動の真っ盛りであり、彼の地味な作風はその喧噪《けんそう》の中に埋もれてしまった。もっとも彼はニュー・ウェーブの作家たちともつき合いがあり、とりわけマイケル・ムアコックとは仲が良くて、ニューワールズ誌の表紙絵や挿絵、単行本の装丁をおこなったりもしている。さて本書の次に出版された*The Inner Wheel*（1970）は、これまた連作短編集だったが、超能力をテーマにしたミステリアスでやや感傷的な作品だった。彼が再び脚光を浴びるのは一九七四年に出版された *The Chalk Giants* によってである。これも連作短編集だが、ここでは『パヴァーヌ』で描かれていたテーマがさらに発展させられ、円環的な時間構造を持つ作品となっている。この作品は『パヴァーヌ』と並ぶロバーツの最高傑作だといっていい。舞台や雰囲気にも本書と重なり合うところがあるが、さらに野心的な作品となっている。中のエピソードの内、「猿とプルーとサール」、「神の館」の二篇は邦訳がある。その後、時おり発表される短編を除けば鳴りをひそめていた感のあるロバーツだが、最近また活発な活動を始めている。八〇年の *Molly Zero* はひさびさの長編で、例によって素敵なヒロインの成長を描く、近未来のイギリスを舞台にしたＳＦである。八五年には邦訳もある「カイト・マスター」をプロローグとする連作短編集 *Kiteworld* が出版された。これも『パヴァーヌ』以来の力作との評判が高い。ロバーツの最新作は八六年に出版された連作短編集 *Kaeti & Company* である。ここにも元気なヒロインが出てくる（素敵な幽霊の少女なのだ）。ロバーツはこれからもますます活躍が期待される作家であり、もっともっと翻訳されてほしい作家でもある。

　ところで、イラストレーターでもある作者の資質を反映してか、本書はきわめて絵画的・映画的なイメージに満ち満ちている。これもまたぼく個人の趣味的な感想だが、『ナウシカ』や『ラピュタ』の宮崎駿《みやざきはやお》氏のアニメで、蒸気車の動きを、信号塔を操作する少年を、健気なエラナーの活躍を、ぜひ見てみたい気がする。

＊

以上は八七年六月に出版されたサンリオSF文庫版の解説である。再刊を機会に手を入れようと思ったのだが、結局ほとんど当時のままとした。サンリオSF文庫は本書の出版後二カ月ほどして廃刊され、本書もたちまち入手困難となってしまった。以後長い間、本書は幻の名作となってしまったのである。翻訳された『パヴァーヌ』は、「絵画的な風景描写、実在したテクノロジーをまざまざと見せてくれる考察描写、心のひだにわけいる心理描写でもって、もうひとつの世界を描ききった美学的な物語であるのと同時に、ケルト以前の「古い人々」というファンタスティックな〝メタ存在〟を導入してその世界をわれわれの現実世界と通底させることで、SFの誕生した〝近代〟の問題性をつきつけた意欲作である。必読の傑作」(高橋良平氏。SFマガジン誌八七年九月号書評)というように、おおむね好評だったが、その一方で内容よりも古書店での価格がどうだとか、いくらで入手したとか、そういったことの方が話題となる、不幸な運命に見舞われたのだった。

とにかく、原書の出版後、翻訳まで十九年、翻訳後数カ月で書店から消え、再刊までまた十三年。本当にお待たせしましたという他はないが、ようやくの再刊である。ぜひとも、多くの人に読んでいただきたい。サンリオ版ではなぜか省略されていて、高橋良平氏を嘆かせたあのマークもちゃんと入っている。細かな修正もされている。サンリオ版を持っている方にも、ぜひもう一度手にとって見てほしい。三十年以上昔の作品であるにもかかわらず、本書の内容は少しも古びていないことがわかるだろう。むしろ、次のミレニアムを迎える現在、社会と科学技術のあり方、宗教と民族、近代の意味などをもう一度見直すのに、よい機会となるように思う。また本書を含むロバーツの作品は、いずれもイギリスの歴史的風土に深く根ざしたものなのだが、縄文《じょうもん》から続く森を持ち、長い封建時代を経験してきた日本人には、かえって理解しやすいものではないだろうか。

さて八六年以後のロバーツであるが、*Kaeti & Company* の後、続けて短編集 *The Lordly Ones* を出版、八七年には長編 *Gráinne* で八八年の英国SF協会賞長編部門を受賞した。これは『パヴァーヌ』や *The Chalk Giants* の流れを引く神話的な小説で、アリステア・べヴァン（これはロバーツのペンネームである）という作家が、ケルトの伝説の女神の名を持つ魅惑的な女性と出会い、東洋と西洋を結ぶ大きな謎に関わっていく物語である。*Kaeti & Company* 以後、ロバーツの作品はケロシナ・ブックスをはじめとする小出版社から限定版で出ることが多くなり、手に入りにくくなった。ノンフィクションやホラー短編集の後、九二年には〈ケイティ〉シリーズの新作 *Kaeti on Tour* が出版され、その中の一編 The Tiger Sweater はネビュラ賞にノミネートされた。九〇年代に入ると病気がちとなり、一時は絶筆宣言が出されたとも伝えられて、あまり活動の目立たなかったロバーツだが、九七年には自伝的な長編 *Lemady* を出版し、そして二〇〇〇年には、待望の *Kiteworld* の続編 Drek Yarman をイギリスのSF雑誌、スペクトラムSF誌に連載開始した。作家ロバーツの復活を、本書の復刊と共に大いに喜びたい。

ロバーツの公式ホームページは http://www.solaris-books.co.uk/Roberts にある。書誌情報が充実しており、大いに参考になった。また本稿の執筆にあたっては、ロバーツの作品のほとんど全部を所有されている翻訳家の古沢嘉通さんに多大なる協力をいただきました。あらためて感謝します。

*

ここまでは、二〇〇〇年七月に刊行された本書扶桑社版の解説である。ちくま文庫での再刊にあたって、その後の作者について追記したい。
まことに残念なことに、扶桑社版が出た同じ年、二〇〇〇年の十月五日、キース・ロバーツは入院先の病院で肺炎をこじらせ、六十五歳でこの世を去った。雑誌連載していた *Kiteworld* の続編 Drek Yarman も、単行本化はされないままだった。

ショックだった。これからどんどん新作を書いてもらわないといけないのに。せっかく十何年ぶりにメジャーに復活を果たしたというのに。それを果たせないまま、彼は逝ってしまった。

彼は気むずかしいことで知られていた。病気がちになってからはそれがますますひどく、人付き合いがとても悪かったということだ。編集者や批評家の悪口ばかりいっていたそうだ。そのせいか、ロバーツの作品は大手出版社からはほとんどそっぽを向かれ、イギリスやアメリカの小さな出版社からしか出版されなくなった。当然、人々の目に触れる機会も少なくなった。

実際、*Kaeti & Company* 以後のロバーツ作品は、ほとんどが数百部という限られた出版部数であり、手に入れるのは難しくなった。英国SF協会賞を受賞した *Gráinne* でさえ、七百五十部の限定出版だった。（そのロバーツ作品を、限定出版も含めて日本でコンプリートに入手しているのが、翻訳家の古沢嘉通さんである。前回と同様、今回も多大な協力をいただいた。大変に感謝しています。）

さて、そんな停滞した状況の中で、久々の雑誌連載というロバーツ復活の話題があり、英米で長らく絶版になっていた『パヴァーヌ』も、二〇〇〇年十一月には復刊されることが決まっていた。ロバーツ再評価の動きが盛り上がっているところだったのだ。これからじゃないか、と思った。病気を乗りきって、二十一世紀にまたもうひとつのイギリスの姿を描き出して欲しいと思ったのだ。

突然の訃報が、本当に残念だった。

ロバーツは本質的にファンタジイの作家であり、短編の作家である。ただし、ファンタジイといっても、それはリアルな現実の日常にかぶさって存在する、もうひとつのリアルな世界を描くものである。だから、それはきわめてSFに近い感触をもつ。

彼の小説に出てくる妖精たちは、イギリスの大地に根付いた、歴史の観察者である。彼らのすむ異世界はこちらの世界と無関係に存在するのではなく、この日常とつながり、重なり合い、あるいは畳み込まれているのである。現代のイギリスそのものが異世界と共存している。「古い人々」も、われわれと同じく、現実に生きているものなのだ。

最後に、ロバーツを追悼してイギリスのSF作家で評論家のデイヴィッド・ラングフォードが書いた文章から一部を引用しよう（大意）。

晩年、ロバーツは多発性硬化症と診断され、腕の震えから筆を執ることもままならない状態だった。彼は「その診断が下された一九九〇年の三月に、私は事実上死んだと思ってほしい」という文書を知人たちに配っている。皮肉なことに、彼が作家であり以前はプロのイラストレーターでもあったことを知らない担当のリハビリ技師が、誠意からではあるが、彼に創作コースを受けるか、絵の勉強でもしたらと勧めたのだった。

だが彼は負けなかった。彼の苦闘は、興味深い自伝の出版や、Drek Yarman の雑誌連載となって報われた。彼が自らの代表作であるSFの名作『パヴァーヌ』の再刊を見ることが出来なかったのは、まことに残念としか言いようがない。その堂々として忘れがたい、あり得たかも知れない歴史の舞踏を、そして永遠なる幻想のイギリスを。

＊

【翻訳リスト】

「猿とプルーとサール」Monkey and Pru and Sal　山田和子訳　「SFマガジン」一九七二年九月号 *The Chalk Giants* の一編

「スーザン」Susan　吉田誠一訳　『年刊SF傑作選6』（創元推理文庫）一九七五年三月発行　アリステア・ベヴァン名義

「神の館」The God House　山田和子訳　「季刊NW-SF十二号」（NW-SF社）一九七六年八月発行 *The Chalk Giants* の一編

「深淵」The Deeps　白川星紀訳　「別冊奇想天外」四号　一九七八年三月発行

「信号手」The Signaller　浅倉久志訳　「SFマガジン」一九七八年十二月号／SFマガジン二〇一〇年八月号（再録）『パヴァーヌ』の一編

「コランダ」Coranda　黒丸尚訳　『ホークスビル収容所』（ハヤカワ文庫）一九八〇年一月発行

「ティモシー」Timothy　大野万紀訳　「別冊奇想天外」十号　一九八〇年三月発行　*Anita* の一編

「魔法使いアニタ」Timothy　村上実子訳　『ウイッチクラフト・リーダー』（朝日ソノラマ）一九八五年四月発行　「ティモシー」の別訳

「カイト・マスター」Kitemaster　颯田幼訳　「SFの本」四号（新時代社）一九八三年十一月発行 *Kiteworld* の一編

『パヴァーヌ』*Pavane*　越智道雄訳　サンリオSF文庫　一九八七年六月発行／扶桑社　二〇〇〇年七月発行　本書の旧版

「笛吹きの呼び声」Piper's Wait　大森望訳　SFマガジン一九八八年八月号／『アザー・エデン』（ハヤカワ文庫）一九八九年六月発行

「ボールターのカナリア」Boulter's Canaries　中村融訳　『影が行く』（創元推理文庫）二〇〇〇年八月発行
「サー・ジョンのお守り」The Charm　浅倉久志訳　「SFマガジン」二〇〇一年七月号　*Anita* の一編
「東向きの窓」The Eastern Windows　大森望訳　「SFマガジン」二〇〇一年七月号
「ぼくのステーション」The Lordly Ones　古沢嘉通訳　「SFマガジン」二〇〇一年七月号
「ケイティとツェッペリン」Kaeti and the Zep　大野万紀訳　「SFマガジン」二〇〇一年七月号
「魔女」The Witch　井上知訳　「SFマガジン」二〇〇六年二月号　*Anita* の一編
「湖畔の少女」Anita　井上知訳　「SFマガジン」二〇〇六年二月号　*Anita* の一編
「降誕祭前夜」Weihnachtsabend　板倉厳一郎訳　『ベータ2のバラッド』（国書刊行会）二〇〇六年五月発行
「スカーレット・レイディ」The Scarlet Lady　中村融訳　『千の脚を持つ男』（創元推理文庫）二〇〇七年九月発行

【単行本リスト】
The Furies（1966）長編
Pavane（1968）連作短編集（本書）
Anita（1970）短編集（〈アニタ〉シリーズ）
The Inner Wheel（1970）連作短編集

The Boat of Fate（1971）長編（歴史小説）
Machines and Men（1973）短編集
The Chalk Giants（1974）連作短編集
The Grain Kings（1976）短編集
The Passing of the Dragons（1977）短編集
Ladies from Hell（1979）短編集
Molly Zero（1980）長編
Kiteworld（1985）連作短編集
Kaeti & Company（1986）短編集（〈ケイティ〉シリーズ）
Kaeti's Apocalypse（1986）短編（〈ケイティ〉シリーズのブックレット）
The Lordly Ones（1986）短編集
Gráinne（1987）長編（英国ＳＦ協会賞受賞）
A Heron Caught in Weeds（1987）詩集
The Natural History of the P. H.（1988）ノンフィクション
Irish Encounters（1988）ノンフィクション（アイルランド旅行記）
The Road to Paradise（1988）長編
The Event（1989）短編
Winterwood and Other Hauntings（1989）ホラー短編集
Kaeti on Tour（1992）短編集（〈ケイティ〉シリーズ）
Lemady（1997）長編（自伝的小説）

訳者あとがき

訳していて話の展開を夢にまで見た作品は、これが初めてだ。それほど不思議な実在感があった。単に未来社会を描く本来のSF物だと、こんな実在感はない。夢で見た『パヴァーヌ』の世界の映像は、諸星大二郎《もろほしだいじろう》や『風の谷のナウシカ』の宮崎《みやざき》駿《はやお》の絵柄に近い。

いきなり路上を走る列車や翼車《バタフライ・カー》が登場する。これらの車も奇妙な実在感があるのは、やはり作者の筆力だろう。非常にくすんだ映像を丹念に描き込んでくれるので、その一つ一つが読者の心へボディブローのように、いや「マインド・ブロー」かな、効いてくるから、夢の中にまで映像が蘇《よみがえ》ってくるのだ。

路上列車のイメージは現実にないわけではない。私は十年近く前、オーストラリアの奥地で、荷台を十台くらい引っ張った巨大なトラックがハイウエイを走っていく光景に仰天《ぎょうてん》した。これこそ本書と同じ「路上列車」つまり「ロードトレイン」と呼ばれるものだ。オーストラリアの奥地ハイウエイは、ビチュメンといって、砕石《さくせき》をタールで固めただけのしろものだ。砕石が赤い場合は、道路も赤くみえ、まるで舗装《ほそう》していない、ローラーで土を固めただけのグラヴル・ロードにしかみえない。ここを走りまわると、一年でタイヤがいかれてしまう。日本だと、それに匹敵する距離を走っても三年はもつのに。とにかく巨大なロードトレインの重量を支えるには、こういう荒っぽい道路でないと役に立たないのだ。また補修にも金がかからない。だから『パヴァーヌ』の路上列車の実在感があやしくなるのは、これだけの重量を持つ車両が未舗装道路を走ると、当然すさまじい深さの轍《わだち》ができ、車両の腹が轍のあいだの地面につかえて走れなくなるのではないかという点だ。

未舗装道路に残る轍のすさまじさも、私は現実に見たことがある。ワイオミング州ノースプラット近くの岩石地帯にはオレゴン・トレイルの跡がある。ここに幌《ほろ》馬車《ばしゃ》隊《たい》が何十年ものあいだに残していった轍が、深々と残っている。岩にさえこれだけ深く轍ができるのなら、普通の未舗装道路を路上列車が何世紀ものあいだ走り続けられるはずがない。しかし作者キース・ロバーツは、道路補修班の活動にはまったく触れていない。路上列車や信号システムの描写が実に具体的で詳細を極めるために、道路補修班が登場しないのは、最後まで気にかかった。

もっとも、本書が出た翌年の一九六九年以降、「グレイト・ドーセット・スティーム・フェア（GDSF）」というのが開催され始めた（二〇一〇年以降、「国民遺産ショー（NHS）」と改称）。レディ・マーガレットを彷彿させる小型蒸気機関車が、レイルではなく草地の上を走り回る。毎年、二十万人の観光客が押し寄せるという。機関車の前輪はレイルにひっかかるかのような溝があるが、後輪は三重の幅広いもので、レイルとは無縁で轍が深く抉れた地面でも車体の均衡を維持できるだけの厚さがある。本書に直径七フィートとあるのも後輪については納得がいく。

カトリックの支配がヨーロッパ社会を固定させていた中世社会が今日まで続き、それからの解放は未来において実現されるという構成なので、固定し閉鎖された個々の世界を貫いて動けるものがないと、『パヴァーヌ』の世界の全体像を示すことができない。そのために路上列車の会社を経営するジェシー・ストレンジが最初に登場するのだ。ストレンジという名は、この中世社会における彼とその子孫の位置、つまりついにその社会を覆す運命を与えられている一族の位置を表している。反逆し常に社会のストレンジャーとして、その社会の周辺を出たり入ったりしている。同時に固定した社会の各層を貫いて動きまわっているのだ。

そこへいくと、第二旋律の主人公、信号手レイフ・ビッグランドは、信号によって社会の機密に接する機会が多いけれど、当人は信号塔内に固定され、身動きできない点でギルドに固定されていたころのジョン修道士（第四旋律の主人公）と変わらない。しかし信号手たちは情報には社会内で最も通じているので、最もさめた目でこの社会を見るばかりでなく、その立場から法王庁にさえ一目置かせる特殊なギルドを形造っている。また彼らは情報が自分たちの力の源泉であることを承知しているから、本当に重大な情報は旧態然たる信号塔を使わず、法王庁から禁じられていた電信装置を駆使しているのだ。この信号手たちのボスが、中世社会を覆すエラナー（第六旋律の主人公、ストレンジ一族）の執事を務めているのも、不思議な因縁だ。中世が閉鎖社会だからこそ情報の価値が今日よりはるかに高く、異常なまでに特権を享受できた信号手たちが、その社会を覆す一翼を担うのは、痛しかゆしだったろう。しかし、この社会の腐敗に最も深く通じていたのも彼らであり、この社会を呪う気持ちもひとしお強かったわけだ。

さらにこの執事は、ストレンジ一族などと比較にならないほどストレンジな存在、「古い人々」の一族でもある。彼らはアングロ・サクスンどころか、彼らに征服される運命にあった先住民族のケルトに征服され、荒野に追われた原住民だといわれている。それが妖精や妖怪として、征服民族の伝承の中に語り継がれてきたのだ。中世のような閉鎖社会だと、その外にいる者たちへの差別は痛烈なものになり、人間ではなく妖異的存在におとしめられてしまう。また「古い人々」は、あまりに現実社会と隔絶した徹底的な「周辺人」たちだったので、死と同一視された。だからレイフやエラナーの最期の場面に登場するのだ。そして優しく彼らを抱きとるのである。

ストレンジ一族に属さない者はレイフの他にジョン修道士とベッキー（第三旋律の主人公）がいて、それぞれに閉鎖社会脱出の手を打つさまが描かれる。特にジョンの場合は、まるで、バプテスマのヨハネ（ジョン）のように、解放者（エラナー）の先行者として登場し、閉鎖社会解放の反乱にあえなく挫折する。しかもエラナーの執事ファルコナー（「鷹匠」の意味）もジョンだし、彼が残した手紙によれば、彼の子孫もまたジョンと呼ばれている（日本だとさしずめ「太郎」）。そして本書の現在（つまり未来）では、彼の子孫が新大陸アメリカからコーフ城の廃墟《はいきょ》を訪ねてくるのだ。

ベッキーは漁師の娘だが、ジェシー、レイフ、ジョン(画工)らがギルドに所属する中世社会では恵まれた存在なのに対して、特殊技能を持たない最下層の存在だ。そんな彼女ですら、日々のなりわいの場所である海を脱出の場所に選ぶ。修道士ジョンもまた海から脱出していったのだ。

ジェシーは初代マーガレットに実らない愛を捧げたわけだが、結局その愛によって閉鎖社会からの解放者を育んだことになる。この因縁については、エラナー自身が三六〇頁で述懐している。初代マーガレットは機関車と一体化しているが、この機関車こそジェシーの愛の具現したものであり、二代目マーガレットとエラナーの急場を救う。彼女らは気概《スピリット》にあふれた女性として描かれている。

今回もサンリオの西村俊昭さんとコンビを組んだ。また解説は大野万紀さんにお願いした。


(以上は、サンリオ文庫版〈一九八七年刊〉のあとがきに訂正を加えたものです)

実に足掛け十四年ぶりに、『パヴァーヌ』の訳書を原書ともども読み返した。十四年前は、自分の生涯がまだ完結する予感すらなかったので、登場人物らの宿命は私の宿命とは重ならなかった。また、こういう閉鎖的な社会で喘《あえ》ぐように生きるのはごめんだという気が強かった。しかし自分の生涯をどう完結させるかを日々念頭に置き始めた昨今だけに、今回は、私はジェシー・ストレンジャやジョン・ファルコナー、修道士ジョンらの宿命に同一化できた。思えば、人間は与えられた状況を懸命に生き、そして死ぬしかないのだ。

例えば、二〇〇〇年五月、モスクワの国際ペン大会で、実に十六年ぶりに中国ペンの事務局長、金憲破と再会した。中国には獄中作家が多い。カナダ・ペンを初め、リベラルな欧米のペンは、そんな中国を弾劾する。すると金憲破は孤立無援ながら、まだ建設途上である中国では、反体制分子を放置すれば体制崩壊に通じる国情を理解しない欧米ペンを非難し、反論する。金は今回もそれをやった。彼は、国家を背負ってモスクワにきているのだ。彼に個人的意見を公式の場で発言する自由はない。彼がそんな中国で人がましく生きてこられたのは、ローマ法王による言論統制の中で呻吟《しんぎん》する『パヴァーヌ』の世界と酷似した世界で、英語を操って、国際舞台で自国の弁論をぶってきたおかげだった。

私には、十六年前に比べて、自分が彼の立場にいたら、彼のように生きたかもしれないという思いが強かった。

しかし同時に、日本において「周辺人」として生きてきた私には、同じ周辺人としてのジェシー・ストレンジらへの共感も強く、私が金だったら、例えばモスクワへ家族を帯同できれば、とっくに海外亡命を断行しただろうことも想像がつく（金はいつも単身で国際大会にやってくる）。

さらに、中南米を初め、カトリシズム信奉国の多くが経済破綻や独裁政権に苦しんできたこと、逆にアメリカ合衆国を初めプロテスタンティズムの国々が曲がりなりにも民主主義を、白人以外の自国民にも拡大してきたこと——この二つを思うと、カトリシズムが支配する『パヴァーヌ』の世界の閉鎖的な現実性がひしひしと感じられる。そして改めて、マルティン・ルターの世界史に果たしたすごさが実感できるのだ。

しかし、神の御旨《みむね》に叶《かな》うべく身を慎み、神に与えられた「天職」に励むことを労働倫理としたプロテスタンティズムは、それからの逸脱を悪魔の所業と断罪した。むしろ、人間の内面を未開のジャングルと見なし、個人の努力ではどうにもならず、善悪ともに神に縋《すが》れと説いたカトリシズムのほうが、人間には救いとなってきた。しかし、カトリシズムの労働倫理には、プロテスタンティズムの厳しさはなかった。それが中南米などの政治・経済破綻の主要な原因になってきたと考えられる。

ただ、今日の高度管理社会は、『パヴァーヌ』の神学的中世社会とは異質な閉鎖性を発揮し始めている。万事が人力を基礎としたロウテクノロジーの中世や『パヴァーヌ』の世界では人間関係は直接的だったが、ハイテクノロジーを基礎とする高度管理社会では、人間関係は痛烈に間接化される。またメディアの異常発達で、メディア＝現実の錯覚（仮想現実）が常套化した。

高度管理社会がプロテスタンティズムの労働倫理の産物である以上、カトリシズムの産物である『パヴァーヌ』の世界は、まさに今日の私たちの属する高度管理社会の逆宇宙、つまり「改変世界《オールタァーニト・ワールド》」として描かれていることが分かるだろう。いずれの道を選んでも、私たちは現状を革命的に打破し、別の体制を目指さざるをえない運命なのだ。つまり、現実の世界史のように、エリザベス一世がスペインの無敵艦隊を撃破した結果、今日の高度管理社会に行き着き、逆に『パヴァーヌ』の世界史のように、無敵艦隊がイギリス艦隊を海の藻屑《もくず》にした結果、二十世紀半ばまでも引き延ばされた神学的中世社会に行き着くかなのだ。そして、私たちはそのいずれに対しても革命を起こさざるをえない生き物なのである。

図らずも、扶桑社書籍編集部の冨田健太郎氏から本書に再度の機会を与えて下さる旨を知らされたとき、『パヴァーヌ』に描かれた世界と、二〇〇〇年代に入ったばかりの現代世界とが、かすかに共鳴を起こした音を聞いた気がした。電話では小柄で細身の男性かと思っていたのに、お目にかかってみると、逞しい巨漢で、しかし今日の若者に稀な含羞を漂わせていたため、どこか本書の「古い人々」を連想したのである。

ここまでは扶桑社版（二〇〇〇年刊）のあとがきである。今回の再文庫化にあたって、いくつかの補足をしたい。

著者は、信号手らにクエイカー教徒の使う古風な英語をしゃべらせている。you が thou や thee、are が art、can が canst などで、さしづめ「汝」とか「…．でござる」という調子だ。信号手ギルドの機密性や結社的結束を強調するためと思われる。

ただし、歴史的には、昔はthouは親しい呼びかけで、youは敬称だった。従ってクエイカーらは信徒同士の結束を培うためthouを使ってきた（厳密にはクエイカーは外部からの蔑称で、信徒らは組織を「フレンズ（友会徒）」と呼ぶ）。

また、信号手ギルドの試験やギルドの教育課程では「ノルマンフランス語」が出てくる。これは現実にノルマンディー公ウィリアムによる「ノルマン征服」（一〇六六）以降、北仏語と西仏語がどっと英語に入り込んだなごりで、特に北仏語に属するノルマン語（ノルマンフランス語）は今日の英語の半分近くを占めると言われる。それまでは、ラテン語が文語、英語が日常語だったのが、両者の間にノルマン英語が入り込み、文語の機能をラテン語からかなりもぎ取ると同時に、貴族の言語、政治・司法・ビジネス・軍事面の言語などに使われ始めた。コート・マーシャル（軍法会議）などは、形容詞を後置する仏語の特徴を持つ。この種の用語は英語ではゲルマン語の特徴通り、形容詞は前置されていた。英君主のモットー〝神とわが権利〟も、「デュ・エ・モン・ドルワ」と「ゴッド・アンド・マイ・ライト」と、今日でも仏語と英語が併記されている。

終楽章でサー・ジョンが息子に宛てた遺書で、現実の歴史の一部であるナチスの強制収容所に触れているのは、「歴史改変小説」のタブーを冒すものだ。しかし、作者にここまで「改変歴史」を綿密に描きあげさせた動機は、われわれが受け取らされ、否応なく後世に押しかぶせていくしかない「現実の歴史」への深刻な怨嗟だと断言できる（「電気を手にすれば人類は必ず原子に行き着く」）。その深刻さをこのタブー破り一つで、伝えようとしたのではないか（広島・長崎を避けて、強制収容所への言及でタブーを破った。「ナチ、ユダヤ系殲滅、核開発」は、人類の残虐性の三題噺である）。「歴史改変もの」を英語でいうと「オールターニト・ヒストリー」だが、類語の「オールターナティヴ」は一九六〇年代のカウンターカルチャーの生き方、すなわち「非体制／反体制の」を意味する。「非体制」がヒッピー、反体制が「新左翼」を表した。これは逆らうべき「体制」の不動の存在が大前提だが、「オールターニト・ヒストリー」は、ごっそり「現実の歴史」を無化する壮絶さが身上で、それだけに作者が籠めた象徴性の重さはオールターナティヴを凌駕する。

また、第六旋律の中心舞台となる城だが、実在のコーフ城がモデルに使われている。ダーノヴァリア（今日のドーチェスターのラテン語名）からやや南寄り斜めに東へ行くと、パーベック半島がイギリス海峡に突き出し、コーフ城はその半島ほぼ中央部に位置する。本書に頻出する地名ウェアラムとスウォニッジを結ぶ道路のほぼ中間にある。この城は、十一世紀、ノルマンディー公ウィリアムが建てた、イングランド最初の石城の一つだと言われる（それまでこの地域の城は土塁、建材は木材だった。ここにもアングロ＝サクスンに対するノルマンの文化的優位が表れている）。本書で描かれる天守閣《ダンジャン》は、キープと呼ばれ、今も丘の上に残骸が屹立している（この建造はヘンリー一世が十二世紀に行った）。「コーフ（Corfe）」は、古英語でパス（峠、峠道）の意味で、白亜層のパーベック丘陵のパスに建てられたが、石材は崩れ易い白亜石灰岩ではなく、本書でよく言及されるパーベック石灰石。峠に立つとはいえ、山城で、イギリスの城は谷間に建てられたものが多い点でも例外的。ウィリアムは、パーベック半島を猟場としており、狩りの拠点としてコーフ城を建てた。

法王方の寄せ手に対してエラナーが持ちこたえたドラマにまでモデルがあった。エラナーの反乱は、二十世紀末と思われる（第一旋律〈レディ・マーガレット〉が一九六八年、第四旋律〈修道士ジョン〉の時代が、一九八五年前後）。それに対して、史実の反乱は、オリヴァ・クロムエルが起こした「ピューリタン革命」（一六四二～四九）の時代。一六四三年時点、ドーセット州は「議会軍」（クロムウェル側）に占領され、コーフ城主サー・ジョン・バンクスは、反クロムウェルで、王党派陣営にあって留守、城主夫人、レディ・メアリーがわずか五名で議会軍に立ち向かい、どうにか八十名まで増員できたが、包囲軍は六百名、にもかかわらず味方戦死二名、寄せ手戦死者百名と天晴れな抵抗ぶりで（城の堅固さの証拠である）、ついに王党派に救出された。

堅固な石城は以後も王党派の拠点となり続けるが、一六四五年三月、増援部隊と偽って城に入り込んだ議会軍の偽装兵によって落城、夫人と守備隊は処刑もされず放免された。城は解体され、今日の残骸となった。

ちなみにサー・バンクスは、国王任命の法務長官《アターニー・ジェネラル》だったが、この職名も形容詞が後置されるノルマン語方式だ（アメリカではこの職名は閣僚の「司法長官」）。バンクス家の子孫サー・ラルフが、一九八〇年代、城をナショナル・トラストに遺贈した。

　最後に、今回の文庫化にあたっての大きな変更点が一つある。収録順に関してだが、「白い船」と「ジョン修道士」、「雲の上の人々」の順序を原書通りに直した。従前の版では時系列通りになるよう順序を入れ替えていた（扶桑社版までは第三旋律が「ジョン修道士」、第四旋律が「雲の上の人々」、第五旋律が「白い船」）。「白い船」は原書の初版にはなく、作者が後の版から追加したもので、読者には時系列が分かり難い（修道士の事件は「白い船」では「かつて舞台の漁村近辺で起きた事件」とされている）。この「白い船」のヒロインこそ本書の「施律」群では最も狭い世界に閉じ込められていた主人公で、その漁師の娘さえ閉鎖社会からの脱出を思い詰め、実行に移した。白い船は彼女の飛翔の道具で、しかも密輸船――この挿話こそ作者に補足と追加を迫るだけの必然性があった。

　本書に三度目の蘇りの機会を与えて下さったちくま文庫編集部の榊原大祐さんに感謝する。こういう経験は、訳者には初めてで、何だか自分の人生まで「改変された」思いでいる。しかも、榊原さんは、同じ愛媛県育ちとのことで、ここでは数十年も前の、改変以前の人生に繋がっているのである。

本作は一九八七年六月にサンリオSF文庫として刊行されたのち、二〇〇〇年七月に扶桑社より再刊されました。本書は扶桑社版を底本としています。

ちくま文庫

パヴァーヌ

二〇一二年十月十日　第一刷発行

著　者　キース・ロバーツ
訳　者　越智道雄（おち・みちお）
発行者　熊沢敏之
発行所　株式会社　筑摩書房
東京都台東区蔵前二―五―三　〒一一一―八七五五
振替〇〇一六〇―八―四一二三
装幀者　安野光雅
印刷所　中央精版印刷株式会社
製本所　中央精版印刷株式会社

乱丁・落丁本の場合は、左記宛にご送付下さい。
送料小社負担でお取り替えいたします。
ご注文・お問い合わせも左記へお願いします。
筑摩書房サービスセンター
埼玉県さいたま市北区櫛引町二―六〇四　〒三三一―八五〇七
電話番号　〇四八―六五一―〇〇五三

ISBN978-4-480-42996-4 C0197